MARY MCGARRY MORRIS

Mary McGarry Morris est née dans le Connecticut. Son premier roman, *Disparue* (Flammarion, 1989), a été sélectionné pour le Pen Faulkner Award et le National Book Award. Son troisième roman, *Mélodie du temps ordinaire* (Belfond, 1999), best-seller aux États-Unis, lui a valu d'être comparée à Carson McCullers, Steinbeck et Faulkner. Après *Fiona Range* (Belfond, 2000), *Un abri en ce monde* (Belfond, 2005) et *Une douloureuse absence* (Belfond, 2006), *Le dernier secret* a paru en 2010 chez le même éditeur. Son talent est aujourd'hui unanimement reconnu par le public et la critique. Mary McGarry Morris vit dans le Massachusetts avec son mari.

LE DERNIER SECRET

MARY McGARRY MORRIS

LE DERNIER SECRET

Traduit de l'américain
par Isabelle Chapman

belfond

Titre original :
THE LAST SECRET
publié par Shaye Areheart Books,
une marque de Crown Publishing Group,
une division de Random House, Inc., New York

Ce livre est une œuvre de fiction. Les noms, les personnages, les lieux et les événements sont le fruit de l'imagination de l'auteur ou utilisés fictivement. Toute ressemblance avec des personnes réelles, vivantes ou mortes, des événements ou des lieux serait pure coïncidence.

FSC
www.fsc.org
MIXTE
Issu de sources responsables
FSC® C003309

Pocket, une marque d'Univers Poche,
est un éditeur qui s'engage pour
la préservation de son environnement
et qui utilise du papier fabriqué à partir
de bois provenant de forêts gérées
de manière responsable.

ISBN : 978-2-266-21665-4

À John C. McGarry,
mon père,
qui me regarde au large.

Ils ne la croient toujours pas, et pourquoi la croiraient-ils ? Pourtant c'est toujours la même chose, le même rêve, l'obscurité, la chaleur et cette chanson, toujours la même, sur le même tempo assourdissant.

La route. Minuit. La route, encore ; leurs phares trouant le désert, flashs lumineux, néon rose et vert sur le toit du bar. Eddie traverse au pas l'étendue du parking. Il se gare tout au fond, dans l'ombre. Fatiguée, affamée, elle se glisse après lui dans l'air rance puant la bière et la poussière. Un fin duvet tapisse le comptoir du bar, les fenêtres et le juke-box vaguement éclairé qui vocifère cette chanson : *Donne-moi de l'amour*, encore et encore, indéfiniment. Leur chance est sur le point de tourner, lui assure Eddie. Il enfonce des pièces dans le juke-box, tout ce qu'il leur reste de fortune – sa fortune à elle, pour l'essentiel.

Assis derrière eux, le seul autre client, un homme maigre, chemise crasseuse, cravate défaite, veste en boule à côté de sa pinte. Sa tête dodeline au-dessus de la table. Son visage à elle flotte dans le miroir glauque du bar, souligné par le clignotement rouge des guirlandes de Noël. La chaleur est infernale, emprisonnée entre le plafond affaissé et les lattes granuleuses du plancher. Un rêve, rien n'est vrai. Le tournoiement des pales du ventilateur au-dessus d'elle lui donne le vertige.

Les coudes collés au bar, elle boit à petites gorgées un rhum-coca ; dix-sept ans seulement, mais du moment qu'elle est avec Eddie, le barman, un homme maigre lui aussi, ferme les yeux. Il fait comme si elle n'était pas là. Elle pique une autre cerise. Eddie lui lance un clin d'œil dans le miroir. Leur dernier repas, des hamburgers – ce matin ; le « déjeuner du pauvre », avait commenté Eddie. Chaque fois que le barman détourne le regard, elle récolte une poignée, cerises, olives, petits oignons de cocktail visqueux, et enfourne le tout dans sa bouche, puis fait pivoter son tabouret afin qu'il ne la voie pas mastiquer avec voracité. Ils ont dévoré le bol de bretzels. Après la bière tiède qu'ils ont tétée dans la voiture toute la journée, c'est du rhum qu'Eddie réclame. Plus il boit, plus il est radieux, yeux clairs pétillants ; sa voix rugueuse fait vibrer toutes les fibres tendres de son corps de femme, la pénètre jusqu'au fond, frotti-frotta des pieds d'Eddie courant à toute allure, ça lui remonte comme un chatouillis le long des mollets, des cuisses, jusque dans son ventre, dans son cœur, battant en rythme avec la musique. Elle cache son sourire qui s'élargit derrière l'écran de sa main. L'alcool l'épuise, et la rend stupide : à la moindre provocation, elle est secouée d'un fou rire. Ou elle pleure. Aujourd'hui, elle pleure surtout.

Une autre pièce dans la fente, et cette chanson de nouveau.

Eddie marque une halte devant la table. La tête de l'homme maigre se redresse dans un soubresaut. En riant, Eddie se penche tout près, les muscles de son dos ondulant sous son tee-shirt humide. Blond, bronzé, yeux bleus, fossettes, oh, bon sang ! Ses paupières lui brûlent. Eddie gesticule. L'homme jette un regard derrière lui, puis se détourne. Maintenant, la main d'Eddie est posée toute douce sur sa cuisse et d'un doigt il caresse la chair tendre de son entrejambe, de plus en plus haut. Ses yeux se ferment au moment où la bouche d'Eddie frôle son oreille, il chuchote la même chanson, une coulée de chaleur dans son conduit auditif.

Elle le connaît depuis toujours, lui semble-t-il à travers la brume de son désir. Pourtant, il y a seulement un mois, elle travaillait comme femme de chambre à l'hôtel Clayborne de Lake George, ce jour de crachin où il était arrivé au volant de sa Mustang jaune, capote baissée, un bras passé derrière le siège. « Salut, ma belle ! » l'avait-il interpellée alors qu'elle traversait la cour de gravier dans son ingrate tenue réglementaire verte, chargée de seaux, de brosses et de serpillières. « Je suis venu te sauver ! »

C'était l'été après sa dernière année de lycée. De six ans plus âgé qu'elle, il en savait long sur la vie. Après Yale, il avait investi les dix mille dollars que son riche grand-père lui avait offerts pour le récompenser de son diplôme dans une société de négoce international de grains. En l'espace de trois mois seulement, il avait gagné un quart de million de dollars. Hélas, sa réussite avait attiré les requins ; une fois qu'ils eurent goûté de son sang, ils ne l'avaient plus lâché. « Mauvais contrats et foi du charbonnier ne font pas bon ménage, avait-il soupiré. Une combinaison fatale. » Mais à présent un super-boulot l'attendait à L.A., grâce à un ami de son grand-père. Il suffisait qu'il traverse les États-Unis.

Grande, des hanches étroites de garçon, presque pas de poitrine, mais elle le rendait fou, disait Eddie. « Tu es la première », lui murmurait-il dans la chambre miteuse qu'il louait à la nuit. Totalement accaparé par ses études universitaires, il ne s'était jamais permis d'avoir une vie. Il aimait allumer toutes les lampes quand il la déshabillait.

Les yeux fermés, le bras replié sur le visage, elle s'abandonnait pendant qu'il lui caressait les pieds, suivait du bout des doigts chacune des côtes de sa cage thoracique, en chuchotant : « Là, ma belle, là, là. »

Onze ans à la mort de son père. Sa mère, par nécessité austère, une enseignante qui, après avoir élevé sa sœur aînée Carol, à présent infirmière et jeune mariée, se trouvait désemparée devant les états d'âme de sa cadette.

Un soir, après son service à l'hôtel, Eddie est venu lui annoncer qu'il partait. L.A. Ils n'allaient pas lui garder le job éternellement. Voulait-elle l'accompagner ? Oui ou non. Le temps pressait. Il souffrait d'une de ses effroyables migraines.

Elle avait téléphoné d'une cabine publique, se hérissant quand sa mère avait exigé de parler à cet Eddie dont elle n'avait jamais entendu même prononcer le prénom, et qu'elle avait encore moins rencontré. Avec un sourire, il avait saisi le combiné et l'avait priée de les excuser de ce départ précipité, lui promettant que sa fille était en bonnes mains.

« Je l'aime, madame Trimble. Et je vais prendre bien soin d'elle. Toujours. Je vous le promets. Tout ce qu'elle souhaite, c'est votre bénédiction.

— Ma bénédiction ! hurla sa mère d'une voix stridente. Ma bénédiction ! Tout ce que vous obtiendrez de moi est un mandat d'arrêt ! »

Scotché au match de base-ball au bout du comptoir, le barman se tient penché à le toucher vers l'écran noir et blanc neigeux de la télévision. Encore une pièce qui tombe dans la fente. Et de nouveau cette chanson. La chanson d'Eddie. Des lueurs rouges clignotent sur son visage. Elle a un haut-le-cœur, un renvoi de bile au goût d'oignon. Ses cuisses mouillées de transpiration collent au plastique fendillé. Le bras d'Eddie retombe, lui écrase les épaules. Il traîne sa langue sur son oreille. Elle n'y croit pas, pas ça.

Le buste tourné vers eux, l'homme les observe avec un large sourire, mielleux, implorant.

« C'est comme si on faisait une blague. Tu verras. Viens là. Tu la sens. Sens, tu sens ? répète Eddie en s'appuyant contre sa jambe. Tu sais où elle veut aller. Tu le sais. Tu le sais… gémit-il, et son gémissement embrase son tympan. Juste un peu, c'est tout, pour nous sortir d'affaire.

— Non… non », murmure-t-elle.

Elle se tord le cou pour se détacher de lui. Elle doit faire appel à toutes ses forces.

« Regarde-le. »

En réponse au geste méprisant d'Eddie, l'homme qui la reluque salue de la main.

« Regarde ce rouleau de billets qu'il a dans la main, il cherche les ennuis décidément, nous, on a faim. Allez. L.A. Faut ce qu'il faut.

— Non !

— Tout ce que je te demande, c'est de l'attirer dehors.

— Non. Non, Eddie ! »

Ils rendront service à cet ivrogne, raisonne Eddie, sourire aux lèvres. L'homme tente de leur lancer un clin d'œil, et ne réussit qu'à cligner des deux.

« Son argent sera mieux employé à nous nourrir nous qu'à engraisser cette épave.

— Je peux pas. Je peux pas. Je peux pas. »

Elle pleure.

Eddie met sa main en visière sur ses yeux.

« Oh, merde ! Arrête, tu veux ? »

Mâchoires crispées. Paupières serrées. Les scintillements de la lumière. Ses maux de tête sont terrifiants.

« C'est plus fort que moi, dit-elle en se mouchant dans le papier rêche d'une serviette de cocktail. Excuse-moi !

— Attire-le dehors, c'est tout. »

Elle fait non de la tête.

« Dans ma voiture. Devant.

— Non ! »

Il lui écrase la poitrine avec son poignet.

« Alors tu sais quoi, je vais sortir, là, tout de suite, et quand j'aurai passé cette porte, soit tu me rejoins avec ce connard et nous reprenons la route, soit je te plante ici. » Il se penche très près. « J'en ai rien à foutre ! »

Là-dessus il sort en coup de vent.

« Eddie ! »

La porte qui se referme, sa peau humide grinçant sur le plastique du siège, le sourire malsain de l'homme qui attrape sa veste, se rapproche en titubant.

« T'es jolie comme… comme, bégaie-t-il en tendant le bras vers elle et en l'agrippant. Jolie comme… un cœur…

— Ah non, pas ça. »

Elle a honte, elle ne veut pas que le barman entende. Elle ouvre la porte.

« Je pars. Je dois partir. Restez ici. Ne sortez pas. »

Elle ne parvient pas à se libérer. Les doigts de l'homme serrent son bras comme dans un étau.

« Il attend dehors ! S'il vous plaît ! »

Elle le repousse. Sur le parking, elle le repousse des deux mains.

« Retournez à l'intérieur ! Je vous en prie !

— Non ! laisse-t-il tomber, la langue pâteuse. Je peux pas attendre ! Je vais m'endormir. C'est maintenant ou jamais ! »

Comme s'il cherchait à se mettre au garde-à-vous, il redresse la taille, lève le menton, la regarde fixement.

« Je viens vite, souffle-t-il avec une dignité pathétique dont la sincérité témoigne d'une vie passée à justifier son petit problème. Et après je traîne pas. »

Elle aperçoit sur le côté la silhouette bossue de la Mustang. De là où ils sont, l'homme ne peut pas voir Eddie planqué sur la banquette arrière.

« Écoutez, vous ne savez pas… Vous ne comprenez pas… Ce n'est pas ce que vous croyez, chuchote-t-elle. Ce n'est pas…

— Moi, je sais très bien ! s'écrie l'homme, un rictus déformant son visage en lame de couteau. Un petit coup vite fait avant que tu te barres avec ton mac et mon billet de vingt.

— Non ! S'il vous plaît ! Écoutez ! »

La sueur l'étouffe, celle de l'homme, la sienne, elle se sent souillée, ses genoux se dérobent.

« Il faut que je sorte d'ici !

— Viens, dit-il en essayant de s'emparer de sa bouche. Ma poulette… Ma petite poulette…

— Où est votre voiture ?

— Il a dit sa voiture à lui… »

Il gesticule, il tangue sur ses pieds.

« Non ! Il est ici. À l'arrière, il attend ! Allons ! s'exclame-t-elle en le saisissant par le bras.

— Pervers… Putain de pervers, maugrée l'homme en s'écroulant à moitié sur elle. Imagine… »

Il lui semble qu'ils n'en finissent pas d'étouffer sous les éclats de lumière que déverse sur eux la fleur géante rose et vert pomme qui clignote au-dessus de leurs têtes, obscène contre le ciel étoilé et la blanche coquille de la lune à son zénith. En s'approchant de la Mustang, elle devine dans la pénombre le corps d'Eddie prêt à bondir sur sa proie. Elle court vers la voiture de l'homme en le tirant par la manche.

« Vite ! souffle-t-elle tandis qu'il fouille dans sa poche.

— Oh, merde, fait-il en jetant un œil aux clés au creux de sa paume. Elle peut pas attendre… Tiens… et voilà », marmonne-t-il en parvenant enfin à ouvrir la portière.

Elle se rue dans la voiture, ferme sa portière de l'intérieur.

« Verrouillez la vôtre ! » hurle-t-elle, suffoquant dans la chaleur de l'habitacle.

Au lieu de quoi, il abaisse sa vitre, la priant de se montrer patiente. À l'instant même, la portière de la Mustang s'ouvre à la volée. Eddie en jaillit.

« Fermez votre portière ! »

Elle se penche vers lui pour enclencher le verrou.

« Ma petite poulette, grommelle l'homme en appliquant sa main sur sa nuque pour la forcer à plonger la tête entre ses jambes.

— Non ! »

Elle le frappe. Elle redresse le buste. Du sang coule sur son menton. La bague de l'homme, ses ongles, quelque chose lui déchire la lèvre.

« Démarrez ! Démarrez, je vous dis ! » crie-t-elle.

Soudain la fenêtre du côté de l'homme s'obscurcit. La main d'Eddie pénètre dans l'habitacle, ouvre brutalement la portière. Un genou calé sur le siège, il projette sa paume à plat sur le nez de l'homme, il le pousse contre elle en glapissant :

« Attrape-le ! Tiens-le ! »

Dans la pauvre clarté que dispense la loupiote, les traits d'Eddie apparaissent, tendus à l'extrême, tandis qu'il maintient pressée contre elle la tête huileuse qui tressaute en lui labourant les seins. Les supplications pleurnichardes qui émanent de cette tête lui soulèvent le cœur.

Un œil jaune fureteur troue l'espace nocturne dans un bruit fracassant de bois et de fer, la trépidation au tempo brutal, féroce, de la chanson :

On y est,
On y est,
Maintenant donne-moi de l'amour,
Donne-moi de l'amour…

Se libérant d'une secousse, l'homme plonge en avant et glisse un bras sous le siège. Un tuyau en plomb. Il s'en saisit, va pour le lever. Eddie l'envoie valser d'un bon coup de poing.

« Connard ! Pauvre connard ! » Les yeux d'Eddie s'écarquillent, ses narines s'ouvrent et frémissent, ses lèvres se retroussent en un sourire aux dents étincelantes. Et le tuyau s'abat sur le visage de l'homme. L'homme a un soubresaut et se penche en avant en se tenant la tête. « Pourquoi t'as fait ça ? » ne cesse de scander Eddie d'une voix haut perchée, presque en apnée, en s'adressant à elle, à elle, à elle, tandis que sa matraque en plomb défonce le crâne de l'homme, qui finit par s'effondrer sur le volant.

En ouvrant la porte, elle tombe à moitié, glisse à moitié, rampe, puis elle court, court, court. Traverse la route en direction du faisceau de lumière jaune. Traverse la voie ferrée, agite les bras, hurle dans le vacarme assourdissant. « Au secours ! Au secours ! Au secours ! » halète-t-elle en galopant à côté du train qui fait un bruit de ferraille. Des intervalles entre les wagons jaillissent des éclairs : les phares d'une voiture roulant dans la même direction. « Oh, Eddie ! » crie-t-elle, le visage renversé en arrière, ses coudes fléchis allant et venant tels des pistons ; elle n'a jamais couru aussi vite de sa vie. « Eddie ! » sanglote-t-elle, la morve salée de ses pleurs se mêlant dans sa bouche au sang et à la salive.

Le wagon de queue la dépasse, s'éloigne rapidement, il est très loin maintenant. Les feux arrière d'Eddie suivent la même trajectoire. Elle monte sur la route d'une démarche chancelante et revient sur ses pas. Dans le brusque silence, elle n'entend plus que le tac-tac-tac de ses sandales sur le macadam, son souffle saccadé, sifflant, jusqu'à ce que dans son dos enfle le couinement angoissant d'une voiture. Elle se précipite tête la première dans l'étroit fossé qui longe la voie ferrée. En serrant fort les paupières, elle s'allonge, se pelotonne sur la brique, la joue posée sur le rebord pointu du caniveau, les jambes et les bras s'écorchant au fouillis de ronces. Il lui semble que les roues palpitent sous son crâne. La voiture passe à vive allure. Elle retourne tant bien que mal sur la route, son estomac se soulevant à chaque pas. À un moment donné, elle se plie en deux, vomit, les jambes écartées, la poitrine saisie de spasmes. Elle a encore des nausées quand des phares éclairent soudain l'espace vide devant elle. Le poids lourd ralentit dans un crissement de freins. Un visage masculin se penche vers elle du haut de la cabine argentée.

« Ça va ? demande une voix grave, forte.

— Vous pouvez m'emmener ?

— Grimpe !

— Mon Dieu ! » soupire-t-elle en faisant claquer la portière.

L'énorme camion s'ébranle.

« Qu'est-ce qui t'est arrivé ? marmonne le routier, un homme à l'abdomen rond comme un tonneau, qui mâchouille un cigare éteint. T'as des ennuis ?

— Je sais pas !

— Qu'est-ce qui t'est arrivé ? » répète-t-il en se tapotant le menton, l'air de dire : « Le sang ? »

« Il y a eu une bagarre… et mon petit ami… oh, mon Dieu, j'ai tellement peur. Quelque chose de terrible s'est passé. Oh, mon Dieu, mon Dieu, aidez-moi, je vous en supplie, sanglote-t-elle.

— Il conduit une décapotable ? Une Mustang jaune ? Alors baisse-toi, cache-toi bien, lui recommande le routier. Voilà, c'est bon », dit-il une fois que la voiture l'a doublé en trombe.

Quelques kilomètres plus loin, ils croisent une voiture de police, gyrophare rouge tournoyant dans la nuit. Le routier allume sa radio, sans cesser de jeter des coups d'œil dans son rétroviseur.

Une voix féminine grésille à leurs oreilles : « Une ambulance ! Pour le bar. D'après Buddy, y a pas de temps à perdre ! »

« Oh, mon Dieu, gémit-elle dans ses mains poisseuses.

— Il y a eu du grabuge, dit le chauffeur en se tournant vers elle.

— Mon petit ami, Eddie, articule-t-elle en hoquetant. Ce type a essayé de le frapper. Avec une barre de fer. Et puis, oh, mon Dieu ! »

Elle a un haut-le-cœur, la nausée la reprend.

« Allons, allons, du calme, dit le chauffeur. Tu n'as plus rien à craindre. Hé, j'ai des mômes, moi aussi. T'as quel âge, au fait ?

— Dix-sept ans », répond-elle, horrifiée, honteuse.

Bien éduquée, sa mère si travailleuse, animée des plus hauts principes moraux.

« Tu t'appelles comment ?

— Nora… »

Elle a un instant d'hésitation.

« … Trimble.

— Tu viens d'où, Nora ?

— Du Massachusetts.

— Tu as fait une fugue ou quelque chose comme ça ?

— Non. Je sais pas.

— Tu veux rentrer chez toi ?

— Je sais pas. Je ne sais pas quoi faire. Je devrais peut-être retourner au bar voir si je peux être utile. Oh, mon Dieu, il est là-bas. Dans la voiture. Il est blessé.

— Qui ? Eddie ?

— Oh, mon Dieu », répète-t-elle en pleurant.

Et elle se couvre le visage.

« Quel âge a Eddie ?

— Vingt-trois.

— Eddie est un grand garçon. Il peut se débrouiller tout seul. Il n'a pas besoin de toi. »

Ziing ! On dirait le bruit d'une porte de coffre-fort qui s'ouvre tandis que le camion ralentit pour prendre la rampe d'accès de l'autoroute.

1

« Encore une fois, dit le photographe. Souriez, madame Hammond. Vous aussi, père Grewley. Ne faites donc pas cette tête. »

Nora frissonne et esquisse un sourire tendu.

« On est gelés », commente le père Grewley, claquant des dents.

L'appareil continue à crépiter. La séance photo a lieu sur les marches du perron. *Sojourn House*, est-il inscrit sur la feuille d'or de la plaque. La veille au soir, dans son allocution sur l'état de l'Union, le président a chanté les louanges, entre autres, de Nora et du jeune prêtre pour leur dévotion à la cause des femmes battues. Chapeauté par la paroisse et fonctionnant sur des fonds privés, le refuge tourne grâce au bénévolat. Chaque penny, miche de pain, lit, drap, jusqu'au mazout pour l'antique chaudière, chaque chose est tributaire d'un don. Il n'est pas question de vivre de subsides de l'État ou du gouvernement fédéral : le père Grewley vient de déclarer au journaliste de *Newsweek* qu'ils ont pour mission d'« inciter les voisins à tendre la main à leurs voisins ». Ainsi ils n'ont de comptes à rendre qu'à eux-mêmes. Nora est la nouvelle présidente du comité d'administration.

« Aïe, aïe, aïe », soupire-t-elle en voyant une petite voiture bleue se garer le long du trottoir. Sur la portière, un panneau magnétique : *The Franklin Chronicle*. En jaillit la grande carcasse de Jimmy Lee, appareil photo au poing, qui se rue vers eux comme s'il y avait le feu.

« Désolé pour le retard, madame Hammond, s'excuse-t-il en prenant place aux côtés du photographe du magazine, lequel a l'air d'avoir envie de braquer son objectif sur la queue-de-cheval de son colossal collègue.

— Ce n'est pas grave, Jimmy, lui répond-elle de loin. Faites donc votre travail.

— Vous devriez mettre un manteau, madame Hammond. Il fait un froid de canard. Si vous voulez, je fais un saut vous en chercher un. Ou bien nous pourrions aller à l'intérieur, dit-il, les épaules voûtées, en commençant à mitrailler. C'est bien, c'est bien. Père Grewley ! Levez un peu la tête, oui, c'est mieux, oui, beaucoup mieux. Bien ! Bravo ! C'est dans la boîte ! Ça roulait à une allure d'escargot avec tout ce trafic », enchaîne Jimmy Lee sans interrompre sa légendaire chorégraphie, accroupi, penché, deux pas en arrière, un tour sur soi-même, un plongeon en avant, clic-clac, flash.

Une gestuelle tellement bizarre que le reporter-photographe et le journaliste se retiennent de rire au nez de ce clown, de ce plouc que leur a envoyé le journal local.

« Il ne faudrait pas que je la loupe, marmonne Jimmy Lee en se laissant choir brusquement à croupetons. Un papier du tonnerre ! Il ne faudrait pas le gâcher, hein ?

dit-il en gratifiant les gens du magazine d'un large sourire tout en se relevant d'un bond pour immortaliser leurs visages. Je parie qu'on vous prend jamais en service ? Filez-moi votre carte, je vous l'enverrai par e-mail. »

Il se tourne vers Nora et la serre affectueusement dans ses bras.

« Ça va mieux ? C'est mieux comme ça ? Vous vous sentez bien ? Vous êtes un peu réchauffée ? Bon, très bien. Il faut que je coure. Ça doit partir le plus vite possible. À bientôt ! Salut ! » s'écrie-t-il en s'éloignant.

Il saute dans sa voiture et démarre sur les chapeaux de roues.

« Qui était cet homme masqué ? plaisante le journaliste du magazine.

— Il travaille pour le *Chronicle*, l'informe le père Grewley alors qu'ils gravissent les marches.

— Vous imaginez un peu à quoi vont ressembler ses photos ? » ajoute le photographe.

Le père Grewley tient la porte à Nora, laquelle marque une halte avant d'entrer.

« Autant que vous le sachiez, dit-elle à ceux qui piétinent derrière elle. Jimmy Lee travaille pour moi. »

Dans le vestibule règne une douce chaleur parfumée au pain chaud et aux oignons.

« Mme Hammond est la propriétaire du *Chronicle* », précise le père Grewley aux jeunes gens un peu penauds en les précédant dans son bureau.

En fait, le journal appartient à parts égales au mari de Nora, Kendall Hammond, et à son frère, Oliver, leur cousin Stephen en détenant un petit dix pour cent. À l'origine, cette entreprise familiale portait le nom de *Hammond Chronicle*, mais, en 1897, une dame – oui, une femme – Hammond, plus consciente que les autres du bien public, veuve du prodigue Cecil Hammond, l'arrière-grand-père de Ken et d'Oliver, l'avait changé en *Franklin Chronicle*.

Le journaliste interroge à présent le père Grewley sur les bénévoles de Sojourn House. En majorité des femmes, répond-il. Quelques hommes. Ils se chargent en général du gros œuvre, comme la nouvelle gouttière installée l'été dernier. Le ramonage est toujours accompli par le même homme. Tom Hollister.

« Cela s'écrit H-o-l-l-i-s-t-e-r, épelle le prêtre. Pour la nouvelle barrière en cèdre, ce sont Leo Ross, Jack…

— Ça suffira, l'interrompt le journaliste en refermant son calepin. Votre refuge passe en second dans l'article. Si on arrive même à faire passer quelques lignes dessus. »

Le visage du prêtre trahit un sentiment rare chez lui : la déception.

« Une de nos pensionnaires pourrait peut-être vous parler, propose-t-il. Vous auriez son point de vue. Vous savez, pour donner un peu de vie à votre article. Alice. Qu'en pensez-vous ? » demande-t-il en se tournant vers Nora.

Nora ne sait pas quoi lui répondre. Le refuge a pour principe de garantir leur anonymat aux femmes qui y trouvent la sécurité. Alice est non seulement une de leurs pensionnaires, mais aussi d'une timidité maladive, la pauvre, c'est à peine si elle ose vous regarder dans les yeux, alors, parler à quelqu'un…

« Oui, bon, peut-être, s'il y a une suite. Cela arrive parfois, vous savez », déclare le journaliste à Nora comme si elle était la seule à pouvoir comprendre – n'est-elle pas également du métier ?

Il ne peut pas deviner qu'elle ne s'occupe plus du tout de la partie éditoriale du journal. Grâce à l'intervention de son beau-frère, elle n'est plus que responsable de la publication de suppléments spéciaux. Après ses études, elle avait travaillé comme journaliste. D'abord dans une feuille de chou de la côte, au sud de l'État, puis elle avait été engagée par le *Chronicle*. Deux ans plus tard, elle épousait Ken, le fils du propriétaire du journal. À la suite de la naissance de Chloé, elle avait arrêté de travailler, pour ne reprendre qu'à la rentrée en sixième de Drew. Ken n'était pas d'accord. Ils avaient eu à l'époque une de leurs disputes les plus mémorables. D'après lui, ils n'avaient nul besoin de cet argent, alors que les enfants, eux, avaient vraiment besoin d'elle à la maison. Mais cet argument ne tient plus la route maintenant que les enfants sont grands, d'autant que ses horaires souples ne les privent aucunement de sa présence. Ken a d'ailleurs fini par comprendre que, pour elle, ce travail est essentiel. Il n'y a pas tant à faire que ça dans la maison. Elle a peu de goût pour les tâches ménagères, et elle n'est pas douée dans l'art de créer avec ses mains comme son amie Robin qui, elle, excelle dans toutes sortes de travaux manuels. En outre, elle ne se contenterait pas d'une activité bénévole, laquelle, du fait de son statut d'épouse de Ken Hammond, devrait plus au prestige de son mari qu'à son propre mérite. Quant au tennis et au golf, elle n'y voit pas le même intérêt que nombre de leurs amis. Même Robin n'y joue plus, a-t-elle fait remarquer à Ken, qui a rétorqué que c'était uniquement à cause de Lyra, son bébé.

La venue d'un deuxième enfant dans le couple formé par Robin et Bob Gendron a été un choc pour tout le monde, les parents accusant tous les deux la bonne quarantaine. Leurs deux familles se fréquentent moins que par le passé, mais Nora chérit toujours son amie Robin, dont elle envie en secret la beauté, la joie de vivre et l'infatigable énergie. Même sa grossesse inattendue lui a semblé facile à supporter. Pourtant, en ce moment, sa vie n'est pas simple. La pauvre, entre le problème d'alcool de Bob, le bébé et l'adolescence de son aîné.

C'est Oliver qui a réussi finalement à convaincre son frère de laisser Nora revenir au journal. Ils cherchaient un rédacteur en chef pour les suppléments, et qui pourraient-ils trouver de mieux ? Elle était futée, peu influençable, respectée, et surtout ils pouvaient avoir confiance en elle. La loyauté est pour Oliver une condition *sine qua non*, frisant parfois l'intolérance. Cela dit, dès qu'il s'agit du journal, Oliver obtient en général le dernier mot.

« Cela nous ferait une formidable publicité », s'enflamme le jeune prêtre après le départ des reporters.

Quelque chose dans son intonation agace Nora. Quoi exactement ? Son enthousiasme crédule, sa joie de se trouver sous les projecteurs ? Qu'il en profite donc un peu, se dit-elle, un brin gênée. Ce sont les mots de Ken : il ne comprend pas pourquoi elle se sent toujours obligée de contrarier les gens en les rappelant à la triste réalité. Elle se contente de les ramener sur terre. Car c'est là, selon elle, qu'il faut vivre sa vie. C'est là le lieu le plus sûr. « Le bonheur a une longue ombre portée » : encore une de ces maximes optimistes dont sa mère raffolait. Nora sait pourtant que Ken a raison. Cela fait des années qu'il lui serine : « Tu devrais prendre le temps de respirer l'odeur des roses au lieu d'être perpétuellement l'esclave de l'heure et des règlements. »

Dernièrement, elle a fait de gros efforts dans ce sens, mais il n'a pas l'air de s'en apercevoir. Vendredi dernier, il est sorti si énervé d'une réunion avec Oliver qu'elle lui a proposé de prendre la voiture et d'aller passer le week-end à New York, comme ils le faisaient autrefois. Ils seraient descendus dans un hôtel agréable, puis se seraient baladés dans la ville pendant deux jours, tous les deux, en amoureux. « Allez ! » lui a-t-elle dit, taquine, en lui lançant la clé de la voiture. La clé a atterri par terre. « Pour quoi faire ? » s'est-il étonné avec une telle perplexité qu'elle s'est sentie toute bête.

Le téléphone du père Grewley sonne. « Allô ! » dit-il en tournant vers Nora un sourire radieux. Les appels n'ont pas cessé de la journée, non seulement de la part de gens qui souhaitent prodiguer leurs encouragements, mais aussi de la part de nouvelles recrues disposées à leur prêter main-forte. « Merveilleux ! Vraiment, *lui-même* ? Oui, bien sûr. Ce serait un honneur pour nous ! Oh… eh bien, voilà, ils viennent de partir. »

« Le bureau du sénateur Linzer », prononce-t-il une fois qu'il a raccroché.

Il rit.

« Son assistante va essayer de ramener les reporters ici. Au cas où ils voudraient écrire un article sur la visite de son patron chez nous.

— Toujours à la recherche d'un peu de pub, celui-là !

— Mais cela apportera de l'eau à notre moulin », lui rappelle le père Grewley en riant.

Comme moi, songe-t-elle. Un rouage parmi d'autres. Au même titre que les bénévoles qui sont en train de dresser les tables dans la salle à manger. Au menu ce soir, viande en sauce et purée, annonce le prêtre, mêlant sa voix au cliquetis des assiettes et des couverts. Il l'invite à partager leur repas. Alice aimerait tant avoir l'occasion de passer plus de temps avec elle, dit-il. Nora a été une marraine si admirable. Mais Nora s'esquive, prétend qu'elle est désolée. En fait, cela l'insupporte de déjeuner ou de dîner dans cet endroit. Elle ferait n'importe quoi pour aider le père Grewley et ces malheureuses femmes. Elle a repeint les murs de la cuisine, elle a participé activement au nettoyage du sous-sol infesté de vermine, mais à la seule idée de partager avec elles un repas elle éprouve un léger mal au cœur. Encore une de ces vérités sur elle-même pénibles à admettre. Il faudra, pour compenser, qu'elle leur consacre de plus longues heures, qu'elle soit plus acharnée au travail et qu'elle investisse de plus grosses sommes d'argent.

2

Il est déjà passé devant deux centres d'accueil. Le meilleur se trouve de l'autre côté de la ville. C'est son côté dandy, il ne tolère que ce qu'il y a de mieux en termes de qualité. De l'ironie de sa situation, il a douloureusement conscience, tandis qu'il se glisse comme un rat le long des murs afin d'éviter les torrents que les gouttières dégurgitent sur le trottoir. Pour traverser la rue, il court. Une pluie aveuglante s'abat sur lui. Il se précipite dans un drugstore ruisselant de lumière. Ses chaussures chuintent méchamment alors qu'il se dirige vers le fond du magasin. Ses vêtements mouillés collent à sa minceur. L'humiliation lui fait mal. Il ne peut pas récupérer sa chambre. En plus du loyer en retard, sa logeuse prétend qu'il lui doit quatre cent quarante dollars. L'ordinateur ne vaut pas tripette, dit-elle, elle exige qu'il la rembourse. Un mensonge éhonté, cette gonzesse l'accuse de l'avoir volé, tout ça parce que son imbécile de neveu a soi-disant effectué des recherches à partir des numéros de série. Il n'y a pas de numéro de série. Il a pris soin de l'effacer avant de le lui vendre. Ce PC marchait très bien jusqu'à ce qu'elle laisse ses mioches jouer avec. Les gens tirent toujours trop sur la ficelle. Et le respect, alors ? Vient un moment où les limites sont atteintes.

La vendeuse remonte la travée en claudiquant. Tout le monde a des travers, des défauts, une tare, c'est le prix à payer pour vivre. En ce qui le concerne, c'est la migraine. Certains jours, il n'arrive même pas à sortir de son lit. Une hanche, cela se voit ; un mal de tête, personne ne vous prend au sérieux. Elle porte une robe rouge. Comme elle a les cheveux argentés, le rouge lui va bien. Ce n'est pas courant. Il porte rarement cette couleur lui-même. Il préfère le bleu clair, le vert. Et le noir. Le noir, c'est ce qu'il préfère. Un costume noir, une chemise rose fraîchement empesée, et voilà le travail.

« Je peux vous aider, monsieur ? »

Elle lui montre ostensiblement le téléphone portable qu'elle tient à la main. Il s'est attardé trop longtemps dans le fond. Elle est inquiète. Au cours des trois dernières semaines, il y a eu dans le quartier deux attaques à main armée contre des quincailleries. Il devrait la rassurer en lui disant qu'il y a trop de monde dans le magasin. Sans compter le pharmacien, qui le surveille du haut de son bureau. Les quincailleries, en revanche, font une proie plus aisée, surtout tard le soir. Mais sa nervosité le flatte. C'est une forme de respect. Il déteste passer inaperçu, il déteste les regards qui le traversent. Ces individus vides, incapables de percevoir les nuances subtiles de son caractère.

« Je cherche un magazine, merci. »

À m'abriter de la pluie, plutôt.

« Lequel ? Il y en a peu que nous n'ayons pas.

— *Newsweek*. »

Comme s'il en avait quelque chose à foutre.

« Et voilà. »

Elle lui tend la revue, elle veut qu'il débarrasse le plancher.

« Hum, voyons. Ce n'est peut-être pas celui-ci, dit-il en tournant les pages, pour gagner du temps.

— Vous êtes en train de le mouiller.

— C'est vous qui me l'avez donné », grogne-t-il en la fixant durement jusqu'à ce qu'elle batte en retraite.

On ne la lui fait pas, c'est sûr. Pas après ce qu'il a traversé… Mais, pour l'instant, il n'arrive pas à croire à sa chance. Car qu'est-ce d'autre ? Cette photo dans ce magazine choisi au hasard, dans ce drugstore où l'a conduit une averse. Il sourit. Un autre patronyme. De toute façon, il n'a pas retenu celui d'autrefois. Mais ce visage, il ne voit soudain que lui… Combien de Nora ont ce visage-là ? Des traits bien dessinés quoique délicats, une bouche pleine, des yeux aux paupières un peu lourdes. Difficile d'être affirmatif. Il étudie la photo. C'est si loin, il a presque oublié. Jeune et douce, c'est tout ce dont il se souvient. Il émet un gloussement. Un prêtre se tient debout auprès d'elle. La famille est propriétaire d'un quotidien. Elle veut faire profiter les autres de sa fortune. Une manie chez ces riches putes. Qu'elle lui en donne donc à lui, du pognon. Ouais. Ce serait la moindre des choses. Partager avec les moins favorisés. De pauvres bougres dans son style, deux nuits qu'il dort sur le banc d'une gare. Tu parles d'une démocratie, un pays tellement soucieux de ses minorités qu'il perd de vue ses véritables citoyens, des hommes comme lui. Avec un arrière-grand-père qui a construit le chemin de fer transcontinental, deux oncles qui se sont battus en Corée, dont l'un a rencontré le grand boxeur Jack Dempsey, ou un truc de ce genre. Les détails deviennent flous. Il y a de la friture sur les ondes, des voix dont le volume monte et s'évanouit alternativement. C'est son truc, sentir les choses, savoir par exemple ce que l'autre pense avant qu'il n'ait ouvert la bouche. Et quand l'autre exprime sa pensée, c'est très déboussolant pour lui, puisqu'il a l'impression confuse d'avoir déjà entendu ces mots, en tout cas c'est ainsi qu'il le perçoit. Le centre d'accueil est bien le dernier endroit où il ait envie d'aller. Dormir sur un lit de camp avec des ivrognes et des cinglés... Il croise les bras pour cacher les tremblements de ses mains. Ses médicaments sont enfermés à double tour dans la chambre cadenassée. Il coince le magazine à l'arrière de son pantalon et sort en courant sous les bourrasques de pluie. Il lui reste un long chemin à parcourir à travers la ville, mais il a l'esprit ailleurs. Une occasion à saisir. Un avenir.

Ses cheveux trempés lui dégoulinent dans les yeux. La flaque dans laquelle il patauge vient de ses vêtements. Il n'a même pas le droit d'aller aux toilettes avant qu'ils en aient terminé avec les formalités. Il patiente, assis dans la salle d'attente. Le préposé à l'admission fait une pause. Il penche la tête de côté, comme si ce geste allait lui permettre de voir au-delà des points scintillants qui tourbillonnent dans son champ visuel. C'est une grosse migraine, cette fois. La tension. Le stress. Il ferme les yeux, tend l'oreille vers la voix qui va prononcer son nom. Eddie Krippendort. Les questions du préposé le font enrager. Qu'est-ce qu'il croit, ce type ? Comment veut-il qu'il ait les idées claires alors qu'il a l'impression que le haut de sa tête est sur le point d'exploser ?

Quand il était petit, sa mère lui avait un jour fracassé le crâne, voilà la vérité. C'est ce qu'il leur raconte chaque fois. Elle le haïssait, pourtant ce n'était pas sa faute à lui, son seul tort était d'être venu au monde, ajoutait-il. Lydia Krippendort prétendait ne pas être sa mère, mais elle disait n'importe quoi. Pauvre folle, il la laissait à ses illusions. Un autre jour, elle l'avait donné, sur une impulsion subite, à un homme qu'elle ne connaissait même pas, dans une rue pleine de monde. Après cet incident, ils l'avaient internée. Fin de l'histoire.

« Quel âge avez-vous, Eddie ?

— Cinquante, soixante, répond-il avec un petit rire. Ce qui marche le mieux.

— Avez-vous de l'alcool ou de la drogue sur vous ?

— Ah non.

— Êtes-vous déjà venu ici ?

— Une fois.

— Quand cela ?

— Il y a des années. J'oublie.

— Vous avez une pension d'invalidité ?

— Non. »

Rien ne l'empêche de travailler, avait écrit un médecin. Tendances psychopathes. Parmi ses multiples talents, il sait lire à l'envers. Ce médecin-là, Eddie avait fichu le feu à son cabinet, une nuit.

« Vous travaillez ?

— Quand je peux.

— Que faites-vous ?

— Ce qu'on me donne à faire.

— Quel a été votre dernier emploi ?

— Vice-président de Microsoft.

— Allons, Eddie. Il faut que je remplisse ces cases.

— Laveur de voitures sur Marquand Avenue.
— Quand cela ?
— En décembre.
— Pendant combien de temps ?
— Une journée de merde. »

L'autre lui jette un coup d'œil par-dessus ses lunettes aux verres sales. Qu'est-ce qu'il a encore, ce type ? Il va se vexer ? Eddie ajoute :

« Vous savez comment c'est, de laver une bagnole, on se fiche de l'eau glacée partout, sur les bras, les jambes… »

Il voudrait bien avoir du travail, il déteste être fauché. Quand il était jeune, il était toujours bien habillé, il conduisait une bagnole. Mais maintenant la vie est dure. Il a perdu un peu de son panache. Personne n'imagine à quel point il se fatigue vite. Ses migraines sont trop fréquentes. Quand il a les moyens, il s'achète le médicament qui le soulage au moins de la douleur. Le préposé a l'air de s'ennuyer à mourir, ou bien il a envie de dormir, en tout cas il se fiche pas mal de ce que peut lui raconter Eddie. Il en a trop entendu, pourquoi compatirait-il ? Jour après jour, obligé de les écouter, toujours les mêmes histoires, toujours les mêmes dans la bouche des clochards, des âmes perdues, des va-nu-pieds. Des perdants. Qu'il est donc déplaisant de se trouver assimilé à ces déchets d'humanité.

« Ce qui m'empêche de travailler surtout, explique-t-il, c'est mes migraines. Le froid les déclenche.
— Avez-vous un casier ?
— Ouais. »

Il éclate de rire. Un casier. Ben voyons. Il a perdu la moitié de sa vie, lui dira-t-il, à elle, et à présent l'heure est venue de le dédommager. De partager. De tendre la main aux nécessiteux. À ceux qui le méritent vraiment. Aux enfants battus de Dieu, à tous ceux qui ne sont pas nés dans la bonne banque de sperme.

Il s'assied au bord du lit de camp pour délacer ses chaussures trempées. Il enfile les vêtements qu'ils lui ont prêtés, un pantalon élimé et un tee-shirt déchiré, en attendant que les siens soient secs. Il s'étend de tout son long sur le lit et ouvre le magazine. Ce visage, là, sous ses yeux. Tout lui revient : son rire, sa confiance en lui, touchante. Et quoi ? Que s'était-il passé ? Il y avait eu l'espèce d'ivrogne, mais pas seulement, il y avait eu lui aussi, lui, qui avait pété les plombs. Heureusement pour elle, elle avait pris ses jambes à son cou. Sinon, ç'aurait pu aussi bien être sa fête aussi. Mais, à présent, c'est heureusement pour lui.

Tout comme l'usure a effiloché les coutures de son pantalon, le temps a brouillé les chemins de sa mémoire. Les débuts et les fins se confondent. Même les femmes, il ne s'en souvient pas nettement. Certaines, il n'aimait pas leur odeur. Les migraines ont cet effet : elles exacerbent tous les sens. On a le nez plus sensible, les oreilles aussi. Il y a des sons qui vous font tressaillir. Des sons terrifiants. Jadis il aimait le bruit du train roulant dans un fracas de tonnerre, telle une puissance implacable, ou le vrombissement d'un avion volant à basse altitude, qui éveillait chez lui une joie fiévreuse à la pensée qu'il pourrait s'écraser au sol sous ses yeux. Même chose pour le bref râle au fond de la gorge d'une femme. Désormais, ces sons le remplissent d'effroi. Un ciel d'acier menace de l'écraser, les murs se resserrent autour de lui telles les mâchoires de grandes tenailles.

Le lendemain matin, c'est au tour de l'assistante sociale. Lisa relit le questionnaire de la veille et lui présente une liste d'offres d'emploi. Le centre d'accueil entretient des contacts avec des entreprises qui embauchent des sans domicile fixe.

« Y aurait-il quelque chose qui vous intéresserait, là-dedans ? »

Cent cinquante kilos, au moins. Son menton et son cou ne sont que des bourrelets de graisse répugnants. La gloutonnerie le dégoûte, les gens qui se gavent de nourriture, qui boivent trop, surtout cette grosse-là, avec ses bracelets en argent tintinnabulant à ses poignets cylindriques, son décolleté en V plongeant sur les plis de ses seins, des boudins éclaboussés de taches de rousseur. Et pourquoi cet étalage ? Pour ces pauvres hères ? Il l'imagine se faisant belle le matin, penchée vers le miroir, se peignant les lèvres avec un bâton de rouge en mouillant sa culotte à la perspective de faire bander un sans domicile fixe. Heureux homme ! Il a soudain l'impression d'étouffer. Ces molécules de graisse, des dévoreuses. Cochonne. Horrible cochonne.

« Plongeur, c'est cool. Chez Bannerman's, le grill, ils nourrissent bien leur personnel. »

Elle déglutit ; il se la figure finissant les reliefs des clients sur les assiettes rapportées en cuisine.

« Je crains d'être surqualifié.

— Comme tout le monde, mais ce serait mettre le pied à l'étrier. C'est notre travail, ici. Petit à petit…

— De l'hévéa au caoutchouc », glousse-t-il.

Bien sûr, elle ne peut pas comprendre. Il poursuit :

« Je vais vous dire un truc. Donnez-moi l'adresse. Je ne vais pas tarder à partir pour la côte Est. Une bonne affaire m'attend là-bas. »

Il se lève dès qu'elle lui tend la feuille à en-tête sur laquelle elle vient d'écrire l'adresse du restaurant.

« Ça me permettra de garder une poire pour la soif, dit-il en pliant la feuille pour la glisser dans sa poche.

— Je ne sais pas pour les poires, mais je vais manger chez eux quelquefois et leurs steaks sont vraiment délicieux. Et leurs frites !

— Vous ne savez pas ce que veut dire “une poire pour la soif” ?

— Non. Mais vous me direz des nouvelles de leur bavette. Oh ! et de leur entrecôte !

— Vous aimez les voyages ?

— Pas du tout. Les sièges dans les avions », dit-elle avec un hochement de tête en écartant les mains pour montrer la largeur de son arrière-train.

Comme s'il n'avait pas remarqué.

« Et en voiture ? On voit du pays en voiture, non ?

— Sans doute.

— C'est la meilleure façon de voyager. On prend son temps. On s'arrête où on veut. C'est ce que j'ai fait à une époque, j'étais chauffeur.

— Ah oui ?

— Oui. Une fois, j'ai conduit un vieux couple. De L.A. à Boston. On a pris tout notre temps. »

Il hausse les épaules et ajoute :

« On fait des haltes quand on en a envie. Le Grand Canyon. Las Vegas. On n'a plus qu'un problème dans la vie, c'est où on va manger ?

— Ç'a l'air sympa.

— Ouais. On va où ça nous chante, on voit ce qu'il nous plaît de voir. »

3

Dix minutes de retard. Au virage, l'arrière de la voiture dérape. Elle lève le pied. La tempête n'était pas censée souffler aussi fort aussi vite, pourtant la chaussée est déjà glissante. Et on ne voit rien avec cette neige qui tombe, véritable rideau de gros flocons mouillés qui voltigent dans les phares. Elle a rendez-vous avec Ken à son bureau à cinq heures. Quelque chose cloche, elle le sent par toutes les fibres de son être. D'elle et de lui, Ken a toujours été le plus battant, mais ces derniers temps elle le trouve déprimé, presque replié sur lui-même ; il a un air traqué, mais par quoi ? Le travail ? Sa famille ?

Avant-hier soir, Chloé et Drew ont passé le dîner à se taquiner. Et l'agacement de Ken était presque palpable, alors que pour sa part elle trouvait leur petit jeu affectueux charmant. Leur complicité et même leurs occasionnelles chamailleries semblent si éloignées de sa propre adolescence, de la monotonie, du silence, de l'ennui pesant de ces repas où il suffisait que sa mère fît grincer sa fourchette contre ses dents pour que son cœur batte plus fort. Chloé a qualifié la chemise à carreaux de son frère de « chemise de petit intello coincé ». Drew a commencé par lui faire les gros yeux, puis il a été gagné par un rire irrépressible et a rétorqué que son jean serré taille basse était un « jean de pouffe ».

« Ça suffit ! Tu sors de table, nom d'un chien ! a rugi Ken.

— Il plaisantait, est intervenue Nora, choquée, tandis que Drew montait d'un pas lourd puis claquait la porte de sa chambre.

— Il disait ça pour rire », a lancé Chloé à la figure de son père.

Là-dessus, Ken a jeté sa serviette sur la table et il est allé s'enfermer dans son bureau, d'où il n'est plus sorti de toute la soirée.

Cela lui ressemble si peu. Ken est un optimiste à tout crin, et cela d'après son propre frère, le mélancolique Oliver. D'ailleurs, toujours selon ce dernier, c'est la raison pour laquelle ils forment tous les deux une si fine équipe. Oliver adore le journal, mais il témoigne d'une patience limitée avec les autres. Ken, en revanche, supporte mal le fignolage de la publication, mais il aime le contact humain, ce qui fait de lui un porte-parole idéal pour le *Chronicle*. C'est toujours Ken qui siège aux réunions avec les banquiers ou aux galas de charité, Ken qui inaugure les chrysanthèmes et qui, après des années d'activités purement honorifiques, se retrouve à la tête d'une collection de pelles en argent commémoratives alignées sur le mur de leur garage. « Notre play-boy maison », a commenté Oliver quand la photo de Ken est parue récemment dans le journal trois jours d'affilée. Ken, ce qui n'est pas son genre, l'a rembarré, Oliver lui répondant par un haussement d'épaules et un regard en coin. Ken a paru profondément offensé. En soi une réaction inquiétante. Depuis des années, les deux frères tiraient une saine émulation de la confrontation de leurs petits travers, et Ken laissait rarement les piques de son frère entamer sa bonne humeur. Pourtant, depuis quelques jours, c'est à peine s'ils s'adressent la parole. Pendant le comité de rédaction, hier, chacun est resté campé d'un côté et de l'autre de la table sans desserrer les dents. Leur cousin Stephen a fini par rompre le silence en jetant sur le tapis plusieurs sujets de discussion, laquelle a viré plusieurs fois au vinaigre, Ken devenant la cible des sarcasmes de Stephen.

Et hier soir, de nouveau, Ken n'est pas venu se coucher auprès d'elle. Sous prétexte qu'il s'était endormi devant la télévision. Ce matin, quand elle lui a demandé s'il était encore furieux contre son frère, il s'est détourné vivement sur le seuil de la porte et a déclaré que c'était beaucoup plus compliqué que ce qu'elle pensait. Puis, en sortant la voiture du garage, il a baissé sa vitre et lui a donné rendez-vous ce soir à cinq heures… pour parler.

« Tu n'as qu'à rester un peu. Nous pouvons tout aussi bien parler tout de suite, ici », a-t-elle répondu, le dos soudain inondé d'une sueur froide, alors qu'il reculait la voiture dans l'allée. Ils n'ont pas fait l'amour depuis des semaines. Des mois, si on compte bien. Le désir les a quittés. Depuis longtemps. La crise de la quarantaine. C'était Robin qui avait employé cette expression en lui assurant qu'aucun couple n'y échappait. Nora s'était sentie un peu rassurée. Ken a pourtant toujours été le plus amoureux. À présent, il se montre impatient, pressé d'en finir, afin d'aller regarder la télévision, de se brosser les dents, tous les prétextes sont bons. Il a mal au dos, mais il va quand même jouer au racquetball deux fois par semaine. Samedi, après une très agréable soirée au restaurant arrosée de deux bouteilles de vin en compagnie de Bibbi et Hank Bond, elle a fermé à clé la porte de leur chambre et lui a déclaré qu'elle avait passé tout le dîner à avoir envie de lui, très fort. Il n'avait rien à faire, il lui suffisait de rester allongé, elle s'occuperait de tout, lui a-t-elle promis en débouclant sa ceinture. Il a marmonné quelque chose. Quoi ? Il était épuisé. Raison de plus, lui a-t-elle dit en riant et en lui léchant l'oreille pendant qu'elle ouvrait sa braguette. Il a repoussé sa main. Il fallait qu'il descende prendre du Maalox, il avait trop mal à l'estomac.

« Drew est toujours là, lui a-t-il lancé de la voiture.

— Et alors ? En plus, il est sous la douche.

— Je n'ai pas le temps. Je suis déjà en retard.

— Mais pourquoi au bureau, dans ce cas ? Pourquoi là-bas ? »

En général, il n'avait qu'une hâte, c'était de quitter le journal. Il n'y était jamais resté après cinq heures.

« J'ai une réunion juste après. »

L'avait-elle entendu soupirer ?

« On parlera quand tu rentreras à la maison, alors.

— Il faut que nous parlions.

— Pourquoi ? Qu'est-ce qu'il y a, Ken ? Dis-moi. Dis-le-moi tout de suite. »

Dans le silence, elle était presque palpable, sa peur de toujours. Cette nuit, cet homme, il y a si longtemps. Ainsi il avait fini par l'apprendre.

« Je ne suis pas dans mon assiette, voilà tout.

— Tu es déprimé. »

Pourvu que ce soit juste un coup de cafard. S'il vous plaît, supplia-t-elle quelqu'un. Dieu.

« Oui. Possible. Quelque chose de ce style.

— Ça arrive, mon chéri. Le problème, c'est que tu n'as jamais connu ça, et que tu ne sais pas comment réagir. Je me trompe ?

— Je ne sais pas », dit-il d'une voix adoucie.

Elle gare sa voiture à côté de la sienne. C'est drôle, pense-t-elle, il n'y a pas beaucoup de neige dessus. Le coupé sport en général rutilant est éclaboussé de traces de boue et de sel antiverglas. Des vêtements s'empilent sur le siège avant, un pull en coton bleu pâle, une veste jaune, des polos. Des tenues d'été. Sans doute a-t-il rangé son casier au club et va-t-il déposer au pressing tout ce qu'il a récupéré. Pour Ken, cela compte beaucoup d'être bien habillé. Cela a toujours beaucoup compté. En cela, il ressemble à sa mère. Une très belle femme. Addie. Les cheveux de jais, des yeux splendides. Leur fille, Chloé, a hérité de sa chevelure soyeuse et sombre, et elle tient d'elle ce rire un peu rauque qui faisait dans la jeunesse de sa grand-mère tourner la tête aux hommes au risque de trébucher contre le trottoir ou de rentrer dans les portes.

C'est Chloé ! se dit-elle en ouvrant avec sa clé la porte de derrière qui mène aux bureaux de la rédaction. Chloé a de nouveau fait des siennes. Voilà pourquoi Ken est si préoccupé et anxieux. Le pire a été l'an passé : Chloé et son petit ami Max Lafferty main dans la main dans leur salle de séjour, Max les informant qu'ils allaient se marier. Tout était organisé, ils avaient pensé à tout, leur avait-il déclaré en brandissant un cahier à spirale contenant des listes. Il finirait le lycée, bien sûr, puis poursuivrait des études de journalisme. Chloé travaillerait. Lui aussi, d'ailleurs, l'été et pendant les petites vacances. Ils mettraient le bébé chez la nourrice. Ils n'avaient encore rien dit à ses parents à lui, mais il savait qu'ils feraient tout leur possible pour les aider. (M. Lafferty était facteur et ses jumelles étaient à la fac, donc encore à sa charge.) En plus, avait conclu Max, s'il indiquait qu'il avait un enfant à nourrir dans son dossier, il pourrait plus facilement obtenir une bourse. Ken avait été tellement stupéfait qu'il en avait perdu sa voix. Lui qui avait la langue plutôt bien pendue.

« Et que devient Chloé, là-dedans ? » avait demandé Nora à l'échalas de dix-sept ans avec qui sa fille sortait depuis moins de trois mois.

Max n'avait même pas encore son permis de conduire. La première fois que Nora l'avait vu, il était sur son skate-board.

« Elle fera ses études une fois que j'aurai fini les miennes, avait expliqué Max, très sûr de lui, les taches de rousseur sur ses joues fonçant d'émotion.

— Ce sera mon tour, avait ajouté Chloé en levant vers lui un beau sourire.

— Très bien, mais ce n'est pas ainsi que nous envisageons les choses, était intervenu Ken.

— Avec tout le respect que je vous dois, monsieur… »

Ken avait coupé le garçon d'un grognement.

« Respect mon œil, oui ! Fiche-le camp d'ici immédiatement !

— Papa ! s'était écriée Chloé.

— Monsieur Hammond, je…

— Elle a seize ans, et toi, tu as quel âge ?

— Dix-sept.

— Tu vois. Alors, décampe, Max. Pars, c'est tout. Je m'occupe de tout. Va-t'en. »

Ce n'étaient pas des paroles en l'air. Nora, pour sa part, pensait qu'il valait mieux attendre, afin de ne pas brusquer la sensibilité de Chloé, afin de prendre le temps d'en discuter avec elle, de faire le tri, de remettre ses idées en place afin qu'elle puisse choisir en toute connaissance de cause et en saisissant la portée de ses actes. Pour Ken, une seule décision était envisageable, et elle était déjà prise. Ils l'avaient conduite à la clinique et étaient restés avec elle à la maison les deux jours suivants, puis, dès que le sang s'était mis à couler, au milieu de la nuit, ils l'avaient emmenée aux urgences. Car, au bout du compte, c'était toujours à son père qu'elle se raccrochait, c'était toujours son père qui la comprenait, bien plus que sa mère.

Une fille doit parfois mettre une énorme distance entre elle et sa mère avant de pouvoir se rapprocher d'elle, disait la mère de Nora juste avant sa mort. Nora essayait de lui demander pardon d'avoir été une adolescente difficile et, sans s'y référer directement, d'avoir disparu huit jours avec Eddie Hawkins. Huit jours d'enfer, avait déclaré sa mère, le soir où elle était venue la chercher en voiture à la gare routière. Huit jours que Nora aurait donné n'importe quoi pour effacer. Surtout maintenant. Chaque fois qu'elle craint que quelque chose n'arrive à Ken ou aux enfants, les vannes s'entrouvrent, et un filet d'angoisse et de culpabilité se met à suinter dans son âme.

L'été dernier, Ken avait été convoqué un soir au commissariat. Chloé avait été embarquée avec toute une bande d'ados qui participaient à une soirée alcoolisée alors qu'ils n'avaient pas encore vingt et un ans. Elle était soûle et vomissait, l'avait informé le shérif. « Elle a besoin d'un avocat », avait décrété Nora en s'apprêtant à composer le numéro de Stephen, mais Ken l'en avait empêchée en lui disant de le laisser faire. La raison pour laquelle elle vomissait, avait-il expliqué au shérif, c'était qu'elle avait la grippe – elle était malade depuis des jours. En dépit de son haleine chargée et du fait qu'elle pouvait à peine parler, le shérif l'avait laissée repartir. Les autres parents avaient été avertis par téléphone, et rien n'avait transpiré dans la presse. Plusieurs jours plus tard, Nora était toujours en colère, et bouleversée. Voir sa fille dans cet état, ivre morte, touchait en elle une corde trop sensible. Alors que, pour Ken, ce n'était qu'une de ces conneries que les mômes font tous, tôt ou tard. Il trouvait géniale la façon dont les garçons tournaient autour de Chloé. Ses bulletins, tout aussi mauvais que ceux qu'il avait eus en son temps, faisaient l'objet de plaisanteries entre eux. Quoique, dernièrement, l'entrée à l'université pointant son nez, il fût beaucoup plus sur son dos pour qu'elle travaille. En septembre, il avait promis à Chloé une carte Gold si elle obtenait les félicitations.

« Pas question ! » avait protesté Nora. Il était inconscient, ou quoi ? Le mois d'avant, il avait surpris Chloé en train de fumer de l'herbe dans sa chambre. En écrasant le joint, il lui avait dit qu'il y avait un temps pour chaque chose.

« Et le moment est mal choisi, avait-il ajouté. On ne fume pas en semaine. Et pas seule dans sa chambre. »

Nora lui avait volé dans les plumes :

« Alors tu lui donnes le feu vert ? “Ne fume pas seule”, c'est tout ce que tu trouves à lui dire !

— Ce n'est pas ce que j'ai dit, s'était-il défendu, les yeux pleins d'une lassitude de plus en plus familière.

— Si ! Tu lui permets le joint récréatif, et tu la mets en garde contre l'accoutumance. »

Pendant le reste de la soirée, Ken était demeuré tellement silencieux qu'elle l'avait accusé, lui, de bouder, alors que cela avait toujours été elle, la boudeuse, la rancunière, la mélancolique.

« Tu es furieux contre moi, lui avait-elle lancé quand, levant les yeux, elle avait croisé son regard posé sur elle.

— En fait, avait-il soupiré en appuyant la tête contre le dossier de son fauteuil, je t'enviais.

— De t'avoir épousé », avait-elle répondu en riant.

C'était une de leurs vieilles blagues. Mais, cette fois, il n'avait même pas souri.

« Ton bon sens, tes valeurs. Ton art d'aller toujours à l'essentiel, tu vois ce que je veux dire ? » avait-il entonné avec un soupir.

Et ce soupir, même après coup, même aujourd'hui, des semaines plus tard, la trouble.

Elle ouvre la porte du bureau de Ken. Un pauvre éclairage est dispensé par la lampe à abat-jour noir du buffet. Lui qui d'habitude garde toutes les lumières allumées, de jour comme de nuit. Elle le trouve assis, le menton dans la main. Il réfléchit, lui répond-il quand elle lui demande s'il a mal à la tête.

« Qu'est-ce qui ne va pas, Ken ? » Soumise à son long regard pensif, elle prend conscience de l'enchevêtrement de plantes grimpantes suspendues devant la fenêtre obscure et, au-delà de la vitre, de la rangée dentelée de stalactites qui s'égouttent sur le rebord en granit. « Pour l'amour du ciel, Ken, parle ! » Elle se laisse tomber dans un fauteuil et déboutonne son manteau. Il a les cheveux en broussaille, les joues bleues. « Ken, tu me fais peur ! » C'est sûrement

Chloé ! Seule sa fille peut provoquer chez lui un pareil désarroi.

« C'est tellement dur. » Il se racle péniblement la gorge.

Même si elle le garde pour elle, elle est décidée à ne pas céder. Cette fois, Chloé doit se sortir toute seule du pétrin dans lequel elle s'est fourrée. Elle prendra son rendez-vous comme une grande. Il faut qu'elle se rende compte que sa conduite anéantit son père. Oh, Kenny ! songe-t-elle en posant sa main sur la sienne, mon insouciant amour, voilà ce qu'on récolte à trop gâter sa petite fille.

« C'est tellement dur, répète-t-il, avec une crispation de tout le visage. Je dois te le dire. Il le faut. Mais je ne sais pas comment. C'est la chose la plus dure que j'aie jamais eu à faire. Je crois que tu en sais déjà une partie. Un petit bout. Forcément. » Il retire sa main de dessous celle de Nora. « J'ai essayé de l'arrêter. Je ne voulais pas te blesser. Plus que n'importe quoi, ce qui m'a retenu, c'est que je ne voulais pas vous blesser, toi, Chloé, Drew. » Sa voix se casse. « Je suis déchiré. C'est ça, le pire – briser quelqu'un, surtout toi. Surtout toi. » Il se mouche. « Bon, tout a commencé presque comme une plaisanterie, je t'assure. Un jeu innocent. "Pourquoi ne m'invites-tu jamais à déjeuner ? C'est toujours au tour de Bob." Nous étions de si vieux amis, cela semblait… C'était drôle, tu vois, alors… c'est ce que j'ai fait. Je l'ai fait. Je lui ai donné rendez-vous et… » Il secoue la tête, ferme les yeux et chuchote :

« … c'est arrivé.

— De quoi es-tu en train de parler ? » s'exclama-t-elle.

Mais il a raison, n'est-ce pas ? Sa nervosité des semaines passées, son air lointain. Elle sait. Bien sûr qu'elle sait. Et maintenant qu'elle sait, elle est sûre qu'elle a su. Su quoi ? Que, depuis quelques semaines, tout dans leur vie n'est que mensonge ? Cela n'a pas de sens. Rien n'en a.

« Robin. Robin et moi. » Sa voix que l'émotion éraille lui écorche les tympans et la fait grincer des dents. Robin et Bob, leurs amis de toujours, ses copains d'enfance, et Robin, son amour de jeunesse. Son amoureuse.

« Tu l'as baisée ? » Elle est sidérée par la facilité avec laquelle elle a prononcé ce mot qu'elle n'a pas utilisé depuis vingt ans. Il fait oui de la tête, la bouche tremblante. « Combien de fois ? » demande-t-elle, et de nouveau il grimace.

« Je ne sais pas. » Il refuse de la regarder.

« Pourquoi ne le sais-tu pas ?

— Je n'en sais rien, c'est tout. S'il te plaît, Nora, ce n'est pas…

— Ce n'est pas quoi ? Pas important ? Eh bien, si, pour moi, ça l'est ! C'était quand ? À l'heure du déjeuner ? Ou… ou après ? La semaine dernière, quand tu as séché la réunion du personnel, c'est à ce moment-là ? C'est là que tu étais ? »

Il la contemple avec des yeux navrés, sans ciller.

« Nora, il n'est pas question de quelques… de quelques fois, hoquette-t-il en appuyant sur “fois”. Je te parle d'une relation durable que nous… que j'ai eue.

— Une relation durable.

— Pendant quatre ans. »

Une relation durable. Elle ne pense plus qu'à cela, même maintenant, une semaine plus tard, cette pression dans la tête, de plus en plus forte. Depuis quatre ans, son mari passe tout son temps libre avec Robin Gendron. Où cela ? Il refuse de le lui dire. Elle insiste. Après des années de mensonge, elle a droit à la vérité. Il lui doit au moins cela. Mais ne comprend-elle pas qu'en parler a pour effet d'exacerber sa douleur, et il n'a pas envie de la voir souffrir davantage à cause de lui.

« Il faut que je sache, si je veux y voir clair. J'ai besoin de mettre les choses en perspective.

— Quoi ? Qu'est-ce que tu veux savoir ?

— Tout ! insiste-t-elle. Tout. »

Chloé et Drew partent pour le lycée. La porte ne s'est pas plutôt refermée sur eux qu'elle se rue dans la cuisine. Quand les enfants sont à la maison, elle ne se risque pas près de lui. Sous sa robe de chambre, elle porte encore ses vêtements de la veille. Elle a été terrassée par le sommeil sur le canapé et, lorsqu'elle s'est réveillée à trois heures du matin, la tête tourbillonnante de pensées, elle n'a pas osé monter se coucher dans son lit, parce qu'elle n'a qu'une envie, c'est de le frapper. De lui faire mal, de lui donner des coups. Ken mastique son Granola mélangé à de fines tranches de banane. Quant à elle, tout ce qu'elle arrive à avaler depuis des jours, ce sont des crackers et un peu de thé. Il arrête de manger et pose sa main sur la sienne.

« Je t'ai dit la vérité, Nora. C'est vrai.

— Tu ne m'as pas dit où. »

Il ferme les yeux.

« Surtout là-bas, chez elle. »

Choquée, elle retire sa main.

« Et tu as pensé à Drew ? »

Clay est le meilleur ami de Drew. Leur fils était toujours fourré chez eux. Lui revient soudain un souvenir datant de l'été dernier. Drew était rentré avec un bleu sur la joue. Un ballon de basket dans la figure, avait-il dit, mais, par la suite, il avait cessé de voir Clay, il n'était plus allé chez les Gendron.

« Il sait, n'est-ce pas ?

— Bien sûr que non, proteste Ken. Mon Dieu, Nora, tu peux quand même me croire un peu. »

« Te croire un peu ! » souffle la folle qui vocifère sous son crâne. Et à quoi peut-elle se fier ? À sa parfaite duplicité ? À sa sournoiserie ? Ou à son savoir-faire quand il s'agit de la tromper – pardon ! d'entretenir une relation durable ? Qui pourrait faire mieux que la ravissante et généreuse Robin et ce cher Ken, si charmant, l'insouciance même !

« Alors, où, dis-tu ? Où est-ce que tu la baisais, déjà ? »

Comme elle goûte ce mot, comme il roule bien sur sa langue, chargé de venin. Et l'accablement visible de Ken quand elle le fait sonner à ses oreilles.

« Nora, je t'en prie. »

« J'essaie de manger », ce sont les paroles qu'il a sur le bout de la langue, en soulevant sa cuillère. Si seulement il osait les prononcer, elle pourrait lui renverser son bol sur la tête ou l'envoyer valser dans la baie vitrée, ce qui provoquerait une explosion de plantes grasses et projetterait des éclats de verre sur les dalles du patio. Le naufrage d'une vie qui se matérialiserait, des décombres à fouler aux pieds, les reliefs d'un mariage exposés aux yeux de tous. Au lieu de cette mort à petit feu.

« Dans son lit ? Au sous-sol ? Dans la voiture ? »

Bon, elle a compris. Dans tous ces endroits à la fois. Partout et tout le temps. Comme c'est excitant. Revenus à l'adolescence.

« Que disais-tu aux enfants quand ils étaient là ?

— Je te dis qu'ils n'y étaient pas.

— Et Lyra ? Elle a quel âge maintenant, quatre ans ?

— Environ.

— Elle était là, elle. Bien sûr que oui. »

C'était obligatoire. Elle enchaîne :

« Elle t'appelle comment ? Ken ? Kenny ? Oncle Ken ? »

Un autre souvenir lui revient. Le country club. Le barbecue du 4 Juillet ? Non, du Labor Day. La petite fille endormie dans les bras de Ken. Nora avait été tout attendrie de voir avec quelle gentillesse il traitait cette enfant. Bob était tellement soûl que Ken l'avait ramené chez lui, une fois de plus. Ken avait téléphoné ensuite pour lui dire qu'il serait de retour tard, Bob ayant encore besoin de lui. À cette évocation, Nora renverse la tête en arrière et éclate de rire. Une parfaite mise en scène. Elle reprend :

« Et qu'est-ce que tu faisais, une fois que tu l'avais bordé dans son lit ? Tu montais… sur sa femme ? »

Elle ne supporte plus de prononcer son prénom. *Elle, cette salope*. Il sait de qui il s'agit. Et elle aussi, elle sait, rien qu'à entendre son long soupir triste, que c'est ainsi que cela se passait, Bob sombrant dans l'inconscience dans la pièce voisine, au bout du couloir, à l'étage inférieur, en tout cas sous le même toit, tous les trois, Bob, Robin et Ken, intimement liés depuis l'enfance, camarades de jeu depuis le CP. S'était-il jamais réveillé ? Cela s'était produit, inévitablement. Pour aller aux toilettes, ou vomir son alcool, les deux autres se figeant dans le feu de l'action, tandis qu'il titubait dans le couloir en se tenant aux murs ; elle voit cela d'ici, leurs corps nus cramponnés l'un à l'autre, son souffle à elle sur sa poitrine glabre, chaque détail malsain. Ils avaient dû l'échapper belle à plusieurs reprises. N'est-ce pas ? N'est-ce pas ? Quel effet cela lui faisait-il de la pénétrer en se disant tout le temps que Bob risquait d'un moment à l'autre de tomber sur son vieux copain en train de baiser sa femme, la longue chevelure de celle-ci balayant le visage de Ken, parce que c'est ainsi qu'ils lui apparaissent chaque fois ? Elle ne peut s'empêcher de voir Robin penchée sur lui en plein jour, toutes les lampes allumées pour qu'il puisse admirer chaque centimètre de son corps bronzé, lisse et musclé par des années de tennis et de jogging. Pilates, haltères. Ses abdominaux d'acier, c'est l'expression qu'il avait employée, pour la taquiner, au club, cet été même.

« Alors, c'est bien ce que tu faisais ? C'est bien ça ? Obligatoirement.

— Arrête. Je t'en prie, Nora.

— C'était plus excitant de cette façon ?

— C'est fini, je ne veux plus, dit-il en se frottant les yeux.

— Ah bon, vraiment ? Tu ne veux plus ? Oh, mon pauvre Kenny. Pourquoi donc ? C'est trop culpabilisant ? Ça te fait trop mal ? Là-dedans ? Là-dedans ? Là-dedans ? » hurle-t-elle en se frappant la poitrine, encore et encore.

4

« Enfin, *last but not least*, j'en arrive à notre estimable président du comité de développement de l'hôpital, Kendall J. Hammond, et à sa merveilleuse épouse, Nora », entonne dans les haut-parleurs la voix masculine au faux accent britannique.

« Pitié, pas moi », murmure-t-elle, et les mâchoires de Ken se crispent. La grande double porte au chambranle doré s'ouvre comme par enchantement. Bras dessus bras dessous, ils entrent dans la salle de bal étincelante. Nora vêtue de soie noire, les cheveux tirés sur la nuque, le teint cireux ; Ken en smoking, nœud papillon, la taille prise dans une large ceinture en soie rose à motifs cachemire. Les applaudissements crépitent tandis que l'irrésistible Ken, soulevant un haut-de-forme imaginaire, salue à la ronde de table en table, le visage éclairé d'un sourire juvénile et charmeur, plus que jamais le Ken chéri des foules. La reine de glace sourit, opine de la tête, force ses yeux irrités à s'arrondir, d'une grâce un peu raide, la gorge à vif à force d'avoir crié. Même si Ken lui a assuré que Robin et Bob ne seraient pas là, elle ne peut empêcher son regard de se promener çà et là.

Une blonde sur le retour en robe bustier rouge qui lui scie la chair flasque des seins tend le bras et se saisit de la main de Ken. Il se penche pour déposer un baiser sur sa joue fardée. Nora reconnaît une amie de sa mère, même si, pour l'instant, elle ne retrouve pas son nom. Au cours des derniers jours, des pans de sa mémoire ont été effacés, sapés par la trahison. Son cerveau lui-même a été traumatisé. « Nora, tu te rappelles la bonne vieille amie de maman, Sissy. » Bien sûr. Les Hammond ont quantité de bons vieux amis. C'est inévitable quand on fait ainsi partie d'une vieille famille. Et Ken est le plus fidèle de tous… Ce salaud… Cette ordure ! Elle sent le rouge lui monter au visage. C'est comme pour Hammond père, dont les hommes évoquent encore les aventures extraconjugales de ce ton nostalgique et bienveillant qu'ils prennent pour commenter les matchs de foot de leur jeunesse universitaire. Non, il ne s'en tirera pas si facilement. Elle doit se garder de faire retomber la faute sur d'autres que lui. Ken tire une chaise qu'il lui présente, et d'un geste élégant du poignet il secoue sa serviette, qu'il pose sur les genoux de Nora. Tout le monde trouve son petit numéro follement drôle.

Stephen et Donald sont assis en face d'elle. Stephen lui envoie un baiser du bout des doigts. Donald lui lance un coup d'œil. L'un et l'autre ignorent Ken. Et ce dernier fait celui qui ne voit rien. Donald est médecin anesthésiste. Stephen et lui vivent ensemble depuis bien avant son propre mariage. Les Cox sont là, eux aussi, ainsi que les Jerrold, les Whiteman, les Bond, bref le gratin habituel des galas de bienfaisance. Ce soir, c'est Evvie Cox qui préside le bal de l'hôpital, un événement d'autant plus exceptionnel que c'est le cinquantième. Evvie a l'air épuisée. Mince, les cheveux gris, elle se remet d'un infarctus. Un flot continu d'invités vient la complimenter sur sa mine, la splendeur du bal, son courage. Le regard de George Cox se durcit après un deuxième martini. Il ne va pas tarder à chercher la bagarre avec quelqu'un, serveur, ami, peu importe.

Nora se trouve soudain la cible du bavardage nerveux de Joanne Whiteman.

« Tu es ravissante, Nora. Mais que tu es blanche ! Vous êtes restés combien de temps ?

— Où ça ? réplique Nora, qui s'efforce en vain d'attirer l'attention du serveur.

— À Anguilla.

— Nous ne sommes pas encore partis. C'est pour vendredi.

— Je parie que tu meurs d'impatience. Quel horrible hiver, tu ne trouves pas, avec toute cette neige et cette nouvelle grippe, une grippe d'oiseau ou je ne sais quoi. S'il n'y avait pas la maison, je sauterais dans le prochain avion pour les Caraïbes, crois-moi, mais ils viennent de commencer à poser le papier peint, et je me fiche de ce que les gens disent, je refuse de surveiller les travaux depuis le cyberespace. C'est une absurdité, et impossible, comme tu sais ! Il faut avoir une vue d'ensemble. Tu as besoin de voir la lumière et de sentir l'ambiance de la pièce et la façon dont l'énergie circule… »

Qu'est-ce qu'elle raconte ?

« Excuse-moi, Jo, l'interrompt Nora en faisant signe au serveur. Garçon ? appelle-t-elle en se demandant si sa voix trahit son désespoir. Garçon ? »

Stephen se lève et se penche vers elle.

« Tu es magnifique. Comme toujours », dit-il en la prenant un instant affectueusement par les épaules et en jetant un rapide coup d'œil du côté de Ken avant de s'éloigner.

Donald le suit des yeux. Ses grosses joues sont devenues écarlates. De nouveau laissé sur le carreau. Nora compatit. Stephen, qui ne tient jamais en place, vit sur ses nerfs, tandis que Donald est calme, gentil et ne se plaint jamais.

Joanne a réussi à accaparer Ken. Sa maison fait partie des six sélectionnées par l'association des demeures historiques en vue de sa visite groupée annuelle. Joanne est chargée de la communication, mais, comme le budget pour la publicité est quasi nul, elle compte sur le *Chronicle* pour en parler afin d'appâter les amateurs. Evvie Cox vient d'être conviée à la table de l'accueil pour confirmer l'identité de personnes ayant oublié leur invitation.

« Comme si quelqu'un avait envie de resquiller pour assister à ce *soporathlon* », chuchote Christine Jerrold.

Nora rit de bon cœur. Maintenant qu'elle a un verre à la main, elle se sent ragaillardie.

« Tu aimes ma robe ? enchaîne Christine, une grande blonde solidement charpentée, aux cheveux courts, passionnée de golf, sport dans lequel elle excelle, d'ailleurs.

— Oui, elle est très jolie, répond Nora en faisant semblant de l'admirer. Ne t'ai-je pas déjà vue dans quelque chose de semblable ?

— Mais oui ! Dans celle-ci ! fait Christine en s'esclaffant. Je porte la même robe à chaque bal de l'hôpital depuis 1999. C'est ma façon à moi de contester.

— C'est génial, Chris. Génial ! » répond Nora en souriant.

Trois ans de suite la même conversation. Les yeux lui piquent. Il va falloir qu'elle se remette des gouttes.

Les Bond se contorsionnent pour parler à des amis à la table voisine. Quand ils se tournent vers eux, Nora voit le visage de Ken s'éclairer, son sourire de gamin, ses yeux qui brillent. Bibbi et Hank Bond forment, dans l'esprit de Ken, le couple parfait. Hank possède un yacht, un avion privé, et bien entendu il joue au golf, pratique le racquetball, raffole des mondanités et tient l'alcool presque aussi bien que Bibbi. Leurs petites dents sont éclatantes de blancheur dans leurs visages bronzés. Avec leurs voix rocailleuses, leurs cheveux noirs coupés court, leurs petits nez en trompette, on pourrait les prendre pour un frère et une sœur. Des cousins, pour le moins. D'ailleurs, ils le sont peut-être, songe-t-elle. Cela expliquerait pourquoi tous ces gens ont un côté « fin de race ». Ils sont si superficiels. Après toutes ces années d'inceste mondain. Les Bond ont un problème avec leur fille, Nora ne se souvient pas de quelle nature exactement, mais c'en est sans doute une conséquence. Bibbi se penche de côté devant Hank.

« Kenny, dit-elle en lui tapotant le bras comme pour le consoler. Merci. »

Au bref regard qu'il lui jette, une autre pièce de puzzle se met en place : ils sont au courant, non seulement ils savent mais ils ont souvent servi de couverture à leur Ken chéri, ils ont aidé Robin, ils ont comploté avec lui. Elle se tord les mains sur les genoux. Ses doigts s'attaquent les uns les autres, avec les ongles, se tirent des bouts de peau jusqu'à laisser la chair à vif. Oui. Sans doute sortaient-ils ensemble, ces deux couples. Bibbi devait avoir l'impression de se comporter avec bravoure et de mener un combat au nom de l'amour. Oui. Tous ces après-midi de canicule où Ken avait fait irruption dans le bureau de Nora et où soudain il était là, relâchant son nœud de cravate, l'informant que Hank venait de leur lancer une invitation pour un tour en bateau, apéro et dîner, dernière minute mais qu'est-ce que ça pouvait faire ? Elle était chaque fois obligée de lui rappeler la même chose – son mal de mer – et l'encourageait à y aller sans elle. Elle se débrouillerait. « Tu es sûre ? » répétait-il, dissimulant mal sa joie sous une sollicitude puérile.

« C'est cette chaleur. Je ne supporte vraiment pas quand il fait si chaud, soupirait-il.

— Allons, Kenny, sois honnête, ce n'est pas la chaleur qui est en cause, disait-elle en riant. Tu n'as plus envie de travailler après le déjeuner.

— Ne le dis pas à Ollie », lui avouait-il dans un chuchotement de comédie en jetant vers le couloir des regards à la dérobée qui trahissaient sa hâte de s'échapper.

À présent, elle observe Ken d'un air résolu. Arrachée à son point d'ancrage, elle ne peut pas s'en empêcher. La terre s'est dérobée si brutalement sous ses pieds, balayée par une force si colossale, qu'elle ne peut pas lutter, qu'elle n'a plus rien à quoi se raccrocher. Rien de fixe. Aucune personne de confiance. Chaque événement, aussi trivial soit-il, chaque conversation, chaque souvenir exige d'être examiné, chaque mot et chaque détail recueilli afin d'être disséqué sous la lumière crue de cette terrible révélation – à savoir que, depuis quatre ans, son mari couche avec une autre femme. Et il refuse en outre d'utiliser le terme d'« aventure », il ne lui accorde même pas cette misérable sécurité, ô combien douloureuse pourtant. Pourquoi ? Parce que cela pourrait paraître de mauvais goût, indigne de lui ? La connotation de brièveté et de superficialité salirait-elle ce que lui et cette salope ont partagé ? D'un autre côté, est-ce que qualifier cette chose de « relation durable » lui prête profondeur et richesse ? Affection ? Amour ? Autour de la table, les bouches s'ouvrent et se ferment, rient, parlent, boivent, sourient. Nora la barbante, toujours tellement sérieuse, eh bien, elle a finalement eu ce qu'elle méritait, et ce cri silencieux... n'entendent-ils pas la folle ? Bien sûr que oui. Ils font juste semblant, ils sont polis. Surtout ne pas gâcher la soirée. Leur bal. Toutes ces toilettes coûteuses. Le plaisir qu'ils tirent de leur compagnie mutuelle. Quelle idiote d'être venue. Elle n'a pas sa place ici. Elle ne l'a jamais eue. Elle ne l'aura jamais.

Ce matin, Drew lui a demandé la permission de passer le week-end chez son ami Billy. Il n'a rien dit, mais il cherche à s'évader de cette maison sous extrême tension résonnant du claquement des portes, de pleurs brusques, du chagrin de Ken, des pas précipités de Nora vers la salle de bains où elle noie ses gémissements sous la douche. La requête de Drew a éveillé un autre souvenir : son dernier week-end chez Billy. Pas plus tard que décembre dernier. Ce vendredi-là, Ken était allé à Burlington pour un congrès des éditeurs de la presse écrite de Nouvelle-Angleterre. Il avait téléphoné tôt dans la soirée pour l'informer qu'il y avait une tempête de neige et que, plutôt que de se risquer sur des routes glissantes, il descendrait à l'hôtel et partirait à la première heure le lendemain matin. Mais bien sûr, avait-elle dit. Excellente idée. Pas de problème. Elle aurait dû se méfier et vérifier sur Internet la météo dans le Vermont. Elle pouvait encore le faire, d'ailleurs. Il lui suffisait d'avoir la date. Le relevé des appels téléphoniques de décembre. Il était sans doute parti avec *elle*, joyeux à la perspective de passer la nuit avec sa maîtresse, sans avoir à se glisser ensuite dans la chambre conjugale subrepticement, à une heure indue, en prétextant s'être endormi sur le canapé devant la télévision. En y repensant, elle est sidérée d'avoir pu être aveugle à ce point.

Ce doux brouhaha exacerbant le scintillement du luxe, ces visages souriants, tout le monde parlant à la fois dans le décor noir et or de cette salle de bal où chacun sait que Ken et Robin Gendron… quoi ? Comment diraient-ils cela ? Couchent ensemble ? Ont une aventure ? Pas quatre ans – non, quatre ans, c'est plus que cela. Quatre ans, cela fonde un couple. C'est de l'amour. C'est ce que Ken veut dire par « relation durable ».

« Souriez ! s'écrie Jimmy Lee, qui veut qu'ils rapprochent leurs chaises pour la photo. Vous ne souriez pas, madame Hammond ! » ajoute Jimmy, embusqué derrière son appareil.

Elle essaie.

« Mieux que ça, madame Hammond ! On croirait à vous voir que vous venez de perdre votre meilleure amie », la taquine-t-il.

Joanne Whiteman lance un regard à Bibbi Bond, laquelle respire un grand coup et pianote de ses ongles carrés rouges au bord de son assiette.

Le groupe de soutien de l'adultère, pense Nora en élargissant son sourire. Après la photo, Ken prie ses amis de l'excuser puis, la frêle Evvie à son bras, s'éloigne en quête d'autres membres du comité, Jimmy Lee dans leur sillage, ses sacs de matériel suspendus à son manteau en cuir noir. En qualité de représentant du *Chronicle*, Ken est le membre le plus prestigieux des clubs Kiwani, Elk et Rotary, le vice-président de la chambre de commerce, le trésorier du comité d'administration de l'hôpital, le président du comité des boy-scouts, le plus important membre du conseil exécutif œcuménique de Franklin. Ken assiste à des banquets et à des cérémonies d'inauguration, pendant que, derrière leurs portes closes, Oliver reste enfoui dans les problèmes du journal et Stephen gère leurs finances. Un alliage parfait de tempéraments.

« Salut, mon lapin. Comment ça va ? »

Bibbi se glisse sur la chaise abandonnée par Ken et serre la main de Nora avec un sourire affectueux.

« Ça va. Très bien. »

Nora retire sa main.

« La photo de toi dans *Newsweek* est superbe. »

Bibbi ajoute que Letitia Crane voudrait venir donner un coup de main à la Sojourn House.

« Vraiment ? »

Nora n'arrive pas à détacher les yeux du visage rond et lisse de Bibbi, de sa bouille de petit animal aux yeux luisants, aux griffes pointues. La meilleure amie de Robin Gendron, ainsi que l'ancienne camarade de lycée – un lycée privé – de Ken. Cette expression de sympathie malicieuse, c'est cela qu'il avait sûrement recherché quand il avait eu besoin de quelqu'un à qui parler, à qui confier leur grand secret, et, bien entendu, elle avait été la dupe de cette pétillante mascarade de sincérité. Oh, qu'elle était donc complexe, leur intrigue, et combien Bibbi avait dû se régaler au cours des quatre dernières années.

L'orchestre a attaqué la musique sirupeuse de *Some Enchanted Evening*. Les premiers couples commencent à danser pendant que des serveuses en tablier noir à volants débarrassent les tables. Donald, toutefois, continue à manger. Profitant de l'absence de Stephen, il découpe la côtelette que Joanne vient de lui glisser. L'assiette de Nora a disparu. Elle ne se rappelle pas avoir avalé quoi que ce soit. Un peu de sueur lui coule sur les flancs, elle est en train de fondre. Ses diamants lui piquent le cou.

« J'ai moi-même envisagé de venir comme bénévole, réplique Bibbi tout en distribuant de petits signes du bout des doigts et des sourires éclairs aux danseurs qui défilent devant elle en se penchant un peu afin de toucher la chère femme. Mais je ne crois pas que j'aie assez d'estomac. Il y a des choses que je préfère ne pas savoir, confesse-t-elle avec un léger mouvement de recul. Mais je t'admire, toi, Nora. Quand je pense à tout ce que tu fais là-bas.

— Mais je ne fais rien du tout… »

Portée par les intonations rêveuses de sa propre voix, Nora lève son verre vide, et presque aussitôt la serveuse vient lui mettre un nouveau gin tonic dans la main. Elle enchaîne :

« Je me contente de leur fournir le nom des Hammond et de veiller à ce qu'ils bénéficient de toute la publicité qui leur est nécessaire. Ce que je suis, déclare-t-elle entre deux minuscules gorgées songeuses, c'est l'amorce du père Grewley… son appât social… pas que je prenne particulièrement notre bon père pour un pêcheur. »

Son rire est trop abrupt, déchiré, presque un sanglot.

Bibbi jette un coup d'œil à Donald, occupé à nettoyer en toute hâte les dernières miettes de gratin avant le retour de Stephen. Elle s'approche encore plus.

« Nora.

— Qu'y a-t-il ? Qu'y a-t-il, Bibbi ? Que veux-tu me dire ? Je ne crois pas que ce soit le lieu le mieux choisi pour… pour quoi ? Tu l'appellerais comment, Bibbi ? Quel nom lui donnerais-tu, à ce jeu ? Que…

— Ce n'est pas un jeu, rétorque Bibbi à voix basse, urgente. Et je sais comment tu te sens. »

Nora est alors prise d'un fou rire libérateur. Tout cela est trop, vraiment trop drôle. Elle essuie ses larmes. Non seulement drôle mais aussi ridicule. Après tout, à quoi s'attend la coriace Nora Trimble ? Rien ne change. Personne ne change.

« On devient juste de plus habiles menteurs ! »

Cette exclamation lui a échappé comme un cri du cœur, elle a du mal à respirer tant elle rit. Elle regarde autour d'elle. La vérité édifiante qui vient de lui tomber des lèvres provoque à peine un vague remous.

« Nora, accompagne-moi dehors, lui chuchote Bibbi. S'il te plaît. »

Autour d'elles, les têtes se tournent. Hank se lève et vient se planter debout derrière elle, posant les deux mains sur le dossier de son siège.

« Allons, allons, du calme, ma biche.

— Quoi ? Ma… quoi ? »

Elle rit encore plus fort. Elle lève vers lui un sourire hilare et répète :

« Ma biche ! Ma biche ! »

Des larmes ruissellent du coin de ses yeux : ces deux-là ont l'orgueil des lions montant la garde auprès de leur proie.

« Nora, articule Hank d'un ton sévère, son visage s'empourprant. Ne fais pas ça. »

Elle meurt d'envie d'avaler son verre cul sec, mais, sous leurs regards lourds de reproches, elle ne se permet que de modestes gorgées. C'est ainsi que boit Oliver, se dit-elle. Tout au long du jour, ces petites gorgées qui lui permettent de continuer à vivre. Oh, Oliver. Aide-moi. Que quelqu'un vienne à mon secours.

« Je vais chercher Kenner. »

Sur ces paroles, Hank s'éloigne vivement.

Kenner. Encore un de leurs petits noms ridicules. Nor. C'est ce qu'ils avaient trouvé pour elle, mais elle ne les avait pas laissés faire. Je m'appelle Nora, Nora tout simplement, Nora ! Venait-elle de parler tout haut ? Elle aurait dû !

« Qu'on aille chercher Evvie ! intervient alors George Cox en levant les yeux et en marmonnant dans sa barbe. Je veux Evvie ici, tout de suite… Putain de bordel !

— Pauvre Evvie, soupire Bibbi en s'adossant à sa chaise, soulagée, comme si, le risque de scandale étant transféré sur le dos de George, Nora était libre de faire une scène si cela lui chantait.

— C'est ce que vous disiez ? » reprend Nora.

Le filet de voix qui lui reste après tout ce gin est sans doute inaudible à cause du niveau sonore de la musique alors que l'orchestre se défoule sur le tempo endiablé de *Jump*. Seuls quelques couples dansent. Ils sont presque tous debout autour de la piste, à taper dans leurs mains… Robin et Ken exécutant les danses rapides, ensemble, pendant que Bob et elle les regardaient en riant.

« C'est comme ça que vous disiez pendant tout ce temps ? *Pauvre Nora ?* demande-t-elle en haussant le ton, afin d'être sûre que Bibbi a bien entendu, puis, les mains sur les genoux, elle se penche vers sa voisine : Pauvre Nora ! Pauvre, pauvre Nora ! Pauvre petite biche ! »

Tiré de ses agapes, Donald, sa serviette se balançant à son énorme col, vient d'un pas lourd se planter à son tour à ses côtés. « Tout va bien, lui assure-t-il. Tout va s'arranger. »

Dans le silence glacial, consterné, elle humecte ses lèvres, et sourit. Elle se tient immobile, souriant timidement à Ken tandis qu'il se faufile vers elle. De table en table, les regards se baissent sur son passage.

« Viens, Nora. »

En lui retirant la serviette qu'elle a sur les genoux, il est stupéfait de voir des gouttes de sang autour des ongles. Bibbi lui tend la pochette en perles de Nora.

« Merci, fait-elle en s'apprêtant à le suivre. Vous êtes tous les deux des as ! »

Bibbi et Hank esquissent de pâles sourires. Ken la tient serrée contre lui en traversant le hall sous le feu des lustres puis le parking, où une neige fine saupoudre les voitures. Il reste un moment assis au volant, le regard fixé sur l'éventail obscur que les essuie-glaces dessinent sur le pare-brise blanc.

« Tu ne peux pas savoir à quel point je suis désolé, Nora, dit-il en se massant le visage. C'est insupportable pour moi de te voir souffrir. Tu le sais. Je ne sais pas pourquoi… Je ne sais pas ce qui est arrivé… Je ne sais pas pourquoi je te l'ai dit, gémit-il, sa voix assourdie par l'angoisse.

— Tu ne sais pas pourquoi tu me l'as dit ! » s'exclame-t-elle.

Elle le gifle, lui donne des coups de poing dans la figure.

« Tu es désolé seulement pour ça ? C'est tout ce qui t'importe, merde ! C'est ça ? Avoue ! Avoue ! Avoue ! » répète-t-elle en pleurant et martelant de ses poings son dos voûté alors qu'il sanglote, courbé en avant, les mains sur la nuque. « Oh, mon Dieu ! halète-t-elle en se laissant retomber sur le siège, assaillie par une vision qui se superpose à la scène réelle – un homme maigre s'effondrant sur un volant. Oh, mon Dieu… oh, mon Dieu, murmure-t-elle en s'adossant à la portière. Ramène-moi à la maison, c'est tout, ramène-moi. »

5

Dans la lumière glauque du crépuscule, Lisa serait presque jolie. Ou est-ce seulement l'effet trompeur de la promiscuité de ces derniers jours ? Au début, il était surtout obnubilé par l'épaisseur de son cou, et cette chevelure carotte qui laissait transparaître des morceaux de crâne rose, mais à présent c'est sa bouche qui ne se laisse pas oublier, ces grosses lèvres charnues mouillées par un babillage constant. Ses sœurs sont plutôt pas mal, pourtant. Elle lui a montré leurs photos, le premier soir de leur voyage. Elles tiennent de leur mère, tandis qu'elle, pauvre petite, elle a eu la malchance d'hériter du gabarit et des jambes courtes du père, songe Eddie avec davantage de dégoût que de pitié. Elle manifeste l'exubérance imbécile d'un chien abandonné. Dès qu'on lui accorde la moindre attention, elle devient collante. Pire lorsqu'elle est soûle. Ses yeux lui sortent de la tête et elle postillonne en riant de son rire bizarrement grave.

Elle adore Las Vegas. C'est sa troisième visite, mais la plus rigolote, a-t-elle prétendu. Les autres fois, sa mère et elle n'avaient fait que jouer aux machines à sous et au black-jack, ce qu'Eddie a refusé tout net. « Allez, viens, s'il te plaît ! » Elle l'a tanné, elle a essayé de le traîner dans le casino en le tirant par la manche. Il était vert de rage. Il lui a fallu tout son sang-froid pour ne pas la gifler. Elle venait déjà de perdre cent vingt dollars – cent vingt ! – alors qu'ils avaient encore toute cette longue route devant eux.

« Non ! a-t-il grogné tout près de son oreille. Tu vas perdre le reste.

— Et alors ? Je m'en fiche. Allez. J'ai envie. S'il te plaît, a-t-elle supplié, pinçant sa bouche tartinée de rouge en une moue vulgaire.

— Bas les pattes. »

Elle a reculé si vivement la tête, les yeux soudain inondés de larmes, que, l'espace d'un instant, il a cru qu'il l'avait frappée. Puis elle a pivoté sur elle-même et fendu le groupe compact qui sortait de l'ascenseur, bousculant les vieilles dames décorées de badges avec leurs noms.

« Lisa ! Attends ! Je te demande pardon. »

Pour sceller leur réconciliation, ils ont assisté à un spectacle : un concert de Céline Dion. « Je t'aime, Céline ! » braillait Lisa d'une voix stridente pendant les applaudissements, poussant des cris et tapant des pieds à leur table au dernier rang. Ils étaient tous les deux ivres, elle plus que lui, qui l'était tout juste assez pour se l'être tapée comme on s'impose une pénitence, dans leur minable chambre de motel empestant le tabac froid, avec ses étouffants rideaux marronnasses qui laissaient encore moins passer l'air que la lumière.

« C'est ma chanteuse préférée. On dirait qu'elle est en transe. Tu as remarqué comment elle chante, c'est presque, tu vois, c'est presque religieux… »

Elle vocifère pour se faire entendre par-dessus la clim et le dernier CD de Céline qu'elle a acheté pour lui. Elle a payé cash, comme tout ce qu'elle a acheté jusqu'ici. Pas de facture une fois de retour chez elle, lui rappelle-t-il chaque fois qu'il la voit sur le point de sortir sa carte de crédit. Traverser le pays telle une écharpe de brume, sans laisser de trace, voilà le principe qui dicte chacune de leurs décisions, chaque itinéraire choisi sur la carte. Dès qu'elle a le dos tourné, il déchire les reçus jusqu'au dernier. Elle admire son sens de l'économie. Elle est émue quand elle le voit tout honteux de ne pas avoir les moyens d'apporter sa contribution. Le souci qu'il a d'elle et de son bien-être a apaisé ses premières craintes. Elle sait qu'elle peut lui dire tout ce qui lui passe par la tête, lui a-t-elle confié la veille au soir.

Alors elle parle, elle parle. Plus fort, à présent, à cause de la musique. S'il te plaît, songe-t-il, bientôt, dormir, fermer les yeux, non, pas encore. Pas encore !

« … tu vois ce que je veux dire ? On croirait qu'elle l'a en elle, qu'elle devient la musique. »

Les yeux sur la route, il acquiesce d'un mouvement de la tête.

« On devrait pas tarder à tourner, hein ? » Elle soupire.

Ce paysage recouvert de poussière brune, avec ces rochers et ces arbres tordus par le vent, le déprime. Au même titre que ce flot continu de paroles que rien d'intéressant n'interrompt jamais. Il ne lui reste plus que deux jours de vacances. Elle pourrait téléphoner en racontant qu'elle est souffrante : elle insinue, par ses intonations, qu'elle est prête à mentir, mais il fait la sourde oreille. D'un autre côté, elle n'aime pas les laisser tomber. Au centre d'accueil, ils ont besoin d'elle.

« Quand mon père a pris sa retraite, il avait encore droit à deux cent vingt-six jours de congé maladie qu'il n'avait pas pris. Tu te rends compte ? Toute une vie de travail, et il ne s'est porté malade qu'une fois. Une hernie. Quatre jours après l'opération, il est retourné au bureau.

— Han !

— Ouais. Un type formidable. Je crois que tu l'aimerais bien. Je t'ai parlé de ses trains électriques ? »

Il fait oui de la tête, mais elle n'en tient pas compte et enchaîne :

« Le sous-sol de la maison est envahi par ses circuits et ses tunnels. Il y a même des montagnes. Tu ne vas pas en croire tes yeux quand tu verras ça… »

Elle se penche pour arracher la fermeture velcro du sac isotherme coincé entre ses pieds nus. Autre sujet d'irritation, cette manie qu'elle a d'ôter ses chaussures. Il déteste voir ses orteils boudinés, ses ongles peints en violet, la virgule grotesque que fait son petit orteil en chevauchant son voisin. Ses doigts courts remuent bruyamment la glace, puis elle lève une canette ruisselante.

« La dernière root beer ! Tu la veux ?

— Non, ça va. »

Il plisse les paupières, car il ne parvient pas à lire le panneau devant eux. Sa vue est très mauvaise. Comme tout le reste, ses lunettes sont restées dans la chambre désormais close.

Elle décapsule la canette avec un pop. Il s'efforce de ne pas l'observer. Elle boit avec la lèvre supérieure collée au bord de la canette. Subitement, il se sent bouillir de colère. Il ne mérite pas cette indignité. Être obligé de se regarder vivre, et pas sous son meilleur jour, puisqu'il se trouve plutôt geignard, auprès de ce monstre. La voilà maintenant qui le tanne de nouveau pour qu'ils rebroussent chemin. Elle a une réunion lundi matin à la première heure et son patron compte sur elle pour présenter le rapport mensuel.

« Liam. Tu sais, je t'ai parlé de lui, le chanteur de folk. Le cœur sur la main, ce mec, mais le centre d'accueil, c'est plus tellement son truc. Bon, c'est triste. Il a quarante-deux balais, et sa femme, elle en a eu marre du trip hippie et tout, alors elle l'a plaqué. On la comprend, remarque. Avec ses deux adorables gamines, tu verrais comme elles sont mignonnes tout plein… »

Il tente de lui fermer son clapet. Le nom de ce Liam revient un peu trop souvent dans sa bouche, sans crier gare.

« On dirait que ton patron a un faible pour toi.

— C'est vrai, il a essayé de m'embrasser, une fois. À une soirée pour un départ à la retraite, mais je lui ai dit : "Bas les pattes." Jamais avec un homme marié. Ça, pas question. »

Elle se tourne vers sa fenêtre avec un grand sourire : elle revit en pensée ce moment pathétique.

« Et si je te disais que tu viens de passer cinq jours au lit avec un homme marié ?

— Tu parles sérieusement ?

— Peut-être. »

Voir ses lèvres frémir l'emplit d'une joie passagère. N'empêche, elle lui tape sur les nerfs. Quand on gobe tout ce qu'on vous raconte, c'est qu'on est faible. Et la faiblesse l'horripile. Un goût de fiel lui monte à la bouche.

« Tu l'es ou tu ne l'es pas ? insiste-t-elle, quoique, c'est clair, elle ne le croie pas.

— Pourquoi ? dit-il en riant. Quelle différence cela ferait-il ? Tu t'es bien amusée, non ?

— D'abord, je ne serais pas venue. »

Son visage large se couvre de plaques du même rouge que celui de la sacoche qu'elle serre contre son ventre.

Mais si, tu serais venue, voyons, songe-t-il.

« Ma femme est morte. Il y a longtemps.

— Oh, c'est affreux ! Comment ?

— Elle a été assassinée.

— Oh, mon Dieu ! Mais par qui ? Qui a fait ça ?

— J'en sais rien. Ils ne l'ont jamais arrêté.

— Mais c'est abominable ! Ce doit être terrible pour toi.

— Non. À vrai dire, elle n'était pas tellement sympa.

— Tu rigoles, hein ? »

Elle gratte la peau sèche et granuleuse de ses bras couverts de taches de rousseur.

« Elle me traitait comme de la merde. Mais j'endurais son caractère de cochon. Que veux-tu, je suis trop poire. »

Helen. Pas à proprement parler sa femme, mais elle lui avait permis de cohabiter avec elle. Il n'éprouvait pas la moindre mauvaise conscience à ce souvenir, seulement le regret de ne pas s'être montré plus patient. Il n'aurait jamais dû perdre son sang-froid. Si seulement elle ne s'était pas emportée…

« Elle tenait très mal l'alcool », soupire-t-il.

Au cours des minutes qui suivent, ils se taisent tous les deux. Lisa regarde par la fenêtre, toujours la main sur le bras. Jusqu'ici il n'avait plus guère pensé au Texas ni à Helen, mais c'est avec une amertume croissante que tout lui revient à présent. La première erreur d'Helen avait été de lui mentir, en prétextant être une veuve fortunée, alors qu'elle était en réalité divorcée, et dans la dèche. Sa pension alimentaire ne lui était versée qu'une fois sur deux. Une vieille peau doublée d'une salope ! Elle avait son gel lubrifiant planqué sous le lit. Une nuit, elle lui tendait ses bras dans l'obscurité camphrée ; le lendemain, elle le flanquait dehors en le traitant de sangsue et de raté. Et elle, qu'est-ce qu'elle était ? Ni classe ni goût, refusant désespérément d'être vieille. « Edward », répétait-elle autour de la piscine de son immeuble aux autres femmes à la peau de crocodile assoupies sur des chaises longues pourries, bouche ouverte, anesthésiées par le gin qu'elles avaient bu au déjeuner, eh oui, son « Edward » l'emmènerait au Mexique dès que son yacht serait repeint.

Lisa tend le bras vers son sac en papier.

« Tu en veux ? »

Des crackers fromage-beurre de cacahouète. Sa façon de rompre la glace. Elle enlève la bande de cellophane rouge, qui crisse sous ses doigts.

« Non merci. »

Son embarras l'enchante et l'agace au plus haut point.

« Tu ne manges presque jamais.

— Je ne mange pas pour manger, seulement quand j'ai faim. »

L'odeur du beurre de cacahouète lui soulève le cœur. Il scrute le panneau d'indication. *Sortie Tolopos.* À un mile. Des miettes de crackers mouchettent ses énormes cuisses gainées de noir.

« Tu es furieux contre moi ? »

Elle lui effleure le bras. Il arrive à peine à respirer.

« Bien sûr que non.

— Alors pourquoi tu ne dis rien ? Ce voyage, c'était génial, on a eu plein de sujets de conversation. Dès le départ, j'ai eu l'impression… je sais pas, qu'on se connaissait déjà, tu vois ce que je veux dire ? Et maintenant, je sens que… Je ne sais pas, c'est bizarre, comme si…

— Comme si j'avais changé ? »

Il a du mal à ravaler son sourire. Elles sont décidément toutes les mêmes. Ce qu'il leur faut c'est un homme, un point c'est tout. Et plus cet homme les maltraite, plus elles en redemandent. Pathétique.

« Ouais, comme si quelque chose ne tournait pas rond. Mais pas rond du tout, tu vois.

— Je suis fatigué, tu comprends. Un peu fatigué. »

Pour la calmer, il lui tapote la cuisse et se force à laisser sa main là. Elle est costaud, et lui n'est pas aussi rapide qu'autrefois.

« Laisse-moi conduire, tu veux.

— Je me sens bien, ne t'inquiète pas.

— Je ne voulais pas te mettre en colère. Ce que je t'ai dit tout à l'heure. Tu le sais, hein ? »

Il l'écoute à peine. Il opine. Il met son clignotant.

« Tolopos. Tu sors de l'autoroute ? On rentre ? demande-t-elle en dissimulant mal sa déception, car au fond elle n'a pas envie que le conte de fées se termine.

— Je ne sais pas. Ce nom m'intrigue, pas toi ?

— Ouais, un peu. »

Ce regain de bonne humeur chez lui l'émoustille. Elle entonne :

« To-lo-pos. To-lo-pos. On croirait une tribu indienne ou un groupe de rock. Il faudra que je raconte ça à Liam. Il écrit des chansons, tu sais. To-lo-pos, To-lo-pos, chante-t-elle à présent en grattant les cordes d'une guitare imaginaire, ou d'un banjo, vu la façon dont elle accélère le rythme. To-lo-pos ! »

Elle rit, et continue de faire semblant de jouer.

« Attention ! hurle-t-elle en montrant du doigt une chienne beagle qui traverse en traînant son gros ventre par terre. Non ! » crie-t-elle en mettant ses mains sur ses yeux.

Il s'approche autant que possible, puis, à la dernière seconde, écrase la pédale de frein.

« C'est pas drôle, dit-elle.

— Qui est-ce qui rigole ? »

Elle se détourne et regarde par la fenêtre.

Quatre petites maisons identiques : un étage, toit plat, jardinet en friche occupé par une antenne parabolique de taille disproportionnée. La dernière de la rangée, celle de sa grand-mère. Là où ils l'avaient envoyé quand sa mère était tombée malade. Quatre gosses déjà tassés dans cette boîte, lui, faisant le cinquième. Comme il n'y avait pas de place dans le taudis qui leur servait de chambre, sa tante et son oncle l'avaient collé avec grand-mère Vernile. Maintenant on parle d'Alzheimer, mais à l'époque on disait durcissement des artères, démence. À force de dormir le jour, elle pouvait hurler toute la nuit pendant que lui restait terré sous ses couvertures qui puaient le rance, car son lit de camp était, faute de place, poussé à moitié dans le placard. Parce que c'était la maison de la vieille Vernile, il fallait faire contre mauvaise fortune bon cœur, jusqu'à ce que la situation s'améliore : autrement dit, que la vieille folle meure. Sa tante et son oncle hériteraient alors de la maison, cette issue étant inévitable puisque l'autre fille avait depuis longtemps été jugée irresponsable, l'autre, c'est-à-dire Lydia, celle qui ne voulait, ne pouvait pas être sa mère.

Le garçon partagerait la chambre avec son aïeule, avait décidé l'assistante maternelle, seulement la présence de l'enfant faisait qu'ils ne pouvaient plus enfermer la vieille à double tour pour l'empêcher d'errer la nuit. « Reste couché tranquille, lui recommandait son oncle en écartant les vêtements suspendus aux cintres. Et surtout ne l'énerve pas. » Si elle tentait de s'échapper, il était censé les prévenir. Une nuit, en effet, il les avait réveillés, pendant un violent orage. Mais, comme d'habitude, ils avaient refusé de le croire. « On a du mal avec un menteur pathologique. C'est bien simple, avait expliqué sa tante à l'assistante maternelle, dans ce gamin, il y a rien de droit, tout est de travers. » Mais à quoi sert de dire la vérité quand personne n'en a rien à faire ? Le lendemain, l'adjoint du shérif avait ramené Vernile à la maison. Il l'avait portée dans ses bras. Elle était tellement déshydratée qu'elle n'arrêtait pas de s'évanouir. L'adjoint avait voulu l'emmener à l'hôpital, mais la tante s'y était opposée, sous prétexte que la pauvre vieille aurait détesté ça. Après cet incident, on l'avait flanqué avec ses cousins. Du moins c'est ce que sa mémoire a retenu. Peu après, une nuit, Vernile avait fait une nouvelle fugue. Il avait fallu quelques jours pour retrouver son corps au fond du ravin. Naturellement, sa tante n'avait pas fermé sa porte à clé. Personne n'avait besoin de le lui dire. Même ses cousins le savaient. Quel soulagement ce fut pour toute la famille. Sauf pour lui. Car lui, ils l'avaient renvoyé. « Il a la méchanceté chevillée au corps, avait déclaré sa tante à l'assistante maternelle venue le chercher. C'est de l'eau froide qui coule dans ses veines. Il ne pense qu'à lui. » Vraiment sympa, la tante Tina.

Il continue sur Lowes Road jusqu'au carrefour puis il prend à gauche le long de la voie ferrée désaffectée qui mène à la petite maison.

« Où est-ce que tu vas ? » demande-t-elle, vaguement inquiète. Avec chaque cahot, son double menton tremblote. Elle regarde par la fenêtre.

« Qu'est-ce qu'il y a, là, en bas ?

— Je ne sais pas. Allons voir.

— Il commence à faire noir. »

À travers la maigre végétation, le ciel est d'un gris anthracite, avec un croissant de lune comme découpé dans un nuage. Il connaissait autrefois une clairière où son oncle déversait toutes sortes de déchets, mais il ne la retrouve pas. Des pancartes sont clouées au tronc des arbres : *Dépôt d'ordures interdit sous peine d'amende.* Il n'y a plus que cela qui compte de nos jours, l'environnement. C'est ça, préservez donc la nature… pour les riches. L'avantage, c'est que maintenant plus personne ne doit venir traîner dans ces parages. Une bonne nouvelle, en fait. Il sourit et se gare au bord de la route. Il coupe le moteur. La nuque sur l'appuie-tête, il glisse le bras sur le dossier du siège passager où elle est assise.

« On y va, dis, Eddie ? Ça me plaît pas trop par ici.

— C'est moi qui ne te plais pas, avoue. »

Il rit.

« Non ! s'exclame-t-elle en le dévisageant. Si j'ai dit ça à propos de notre différence d'âge, je ne voulais pas le dire de cette façon. Dans mon esprit, c'était un compliment… »

La mémoire lui revient tout à coup. Elle lui a fait observer qu'il n'avait pas l'air d'avoir trente ans de plus qu'elle. Il lui paraissait plus comme quelqu'un de son âge. Plus jeune, même, à certains égards.

« … C'est vrai !

— Merci, réplique-t-il d'un ton adouci. Je n'étais pas sûr de ce qu'il fallait en penser. »

La voilà rassurée, ronronnante.

« Je n'ai jamais passé de si bonnes vacances… »

Elle soupire et pose sa tête sur le bras d'Eddie.

« … et j'ai bien entendu ce que tu m'as dit sur le repos… que je dois lâcher prise un peu, mais tu vois, il faut vraiment, vraiment que je ren… »

Il frappe, étrangle son gros œsophage mou et palpitant sous ses doigts qui serrent, qui l'empêchent de prononcer les mots, l'empêchent de le mettre plus bas que terre. Ses gros bras battent l'air, ses jambes s'élèvent puis s'abaissent alternativement. Le pire, cependant, ce sont les haut-le-cœur. Finalement, quand il est sûr que ses yeux globuleux sont figés à tout jamais, il la tire sur le sol, la traîne par les chevilles aussi loin que possible à l'intérieur des fourrés. Il fait vite, prélève sur son corps tout ce qui pourrait mener rapidement à son identification, vêtements, bijoux ; il crache sur ses doigts pour lui ôter ses bagues. Sa deuxième boucle d'oreille est coincée. Il l'arrache. Une semaine, une petite semaine de voiture, cela sera suffisant pour arriver à destination, pense-t-il en courant de-ci de-là pour ramasser des branches mortes afin d'en recouvrir le cadavre, ainsi que des broussailles mêlées de cailloux. Une nouvelle plaque d'immatriculation : rien de plus simple. Puis, quand il aura fait un bon bout de chemin, ces vêtements iront dans le bac d'une association caritative, et il gardera le reste dans sa valise à elle. De cette manière, il n'éveillera pas les soupçons. C'est mieux que la poubelle. Les poches tintant de bijoux, il s'époussette et remonte en voiture. Dans le sac, presque onze cents dollars en espèces, les siens à présent, alors qu'il reprend la route de campagne en sens inverse et repasse devant la maison brunâtre. Ils n'auraient jamais dû faire ça, obliger un petit garçon à dormir avec une vieille dame démente. Une mince et pâle volute de fumée s'élève du tuyau du poêle. Et lui qui, à l'orphelinat, continuait à attendre un appel téléphonique, une lettre ou la visite de l'assistante maternelle porteuse de la bonne nouvelle : maintenant que la chambre était libre, ils voulaient qu'il revienne.

La vie est ainsi faite. Ce silence, comme il est exquis. Une bénédiction. Il est des moments exceptionnels, se dit-il un peu plus tard en roulant à travers des vagues et des vagues d'une pluie glacée qui vire doucement à la neige fondue, des moments où l'on perçoit la force d'attraction de sa destinée. Il la sent qui l'attire, de plus en plus proche. Son esprit se tend vers elle. Si proche qu'il en a la gorge nouée et les larmes aux yeux. Autrefois, c'était l'argent qu'il désirait, et les femmes, ou le soulagement qu'ils lui procuraient. Mais à présent les choses sont plus brouillées. Ce qu'il lui faut, c'est un lieu. Oui, un lieu où il aurait sa place. Où il pourrait enfin se sentir en sécurité dans sa propre peau.

Le président en personne les a complimentés, elle et son prêtre, de militer en faveur de la justice sociale avec une telle foi. Ces pensées lui tournent dans la tête alors qu'il se faufile entre les gigantesques poids lourds, ces mastodontes qui croient que la route leur appartient, mais il ne leur cédera pas d'un pouce ! C'est pour lui comme une profession de foi. Quoi qu'il arrive, il gardera confiance dans l'avenir. Le voyage lui réserve peut-être des épreuves pénibles, et même parfois mortifiantes, mais, s'il tient fermement le cap, tout finira par s'arranger. C'est la seule chose à quoi il ait jamais aspiré. Pas au bonheur, seulement à la paix.

6

Elle a passé le début de la semaine absorbée par les préparatifs du voyage. Non pas à faire les valises, car cela serait revenu à concrétiser un projet qu'elle n'était pas certaine de voir se réaliser. Elle veille plutôt à ne rien laisser en plan, à la maison aussi bien qu'au bureau, à tout passer en revue dans les moindres détails. L'ordre lui semble désormais prioritaire dans sa vie, maintenant que celle-ci se présente sous un jour si précaire. Au cours des cinq dernières années, le journal a publié cinq suppléments, *Vacances, Jardins, Automobiles, Une année à Franklin* et *Spectacles*, chacun bourré de publicités. Cette année, cela fera six avec le supplément *Santé*. Son assistante, Hilda Baxter, veuve depuis peu, a trois enfants adultes, et investit toute son énergie, son imagination et son intelligence dans son travail. Des nombreuses candidates, Hilda était la seule à ne jamais avoir eu d'emploi. Ce qui l'avait impressionnée le plus, c'était la détermination acharnée de cette femme à faire finalement carrière, ainsi que son côté amical et chaleureux. Mais, depuis quelque temps, elle lui tape sur les nerfs. Hilda l'observe, interroge ses silences ; elle sent que quelque chose ne va pas et se demande ce qu'elle pourrait bien faire pour lui venir en aide.

À sept heures et demie du soir, Nora est encore au bureau, à regarder dans le vide. Sur sa table s'empilent dossiers et paperasse. Au moment où l'on frappe à sa porte, elle se saisit vivement du premier dossier de la pile.

« Il est tard, vous devez être épuisée, Nora, la gronde gentiment Hilda en passant la tête dans l'entrebâillement. C'est à ces moments-là que l'on commet les pires erreurs.

— J'ai presque terminé, se défend-elle sans conviction, les yeux baissés. Allez-y, rentrez chez vous. On se verra demain.

— J'aurais mauvaise conscience à vous laisser toute seule ici, déclare Hilda en entrant dans la pièce.

— Il n'y a pas de raison. »

Elle lève les yeux, froissée par cette intrusion autant que par le souci qui se lit sur le visage rond et franc de Hilda. Une femme totalement dominée par ses affects, qui ne songe qu'à donner aux autres, quitte à les étouffer. Son espace bureau au départ dénudé croule à présent sous les plantes vertes. Elle a collé tout autour ses citations préférées. Sur sa table, un bol déborde de sachets du pot-pourri qu'elle a confectionné elle-même, qu'elle distribue à ses collègues. Chaque lundi, elle apporte un nouveau quatre-quarts marbré fait maison. Pour Halloween, elle punaise des citrouilles en papier crépon sur les portes, et à Noël, des flocons de neige scintillants. Le plaisir que Nora éprouvait à ces menues attentions, quasi maternelles, s'est désormais mué en une sorte de répugnance pour tout ce qui ressemblerait à de la manipulation, à une façon de prendre possession de ses sentiments.

« Il ne m'en reste plus qu'un, et j'ai fini, lui assure Nora en soulevant un autre dossier.

— J'ai déjà vu celui-ci, déclare Hilda en contournant la table pour mieux voir. Les chiropracteurs. C'est fait ! »

Elle arrache presque le dossier des mains de Nora et lance :

« Allez, allez, on rentre à la maison, maintenant, madame…

— Rendez-le-moi ! » s'écrie Nora d'un ton sec.

Hilda esquisse un mouvement de recul, le visage rouge, subitement gênée, presque comique dans son tailleur à rayures gris qui résume sa volonté de paraître professionnelle, de tenir une place dans un monde masculin, de se mettre dans le rang, après tant et tant d'années de tâches ménagères. Oh, que c'est pathétique, et c'est ce qui m'est arrivé à moi aussi, tellement aveuglée par ma vanité que je n'ai jamais vu la vérité qui s'étalait sous mon nez, au lieu de quoi je me sentais flattée par les mots gentils de Robin, touchée par la peine qu'elle se donnait pour moi, ses tartes aux cerises, mes préférées, ses poteries peintes à la main, ses savons maison au parfum exquis, alors que jamais il ne s'est agi de moi. Jamais.

« Pardon, Nora, dit Hilda dans un souffle. Je ne voulais pas…

— Non, je sais. Je sais que vous aviez les meilleures intentions. C'est moi… je suis juste fatiguée. »

Oh, mon Dieu, mon Dieu, se dit-elle, se haïssant de plus belle.

« Raison de plus pour me laisser vous aider ! » plaide Hilda en lui effleurant l'épaule.

Nora n'a que la force de lever le regard vers elle. L'aider ? Mais comment ? Hélas, elle ne peut pas formuler cette question. Parce que, pour recevoir, il lui faudrait d'abord être en mesure de donner, autrement dit de se livrer. Et se livrer serait un acte trop intime pour ne pas représenter un risque majeur. Surtout aujourd'hui.

« J'ai presque fini », répète-t-elle.

Elle regarde la porte qui se ferme, les genoux appuyés contre le bord de sa table à lui faire mal, prenant de profondes inspirations, régulières, comptant chaque fois jusqu'à vingt. Surtout ne pas bouger. L'oreille guettant les bruits de pas, le bourdon des presses, le craquement de l'électricité dans les câbles, le papier préparé pour l'impression rame par rame, sans fin, le tempo trépidant de la vie matérielle, où tout problème est susceptible de trouver sa solution, où les décisions se prennent sans intention de nuire ni sous le coup du désespoir. Il suffit d'additionner A et B, et vous obtiendrez C. C'est tout ce qu'elle peut encore considérer comme stable dans son existence.

Elle n'a aucune envie de quitter ce bureau. Elle ne veut pas partir pour Anguilla demain. Elle ne veut pas se retrouver seule avec Ken. Pas maintenant. Si elle s'arrête, elle va s'effondrer. Il vaut mieux s'occuper, continuer à aller de l'avant. C'est ainsi qu'elle a réussi à traverser cette semaine, en passant presque chaque heure ici. Chloé se remet tout juste de sa grippe. Drew est renfermé et de mauvaise humeur, mais elle s'accroche à cet emploi du temps exténuant, quittant la maison à sept heures du matin, pour ne rentrer qu'à neuf ou dix heures du soir. « Lève le pied, lui répète Ken, sinon tu vas tomber malade comme Chloé, et on ne pourra pas faire notre voyage. » Pourtant elle perçoit son soulagement : si elle est occupée à l'extérieur, il n'est pas obligé de subir ses airs malheureux. En ce qui la concerne, toutefois, c'est une question de survie. Le travail lui permet de surnager. Elle n'a plus rien d'autre, ce sont les seuls moments de la journée où elle n'entend pas les hurlements qui tempêtent sous son crâne, ses propres cris plaintifs de folle.

Au lieu de prendre l'ascenseur, elle descend par l'escalier de service. Elle n'ose même plus parler aux gens qu'elle croise. Un sourire, un geste affectueux de la part du premier venu, et ce serait l'effondrement assuré. À sa droite se trouve l'atelier de composition où les ouvriers préparent l'édition de demain matin, mais la porte est fermée. À côté, la salle de rédaction, tout éclairée quoique seuls trois journalistes soient à leur poste, le premier feuilletant un magazine, le deuxième tapant sur un clavier et le troisième renversé dans son fauteuil, endormi. Quand il la voit passer d'un pas rapide dans le couloir, celui qui est à l'ordinateur suspend son geste et l'interpelle, mais elle fait celle qui n'a pas entendu.

Toutefois le journaliste se lève et la hèle du seuil de la salle de rédaction :

« Dites-moi, Nora ! Je ne vous savais pas encore ici. Il y a un type qui a téléphoné. Je lui ai dit que vous étiez partie. Excusez-moi.

— Ce n'est pas grave. Il rappellera.

— Surtout qu'il a dit que c'était important. J'ai essayé de lui soutirer son nom, mais il n'a laissé que “Ed”.

— Oh, flûte ! Ed Marton ! Il a déjà changé trois fois sa mise en page au cours de la semaine », s'écrie-t-elle en se hâtant vers la sortie.

C'est un bouleversement de tous les sens qu'elle subit depuis quelques semaines. Le monde lui apparaît comme quelque chose qui n'a plus ni consistance ni netteté, un peu comme si elle regardait à travers des verres couverts d'une pellicule d'eau. Alors qu'elle se dirige vers sa voiture, elle se rend compte que la dépression est en train de fondre sur elle, de faire éclater la bulle dans laquelle elle vit, d'effacer les détails. Elle scrute le parking désert et, l'espace d'un instant, ne reconnaît pas le nom sur le panneau. *NORA T. HAMMOND.* Sûrement une autre. Ces mots, ces lettres, elle a du mal à en comprendre la signification. Et pour tourner la clé de contact, elle est obligée de se servir de ses deux mains, des mains glacées.

Elle a encore deux courses à faire. Une corvée supplémentaire, rien que pour s'abrutir d'activité. Elle a besoin de la signature du père Grewley sur plusieurs chèques, et doit déposer chez Oliver une proposition pour le supplément *Santé*, afin qu'il puisse y réfléchir pendant son absence. Aucune de ces tâches n'est vraiment nécessaire, mais elles sont un bon prétexte pour ne pas rentrer directement à la maison. La pensée est son ennemi numéro un. Même pendant le court trajet jusqu'au presbytère, les rouages de son cerveau ont le temps de se mettre en route, et elle interroge les faits les plus anodins qui refont surface dans sa mémoire pour voir s'ils ne cacheraient pas d'autres mensonges, d'autres trahisons. Ce besoin malsain de découvrir tout ce qu'il y a à connaître est en train de la détruire. Et pourtant, comment s'en empêcher ? Derrière chaque vérité, comme derrière un écran, se cache une autre vérité, plus sombre. Derrière l'événement le plus simple, la trahison. Le bracelet en perles noires de la fête des Mères, le bouquet de roses blanches et roses qu'il lui a offert pour son anniversaire, la robe de chambre en soie rouge de la Saint-Valentin, qu'était-ce que tout cela ? Des substituts inavouables de cadeaux qu'il choisissait sans doute avec plus de soin et d'amour pour Robin ? Robin si belle, qui aimait tant les bijoux et les fleurs et toutes les jolies choses d'une manière qui n'avait jamais été dans la nature de Nora.

Obéissant à une impulsion subite, elle bifurque dans l'allée de Kay McBride. Si on lui posait la question, elle dirait que Kay et elle sont des amies de longue date, quoique Kay paraisse considérer Nora comme sa « meilleure amie ». Nora estime toutefois qu'elle ne mérite pas une amie telle que Kay. Tout ce temps qu'elle a passé avec Robin et Bob, au lieu d'être avec Kay qui est seule dans la vie, quel gâchis. Kay est tout ce que Nora n'est pas, décontractée, facile à vivre, en harmonie avec ses émotions. C'est peut-être pour cette raison, d'ailleurs. Auprès de Kay, elle se sent toujours un peu fautive. Comme si elle se faisait passer pour ce qu'elle n'était pas, ou du moins pas tout à fait. Pour commencer, son existence est mille fois plus facile. Le mari de Kay est mort quelques années après leur mariage d'une insuffisance rénale, laissant sa jeune femme avec un bébé de six mois et une somme dérisoire, presque une aumône, versée par l'assurance. Kay avait réussi à décrocher une licence d'agent immobilier. Nora avait été l'une de ses premières clientes. Elles s'étaient rencontrées à l'époque où Ken et elle cherchaient une maison plus grande. Nora en était à sa troisième grossesse, et leur maison en bois toute simple, de style Cape Cod, avec ses trois chambres à coucher, n'allait plus suffire. Du moins c'est ce qu'ils avaient raconté à Kay. En vérité, Ken n'aimait pas cette partie de Franklin. Il préférait vivre dans le quartier de son enfance, au nord de la ville, plus près de son country club, là où les maisons sont invisibles de la route. Grâce à Kay, ils avaient trouvé celle qu'ils occupaient toujours à l'heure actuelle, lumineuse, bien aérée et, étant donné la fausse couche de Nora, plus spacieuse que nécessaire.

Une seule fenêtre est éclairée, à l'étage, mais Nora sonne une deuxième fois.

« Nora ! s'exclame Kay en ouvrant toute grande la porte alors qu'elle termine de nouer sa robe de chambre. Qu'est-ce que tu fabriques ici ? Tu ne devrais pas être en train de boucler tes valises ?

— Il y a un moment que je veux t'appeler. Tous les messages que tu m'as laissés... Ç'a été... terrible ! »

L'instant d'après, elle est dans les bras de Kay, en pleurs. Elle arrive à peine à parler.

« Pauvre petite. Oh, ma pauvre petite. Là, là. Viens. Viens t'asseoir. »

Kay la conduit dans la petite pièce où l'on regarde la télévision. Le canapé craque sous leur poids.

« Que se passe-t-il ? » demande Kay.

Nora n'a que la force de secouer la tête.

« Dis-moi. Allez, ça ira mieux si tu me le dis.

— C'est Ken ! crie presque Nora.

— Quoi ? Qu'est-ce qu'il y a ?

— Il a eu une liaison. Avec Robin », hoquette-t-elle.

Kay soupire. Ce n'est pas la consternation qu'elle lit dans le regard de Kay, mais le soulagement.

« Tu savais ! l'accuse-t-elle. Tu le savais, n'est-ce pas ?

— Oui, en effet, dit Kay dont le bras se raidit autour de l'épaule de Nora.

— Depuis quand ?

— Je ne suis pas sûre.

— Qui te l'a dit ?

— Je ne me rappelle pas. Quelqu'un à l'agence, je crois. »

Nora se redresse au bord du petit canapé.

« Et tu ne m'as jamais rien dit. Tu n'as jamais rien dit.

— C'est que… tu vois, Nora, au début, je n'y croyais pas. Et puis… ensuite… je n'ai pas eu le courage de te faire du mal.

— Le mal est fait, pourtant. Tu ne peux pas savoir combien j'ai mal. C'est un vrai supplice que j'endure.

— Oh, Nora, je…

— Le pire dans tout cela, c'est que toi aussi tu étais dans le coup ! s'écrie Nora en se levant et en gagnant la porte presque d'un seul bond.

— Non ! Non ! Nora ! »

Kay la suit, pieds nus dans le froid. Elle rattrape Nora dans l'allée, la retient par le bras, fermement, et la plaque presque contre la carrosserie de la voiture.

« Je ne les ai jamais vus ensemble. Pas une seule fois ! Mais j'ai parlé à Ken. Je lui ai dit ce que je pensais de lui. Que c'était un salaud ! Qu'il me dégoûtait. Et tu sais ce qu'il m'a répondu ? Tu veux le savoir ? »

Elle le sait déjà : il aime Robin, il ne peut pas s'empêcher de l'aimer, c'est plus fort que lui.

« Eh bien, il m'a dit que je devrais te le dire. Si je pensais que c'était vrai, si j'étais à ce point outrée, alors je n'avais qu'à te parler franchement !

— Et pourquoi ne l'as-tu pas fait ? s'enquiert Nora d'une voix qui lui semble éteinte et lointaine.

— Parce que… il y a des trucs dans la vie, des trucs vraiment trop durs. Ce n'était pas à moi de faire son sale boulot. Ç'aurait été trop facile pour lui.

— Tu as préféré être sa complice. Comme tous les autres. Ah oui, ç'a été vraiment facile pour lui. Tu comprends ?

— Je sais, et je sais aussi pourquoi tu m'accuses. Tu as peur de le haïr, s'il est le seul coupable. Tu le haïras tellement que tout sera fini entre vous. Mais tu as tort, Nora, de repousser mon amitié. Ou l'amitié de qui que ce soit, d'ailleurs. Car je suis sûre que je ne suis pas la seule, la seule à… à avoir essayé. C'est dans ces moments-là que l'on a besoin de ses amis, Nora. Plus que jamais dans la vie, Nora. »

Une relation durable. Plus qu'une aventure. Plus qu'une liaison. Plus qu'une simple histoire de cul. Une relation amoureuse, une union reposant sur une profonde affection réciproque. Ce que Kay manifestement traduit sans doute par « humiliation », mais qu'elle, Nora, considère comme un rejet total et absolu. Elle a toujours aimé Ken, elle l'a toujours aimé pour ce qu'il était, pour tout ce qu'il était et qu'elle n'était pas. Il lui a apporté la sécurité et une légèreté d'être qu'elle n'avait jamais connues avant lui. Avant Ken, elle s'était toujours sentie seule. Avec lui à ses côtés, elle n'avait plus à se tenir sur ses gardes. Elle relâchait sa vigilance, elle respirait plus librement, elle riait de ses propres craintes. Avec lui, elle devenait un être humain complet. Et sans lui, aujourd'hui, qu'est-ce qu'elle est ? Que lui reste-t-il ? Les deux mains sur le volant, elle sent la pression augmenter sous son crâne. Son objectif n'est-il pas de sauver son mariage ? Oui. Mais elle n'a pas envie de retrouver Ken à la maison. Elle n'a pas envie de rentrer chez eux. Elle n'a pas envie d'aller à Anguilla. Rien que de penser à Ken, elle en a la chair de poule. Kay a raison – elle veut éviter de le haïr, mais elle a besoin de lui faire mal. Elle voudrait le rouer de coups. Le frapper, frapper, frapper. Pas tant pour la douleur qu'elle lui infligerait, que pour soulager cette tension dans sa poitrine. Sa gorge, son cerveau. Rien que pour avoir de nouveau les idées claires. Rien que pour pouvoir penser de nouveau. Il lui suffirait de tourner un peu brusquement le volant, d'appuyer sur la pédale de l'accélérateur, et la douleur de cette vie brisée cesserait. Mais Chloé et Drew... Ses enfants. Ils n'ont aucune responsabilité dans son malheur. Elle cille et se concentre sur la route étroite qui serpente devant elle.

Saint-Paul est la paroisse des quartiers les plus pauvres de Franklin. Le père Grewley a fondé la Sojourn House il y a cinq ans, dans un immeuble désaffecté. Au début, les tâches les plus ingrates – la cuisine et le nettoyage – étaient effectuées par le jeune prêtre et quelques-unes de ses ouailles. Récemment, la Sojourn House a déménagé ses locaux dans une ancienne école, dont les vingt et quelques pièces servent de dispensaire, de bureaux, d'agence pour l'emploi et de refuge pour les femmes battues et leurs enfants, afin de les aider à reprendre pied dans la vie. Grâce à une campagne publicitaire bien ciblée et au bouche à oreille mondain, la Sojourn House est aujourd'hui une œuvre caritative du dernier « chic », financée par les commerces et les entreprises locales. Pour lever des fonds, ils profitent des réunions de taste-vin, des ventes aux enchères d'objets d'art, des tournois de golf, de tous ces événements qui constituent aussi le clou de la saison à Franklin. À cause du bruit médiatique que suscite toute cette effervescence, beaucoup de gens croient qu'elle travaille à la Sojourn House. Le sénateur Linzer lui a envoyé des « félicitations » dans un joli cadre. De la Maison-Blanche sont arrivées d'autres félicitations, sans cadre. Partout où elle se rend, les gens lui font des compliments.

« Je vous trouve formidable de vous occuper de ces pauvres femmes, lui confie la caissière au supermarché.

— Merci. »

« Il devrait y avoir sur terre plus de bonnes âmes dans votre genre, madame Hammond, chuchote le bibliothécaire.

— Merci. »

« Nous sommes si bons. Si bons, gentils et bons. Merci, merci, merci ! Merci ? » hurle-t-elle en tapant sur son volant tandis que la voiture rebondit dans des nids-de-poule dont la multiplication soudaine témoigne du passage dans un quartier moins nanti, au même titre que l'apparition de ces baraques en planches à trois niveaux qui abritent des appartements surpeuplés, plantées de chaque côté de la route en rangs serrés. « Et merde ! Merde ! Merde ! Pour quoi faire ? » crie-t-elle en riant aux éclats. La voiture file à vive allure le long des rues bordées de congères, devant les devantures illuminées des pizzerias et des dépôts-ventes. Dans ce coin de la ville, même les coiffeurs restent ouverts tard, sanctuaires pour hommes peu pressés de retrouver les turpitudes d'une vie ratée. Comme elle les comprend ! Elle monte le volume de la radio jusqu'à ce que le son fasse vibrer l'habitacle.

« Une relation durable ! s'écrie-t-elle plus fort que les percussions. Oh, mon Dieu, oh, mon Dieu », gémit-elle. Elle n'a pas été une assez bonne mère, ni une assez bonne épouse, ni une assez bonne amante, ni une assez bonne fille, ni une assez bonne sœur, ni une assez bonne amie. Jamais, jamais assez ! Où qu'elle aille, quoi qu'elle fasse, elle ressent toujours cette solitude, ce besoin vital, irrésistible de fuir quand elle devient la proie de la répulsion et de la panique. « Attends », avait-elle dit à Ken la première fois qu'il avait posé sa main sur son ventre, par-dessous les draps qu'elle serrait de toutes ses forces contre sa poitrine dans l'obscurité pourtant si profonde de sa chambre, essayant désespérément de gagner du temps, du temps pour reprendre son souffle, se détendre, oser ressentir quelque chose, alors que l'haleine de Ken si près de sa chair l'oppressait.

« Ferme les yeux et imagine que je suis quelqu'un d'autre, lui avait-il chuchoté une fois. Quelqu'un d'excitant. Quelqu'un qui est fou de toi… » Et ce fut le visage d'Eddie qu'elle vit. Plus elle tentait d'évoquer les traits de Ken, plus ceux d'Eddie s'affirmaient, à chaque halètement, sa voix, ses mains, son odeur la remplissant d'un désir si intense qu'elle pouvait à peine garder les yeux ouverts, même dans la lumière crue du jour, des années, des nuits après, terrorisée sous l'éclairage rose et vert dont les reflets marbraient le dos de l'homme au moment où il s'abattait entre ses jambes, la clouant sur son siège, alors qu'Eddie venait en courant, que la police venait, que le train venait. *Venait.* « Réveille-toi, ma chérie. » Ken la secouait. « Réveille-toi, tu fais un mauvais rêve, c'est tout. »

Devant le petit presbytère, elle éteint son moteur, se lèche les doigts et essaie d'effacer les coulées d'eye-liner. Dès l'instant où elle respire l'air frais de la nuit, ses talons crissant sur l'allée de brique sableuse, elle reprend ses esprits. Elle sonne à la porte, inspire profondément plusieurs fois, les yeux fixés sur le journal roulé dans son plastique sur un coin de la pelouse, et, soudain, elle comprend ce qu'elle est venue faire ici si tard en prétextant d'apporter trois chèques qu'elle aurait tout aussi bien pu poster. Elle vient demander de l'aide.

La porte s'ouvre dans un grincement et le jeune prêtre, lunettes rondes sans monture et cheveux clairsemés, l'accueille avec un sourire :

« Madame Hammond ! Nora... Quelle bonne surprise ! »

Il porte un pull bleu informe sur un pantalon noir. Des mocassins indiens souples, brodés de perles sur le dessus, comme en portent les enfants.

« Je vous ai apporté ces chèques », dit-elle en fouillant dans sa mallette.

L'un des chèques tombe à terre. Ils se penchent tous les deux en même temps à se cogner presque la tête.

« Ils sont arrivés au journal. Ken et moi partons demain.

— Oh, merci. Mais vous n'auriez pas dû vous déplacer si tard... J'aurais pu...

— Non, non ! l'interrompt-elle. Je tenais à le faire. De toute façon, j'étais... j'étais déjà... j'étais dans le coin. »

Quelque chose dans sa voix s'est brisé, et il s'efface sur le seuil en lui disant :

« Entrez donc. »

Du séjour à droite dans le vestibule s'échappent les lueurs violettes vacillantes d'un écran de télévision, des voix, puis un bruit de rire.

« Le père Connelly et moi regardions un film », explique-t-il.

Elle aperçoit des pieds en chaussettes qui s'esquivent, comme si le vieil ecclésiastique s'apprêtait à se lever.

« Merci, je ne peux pas. Je suis déjà en retard, s'empresse-t-elle de lui lancer en redescendant vivement les marches.

— Faites un bon voyage ! » s'écrie le père Grewley en agitant les trois chèques en l'air.

Dieu merci. Dieu merci, se répète-t-elle, frémissant à la pensée qu'elle a été sur le point de craquer. Elle a les joues en feu rien que de s'imaginer épanchant son chagrin sous les yeux ronds du jeune prêtre. Certes, dans son ministère, il prête l'oreille à bien des lamentations, mais jamais sortant de la bouche de Nora Hammond. Elle est censée être forte. Maîtresse d'elle-même, tout est là. Elle doit s'emparer de sa douleur et de sa confusion, et les façonner afin de leur donner un aspect supportable. Personne d'autre ne peut accomplir cette tâche à sa place. La première fois qu'elle est rentrée à la maison dans cet état, Ken lui a proposé d'aller consulter ensemble un conseiller matrimonial. Il avait sous la main le nom et le numéro de téléphone de quelqu'un de très bien. Mais elle ne peut pas. Pas maintenant. Pas encore. Ce serait comme essayer d'ôter à la pince à épiler des saletés d'une plaie suppurante.

« Alors qu'est-ce qu'on fait ? Qu'est-ce que tu veux ? Quels sont nos choix ? avait-il demandé en dissimulant mal son agacement devant son refus. On se contente de continuer comme on est ? »

Ce passage se révèle moins facile qu'il ne l'avait supposé. Il s'attendait sans doute à ce qu'elle franchisse étape par étape un parcours commencé par la trahison et l'humiliation pour atteindre, espérait-il, logiquement, à condition d'appliquer la méthode appropriée… quoi ? Le bonheur ? Une paisible cohabitation ? Il n'imagine pas le nombre de choix qui se présentent à Nora. Ils sont si nombreux qu'elle en a le tournis. Il y a l'assassinat et le suicide, les coups et la dépression nerveuse, la pyromanie et les lettres anonymes… Elle pourrait lacérer de ses ongles les belles joues luisantes de Robin Gendron, depuis ses yeux si bleus derrière le rideau de ses cils noirs jusqu'à la fossette si délicate de son menton.

Elle bifurque sur Fairway Road, dépasse le country club, grimpe la côte, puis suit la longue allée en lacet qui mène à FairWinds, la demeure d'Oliver. Elle conduit lentement, en prenant soin de rouler bien au milieu de la chaussée. Autrefois recouverte de gravier de marbre blanc, de sorte que par une nuit de pleine lune elle serpentait sur la colline noire tels les méandres d'une rivière pâle, l'allée est aujourd'hui creusée d'énormes ornières. Les Hammond avaient construit au tournant du siècle ce manoir en brique de trois étages, aux couloirs tapissés de boiseries en chêne et aux somptueux salons. C'est là que Ken l'avait emmenée pour la présenter à ses parents et à Oliver, lequel, à peine marié et déjà en train de divorcer, était temporairement de retour à FairWinds. Au premier abord, elle l'avait pris pour l'oncle de Ken, car, comme sa mère, il l'appelait Kenny. Il avait dix ans de plus que Ken, et même encore aujourd'hui se conduisait avec lui plus en oncle qu'en frère. Oliver vit seul dans la maison. Le ravissant salon dont les fenêtres en saillie regardent le jardin, il s'en sert à présent de chambre à coucher. On n'y voit pas de lit, mais un énorme fauteuil de relaxation qui permet douze positions (sauf celle du missionnaire, se plaît à plaisanter Ken) et les vêtements d'Oliver, le peu qu'il possède. Elle espère qu'Annette Roseman ne sera pas là, quoiqu'elle l'ait rarement croisée dans cette maison. Annette et son fils handicapé habitent en ville avec sa mère, ex-gouvernante de feu Mme Hammond. Personne ne sait si Annette a été mariée ni qui est le père de son fils. Très peu de gens soupçonnent Oliver. Le garçon, un jeune homme à présent, a la peau trop foncée, ses traits sont en conformité avec les origines de sa mère. Ken prétend qu'Annette a donné naissance à l'enfant quand elle était en fac à New York. Son retour à Franklin a coïncidé avec celui d'Oliver à FairWinds. Annette est une portraitiste de renom, elle reçoit des commandes qui se chiffrent en milliers de dollars.

Nora se gare sous le portique. Avant de gravir les larges marches en granit, elle vérifie que le salon est allumé. Elle doit sonner quatre fois avant qu'Oliver se profile enfin derrière le verre gravé de la porte.

« Qu'est-ce que c'est ? » dit-il en passant la main dans ses cheveux perpétuellement en bataille.

Ses yeux pochés la fixent d'un air endormi. Quoiqu'il ait gardé sa cravate, sa chemise blanche est déboutonnée jusqu'à la taille et sa ceinture ouverte pendouille sur son pantalon de costume froissé. Elle lui présente ses excuses tout en traversant dans son sillage le vestibule sombre plein de courants d'air. Sur l'étroite console à la gauche de la porte s'empilent des sacs de teinturier, qu'il déchire à mesure qu'il a besoin d'une chemise propre. Sur l'étagère au bas du meuble, entre les deux pieds en acajou sculpté, est affalé un grand sac-poubelle vert rempli de chemises sales. L'odeur est toujours la même, cela sent le rance : du linge sale, un intérieur mal entretenu, un corps négligé. Le seul éclairage dans la grande pièce tout en longueur est dispensé par une lampe à pied en cuivre plantée à côté du fauteuil d'Oliver. Son abat-jour en soie plissée est jauni par la fumée de cigarette. Des cendres saupoudrent son pied. Les chaussettes noires qu'Oliver a enlevées gisent devant le siège tel un tas d'algues sur la plage.

« La maquette ! J'ai oublié de la déposer sur ton bureau ! crie-t-elle afin de se faire entendre par-dessus la musique classique qui jaillit des haut-parleurs. Je ne me suis pas rendu compte de l'heure.

— C'est pas grave, pas grave du tout », soupire-t-il en abaissant son énorme gabarit dans le fauteuil.

Il lui suffit d'effleurer un bouton, et le dossier se renverse en arrière, le siège avance en glissant sur lui-même et le repose-pieds capitonné rehausse ses pieds nus. Il pointe la télécommande vers la vieille chaîne hi-fi et baisse le volume du son. Son fauteuil surnage au milieu d'un océan de journaux, de livres, de CD, de tasses à café, de trois chaussures noires à lacets, alors que, de l'autre côté de la table basse en marbre, son veston est plié avec soin. Dans cette demeure caverneuse, il n'a plus l'usage que de ce petit coin. À l'étage, son ancienne chambre contient encore les livres et les jeux du petit garçon qu'il a été. Nora comprend la mélancolie qu'il doit éprouver. Ainsi, voilà ce que deviennent les mal-aimés. Pieds nus. Un capharnaüm poussiéreux. Et la fatigue qui s'écoule goutte à goutte des pores de la peau pour imbiber les étoffes, les plâtres, le bois.

« À quelle heure partez-vous ?

— Le vol est à sept heures trente. Une voiture passe nous prendre à cinq heures du matin. On atterrit à San Juan à dix heu…

— Montre-moi donc ce que tu m'as apporté », la coupe-t-il.

C'est une habitude que les deux frères ont en commun, cette manie de poser une question puis de s'impatienter quand vient la réponse. De la part de Ken, on l'attribue volontiers à son côté tête en l'air, mais, chez Oliver, cela revient à de la pure et simple grossièreté. Au début, elle avait d'ailleurs eu du mal à le trouver sympathique, ce frère. Mais à présent sa goujaterie se pare à ses yeux d'une qualité rédemptrice. En en venant toujours au fait, Oliver ne mène jamais personne en bateau.

« Je me disais qu'on pourrait avoir des interviews de tous les responsables de l'hôpital. Des photos des dernières installations dans les services et les labos, etc. » Debout à côté de son fauteuil, elle lui passe une à une les feuilles de la maquette. « Ce serait bien aussi d'avoir l'avis d'une infirmière, et d'une laborantine, d'une femme de ménage, de techniciens, tous avec des points de vue différents sur…

— Kenny s'en sort bien, n'est-ce pas ? »

Il la regarde par-dessus les demi-lunes sales de ses lunettes perchées au bout de son nez.

« Qu'est-ce que tu veux dire ? rétorque-t-elle un peu sèchement.

— Juste ça, répond-il en haussant les épaules. On a déjeuné ensemble. Il m'a l'air beaucoup plus impliqué, m'a-t-il semblé. C'est tout. »

Il feuillette la maquette sur ses genoux, puis :

« J'ai été plutôt inquiet, pendant quelque temps.

— Comment cela ? s'étonne-t-elle.

— Oh, je ne sais pas. J'avais l'impression qu'il n'était pas tout à fait là, si tu vois où je veux en venir.

— À ton avis, qu'est-ce qui n'allait pas ?

— Ah, ça ! Sans doute toujours les mêmes vieilles toiles d'araignée, il était coincé dans un de ces labyrinthes qui nous attendent tous au tournant. »

Il jette un coup d'œil dans sa direction et ajoute :

« Où sont les pubs ? Tu comptes sortir ça avec quoi ? *Les Feux de l'amour* ?

— C'est seulement une première maquette prospective, lui rappelle-t-elle en lui tendant quatre nouveaux feuillets. Personne n'a encore démarché. »

Il examine les annonces commerciales proposées avec force hochements de tête et marmonnements.

« Cons et radins à la fois ! » s'exclame-t-il devant les noms des firmes qu'il sait d'avance réticentes aux encarts publicitaires.

Il plonge la main dans son fouillis et en extrait une bouteille de whisky et un verre, maculé de ronds jaunâtres. Il le remplit et boit quelques gorgées, tièdes, sans glaçons. Il l'interroge sur les dates de remise prévues afin de s'assurer qu'il n'y aura pas de retard dans les délais de livraison du supplément, puis il lève son verre.

« C'est ton affaire. C'est à toi de la conduire.

— Tu es sûr ? »

Elle n'est pas étonnée, mais elle a compris qu'il vaut mieux répondre aux questions d'Oliver avant qu'il les pose lui-même, puis refuse de vous écouter.

« Bien sûr que je suis sûr. »

Il remplit un deuxième verre, cette fois seulement à moitié.

« *Bon voyage*[1] !

— Merci ! »

La boisson alcoolisée lui pique les yeux. Des larmes roulent sur ses joues, son nez coule.

Oliver lui raconte qu'il a reçu aujourd'hui un appel téléphonique de quelqu'un qui se plaignait de la photo du sénateur Bob Gallewski publiée récemment par le *Chronicle*. Sur ce cliché, Gallewski, le verre à la main, a l'air abruti, les traits bouffis, la bouche ouverte, et sinon soûl, du moins totalement imbécile. Sa directrice de campagne, Abby Rust, réclame qu'ils publient de lui une image plus flatteuse.

« Mais, Abby, lui ai-je répondu, si j'accepte, à ce train-là je serai bientôt obligé de publier des rectificatifs photo du vide-grenier de l'Association des femmes vélocyclistes et des Eagle Scouts. »

À cette pensée, Oliver rit et se ressert un whisky en soupirant :

« On n'en finirait plus.

— Il faut bien admettre que c'est un sale tour qu'on a joué à cet homme », commente Nora tout en vaquant de-ci de-là afin de remettre un peu d'ordre dans la pièce.

1. En français dans le texte. *(Toutes les notes sont de la traductrice.)*

Elle pousse du pied des chaussettes pour former un tas, elle aligne les chaussures près de la porte, elle fait des piles de journaux et de magazines.

« C'est un pouvoir que l'on a sur les autres, ajoute-t-elle en suspendant sa veste au dossier d'une chaise. Un pouvoir difficile à invoquer, car totalement insidieux.

— La conscience du peuple, dit-il en lui portant un toast. Même si c'est autoproclamé. »

Il boit une gorgée.

« Et s'il s'agissait de moi ? Mettons que Ken et moi soyons jusqu'au cou dans un sale divorce, que ferais-tu ? s'enquiert-elle en empilant ses CD sur la petite table à côté de lui.

— Ce que je fais pour tout ce qui touche à la vie conjugale, répond-il en levant doucement les yeux vers les siens. Rien. Strictement rien.

— Ollie… », commence-t-elle.

Mais elle ravale ses paroles. Oliver n'a que mépris pour les conversations intimes. Dès que cela devient trop personnel, il se retire dans sa coquille. Mais qu'à cela ne tienne ! Elle ne peut plus continuer à se conduire comme si de rien n'était. Cette comédie est en train de la tuer à petit feu. Elle lui dévore toute son énergie. C'est moins un besoin de parler qui la ronge que celui d'obtenir l'aide d'Oliver, sous quelque forme que ce soit. Pas financière ni affective, bien sûr, ce serait trop lui demander. Non, ce qu'elle veut, c'est ne plus souffrir.

« Tu étais au courant, n'est-ce pas ?

— Qu'est-ce que tu veux dire ?

— Tu sais parfaitement. Ne…

— Depuis deux ans. »

Elle hoche la tête, ne sachant si elle doit rire ou pleurer, ou les deux à la fois.

« Deux ans. Bravo ! Formidable. Tout le monde le savait, n'est-ce pas ? Chloé et Drew aussi sans doute. Tout le monde, sauf moi ! Mais je suppose que c'est toujours la même chose quand un homme a une liaison... pardon ! une relation durable. Il préfère ce terme. "Liaison" ferait, n'est-ce pas, trop quoi... minable ? ringard ? vulgaire ? Va savoir. Ken n'est rien de tout cela, hein ?

— Où veux-tu en venir, Nora ? »

Il n'a pas bougé. Ses traits sont dans l'ombre, sa voix est glaciale, presque hargneuse.

« Oh, nulle part ! Nulle part. Je pensais que ce serait mieux de vider notre sac. Tu sais, être honnêtes l'un avec l'autre. N'est-ce pas ce qui a toujours caractérisé nos relations ? »

Sauf que cette fameuse honnêteté s'est toujours cantonnée au travail, se rend-elle compte tout à coup. Elle sait en vérité tout aussi peu de chose sur lui que lui sur elle. Et, naturellement, s'il prenait le parti de quelqu'un, ce serait celui de son frère.

« Pourquoi m'en veux-tu ? Qu'aurais-tu voulu que je fasse ? Que je détruise ton couple ? ta famille ?

— Non, dit-elle, en pleurs. C'est juste... J'ai tellement... mal ! La solitude... m'épuise.

— Mais tu tiens le coup, non ?

— À peine.

— Alors tu crois que je suis resté planté là à me tourner les pouces ? Bien sûr que non. J'ai fait de mon mieux. Oui, de mon mieux.

— Quoi ? Qu'est-ce que tu as fait ? »

Il boit une longue gorgée de whisky.

« Je lui ai dit qu'il était un vrai connard. Un nul ! Je lui ai dit que tu étais ce qui lui était arrivé de mieux et que je ne voulais avoir aucun rôle dans ce naufrage.

— Comment cela, “aucun rôle” ?

— Je me comprends. »

Pendant des jours, elle ne cesse de penser à cette conversation, à la façon d'un film qui repasserait en boucle dans sa tête. Pour en arriver à la conclusion logique qu'Oliver la considère comme une sorte de béquille pour Ken. Ôtez-lui Nora, et son frère s'effondre. C'est peut-être vrai. Ce pourrait être cela, la pierre de touche de leur mariage. Cette force qu'elle possède et dont Robin est dépourvue. C'est ce qu'Oliver aura sans doute essayé de lui faire comprendre.

7

Samedi, cinq heures du matin. Chloé dort chez sa copine Jesse. Drew restera chez Johnny Hale pendant qu'ils sont à Anguilla. La limousine attend dehors depuis quinze minutes.

« Qu'est-ce que tu fabriques ? » lui crie Ken d'en bas.

Elle entend des voix, la porte d'entrée qui s'ouvre et se referme tandis que le chauffeur charge leurs valises dans la voiture.

« Nora ! Allez ! Viens ! » continue Ken.

Dehors, le coffre claque. Habillée de pied en cap, les cheveux propres et secs, maquillée, elle est assise au bord du lit, les yeux fixés sur les épaisses moulures de la porte peinte en « perle lustré ». Ils ont refait la pièce il y a deux ans. À l'époque, le choix de la couleur lui avait paru d'une importance primordiale. Après tout, c'était leur chambre à coucher. Quand on la tourne, la poignée de porte en verre taillé étincelle.

« Pour l'amour du ciel, Nora ! On va être en retard ! gémit-il à présent sur le seuil de la chambre. Tu prends racine, ou quoi ? »

Quel toupet ! se dit-elle en le voyant si pimpant, dans son pantalon en toile sans un pli et son polo lavande, si fringant, prêt à prendre du bon temps. Comme d'habitude. Ce ne sont que de brèves vacances, une escapade hivernale, voilà tout. Il faut bien recharger les batteries. Comme s'il ne s'était rien passé. Cette porte franchie, ils reformeront le couple qu'ils ont toujours été. Ken est imbattable à ce jeu, infiniment meilleur dans son rôle qu'elle ne le sera jamais. De la comédie, c'est à quoi cela se résume, le théâtre de la vie.

« Nora ?

— Je ne pars pas.

— Qu'est-ce que tu veux dire ? De quoi parles-tu ? s'exclame-t-il en levant les mains en l'air de stupéfaction.

— Rien. De toute façon, de quoi pourrions-nous parler ?

— Eh bien… on va se détendre un peu. Échapper à tout… à tout ça.

— Tu y arriveras ? Vraiment ? Parce que moi, non. Je ne sais pas faire. Ce n'est pas faute de m'y efforcer, pourtant. Je ne peux pas rester paisiblement à ton côté dans un avion, sur une plage, dans une chambre d'hôtel, au restaurant. Je ne peux pas.

— Que veux-tu dire ? »

Il essaie de prendre un ton compatissant, mais elle décèle une lueur de panique dans son regard.

« Je suis incapable de faire semblant.

— Je ne te demande pas de faire semblant. Ce n'est pas du tout mon intention.

— Alors, c'est quoi, ton intention ?

— On a besoin de prendre le large.

— Pourquoi ? À quoi cela nous avancera-t-il ? demande-t-elle en levant les yeux vers son visage mince et juvénile. Je ne peux pas. Pas maintenant.

— Alors, quoi ? Tu refuses qu'on aille voir un conseiller matrimonial, rétorque-t-il en se penchant plus près d'elle, la voix assombrie par une émotion qu'elle n'a encore jamais perçue chez lui : la peur. Qu'est-ce qu'on va faire ? Il faut prendre une décision.

— Parle-moi, Ken. Écoute-moi. Réponds à mes questions. Même si elles font mal. Réponds-moi. Je ne peux pas parler devant un tiers. Tu sais bien que je ne peux pas. C'est… C'est trop humiliant. »

Elle n'a pas plutôt terminé qu'il tourne les talons et sort de la chambre pour redescendre l'escalier. Convaincue qu'il s'en va sans elle, elle l'observe depuis sa fenêtre. Il dit quelque chose au chauffeur, lequel éclate de rire. Ils sortent du coffre les valises et les clubs de golf. Alors qu'il glisse un pourboire au chauffeur, elle imagine le dialogue : « Ah, les femmes, de vraies girouettes. » Une de ces formules éculées, mais qui, dans la bouche de Ken, ne l'est pas du tout. Car cela fait partie de son charme, cette façon d'être à la fois moderne et adorablement vieux jeu. Puis à la limousine qui s'en va, tel un capitaine sombrant avec son bateau, il adresse un bref salut militaire.

Elle a perdu la notion du temps. Et comme lorsqu'on perd le goût, l'odorat ou le toucher, tout semble du pareil au même. Une semaine s'est écoulée, pourtant elle n'en conserve aucun souvenir.

« Tu vas bien, maman ? lui lance Chloé dans l'entrebâillement de la porte.

— Je… Je suis juste… »

Nora arrive à peine à entrouvrir les paupières. Elle a pris un cachet pour dormir en se couchant, et pour la première fois elle a fait une nuit complète.

« Quelle heure est-il ? bredouille-t-elle.

— Huit heures moins de quart. Je pars, mais je me suis dit qu'il valait mieux que je passe vérifier avant.

— Huit heures moins le quart ! Qu'est-ce que tu fais encore ici ? Flûte, Chloé, tu vas de nouveau être en retard ! »

Elle se hisse sur les coudes pour terminer :

« Tu te rappelles ce qu'a dit M. Brown ? Encore un retard, et ce sera…

— On est dimanche.

— Ah. »

Ses yeux se referment d'un seul coup.

« Tu veux que j'ouvre les rideaux ? » Sans attendre sa réponse, Chloé écarte les lourds pans de tissu ivoire et reste à la fenêtre, le regard plongé dans le jardin, comme en contemplation. Nora tourne le dos à l'éclat éblouissant du jour. Tellement semblable à son père, songe-t-elle. Ouvrez les rideaux, laissez entrer la lumière, et haut les cœurs ! Chloé ne supporte pas le conflit non plus. « Il fait un temps magnifique ! » De la part d'une autre personne, ces paroles auraient sonné faux, mais Chloé a simplement l'air joyeuse. La joie lui est aussi nécessaire que l'air qu'elle respire. « Il a neigé. Toute la nuit. La neige vient juste de s'arrêter de tomber. » Elle se penche un peu plus. « Hé ! Il y a quelqu'un en bas. Je vais descendre voir ce qu'il veut. » Elle sort en coup de vent. La sonnette retentit.

Nora se demande si c'est Ken. Même s'ils se retirent ensemble le soir, au matin il n'est plus là, ayant passé le plus gros de la nuit dans la chambre d'amis, sur le couvre-lit, enveloppé dans un plaid. Sans doute pour ne pas inquiéter les enfants. Depuis une semaine, Nora et Ken s'adressent à peine la parole. Son refus de dernière minute de partir pour Anguilla l'a ébranlé. La vapeur s'est inversée. Désormais, c'est lui qui a de bonnes raisons d'être furieux, de bouder pendant des heures dans son bureau et de l'éviter. Il se sent offensé, peiné. Mais Nora laisse passer. Elle n'a plus assez d'énergie pour faire une scène. Et ce mutisme pourtant si pesant est un soulagement pour Chloé et Drew. La vie, sur un certain plan, a l'air de reprendre comme avant. Par le passé, entre Ken et elle, les disputes étaient rares, et lorsqu'elles éclataient, c'était parce qu'elle les provoquait. Il lui paraissait naturel que l'éducation des enfants, et à plus forte raison l'adolescence venue, génère quelques désaccords entre les parents. Mais, au premier signe d'agressivité de sa part, Ken avait l'art de s'esquiver. « C'est pas mon truc », disait-il. Garder le cœur léger, voilà ce qu'il voulait : on ne met pas les fers à un feu follet.

Nora enfile sa robe de chambre tout en regardant par la fenêtre. Le mystérieux visiteur est parti, en tout cas. Les traces de pneus sur la poudreuse viennent de la rue. La neige devant la porte du garage est immaculée. Ken doit toujours être à la maison. En passant devant la chambre d'amis, elle note que la porte est fermée. En général, il prend soin de s'en aller avant que les enfants soient levés, afin d'éviter qu'ils ne le surprennent, mais apparemment, dans sa douleur, il s'en fiche. En descendant l'escalier, elle devine aux pétillements et crépitements qui sortent du petit salon que Drew joue à *Frère d'armes* sur sa console. Les jeux vidéo ne sont permis que le week-end, et seulement pendant deux heures, soit d'un seul coup, soit par petits bouts sur les deux jours. Ce qui fait que, le samedi matin, il est souvent levé avant tout le monde. Ainsi personne n'est en mesure de chronométrer le temps qu'il y a passé. De sorte que Nora a dû ajouter une clause au règlement. Pas de jeu avant sept heures du matin. Elle s'arrête sur le seuil de la pièce. Les volets intérieurs en bois sont encore fermés. La seule source de lumière est l'écran large, qui clignote de lueurs crues face auxquelles Drew semble non seulement rapetissé sur son pouf, mais aussi pris entre deux feux. Tandis qu'éclatent des rafales de détonations, des éclairs orange et rouge zèbrent son visage boutonneux. Ses pouces dansent sur la télécommande. Drew se livre plus difficilement que sa sœur, mais depuis quelques semaines on l'entend encore moins que d'habitude. Elle a envie de lui dire que tout va bien, mais elle ne peut pas lui mentir. Si seulement elle était capable de jouer la comédie, comme Ken. Des vies parallèles. Montrer un masque à la société pour mieux cacher sa détresse intime. Et ces secrets, quelle tristesse d'en être encombré à un si jeune âge, et plus déplorable encore de ne rien pouvoir faire pour l'en libérer. Ken, jadis si attentif aux sentiments de ses enfants. Il ne pouvait supporter de les voir blessés d'aucune manière. A-t-il seulement songé à la blessure que sa conduite infligeait à leur amour-propre ? Surtout à celui de Drew ? Clay Gendron était son meilleur ami. Elle pose la main sur l'épaule de son fils et lui dépose un baiser sur le haut de sa tête humide. Il sent la transpiration. Si elle ne lui dit rien, il oublie la douche. Elle est parfois obligée de lui ordonner de se laver. Bientôt, elle se demandera pourquoi il en prend autant…

« Que dirais-tu de quelques bons petits pancakes ? demande-t-elle d'une voix si dénuée de conviction que son cœur chavire.

— Ça va. »

Il se penche un peu sur le côté avec sa télécommande pour manœuvrer un char dans une ruelle.

Il n'est pas sportif, mais il adore les maths et l'informatique. Ken s'est finalement lassé de l'inviter à jouer avec lui au tennis ou au racquetball, et se plaint qu'il passe trop de temps entre quatre murs. « Regarde donc sa mine ! » Drew a le teint clair et son visage, jusqu'à sa nuque, s'est couvert récemment d'une acné disgracieuse. À Noël dernier, elle lui a dit qu'elle prendrait rendez-vous avec le dermatologue. Mais elle avait dû l'annuler. Pourquoi ? Qu'est-ce qui avait bien pu lui paraître sur le moment plus important que d'aider Drew à se sentir mieux dans sa peau ? De ce point de vue, ses deux enfants sont très différents. Chloé l'aurait tannée jusqu'à ce qu'elle rappelle le cabinet, tandis que Drew ne demandait rien. À la première heure lundi, se promet-elle, elle prendra un nouveau rendez-vous avec le Dr Rosen.

« Je vais en faire, de toute façon. Alors, c'est quand tu veux.

— J'ai déjà mangé. »

Dans la cuisine, elle trouve Chloé qui sirote un café en regardant la petite télévision sur le comptoir.

« Tut tut ! Chloé ! Des dessins animés, à ton âge ? se force-t-elle à prononcer en essayant de se persuader que c'est important, dans le vain espoir que gronder sa fille la ramènera à son ancienne vie.

— *Les Simpson.* C'est pas un dessin animé.

— Ah bon ? »

Nora réunit les ingrédients pour préparer les pancakes. Même si personne ne les mange, c'est une sorte de rituel, nécessaire, une façon de s'ancrer dans le quotidien. Ce que voudrait Ken, c'est qu'elle accepte ses aveux, qu'ils rencontrent un conseiller matrimonial, et qu'on n'en parle plus. Ce dont il ne veut pas, supporter les conséquences de ce qu'il a fait. Certes il faut qu'elle se remette sur pied, mais elle veut s'y prendre à sa manière. Selon sa convenance, pour une fois ; à son propre rythme, pas à celui de Ken. Rien n'est plus important que ses enfants. Pour eux, elle doit recoller les morceaux. Coûte que coûte remonter la pente. Son influence en qualité de membre de la famille Hammond commence enfin à compter pour quelque chose dans le succès de la Sojourn House. Une journaliste du journal télévisé de la chaîne de Boston annonce sa venue. Elle a l'intention d'interviewer le père Grewley dans le cadre d'un reportage sur la violence domestique diffusé sur toute une semaine. Jamais Nora n'a autant pris plaisir à son travail au journal. Jusqu'à ce que Ken lâche sa bombe, elle adorait sa vie, se considérait comme une des privilégiées de ce monde, non seulement parce qu'elle était comblée sur le plan matériel, mais encore parce qu'elle avait la chance de pouvoir aider ses semblables. Le nom des Hammond vous ouvre presque toutes les portes, et aussi quelques portefeuilles. Peu de gens ont envie d'éconduire l'épouse du brillant Ken Hammond, et encore moins la belle-sœur du puissant Oliver Hammond. Puisqu'elle a trouvé un moyen d'alléger le sort de femmes moins fortunées qu'elle, il n'est pas question qu'elle gâche tout en s'apitoyant sur son propre sort.

« J'ai pas faim, dit Chloé sans baisser le son des *Simpson* tandis que Nora casse deux œufs dans la farine.

— Je sais. »

L'intérieur du bol se marbre de jaune, la même couleur que le visage d'Homer Simpson. Chloé n'a jamais faim, pourtant, une fois à table, elle a le meilleur coup de fourchette de la famille.

« C'était qui, à la porte ? » demande Nora en ajoutant quelques gouttes d'extrait de vanille et une pincée de cannelle.

En haut, une porte s'ouvre et se ferme : Ken se rendant à la salle de bains.

« Un type, il cherchait une rue. »

Homer fait rire Chloé.

« Quelle rue ? » dit Nora en jetant un coup d'œil à sa fille.

Elle est si jolie. Une beauté chaude et piquante, tout ce que Nora enviait, quand elle était jeune. Stupéfiant de penser que cette beauté est à elle, en dépit de tous les problèmes que lui pose sa fille. Plus que jamais Nora est résolue à éviter qu'elle ne devienne une deuxième Robin Gendron, une de ces gosses de riche qui estiment que tout leur est dû. Même le mari des autres.

« Clayborne. Il a dit qu'il ne savait pas si c'était une rue, ou une route, ou une impasse. Clayborne… »

La cuillère coule au fond du bol. Nora reste plantée là, comme paralysée. Elle ne sait pas comment elle va la sortir de là. Elle n'a pas envie de se mettre de la pâte plein les doigts. Elle entend les pas de Ken qui descend l'escalier.

« … pas par ici, à ma connaissance. En tout cas, je n'ai jamais entendu ce nom-là, poursuit Chloé.

— Entendu quoi ? » demande Ken en entrant dans la cuisine.

Il embrasse Chloé, puis sort du réfrigérateur son jus de pamplemousse-mangue-pêche. Spécialement préparé pour lui deux fois par semaine au magasin bio local.

« Clayborne Street, continue Chloé. Un type. Il a dit qu'il allait continuer à tourner dans le coin. Qu'il finirait bien par trouver.

— C'est une façon de procéder comme une autre, commente Ken en buvant son nectar. Ou alors on s'équipe d'un GPS.

— Il ressemblait à quoi ? » s'enquiert Nora.

Chloé lève les yeux du petit écran.

« Pas mal du tout, en fait. Pour un vieux. »

Elle sourit, un large sourire, anticipant la question de son père.

« Vieux comment ?

— Hum… comme toi, je dirais. »

Ken lève son verre.

« Merci beaucoup !

— Des yeux incroyables, surtout. D'un bleu très pâle. Comme si on regardait la lumière. »

Nora allume le gaz, verse un peu d'huile dans la poêle. Elle sort la petite louche du pichet en terre cuite et, en s'en servant comme levier, essaie d'expulser la cuillère du bol en la projetant dans l'évier. La cuillère manque sa cible, atterrit sur le comptoir et éclabousse les carreaux du mur d'un jet de pâte. Elle essore une éponge et essuie le carrelage.

« Maman, la plaque fume ! s'écrie Chloé en grimpant aussitôt sur le comptoir, avec une agilité entretenue par une longue habitude, afin de dévisser l'alarme incendie avant qu'elle ne se déclenche.

— Je l'ai ! dit Ken, qui a enfilé tout aussi vite une manique pour ôter la poêle du feu. Il n'y a pas mort d'homme.

— Maman, dit Chloé. Tes mains… elles tremblent.

— J'ai un peu mal au ventre, c'est tout.

— Assieds-toi. Là », insiste Ken en dépit de ses protestations.

Elle finit par céder et s'assied sur la chaise qu'il lui présente.

« Chloé, ajoute-t-il, apporte à maman des crackers, ou un verre de jus, n'importe quoi. » Il reste debout derrière elle, à lui masser les épaules. « Ça va aller, ça va aller, répète-t-il, sa poitrine tel un mur derrière sa tête. On va bien s'occuper de toi, ne t'inquiète pas. »

8

Nora attend qu'Oliver soit enfin disponible. Toute la journée il y a eu un ballet continuel dans son bureau. Ken est son dernier visiteur en date. Ils ne peuvent pas retenir plus longtemps l'affaire Crane-Copley, pas maintenant que la compagnie est mise en examen. Jusqu'à il y a quelques années, c'était une modeste société locale spécialisée dans le matériel de sécurité électronique pour le bureau et la maison. Mais, avec l'intensification de la paranoïa ambiante, la sécurité devenant une véritable industrie, leurs systèmes équipent à présent des bâtiments administratifs, des monuments historiques, des centres commerciaux géants et la plupart des aéroports. Leur logo, un double C avec un globe oculaire au milieu, est partout. « Crane » était le nom du fondateur, Lyndell Crane. « Copley » avait été ajouté rien que pour le prestige, d'après Lyndie.

Ken et Lyndie entretenaient une amitié de longue date. La femme de Lyndie, Letitia, fait partie du comité de la Sojourn House. Une maîtresse femme, plutôt laide. Elle joue tellement sur son côté fille de proviseur de lycée sans chichi que sa franchise souvent cruelle est considérée dans leur cercle comme charmante, sinon rafraîchissante. Une bouffée d'air frais, disait-on dans leur petit monde. Pour sa part, Nora l'a toujours trouvée agaçante, mais utile. Quand Letitia Crane s'avise de réclamer des subventions, les donateurs, qui redoutent son franc-parler, ont du mal à les lui refuser. Pour le bien commun, a fini par conclure Nora, on est prêt non seulement à supporter mais à flatter de fort déplaisants personnages.

Elle ne connaît pas les détails de l'affaire. Tout ce qu'elle sait, c'est que Lyndie Crane est accusé d'escroquerie à propos de certains contrats passés avec l'État, ainsi que de tripatouillages dans les comptes. La porte du bureau d'Oliver s'ouvre pour laisser le passage à Ken, qui hoche la tête. Il a l'air lessivé.

« C'est incroyable, dit-il en faisant signe à Oliver de le suivre dans son propre bureau. Mais à quoi pensait-il ? ajoute-t-il en fermant la porte derrière eux. Il a pourtant tout pour être heureux. Qu'est-ce qu'il veut de plus ? Je ne comprends pas. »

Qu'il prenne la chose tellement à cœur, comme tous les imbroglios dans lesquels se retrouvent ses amis, met les nerfs de Nora à vif. Aujourd'hui plus encore que d'habitude. Les problèmes de ces gens lui semblent tellement futiles qu'elle a cessé depuis longtemps d'y compatir. Mais cette fois, insiste Ken, c'est vraiment grave. Crane-Copley emploie trois cent cinquante personnes localement, sans parler des mille deux cents autres dans le reste du pays. Hier soir, elle l'a entendu supplier Oliver au téléphone de « ne pas charger Lyndie ».

« En somme, il a volé ses propres employés. Voilà le nœud de l'affaire, fulmine Ken en marchant de long en large. Comme ces licenciements, la semaine dernière.

— Quels licenciements ? »

Consciente d'avoir été obnubilée par sa douleur à en oublier celle des autres, elle a l'impression que la guerre, les bombardements, les catastrophes aériennes, la crise boursière, tout cela se déroule dans une autre dimension.

« Soixante-dix-huit personnes, et ce ne sont que les premiers d'une… »

Mais elle ne l'écoute plus. Elle a les synapses qui grésillent. Chaque événement est porteur d'un message. La coïncidence, cela n'existe pas. Le type qui sonne à la porte pour demander où se trouve Clayborne Street. C'est un monde mouvant dans lequel elle se meut désormais. Elle s'y sent vulnérable, trop naïve. Mais bien sûr ! Bob Gendron travaille pour Crane-Copley, se rappelle-t-elle soudain. Tricard un peu partout, il n'aurait rien trouvé si Ken n'avait demandé à Lyndie d'embaucher ce « pauvre bougre ». Il lui revient en mémoire une autre explication vaseuse de Ken après une soirée prolongée, un an auparavant. Il avait assisté à un banquet ou à une réunion avec Lyndie et il aurait préféré mille fois rentrer juste après, mais il fallait absolument qu'il coince Lyndie seul pour lui parler de Bob. Sa situation était désespérée. Les revenus du couple dépassaient à peine le seuil de pauvreté. Bob n'avait pas travaillé depuis des mois, et son alcoolisme battait des records. Pourquoi Robin ne trouvait-elle pas un emploi ? avait-elle demandé. Ne serait-ce pas une solution ? Au moins pour mettre du pain sur la table.

« Lyra n'a que deux ans, avait-il répondu, éberlué.

— Et alors ? Beaucoup de femmes travaillent même quand elles ont un enfant de deux ans. Surtout quand elles n'ont pas le choix.

— Tu ne l'as pas fait », avait-il rétorqué, sur la défensive – une attitude si fréquente chez lui qu'elle avait appris à ne pas en tenir compte.

Après tout, Robin et lui étaient comme frère et sœur, ce n'était un secret pour personne.

« Moi, je pouvais choisir, n'est-ce pas ? Grâce à toi, Kenny, avait-elle ajouté avec une tendresse venue du fond de son cœur.

— Mais Robin n'a pas de Kenny », avait-il répliqué d'un ton sec qui, sur le moment, l'avait laissée perplexe.

À présent une autre pièce du puzzle s'insère à sa place : Robin a bel et bien « un Kenny », seulement elle ne l'a pas assez pour elle toute seule.

Ken vitupère. À l'entendre, il n'y a pas matière à scandale, pourtant Oliver refuse de l'écouter et de faire moins de vagues. Nora l'interrompt :

« Bob Gendron a-t-il été licencié, lui aussi ? »

Ken rougit, ou plutôt la peau de son cou, le coin tout doux sous sa mâchoire qu'elle aimait tant embrasser, rosit légèrement.

« Il travaille pour eux, non ? Crane-Copley ? C'est même toi qui lui as décroché le job ? insiste-t-elle.

— Ah oui. Non, je crois qu'ils l'ont gardé. Il a eu du bol. Jusqu'ici, en tout cas. »

Si naturel, pas une fausse note ne perce dans sa voix tandis que se mêlent dans sa bouche la vérité et le mensonge, petits ruisseaux alimentant la grande rivière.

« Grâce à toi, Ken », répète-t-elle.

Elle a envie de préciser : grâce au journal.

« Cela n'a rien à voir avec... »

Une très légère hésitation. « ... eux. »

Mais bien sûr que si. D'une manière ou d'une autre, comme tous les tissus de mensonges, les raisons qui sont à l'origine de ce système alambiqué ont presque été oubliées, du moins perdues de vue. Croit-il vraiment qu'il peut passer d'une rive à l'autre sans se mouiller, sans troubler la surface de l'eau, sans remuer la boue et les cailloux, les hautes herbes visqueuses qui se tordent dans le courant ? Elle a frappé un endroit sensible. Une fois de plus. Pourtant, dans l'esprit de Ken, c'est sa faute à elle ; encore un bond en arrière. La nuit dernière, pour la première fois depuis des semaines, ils ont dormi dans le même lit jusqu'au matin. Et il lui suffit d'un regard pour comprendre que de nouveau elle a mis en péril tous ses efforts de réconciliation. Ce soir, il sera cassant, drapé dans cette attitude peinée qui fait tant de mal aux enfants. Ils veulent savoir ce qui se passe, mais n'osent pas poser de questions.

Elle lui a dit qu'elle voulait bien essayer, mais qu'il ne fallait pas la presser, qu'elle était méfiante maintenant. Chaque mot, chaque geste, chaque moment de la vie doit être marqué au sceau de l'honnêteté. Si seulement elle pouvait exiger qu'il lui livre le fond de sa pensée. Là, par exemple, son regard est glacial, impassible. Seul un léger tic nerveux de la lèvre inférieure le trahit. Trahit son désarroi. Sa douleur. Son chagrin, se dit-elle, l'espace d'un instant stupéfaite, presque apitoyée devant l'ironie de sa critique à l'encontre de Lyndie Crane. Où Ken avait-il la tête ? N'avait-il pas lui aussi tout ce qu'un homme puisse désirer ? Qu'avait-il besoin de plus ? se demande-t-elle en se dirigeant vers le bureau d'Oliver.

Quand il la voit, le sourire d'Oliver se transforme en un bâillement.

« Pourquoi fais-tu ça ? le taquine-t-elle. Tu bâilles chaque fois que tu me vois.

— Non, c'est faux.

— Si, c'est vrai. J'ai l'impression que je te rase avant même d'avoir ouvert la bouche. »

Son rire la rassure : ils feront comme si leur dernière conversation n'avait jamais eu lieu. Dès leurs premières rencontres, elle a su qu'il prenait plaisir à sa compagnie. Pourtant il lui arrive encore de le considérer comme la personne la plus désagréable qu'elle ait jamais connue. Mais, malgré tous ses défauts, elle l'aime beaucoup, peut-être aussi parce que lui l'aime tout autant. Son énorme bureau croule sous les papiers, mais en piles si bien constituées qu'elle est chaque fois frappée par le contraste entre l'ordre qui règne dans son univers professionnel et le dérèglement de sa vie privée.

« C'est peut-être un avertissement. Si c'est le cas, tu es la seule à t'en être aperçue. »

C'est exact, et même si elle a mis le temps, elle est désormais capable d'interpréter tous les signes émis par Oliver. Il ne l'invite pas à s'asseoir. Il ne le fait jamais. Elle lui dit qu'elle sait combien il est débordé en ce moment par l'affaire Crane-Copley, mais il faut qu'elle sache s'il a jeté un œil à la maquette du supplément *Santé*. Il n'a pas eu le temps. Elle s'efforce de cacher sa déception. Et son impatience. En ce moment, c'est devenu l'histoire de sa vie, ce mouvement perpétuel. Cette activité incessante, rien que pour conserver sa raison intacte. Elle va le laisser travailler tranquillement, ajoute-t-elle en regagnant la porte. Cela dit, elle tient à recueillir son opinion.

« D'accord.

— Tu me préviendras ?

— Évidemment, dit-il en levant les mains au ciel. La famille avant tout. Le journal vient après.

— Merci. »

Ils ne parlent pas de la même chose. Ou peut-être que si. Gênée par l'intensité de son regard, elle le gratifie d'un large sourire.

« Je suis navré de vous avoir demandé de venir, madame Hammond, mais je ne sais plus quoi faire. J'ai parlé je ne sais combien de fois à Drew, cela ne sert à rien. »

Tout en lui parlant, M. Carteil classe les contrôles d'histoire de Drew afin de les montrer à Nora. Trois notes largement au-dessous de la moyenne, une dissertation non faite.

« Et il ne rend plus ses devoirs. Il ne se donne même plus cette peine. »

Le visage empourpré, Drew garde les yeux baissés. De ses grosses baskets, il frotte le parquet sous la table de la salle des profs.

« Je lui ai donné sa chance, poursuit dans un soupir l'enseignant aux cheveux blancs. Tu le sais, n'est-ce pas, Drew ? » interroge-t-il d'un ton où perce un certain agacement.

Drew se racle la gorge. Il baisse encore plus la tête.

« Réponds à M. Carteil, lui dit Nora.

— Oui, monsieur.

— Alors, pourquoi ? Quel est le problème ? »

Drew hausse les épaules.

« Quelque chose ne va pas, n'est-ce pas ? Un bon élève comme toi ne se réveille pas comme cela un beau jour en décidant de ne plus travailler. Je me trompe ? »

Le garçon fait non de la tête.

« Drew, ajoute le professeur d'une voix navrée, presque plus troublé par son attitude que par le mauvais bulletin.

— Non, monsieur.

— Alors, qu'y a-t-il ? » insiste M. Carteil d'une voix douce mais ferme.

C'est un professeur exigeant, dont l'exceptionnelle bonté a fait un personnage de légende au lycée. Alors qu'il a largement dépassé l'âge de la retraite, chaque année le comité d'administration prolonge son contrat.

« Je ne sais pas », marmonne Drew en remontant les épaules jusqu'aux oreilles.

Nora a mauvaise conscience. Elle aurait dû l'envoyer à la Billington Academy, l'internat où Ken et Oliver avaient effectué leurs études secondaires, au lieu de vouloir le garder à tout prix dans le système public, qui, d'après elle, lui faisait connaître la vie telle qu'elle est. En pension, il aurait été trop loin pour souffrir de la débandade actuelle.

« Si tu ne sais pas, Drew, qui le peut ? Ton travail scolaire est sous ta responsabilité. Personne ne peut le faire à ta place. J'étais si content en début d'année de voir ton nom sur ma liste. Tu es un excellent élève en histoire, le genre d'élève que tout professeur souhaite avoir dans sa classe. Pas seulement intéressé, pas seulement brillant, mais passionné. Passionné d'apprendre, énonce le vieux monsieur en posant tour à tour sur la mère et le fils son regard intelligent. Peut-être serais-tu plus à l'aise avec un autre professeur. Mme Leeman a moins d'élèves que moi, ce serait peut-être mieux pour toi, plus à ton rythme…

— Non ! l'interrompt Drew.

— Que faire, alors ? demande le professeur, avec un regain d'espoir.

— Je vais laisser tomber l'histoire, voilà tout.

— Mais tu n'as pas terminé ton module, et le semestre est trop avancé pour en changer. »

Drew acquiesce d'un air abattu. M. Carteil soupire. Avant leur départ, il tend une ultime perche à Drew. S'il rend son devoir et récolte un 18, il pourra se rattraper en passant le contrôle final.

Nora, émue par la générosité du vieux professeur, s'exclame : « Oh, monsieur Carteil, c'est vraiment très gentil à vous ! »

En revanche, cette perspective semble anéantir Drew encore plus. Le chemin du retour est pénible. Quoi qu'elle dise, il s'obstine à garder la tête tournée vers la fenêtre de son côté. Elle lui répète qu'elle l'aime ; elle a toujours été fière de lui, il est un fils merveilleux, elle comprend qu'il puisse être malheureux, elle a beaucoup à se faire pardonner…

« C'est pas ta faute », dit-il d'une voix morne.

Ne sachant pas exactement ce qu'il sait, elle avance prudemment :

« Il arrive aux familles les plus heureuses de connaître des… difficultés, mon chéri, et en ce moment… eh bien, ce n'est pas facile.

— Quoi ? s'écrie-t-il en se tournant vivement vers elle. Un *cap difficile* ? »

Nora encaisse. C'est une blague familiale. La façon dont son père nie la réalité. « Un cap difficile », aucune circonstance, à en croire Ken, n'est jamais plus grave que ça.

« Toute cette agitation. Je suis tellement prise par mes propres problèmes que je n'ai pas pensé à ce que tu pouvais ressentir, dit-elle en conduisant encore plus lentement. J'espérais sans doute que cela ne t'atteindrait pas. Que tu ne remarquerais peut-être même pas ce qui se passait. Mais bien sûr je me trompais, c'était égoïste de ma part. » Les larmes embuant brusquement sa vue, elle se range sur le bas-côté. « Je suis désolée. Oh, reprend-elle en fouillant dans son sac en quête d'un mouchoir. Je m'en veux. Pleurer comme ça. Ce n'est pas juste pour toi, je suis tellement… désolée. » Elle enfouit son visage entre ses mains. Elle fait exactement ce qu'elle voulait éviter. Elle se laisse aller à son chagrin.

« Tu es tellement gentil. C'est vrai, et en ce moment je ne sais plus où j'en suis.

— Ça va, maman, t'en fais pas. »

Il pose sa main sur le bras de Nora.

« Non, ça ne va pas du tout. » Elle se mouche, puis respire profondément avant d'enchaîner : « Il faut absolument que nous parlions. Il faut parler sans rien se cacher. Il faut se dire toute la vérité. Je ne sais pas ce que tu as. Mais c'est ma faute, pas la tienne. Drew ? » À le voir se contenir de toutes ses forces, elle a le cœur qui flanche. Il a la poitrine qui se soulève, et il hoche la tête tout en se frottant la bouche avec son poing. « Dis-moi tout, s'il te plaît, mon bébé, s'il te plaît », hoquette-t-elle en tendant les mains vers lui.

Elle sent les os de ses bras et de son dos sous ses vêtements. Est-il si maigre ?

« Maman ! Ne divorce pas ! s'écrie-t-il d'une voix qui se brise. S'il te plaît ? ajoute-t-il en sanglotant, le visage soudain trempé.

— Non ! Bien sûr que non », lui assure-t-elle, sidérée.

Pour la première fois, elle se rend compte que malgré sa colère, malgré sa peine, malgré tout, pas un instant elle n'a songé au divorce. Pas même d'en menacer Ken.

« Clay dit que tu vas divorcer. »

Il la dévisage. Quand il était petit, il pleurait ainsi, de grosses larmes qui ruisselaient d'un seul coup sur ses joues. Il repousse le mouchoir qu'elle lui tend, pour s'essuyer sur ses manches.

« D'après lui, ça prendra peut-être du temps, mais tu finiras par le faire.

— Ah, vraiment ? Et comment Clay sait-il cela ? » rétorque-t-elle en s'efforçant de cacher sa vieille antipathie pour le jeune Clay.

Clay, qui était un enfant hyperactif, est devenu un adolescent quasi maniaque. Curieusement, Drew et lui sont restés copains.

« En fait, il a envie que tu quittes papa. Il déteste son père. Il trouve papa formidable. Il dit qu'on sera comme des frères. »

Elle en a le souffle coupé.

« Que lui as-tu répondu ?

— Rien.

— C'est donc la raison ? Toi et Clay, vous ne vous enten…

— Je ne sais pas, répond-il avec un haussement d'épaules. On s'intéresse plus aux mêmes trucs. »

Très sportif, contrairement à Drew, Clay fait partie de toutes sortes d'équipes. Jusqu'ici, cela n'avait pas eu l'air de poser un problème entre eux. Tout en échappant à la compétition sportive, Drew pouvait traîner avec les autres, ses copains appréciant son humour un peu grinçant. Il avait toujours été un brave garçon. Bien élevé, gentil, sensible. C'est sa faute à elle s'il est si mélancolique depuis quelques semaines, reclus dans le petit salon avec sa console vidéo.

« Ton père et moi, on a un peu de mal à passer ce… enfin, à tourner la page. C'est un homme merveilleux. Tu le sais, n'est-ce pas ? »

Elle n'a plus confiance en Ken, mais le pire serait de dresser Drew contre son père.

Il esquisse un oui de la tête. Il a repris son masque. Bien le fils de sa mère, se dit Nora. Il n'ose pas demander de l'aide.

« C'est vrai. Il est merveilleux. Et c'est ce qui rend tout cela tellement douloureux pour moi, lui explique-t-elle. Quand il se produit quelque chose comme ça dans une famille, tout le monde en est affecté, pas seulement papa et moi, mais toi et Chloé. La vie suit son bonhomme de chemin, du moins c'est ce qu'on croit… » Elle laisse échapper un ricanement qui n'a rien de joyeux, et qu'elle regrette aussitôt. « Et tout d'un coup, c'est comme si la terre tremblait, et tout vous fait peur… »

Il mordille l'ongle de son pouce. Zut, elle aurait dû le laisser parler. Quelle idiote égoïste d'avoir continué sur sa lancée, rien que pour se donner bonne conscience.

« Drew ? C'est l'impression que tu as ?

— Sans doute.

— Je sais. Tu en as assez de toutes ces histoires, n'est-ce pas ? dit-elle en se penchant pour embrasser sa joue humide que hérissent quelques poils. Ne t'inquiète pas. On peut parler plus tard. »

Elle redémarre et s'insère dans le flot lent du trafic.

« Mais ne garde pas tout pour toi. Ta tristesse, ajoute-t-elle en se penchant sur le volant pour mieux voir, et ta colère.

— Mme Gendron m'a dit la même chose.

— Quoi ?

— Que je devrais parler à papa et que, si je n'y arrivais pas, je pouvais lui téléphoner. »

Elle parvient à peine à tenir le volant. Il a beau être horriblement gêné, il trouve quand même les mots pour lui raconter son histoire. Ses soupçons avaient été éveillés l'été dernier. Il avait dormi chez Clay, mais celui-ci avait oublié de prévenir sa mère. De bonne heure le lendemain matin, vraiment très tôt, vers quatre heures et demie ou cinq heures, il avait entendu la voix de son père. Pensant absurdement qu'il était venu le chercher, Drew était sorti dans le couloir, pile au moment où Robin Gendron et son père sortaient de la chambre. Bob Gendron n'était pas chez lui ; Drew pensait qu'il était en voyage d'affaires. Ou bien à la clinique, pour se désintoxiquer, ce qui n'était pas un secret chez les Gendron. Par la suite, personne n'avait mentionné l'incident. Mais Robin était nerveuse quand il était là, et ne cessait de lui demander : « Qu'est-ce qu'il y a ? À quoi penses-tu, Drew ? Quelque chose t'inquiète ? Je le vois bien. » Elle le harcelait de questions, se rappelle Drew, comme si elle souhaitait que la vérité éclate au grand jour, mais que ce soit lui qui la déballe.

« Il y a eu deux autres incidents, précise-t-il à Nora qui, malgré sa soif de détails, n'a pas envie de les entendre de la bouche de son fils. Un jour, j'étais dans leur cuisine, j'attendais Clay. Comme d'habitude… »

Il suspend un instant son récit. Nora lui jette un coup d'œil. Clay est toujours en retard, comme sa mère.

« … Robin donnait à manger à Lyra. Comme il n'arrivait toujours pas, j'en ai eu assez. "Attends !"

m'a-t-elle dit en fermant la porte du four et en s'asseyant en face de moi et Lyra. Elle m'a expliqué que parfois il se passait des choses entre deux individus que personne n'avait envie de voir se produire, mais que, lorsque ça arrivait, il fallait s'entraider. C'était tellement bizarre ! Et moi, pendant ce temps, je pensais : mais pourquoi elle me raconte tout ça ? Et Lyra, elle n'arrêtait pas de me taper sur le bras avec sa Barbie, pour attirer mon attention et me faire rire, et tout d'un coup j'ai compris, j'ai su où elle voulait en venir. "Il vaut mieux que je m'en aille", ai-je dit. Et après, elle m'a tenu la figure, comme ça, fait-il en prenant son menton entre ses paumes. Et elle m'a dit qu'elle m'aimait aussi fort que son propre fils, et que nous avions toujours été très proches, nos deux familles.

— Qu'est-ce que tu lui as répondu ? parvient-elle péniblement à articuler.

— Rien. J'étais stupéfait. Je suis parti tout de suite. Je suis rentré à la maison. Après cette histoire, je ne suis jamais retourné chez eux. C'est tellement… moche, tout ça ! s'exclame-t-il en donnant dans le tableau de bord un coup de poing qui laisse son empreinte en creux dans le cuir bleu pâle. Pourquoi ? Pourquoi toute cette merde ? Je ne comprends pas ! C'est trop ! »

Elle dépose Drew à la maison, et lui promet de revenir tout de suite. En chemin, elle se remémore une journée à la plage, il y a des années de cela. Deux femmes, plus jeunes que maintenant, dos au soleil chaud, à genoux ou accroupies sur la serviette bleue aux coins retenus par des galets lisses et plats, distribuant des sandwiches aux enfants. Le beurre de cacahouète et la crème à la guimauve de Robin, interdits dans la cuisine de Nora, laquelle avait apporté des prunes, du raisin, du yaourt, de petits paquets individuels de crackers en forme de poisson et de la limonade bio.

Une journée splendide. La canicule était telle que, même au bord de l'eau et malgré le vent, il faisait encore une chaleur torride. Le fracas des vagues déferlant sur la plage et le grondement plaintif du vent les obligeaient à hurler pour se faire entendre. Des voix fusaient çà et là alentour, rires et cris d'enfants, appels maternels, appartenant à d'autres mondes, sans noms mais audibles, réunis par ce moment de calme intérieur, ce moment d'émotion, telle une communion tumultueuse, au bord, tout au bord de la terre. Et pour elle qui avait si rarement confiance dans le bonheur, c'était un enchantement de regarder Chloé, Drew et Clay courir dans les vagues, y plonger tête la première, pour mieux émerger et se relever en se bousculant les uns les autres, titubant, du sable ruisselant sur leurs dos et leurs jambes, leurs cheveux mouillés collant à leurs fronts et à leurs oreilles à la façon de bandeaux, tandis que la marée montait. Les yeux plissés sous son chapeau de paille, elle enfonçait les doigts dans le sable humide et granuleux, y creusant des sillons qui aussitôt se gorgeaient d'eau. Elle les surveillait pendant qu'ils jouaient dans les vagues. Confiante dans la vigilance de Nora, Robin, appuyée sur ses coudes, levait vers le soleil son visage qui bronzait si facilement comparé à la peau blanche de Nora. À un moment donné, une équipe de maîtres nageurs en maillot orange s'était mise à patrouiller sur la plage, des bouées à la main, en donnant des coups de sifflet. La baignade était soudain jugée dangereuse. Chloé et Clay étaient sortis de l'eau en courant, mais Nora ne voyait plus Drew. Les vagues, qui avaient soudain enflé, déferlaient à un rythme accéléré.

« Où est Drew ? avait-elle crié.

— Il était avec nous ! » avait hurlé à son tour Chloé, en se retournant, terrifiée.

Nora s'était ruée dans l'eau ; le sable se retirait sous chacun de ses pas avec un bruit de succion. Elle était immergée jusqu'à la poitrine quand elle avait aperçu deux bâtons blancs qui s'agitaient : ses bras maigrichons, se débattant contre les remous qui l'empêchaient de regagner la terre ferme. Il avait onze ans. Onze ans seulement, se rappelle-t-elle avoir pensé alors, une particule de l'immensité dans le tumulte assourdissant des eaux. Elle qui n'avait jamais été une bonne nageuse avait plongé sans hésiter, tous les muscles tendus pour le rejoindre, se rapprochant peu à peu de lui en dépit du mouvement des vagues. Il faisait de son mieux, mais elle lisait la terreur sur son visage. Elle lançait ses bras en avant. Plus vite, toujours plus vite. Battait furieusement des pieds. Elle avait tenté de crier son prénom, et n'avait réussi qu'à boire la tasse. C'est alors qu'elle s'était sentie elle-même sur le point d'être emportée. Sa poitrine la brûlait, ses forces l'abandonnaient. Le sel lui piquait les yeux. Quelque chose avait touché son cou, comme un bras essayant de l'étrangler, elle s'était tortillée dans tous les sens, avait tenté de se libérer de ce qui l'entraînait loin de son fils.

« Ça va ! Ils l'ont ! Ils le ramènent ! avait hurlé Robin contre sa joue. Reste avec moi !

— Non ! »

Nora s'était démenée de nouveau. Ce qui l'affolait, c'était que Robin ne nageait pas vers la plage, mais vers le large…

« Laisse-toi aller. Je vais nous ramener, avait supplié Robin d'une voix haletante. Fais-moi confiance ! »

Et ça s'était passé comme ça. Sur le dos, le visage contre la chair lisse de Robin, elle s'était laissé traîner jusqu'à un endroit où la mer était redevenue assez calme pour leur permettre de rentrer en se laissant porter par la marée montante. Des mains s'étaient tendues vers elles, des voix leur avaient enjoint de se mettre debout, alors que, assises dans les petites vagues sur le sable mouvant, elles reprenaient leur souffle et sanglotaient dans les bras l'une de l'autre.

Une autre réminiscence à réexaminer à la lumière du mensonge. À disséquer. Cela faisait quatre ans. La liaison avait-elle déjà commencé ? Et si oui, pourquoi Robin lui avait-elle sauvé la vie ?

En bifurquant sur Dellmere Drive, elle se dit qu'il serait plus sage de s'abstenir. Fais demi-tour n'importe où, rentre à la maison. Mais l'image des mains de Robin Gendron tenant en coupe le visage de son fils l'empêche de rebrousser chemin.

Une femme remarquable. Adorable. Charmante. Et si douce. Pas une once de méchanceté en elle… Ses propres mots à propos de Robin. Quoi de plus naturel que les deux familles restent proches, étant donné l'amitié qui liait Ken, Robin et Bob depuis l'enfance ? Nora s'était sentie bien au milieu de leur petit cercle, dans la chaleur de leur affection mutuelle que pimentait un humour sympathique. Elle était toujours la plus sujette à des accès de mélancolie, la plus en retrait, s'interrogeant sur les véritables motivations des autres, quoique jamais sur les leurs, pour la simple raison qu'ils étaient à ses yeux la bonté même, surtout Robin, toujours prête à rire et à donner un coup de main. Jusqu'à ces dernières années, où l'alcoolisme de Bob s'était aggravé, les deux couples sortaient au moins une ou deux fois ensemble chaque mois. Lors de vacances de printemps, ils avaient passé une semaine à Disneyworld dans des suites attenantes. Et il y avait eu d'autres vacances, aux Caraïbes. Au Belize. De longs week-ends à New York, à Québec, à Montréal. Des séjours au ski dans le Vermont. À plusieurs reprises, elle avait soupçonné Ken d'avoir payé aussi leur note. Mais qu'importait ? Ils étaient tellement proches. Si proches qu'elle avait même organisé une *baby shower* pour Robin, laquelle avait fondu en larmes lorsque quarante femmes avaient poussé des hourras en la voyant entrer avec sa machine à pâtes, elle qui croyait venir enseigner à Nora comment confectionner des fettuccines. Encore en sanglots plusieurs minutes après, il avait fallu la consoler, la cajoler, l'embrasser, lui jurer qu'elle méritait mille fois cette « douche » d'affection et de cadeaux. Elle plus que n'importe qui, mon Dieu, toujours à s'occuper des autres, toujours à donner…

Un coup de fil, disait Robin ; c'était tout, et elle serait là. Si quelqu'un était malade, avait besoin d'être conduit quelque part en voiture, peu importait ce dont Nora avait besoin, elle pouvait toujours compter sur Robin. Au début, Nora se sentait submergée par tant d'attentions. « C'est dans sa nature, que veux-tu », lui répétait Ken. Et c'était vrai. La bonté, l'amour lui venaient spontanément. Nora s'émerveillait chaque fois de l'empathie de Robin face à la douleur des autres. De combien de dîners en ville et de galas étaient-ils rentrés avec elle à l'arrière, sa voix remplissant l'habitacle de sa sollicitude ? Elle l'entend encore se lamenter :

« La pauvre Mme Henderson… Sa sœur cadette est schizophrène, et la famille veut qu'elle reste internée, mais Jeannie pense qu'on devrait lui donner sa chance…

— Jeannie ? » s'étaient écriés en chœur Nora et Ken, aussi stupéfaits l'un que l'autre.

Jean Henderson, surnommée « la Vipère », si désagréable et cruelle que ses propres enfants avaient quitté le foyer familial avant l'âge de dix-huit ans, pour ne jamais revenir.

« Comment en êtes-vous arrivées à ces confidences ? s'était enquise Nora.

— Je ne sais pas. On s'est mises à parler, et de fil en aiguille… »

C'était ainsi. Toujours et partout. Et cela en dépit de sa situation de plus en plus pénible. Ou peut-être à cause d'elle ; sa douleur, avec le temps, sculptait sa beauté et lui donnait une plus grande profondeur. Elle n'avait de secrets pour personne, son existence était totalement transparente, du moins c'est ce qu'elle vous incitait à croire ; l'ivrognerie de Bob, l'instabilité de son humeur, le mal qu'il avait à garder un emploi, leurs finances précaires, leur maison vétuste, tout cela se combinait dans un tissage serré qui peu à peu constituait une sorte de motif dans le tapis. Et cette souffrance, ce chef-d'œuvre, elle le mettait si bien au service de ses semblables que les frontières entre les émotions des uns et des autres devenaient floues : sa vulnérabilité se fondait dans celle des autres. Elle était trop blessée par la vie pour être enviée, c'était l'amie parfaite. Les femmes l'admiraient ; les hommes ne demandaient qu'à la protéger.

La jolie boîte aux lettres est plantée toute de guingois, ayant été emboutie plus d'une fois par les manœuvres avinées de Bob dans l'allée du garage. Dessus, Robin a peint de sa propre main un rameau ondoyant de volubilis, cachant parmi les feuilles sa signature : *Robin*[1] *l'oiseau*. Les travaux manuels. Les quilts. Les fêtes gourmandes. Elle excelle dans tous ces domaines, sublime face aux faiblesses de son mari, sans honte quand il se ridiculise, assumant pleinement les murs qui s'écaillent, le carreau manquant à la contre-porte, la sonnette qui pendouille au bout d'un écheveau de fils électriques blancs effilochés. Moins preuves évidentes d'un naufrage que plaies encore mal cicatrisées, stigmates d'une vie conjugale héroïque. Nora frappe le heurtoir en cuivre – un ananas, symbole d'hospitalité. Les coups sourds réveillent sa peur. Elle a le cœur qui bat la chamade, les pensées se bousculent dans sa tête, si bien que, lorsque la porte s'ouvre enfin, elle s'entend prononcer :

« Une tumeur maligne. Voilà ce que tu es. Destructrice et égoïste…

— Oh, pardon, hoquette Robin, écoute-moi, je suis tellement désolée, s'il te plaît, s'il te plaît. »

En pleurant, elle lui ouvre ses bras, comme si cela pouvait suffire à les réconcilier. Sans maquillage et avec ses longs cheveux tirés en arrière, elle a l'air fatiguée, mais rajeunie.

« Entre, je t'en prie, Nora, dit-elle en ouvrant aussi toute grande sa porte. Je t'en supplie. S'il te plaît. Ce qui est arrivé, c'est tellement…

— Ah non ! Pas “ce qui est arrivé” ! Ce que *tu as fait*, c'est ça qui est vraiment répugnant !

— Je sais. Ah, je le sais bien, crois-moi, répond Robin en pleurant.

1. En anglais, *robin* signifie « rouge-gorge ».

— Et je t'interdis de parler à mon fils. Tu m'entends ?

— Je…

— De lui dire que tu l'aimes comme ton propre fils. Jusqu'où peux-tu pousser la perversité ?

— Mais c'est vrai, sanglote Robin. Et je t'aime aussi, Nora. C'est ce qu'il y a de plus dur. De vous perdre tous.

— Non. Le plus dur, c'est de ne pas obtenir ce que tu veux. Ce que tu veux depuis le début.

— Ce n'est pas vrai ! Oh, mon Dieu, oh, s'il te plaît. Nora ! Tu n'as pas idée… »

Alors que Nora s'éloigne, Robin continue :

« Je suis tellement malheureuse. Si malheureuse que j'ai envie de mourir. Tu m'entends ? C'est tout ce qu'il me reste ! hurle-t-elle. Il ne me reste plus qu'à mourir. À mourir ! Je voudrais être morte ! J'en ai tellement marre ! »

Soudain, une voix d'enfant, perçante :

« Maman ! »

Robin s'est affaissée sur son perron. Recroquevillée sur elle-même, elle est secouée de sanglots et bat sa coulpe au vu et au su de tous ceux qui viendraient à passer dans la rue. Lyra enlace la tête de sa mère de ses petits bras.

Nora tire brutalement sur sa ceinture de sécurité. La voilà attachée, ancrée, hors de danger. Elle tourne la tête vers la petite fille qui pleure, tout en démarrant sa voiture, sa fidèle Volvo, si robuste, si fiable, puis elle roule doucement et fond à son tour en larmes. Encore un enfant malheureux – c'était bien la dernière chose qu'elle voulait.

9

La réunion se termine tardivement. Deux bienfaitrices membres du comité d'administration sont furieuses de découvrir que leurs noms ne figurent pas avec les autres sur le papier à lettres de la Sojourn House. Le père Grewley s'échine en vain à les amadouer. Un point de détail pourtant, mais le jeune prêtre ne cesse de répéter qu'il faut « arranger les choses ». Chaque fois que Nora tente de faire avancer le débat, il remet le sujet sur le tapis. On pourrait repasser commande du papier à en-tête, suggère-t-il. En effet, au prix d'un surcoût de huit cents dollars, l'équivalent d'une semaine de victuailles, lui fait-elle observer, en vain. Le père Grewley, ne pouvant supporter l'idée de froisser âme qui vive, est prêt à payer de sa poche.

« C'est ridicule, murmure Nora au moment où les offensées passent devant elle sur le chemin de la sortie.

— Non, non, dit le père Grewley. C'est ma faute. J'aurais dû vérifier le travail de l'imprimeur. C'est normal, voyons. Elles se démènent tellement pour nous.

— Vous savez, c'est tout ce qui compte à leurs yeux, leur… que leur nom figure en bonne place, bien visible.

Un peu comme appartenir au “bon” country club. Cela n’a rien à voir avec le fait d’aider ou non les autres.

— Mais c’est le résultat qui compte, non ? fait-il en souriant. La flatterie, la vanité, la culpabilité, quelles que soient les raisons qui poussent les gens à la générosité. »

Elle ouvre son chéquier et remplit les cases. Huit cents dollars.

« Vous avez raison, dit-elle en lui tendant le chèque. Quelle que soit la motivation, pourvu que ça rapporte. »

L’argent des Hammond. Il n’a jamais vraiment compté à ses yeux, et maintenant moins que jamais. À la rigueur, il lui apparaît comme une tare qui, de génération en génération, sape leur fibre morale. Elle donnerait volontiers toute leur fortune, jusqu’au dernier dollar, pour retrouver le bonheur. Et pour que ses enfants soient forts.

« Je ne parlais pas de vous, Nora.

— Je sais. Tenez, je vous en prie. »

Elle regagne sa voiture en toute hâte. En dépit de ses grands yeux et de ses airs naïfs, le jeune prêtre sait exactement ce qu’il veut. Et pour cette raison, elle l’admire. Sa mission ne consiste-t-elle pas à enrôler les faiblesses humaines au service d’un noble dessein ? Si seulement il détenait le pouvoir de la rendre meilleure. Après s’être confrontée à Robin la semaine dernière, elle a été un moment portée par un regain de confiance en elle, l’impression fugace de tenir les rênes de sa vie, puis, sa colère virant à l’autopunition, rien n’a eu de sens de nouveau. Avoir été témoin de la douleur de Robin ne lui a procuré qu’une maigre satisfaction. L’avoir blessée à son tour, c’est encore pire. Peut-être n’y a-t-il rien de plus noble que le pardon. C’est tout ce que souhaite

Ken, mais elle se sent vide ; elle n'a plus rien à donner. Le simple fait d'accomplir jour après jour les gestes de la vie quotidienne épuise toute son énergie.

Sept heures. Trop tard pour se mettre aux fourneaux. Il y a un reste de lasagnes, de quoi nourrir Chloé et Drew. En route, elle téléphone.

« Maman ! s'exclame Chloé. Où étais-tu passée ? Je t'appelle depuis une heure !

— J'avais une réunion. J'avais coupé mon portable. Écoute, Chloé. Dans le frigo, sur l'étagère du bas, il y a…

— Maman, la coupe Chloé en baissant la voix. Il y a quelqu'un ici. Un vieil ami à toi, à ce qu'il dit.

— Qui ? demande-t-elle en s'engageant sur la route. Comment s'appelle-t-il ?

— Ed Hawkins. Mais le plus bizarre, c'est que c'est le même type que l'autre jour. Tu sais, celui qui cherchait cette rue… »

Elle distingue sa silhouette à travers la porte en verre. Il est assis à la table de la cuisine et suit du regard Chloé en train de sortir des assiettes du placard. Quand Nora entre, il se lève. L'espace d'un instant, elle est étonnée de le trouver vieilli. Plus mince, moins grand que dans son souvenir. Il y a des reflets d'argent dans la blondeur de ses cheveux clairsemés. Ses yeux seuls sont inchangés, du même bleu pâle, avec cet éclat translucide difficile à soutenir.

« Nora ! C'est toi ! Après toutes ces années… »

Il ouvre les bras… s'attendant à quoi ? se demande-t-elle, au bord de la nausée. À un baiser ? Elle ne retient pas son mouvement de recul. Il lui tend la main.

À peine si elle parvient à la frôler du bout des doigts.

« Je vais mettre la table », lance-t-elle à Chloé.

Les yeux rivés aux siens, il lui sourit.

« Je disais justement à ta ravissante fille combien elle te ressemble. Tu avais le même âge qu'elle, à l'époque, non ?

— Oui, dix-sept ans. Comme ma mère ! intervient Chloé, tout en déroulant les sets de table, enchantée d'assister aux retrouvailles de sa mère avec un ami d'autrefois. Vous étiez ensemble à la fac ?

— C'était plus un truc estival », dit-il, énigmatique.

Chloé sourit d'un air entendu, les sourcils levés.

« On avait un job dans la même boîte », ajoute-t-il.

Un mensonge. Il traînait dans les parages de l'hôtel, surtout autour du golf, mais il n'avait jamais eu de job.

« Et qu'est-ce qui t'amène ? interroge Nora, d'un ton faussement indifférent.

— Je ne savais pas ce que tu étais devenue. Je me suis toujours demandé… »

Il se trouvait à Washington, en voyage d'affaires, quand il était tombé sur *Newsweek*. Il y avait un article intéressant sur les associations caritatives religieuses. Soudain, il était resté comme pétrifié devant une photo de groupe.

« … Il m'a fallu une minute. Même visage, même prénom. Nora ! »

Mains tremblantes, elle glisse le plat de lasagnes sur la grille du four et dit à Chloé qu'elle a sûrement des devoirs à faire. Elle a déjà presque tout fini, proteste Chloé.

« Eh bien, va les terminer », ordonne Nora.

Comme son père, Chloé adore quand il y a du monde.

« S'il te plaît, Chloé !

— Bon, bon ! »

Chloé prend un air indigné.

En souriant, Eddie la suit des yeux tandis qu'elle pousse la double porte battante d'un geste brusque.

« Elle te ressemble.

— Non.

— Elle me rappelle comment tu étais autrefois.

— Qu'est-ce que tu es venu faire ici ?

— Dis-moi, tu ne me réserves pas un accueil bien chaleureux.

— Tu as une bonne raison. Dis-moi ce que c'est, s'obstine-t-elle.

— Non ! Pas de raison précise, répond-il en riant. Je me trouvais dans la région. Je me suis dit que ce serait amusant de passer te saluer… »

Il déplie un journal en commentant :

« Impressionnant. Un quotidien dans les mains d'une seule famille. »

Tournant la page, il lit à haute voix :

« *Oliver P. Hammond, directeur de la publication, Kendall J. Hammond, sous-directeur…*

— Qu'est-ce que tu veux ? »

Bien sûr, elle le sait déjà : de l'argent.

« Tu es devenue une personne bien sceptique, Nora.

— J'aimerais que tu partes, s'il te plaît.

— S'il te plaît ! Je fais ce qu'il me plaît alors ?

— Je te prie de partir. Pars ! Immédiatement !

— Nora, susurre-t-il, taquin, levant les mains et lui présentant ses paumes en signe de paix. Moi qui croyais que tu serais ravie de me voir. Tout va bien pour moi. Regarde, je suis là ! Tu n'es pas soulagée ? C'était tellement fou, cette nuit-là, tellement… »

Il sourit, un large sourire qui creuse ses joues de fossettes et dont la douceur mielleuse soulève le cœur de Nora.

« … J'étais vraiment inquiet pour toi. Depuis ce temps-là, je n'arrête pas de me demander : et si elle avait été enlevée par un psychopathe ? Et elle, sait-elle même ce qui s'est passé ? S'en préoccupe-t-elle ?

— Tu refuses de partir, si j'ai bien compris ? »

Elle contourne le plan de travail afin de se rapprocher du téléphone.

« Non, je… À vrai dire, tu me fais de la peine. Je voulais juste te rassurer. »

Il ramasse une pile de photos sur le comptoir et l'épluche rapidement. Des souvenirs d'un voyage scolaire de Chloé à New York.

« Qu'ils sont beaux, tous ces gamins. Ils pensent que le monde leur appartient, qu'il ne peut rien leur arriver de grave, glousse-t-il. Heureusement qu'ils ne savent pas. »

Il soupire, puis contemple avec un sourire la photo de Chloé sortant de la piscine de l'hôtel. Elle y porte le bikini minuscule que Nora lui avait conseillé de laisser à la maison. Déjà un peu provocant sur la plage, il était carrément déplacé pendant un voyage scolaire et dans une piscine couverte.

« Maintenant il y a un règlement pour les bikinis ? s'était moquée Chloé.

— Exactement ! » avait rétorqué Nora d'un ton sec, troublée de reconnaître dans sa propre voix les intonations de sa mère.

« C'est comme pour nous, poursuit-il. Nous ne savions pas, n'est-ce pas ? »

« Il n'y a jamais eu de “nous” », brûle-t-elle de lui dire. Mais c'est la réaction qu'il cherche. Elle lui arrache la photo des mains.

« Je suis très occupée.

— Oh, mais vas-y, ne fais pas attention à moi, déclare-t-il en posant une fesse sur un coin de tabouret. Je serai bien sage.

— Mon mari va rentrer d'une minute à l'autre.

— Super ! Sauf... s'il n'est pas au courant pour nous. »

Il émet un rire doucereux.

Elle se saisit de la laitue que Chloé a abandonnée sur le comptoir et se met à en arracher les feuilles, qu'elle jette au fond de l'essoreuse calée dans l'évier.

« Alors, qu'est-ce qui s'est passé ? Où es-tu allée ? Je me suis toujours demandé. »

Elle ouvre le mitigeur. Si elle accepte de remplir les blancs, peut-être cela le décidera-t-il à déguerpir.

« J'ai fait du stop. »

Elle parle à voix si basse qu'il est obligé de se pencher pour entendre.

« Et moi ? Tu ne t'es jamais dit : “Oh, le pauvre Eddie. J'aurais dû rester avec lui pour l'aider.” »

Il se tord les mains, exactement comme autrefois, en entremêlant ses longs doigts minces.

« J'étais bouleversée, avoue-t-elle en le dévisageant.

— C'est pas vrai ! »

Tout autant que lui, veut-il signifier.

« J'étais très jeune.

— C'est cela, ton excuse ? s'exclame-t-il, incrédule.

— Une excuse pour quoi ? »

Les feuilles de laitue débordent à présent de l'essoreuse.

« Pour m'avoir laissé écoper seul. Vingt ans de cabane, tu imagines ? »

Ses genoux se dérobent sous elle.

« Je ne vois pas de quoi tu parles.

— Mais je ne t'ai jamais dénoncée. Gentleman jusqu'au bout, et j'en suis fier. "Qui est-elle ? Comment s'appelle-t-elle ?" Ce qu'ils étaient soûlants avec leurs questions. "J'en sais rien, j'en sais rien", je leur répondais. Je jouais les imbéciles. Je leur répétais : "Une nana, c'est tout, une nana qui faisait du stop au bord de la route, et puis voilà qu'il y a ce type qui pique du nez dans sa bagnole." Et eux de me corriger : "Qui tombe raide mort, tu veux dire." »

L'eau qui coule, le seul bruit.

« Il n'est pas mort », articule-t-elle dans le silence.

Elle peut à peine respirer.

« Ah oui ? fait-il, de nouveau guilleret. C'est ce que tu voudrais entendre ? »

D'un geste, il ferme le mitigeur. Le brusque silence est stupéfiant. Il lui fait l'effet d'un électrochoc.

« C'est l'histoire que tu t'es racontée pendant toutes ces années ? »

Il sort une carte de visite de sa poche de poitrine et inscrit quelque chose au verso.

« Mon numéro de portable. »

Il se lève de son tabouret.

Elle attend qu'il soit parti pour la ramasser.

Harmony LTD
P.O. Box 0367
New York City
New York

Une semaine s'est écoulée. Eddie n'est pas revenu. Sans doute ne reviendra-t-il pas. Il n'avait pas réussi à la faire chanter sur l'air qu'il voulait. Du bluff, voilà tout ce que c'était, un coup pour voir, un incident sans lendemain. Elle ne croit pas que l'homme soit mort ni qu'Eddie ait fait de la prison. Il est indéniable que ce fut une nuit de violence, le tuyau en plomb, le visage en sang de l'homme. Horrible, mais pas un meurtre. Non. Impossible. Il aurait dit à la police qu'elle avait été là aussi. Il ne l'aurait jamais protégée pendant toutes ces années, purgeant une si longue peine en silence. Ce n'était pas son genre. Non. Rien qu'un loser dans une mauvaise passe qui vérifie son carnet d'adresses.

Le fait de l'avoir revu, toutefois, agit comme un antidote. À soigner le mal par le mal, elle s'est relevée de sa dépression. Comme en proie à la fièvre, elle est passée d'un cauchemar à l'autre. Mais il n'est pas question de permettre au malheur passé de resurgir. Seuls importent sa famille, son mariage. Elle a retrouvé son aptitude à regarder devant elle. Elle est en train de retrouver son équilibre. Nora appelle Chloé du bas de l'escalier. Qu'est-ce qu'elle fiche ? Ses cours commencent dans vingt minutes ! Nora s'attable devant un toast. En remuant son café, Ken fait remarquer qu'il a entendu la douche il y a déjà une heure.

« Elle n'arrive pas à se débarrasser de ses rayures », dit-il.

Nora esquisse presque un sourire. En l'honneur du match de basket de la fac, Chloé s'est fait des mèches vertes.

« Je sais, la pauvre », répond Nora.

Même plusieurs jours après, et après un nombre considérable de shampoings, le vert se voit encore dans ses cheveux.

« Je vais demander à Oliver si la perruque de Nana est encore au grenier. »

L'extravagante perruque blonde de sa grand-mère, Geraldine Hammond, figure au nombre des trésors de la famille. Une bougie y avait mis le feu, pendant un dîner. Nana s'était contentée de couper les pointes brûlées et avait continué à la porter. Aux yeux d'Oliver, un exemple parfait de « frugalité hammondienne », justifiant du même coup l'ancienneté de sa propre garde-robe.

« Pour l'amour du ciel, ne lui parle pas de cette perruque. Ça risquerait d'être sa prochaine lubie. Je serais obligée de l'accompagner dans toutes les boutiques qui en vendent. »

C'est bon de rire de nouveau avec lui. Quel soulagement. Comme avant.

« On n'aurait qu'à tous en acheter. La famille au complet emperruquée, empesée, empêtrée », chantonne-t-il d'une voix de basse.

Elle rit de plus belle. Ken pose sa main sur la sienne.

« Tu as bonne mine », lui souffle-t-il.

Elle tente de soutenir son regard, en vain. Elle baisse les yeux.

« Ça va ? ajoute-t-il.

— Ça va, je crois. »

De la glace s'est de nouveau glissée dans sa voix ; c'est plus fort qu'elle. Rester en terrain sûr. Tellement plus facile de parler des enfants.

« Salut, maman ! »

Chloé entre en coup de vent dans la cuisine, ployant un peu sous le poids du sac plein à craquer qui lui scie l'épaule.

« Tu peux me signer ça ? Je suis super en retard… »

Elle tend à sa mère un stylo bille et une feuille pliée.

« … Une voiture m'attend dehors. Tu signes là, indique-t-elle avec un peu moins de fermeté. À la dernière ligne.

— Mais c'est ton bulletin !

— Je sais, il est nul, désolée, mais je vais faire des efforts, je te jure. Pour l'instant, tu peux le signer pour que je le rapporte ? S'il te plaît ? S'il te plaît, maman ? S'il te plaît ? supplie-t-elle avec des trémolos dans la voix en se balançant d'avant en arrière sur ses talons compensés.

— Une note au-dessous de la moyenne et deux à peine au-dessus. »

Nora pousse la feuille vers Ken.

« Qu'est-ce que c'est que cette affaire ? dit-il. À quoi penses-tu ? Tu cherches quoi ? Tu veux finir dans une université de seconde zone ?

— Si une université de seconde zone l'accepte, ajoute Nora.

— Je sais », grogne Chloé, suppliante, prête à s'échapper en courant.

Nora lui demande depuis combien de temps elle a ce bulletin. Une semaine, admet Chloé, mais elle l'avait oublié. C'est vrai. C'est la vérité. Nora refuse de signer tant que Chloé ne leur aura pas expliqué pourquoi elle a d'aussi mauvaises notes et comment elle compte remonter la pente.

« J'ai pas le temps maintenant, maman ! Signe, s'il te plaît ! Je vais être en retard. J'ai déjà trois retards !

— Apparemment, tu vas en récolter un quatrième, commente Nora en tartinant de beurre son toast froid.

— Ils vont me coller un avertissement ! gémit Chloé.

— Ce n'est pas mon problème, pour l'instant, qu'est-ce que tu en penses ?

— Papa ! S'il te plaît ! Tu veux bien le signer ? S'il te plaît ? C'est juste un bulletin de mi-semestre, et je vais me mettre au travail. Je te jure. C'est vrai ! J'ai encore le reste du semestre ! »

Ken se tourne vers Nora.

« Quel mal y a-t-il ? Il faudra forcément le signer, tôt ou tard, dit-il en décapuchonnant son stylo avec un regard sévère pour Chloé. Mais pour ta gouverne, ta mère a raison. Il va falloir qu'on parle sérieusement. Tu ne peux pas continuer comme ça.

— Je sais, je sais, s'il te plaît, papa. »

Chloé consulte sa montre, puis soupire :

« Maintenant Max va aussi être en retard.

— Max ? répètent en chœur Ken et Nora.

— Qu'est-ce que c'est encore que cette histoire ? maugrée Ken en signant le bulletin de sa fille avec une grimace.

— Il vient me chercher, c'est tout, l'informe Chloé en saisissant la feuille. Ouf ! crie-t-elle en sortant.

— J'ai entendu la porte claquer ? demande Nora, qui bouillonne intérieurement.

— Oh, si peu. »

Ken termine son café, puis conclut :

« Mais je vais te dire quelque chose. De mon point de vue, on devrait porter un toast au champagne à ce bulletin.

— Ken !

— Je sais. J'essaie seulement de relativiser, déclare-t-il en se levant pour partir. Maudit Max Lafferty, c'est surtout lui qui m'inquiète. »

Nora n'est pas la première à se réveiller un beau matin pour trouver sa vie sens dessus dessous. Cela semble être le thème de prédilection de Kay, qui enchaîne par une autre histoire d'adultère. C'est arrivé à sa sœur aînée, qui habite Dallas. Mariée depuis trente-cinq ans. Un jour, en suspendant le pantalon de son mari à un cintre, quelque chose en est tombé. C'était dans sa poche. Nora se trémousse un peu, agacée. Kay est pleine de bonnes intentions, mais cette façon de banaliser sa situation ne fait qu'aggraver son désarroi. L'adultère, après tout, cela arrive à tout le monde : c'est cela qu'elle est censée entendre, c'est cela le message.

Kay continue à couper ses asperges sur son assiette. Nora et elle déjeunent au Leanna's, un restaurant à mi-chemin entre l'agence immobilière et le *Chronicle*.

« Ruthie le retourne dans tous les sens, elle essaie de comprendre. Est-ce que Don a besoin de garder ça ? Mais flûte, c'est une quittance de loyer d'un appartement. Pour faire court : ce cher vieux Donnie s'est trouvé une maîtresse qui a la moitié de son âge, et rien n'est trop luxueux pour cette jeunette. Un appartement superbe, des tickets de parking pour une somme faramineuse, alors que ma sœur, bon, tu connais Ruthie, elle est du genre à acheter une voiture tous les dix ans. Et encore, il faut que ce soit une voiture d'occasion.

— Pauvre Ruth… »

Nora l'a vue pour la dernière fois il y a quelques années. Jolie, aussi vive que Kay. À part son accent effroyable, elle n'a guère de souvenirs de Don.

« Qu'est-ce qu'elle a fait ?

— Elle s'est payé une dépression nerveuse. Deux semaines en surveillance dans un hôpital psychiatrique, parce qu'elle menaçait de se suicider. Aujourd'hui, entre les antidépresseurs et la thérapie, ça va mieux. En tout cas, les couteaux ont retrouvé leur place dans le tiroir, commente Kay d'un ton amer. Quant à mes nièces, trente et trente-deux ans, elles refusent toujours de parler à leur père. Dans un sens, je pense que c'est pire pour les gosses quand ils sont plus vieux. »

Nora acquiesce mollement : c'est ce qu'elle a entendu dire. Kay s'attend à présent à ce qu'elle lui décrive comment Chloé et Drew s'en sortent après ce choc. Mais il y a une limite. Elle ne veut pas prendre le risque que ses enfants deviennent la cible de commérages. Même si Kay est la meilleure amie du monde, il est dans la nature humaine d'en dire toujours un peu plus qu'il ne faudrait, et trop tentant d'éclairer les autres sur des points restés obscurs.

« Oh, avant que j'oublie, il y a un vernissage d'Annette Roseman à la galerie Sanders la semaine prochaine », lance Nora pour passer à un autre sujet.

Kay s'exclame, avec enthousiasme :

« C'est vrai ! Je voulais justement t'en parler ! Je l'ai vue il y a quelques jours. Au concert, avec un type pas mal du tout, qui, au fait, n'était pas Oliver Hammond. »

Nora hausse les épaules.

« C'est l'arrangement qu'ils ont trouvé. Elle a sa vie. Il a la sienne, et ça marche…

— Mais, dis-moi, dit Kay d'un air pensif. Pour Ken, tu n'as jamais rien soupçonné ?

— Franchement ? Non. Il aime les femmes, d'accord, leur compagnie lui plaît. Il a toujours été comme ça. Je le sais depuis toujours… C'est un de ses traits de caractère. Pourquoi fais-tu cette tête ? »

Nora a la sensation que Kay attend d'elle des détails croustillants.

« Je m'inquiète, c'est tout. Tu gardes tout pour toi. Tu ne peux pas lâcher prise un peu, rien qu'un peu ?

— Pour quoi faire ? Tu veux que je fasse une bonne dépression, c'est ça ?

— Je ne sais pas, peut-être. Si c'est nécessaire.

— Bon, eh bien, si tu veux tout savoir, Kay, oui, je suis en pleine dépression. Seulement, tout est là-dedans », dit-elle en se tapotant la poitrine.

Subitement, Kay lève les yeux au-dessus de la tête de Nora. À la seconde même, une voix masculine résonne à son oreille :

« Salut, Nora, comment vas-tu ? »

L'homme mince se tourne ensuite vers Kay.

« Veuillez m'excuser. Je m'appelle Ed. Ed Hawkins. Heureux de faire votre connaissance, dit-il en serrant la main de Kay. Je voulais manger un morceau, mais je vois que toutes les tables sont prises. »

Nora jette un coup d'œil au-delà de la baie vitrée. Sur le trottoir, la file d'attente n'a pas diminué. Kay insiste pour que le nouveau venu prenne place à côté d'elles… Elles ont presque terminé, mais autant qu'il en profite…

Eddie la remercie et tire une chaise entre elles deux. Les femmes à la table voisine le dévisagent. Il les gratifie d'un sourire charmeur. Il est vêtu d'un costume sombre très élégant et d'une chemise blanche aux poignets fermés par des boutons de manchette en onyx représentant des trèfles. Sa cravate en soie est aussi claire que ses yeux. C'est la deuxième fois qu'il essaie de déjeuner ici, leur raconte-t-il. Il est déjà venu avec un client lundi dernier, mais c'était la même chose : une heure d'attente… Qui a tout ce temps à perdre au milieu de la journée ? Kay approuve. Comme ils n'acceptent pas les réservations, il faut venir de bonne heure, avant onze heures et quart, comme elles l'ont fait, l'informe-t-elle. Il répond qu'il retiendra ce conseil pour la prochaine fois, et il coule un regard à Nora. Ses pensées s'embrouillent, elle n'a pas encore ouvert la bouche. Que veut-il, cette fois ? Et est-ce une coïncidence, ou l'a-t-il suivie ?

La sole meunière est très bonne, babille Kay, ou s'il préfère manger vite, n'importe quelle grillade accompagnée de salade.

« Vite, c'est mieux, dit-il en se penchant vers Kay dont il effleure le bras. Ainsi, je profiterai de votre présence, et n'aurai pas à décamper avant d'avoir terminé mon assiette. »

Kay fait signe à la serveuse, laquelle vient prendre la commande. Salade César et poulet grillé, plus un verre d'eau gazeuse avec une rondelle de citron, du citron vert. Il leur demande si elles veulent un autre verre de vin.

« Non merci », articule Nora.

Ce sont les premiers mots qu'elle prononce.

« Moi, je veux bien, dit Kay en riant. La semaine a été longue. »

Comme le sait parfaitement Nora, rien n'a échappé à Kay : ni sa froideur à elle ni les ronds de jambe d'Eddie. Il interroge Kay sur son métier.

« L'immobilier. Dans le résidentiel, pour l'essentiel, spécifie Kay en vidant son verre de vin.

— Pas possible ! Si seulement j'avais su. J'ai passé la semaine à arpenter la région pour inspecter des terrains. Nous recherchons quelques hectares, au moins trois. Je représente un consortium, voyez-vous. Les habitations mixtes, c'est notre spécialité. Tous les revenus sont représentés, des plus élevés, avec des logements de haut standing, aux plus modestes. Subventionnés. Et on connaît les gens qu'il faut… entre autres des associations caritatives, conclut-il en souriant à Nora.

— C'est un beau projet, commente Kay.

— Oui. C'est pourquoi, quand j'ai lu cet article qui mentionnait la Sojourn House dans *Newsweek*, je me suis dit : "Bon sang, qu'est-ce que j'ai à perdre ? Je vais revoir ma vieille amie Nora pendant que j'y suis, et elle pourra peut-être me donner un coup de pouce."

— Si elle ne peut pas, fait observer Kay en dévisageant Nora, je ne sais pas qui pourrait.

— Hélas, cela n'en prend pas le chemin, réplique-t-il en buvant une gorgée d'eau pétillante. Pourtant, c'était bien parti. Et à grande échelle. »

Il regarde Nora avec une ironie froide, fielleuse. Comme si elle avait envoyé promener un projet qu'il lui aurait présenté.

« Vous permettez ? dit Kay en posant sa serviette sur la table. Je reviens tout de suite. »

Elle se dirige vers l'escalier qui mène aux toilettes.

La serveuse apporte la salade. Dès qu'elle leur a tourné le dos, Nora se penche au-dessus de la table.

« Qu'est-ce qu'il y a ? Qu'est-ce que tu fiches ici ? Qu'est-ce que tu veux, à la fin ?

— De l'aide, déclare-t-il, tout sourire. Un petit coup de pouce, je t'ai dit. Pour me permettre de rattraper le temps perdu. Me donner la chance que je n'ai jamais eue.

— Je vois, tu veux de l'argent, c'est ça ? »

Elle se sent presque soulagée.

« J'ai perdu beaucoup de temps. Quel prix peux-tu mettre sur le temps ? Je n'en sais rien, soupire-t-il. C'est à toi de me dire.

— Combien, alors ? Combien veux-tu ? »

Il émet un rire triste, empreint de regrets.

« Tu n'as pas pigé, hein ? Mais comment le pourrais-tu ? Une famille charmante. Une ville charmante. Une vie de rêve. Eh ! Dis donc, si je n'avais pas été tellement inquiet pour toi, à te chercher partout, je ne me serais peut-être pas fait attraper non plus. »

Kay revient vers eux en s'arrêtant à une table pour échanger quelques mots. Eddie se lève et lui présente sa chaise.

« Merci », lui dit Kay en souriant.

Elle tourne ensuite son sourire vers Nora en l'interrogeant du regard.

« Un gentleman, cela nous change de notre ordinaire. »

Nora n'a pas plutôt refermé la porte de son bureau que le téléphone sonne.

« Qu'est-ce que c'était que ce type ? s'écrie Kay à l'autre bout du fil.

— Je n'en sais trop rien moi-même, répond Nora, jugeant plus sage de se cantonner à une demi-vérité. Je ne l'avais pas revu depuis des années, et voilà qu'il débarque sans crier gare, avec… tu l'as entendu toi-même. On croirait que je suis devenue un élément essentiel de son plan de carrière.

— J'ai vu. Et plutôt bizarre, non ?

— Plutôt, en effet.

— Comment tu l'as connu ?

— Je ne me rappelle plus très bien.

— Bon. Mais fais gaffe. Il y a tellement d'escrocs, de nos jours, dit Kay.

— Je sais. De drôles de gens.

— Je le mettrais plutôt dans la catégorie des gens qui ont faim, tu vois ce que je veux dire ?

— Peut-être... Je suis désolée, j'ai beaucoup de travail ici, je n'ai pas trop le temps...

— Il a une belle gueule, en tout cas, ronronne presque Kay. Tu as vu ses yeux, on dirait qu'ils te transpercent. Je ne serais pas contre lui montrer une ou deux parcelles de terrain. »

Le reste de l'après-midi se traîne en longueur. Nora a du mal à se concentrer. Ses pensées sont hantées par Eddie Hawkins et Kay. Elle se sent de nouveau perdue.

En appliquant la peinture à l'huile par touches épaisses, Annette donne à ses sujets non seulement une texture, mais aussi une profondeur sensuelle, sans pour autant perdre le sens du détail. Ce sont des toiles superbes. Peut-être ce qu'elle a fait de mieux, pense Nora au moment où Stephen et Donald entrent dans la galerie à l'autre bout de la salle. Elle remarque que Stephen et Ken se saluent à peine d'un hochement de tête. Stephen s'éloigne de son côté, laissant Donald parler à Ken, lequel ne cesse de jeter des regards par-dessus son épaule.

« Regarde ça, regardez-moi ces roses ! » s'exclame Christine McGuire à l'adresse de Bibbi Bond et de Nora.

Elles sont en train d'admirer le portrait de deux jeunes filles assises sur un banc en pierre, pieds nus dans des robes bleues vaporeuses. Derrière elles, sur un treillage, se profile non pas un rosier luxuriant, comme on pourrait s'y attendre, pense Nora, mais une seule tige courbée.

« Ces épines, continue de s'extasier Christine, elles ont l'air tellement pointues. Et regardez, on voit même la rosée sur les pétales, on croirait de minuscules perles.

— Elle a un œil incroyable », commente Bibbi en penchant la tête d'un côté puis de l'autre.

Bibbi a donné des cours pendant des années au musée des Beaux-Arts de Boston.

« Alors que d'autres détails sont assez flous. Comme une photo pas nette, précise Christine.

— Du réalisme impressionniste, énonce Bibbi d'un ton docte. C'est sa manière de contrôler le point de vue du spectateur. L'étincellement des gouttes de rosée sur les roses guide votre regard vers la lumière dans les yeux des jeunes filles. »

Nora fausse compagnie aux deux expertes. Elle ne voit plus Ken. C'est bizarre, la galerie est pourtant petite. Sans doute est-il aux toilettes. À moins qu'il ne fume une cigarette dehors. Autrefois, il était ce qu'elle appelle un « fumeur mondain » : il en grillait une ou deux à l'apéritif, quoique toujours en cachette des enfants. Dernièrement, toutefois, il s'est mis à fumer à la maison, pas à l'intérieur, mais dehors dans l'allée du garage ou quand il sort se promener la nuit, ce qui, à l'entendre, l'aide à mieux dormir. Le matin, elle le voit par la fenêtre, la cigarette déjà allumée alors qu'il sort la voiture du garage en marche arrière.

Dans un coin tout au fond, le dos contre le mur, Oliver bavarde avec trois autres messieurs. Parce qu'on le voit si rarement en public, il se fait harponner dès qu'il met le pied quelque part. Toujours aussi débraillé et mal coiffé que d'habitude, il semble pourtant s'évertuer à se montrer sociable. Seules les expositions d'Annette parviennent à le tirer de sa vie d'ermite.

Tout à l'heure, juste avant que Nora et Ken quittent la maison pour passer le prendre, Oliver leur avait téléphoné pour leur dire d'y aller sans lui. Son dos lui jouait de nouveau des tours, et il ne voyait pas comment il pourrait endurer toute une soirée debout. Il avait demandé à Nora si elle voulait bien en informer Annette. Non, lui avait-elle répondu. Pas question. Non seulement cette responsabilité lui incombait à lui, Oliver, mais encore c'était abuser que de l'utiliser comme messagère.

« C'est de pire en pire, avait déclaré Ken après ce coup de fil.

— Quoi ?

— Son agoraphobie. »

Nora en était demeurée stupéfaite. Elle n'avait jamais envisagé la chose sous l'angle de la psychologie, l'attribuant à une nouvelle lubie de son beau-frère.

« Qui t'a parlé de ça ? Oliver ?

— Personne, s'était empressé de rétorquer Ken. Mais c'est évident, tu ne trouves pas ? »

Décidément, elle sous-estimait Ken, surtout ces derniers temps. Sa sensibilité était pourtant ce qui l'avait d'abord séduite chez lui. En dépit de cette insouciance propre à la jeunesse dorée, il était sensible à ce que les autres éprouvaient. Très sensible même. Parfois trop, avait songé Nora. À cette pensée, sa poitrine s'était serrée. Sensible à ce qu'éprouvait Robin, mais pas à ce par quoi il la faisait passer, elle, sa propre femme. Ses propres enfants. Non ! Non, il ne fallait pas se laisser glisser sur cette pente. Sois forte, prends-toi en main, ne cessait-elle de se répéter.

Ils étaient sur le point de sortir quand Oliver avait rappelé. Seraient-ils assez gentils, finalement, pour passer le prendre ? Il venait d'avaler trois calmants.

« Ouais, et deux verres de whisky et une douche à l'eau de Cologne », avait marmonné Ken lorsque son frère Oliver était monté à l'arrière de la voiture, empestant tellement l'alcool qu'ils avaient été obligés de baisser les vitres. De tout le trajet, les deux frères ne s'étaient pas adressé la parole.

Il y a tellement de monde dans la galerie qu'on ne s'entend plus. Nora se rapproche pour comprendre ce qu'Annette est en train de lui dire.

« Merci d'avoir amené Ollie. Avez-vous dû le ficeler comme un rôti ? »

Annette sourit au-dessus de son verre de vin, du même rouge rubis que son rouge à lèvres et sa robe longue. La maturité lui sied, elle devient plus séduisante avec les années. Son visage est beau avec ses fines rides d'expression autour de la bouche et au coin des yeux, sa splendide chevelure striée de blanc et son regard profond et observateur.

Oliver semble tenir le coup. Au moins, il est encore là. Nora avoue à Annette combien elle aime ses dernières œuvres. Ces toiles lui rappellent les portraits qu'elle avait peints de Chloé et Drew quand ils étaient petits.

« Dans chaque portrait, tu captes quelque chose de la personne. C'est… la vie. Tu as un talent incroyable. Ça doit être tellement dur. À moins qu'il ne te suffise de regarder quelqu'un pour voir toutes ces choses ?

— Cela m'arrive. C'est plus rapide avec les enfants, parce qu'ils ne cachent rien, déclare Annette en levant le menton, avec cette expression de certitude un peu hautaine que Nora trouve à la fois fascinante et déroutante quand elle s'applique à ses relations avec Oliver.

— Et Oliver ? Il a déjà posé pour toi ? »

Nora regrette aussitôt sa question ; d'avoir laissé parler la journaliste en elle.

« Mon Dieu, non. Oliver ? Pour rien au monde il ne voudrait d'un regard extérieur braqué sur sa personne. Ce serait perdre son dernier vestige de contrôle.

— Je n'avais jamais réfléchi à ce problème de cette manière. Mais... bon, tu sais sans doute mieux que moi, bafouille Nora. Oliver va bien ? Ces derniers temps, il ne... je ne sais pas, lui et Ken... »

Elle laisse sa phrase en suspens. Annette la dévisage intensément.

« Je ne devrais pas te le dire, Nora. Ce n'est pas mon rôle. Mais je les connais bien, ces deux frères. Et quoi qu'il arrive, ni l'un ni l'autre ne voudra se libérer. De l'autre, s'entend.

— Ce qui, au fond, n'est pas si mal, non ?

— Non. Sauf si tu te trouves prise entre les deux », constate Annette.

La seconde d'après elle sourit au propriétaire de la galerie, qui navigue dans leur direction.

« À propos de portraits, Nora, enchaîne Annette, j'aimerais peindre le tien. Tu me ferais cet honneur ?

— Je ne sais pas. Peut-être... »

Nora est désemparée. Seule la présence du galeriste l'empêche de la prier de lui préciser ce qu'elle a voulu signifier par « être prise entre les deux ».

« Je fais confiance à ton talent. C'est sûr !

— Les gens te prennent pour quelqu'un de très réservé, n'est-ce pas ? Certains même te trouvent inaccessible. Mais moi je décèle en toi beaucoup de vulnérabilité et de profondeur, affirme Annette en fixant Nora droit dans les yeux. Et tu ne laisses personne se servir de toi, je me trompe ?

— Si je comprends bien, mon portrait représenterait un défi. »

Son ton enjoué cache un pathétique sentiment de manque de confiance en soi tandis que du fond d'elle-même s'élève une toute petite voix suppliante qui répète : « Au secours ! Au secours ! »

Annette sourit.

« Je l'espère bien. »

Les traits de Nora reflètent une vive douleur. Elle devient consciente des stridences des voix et des rires qui fusent autour d'elle, elle se sent de nouveau perdue, seule, et très bête. Le galeriste s'excuse de les avoir interrompues, mais le critique d'*American Arts* réclame un entretien avec Annette. Il la prend par le coude pour la guider à travers la foule des amateurs d'art admiratifs.

Nora se rend dans la salle attenante. Y sont accrochées des peintures de plus petit format. Des natures mortes florales, des paysages. Nora fait semblant de les examiner tout en se demandant quelle est la personne qui, dans l'esprit d'Annette, est « prise » entre les deux frères. Annette elle-même ? Nora ? Ou Stephen ? Oui, ce doit être cela, leur cousin avec ses dix pour cent de parts, pris en tenaille entre les quarante-cinq pour cent d'Oliver et les quarante-cinq pour cent de Ken. Elle se rapproche peu à peu du buffet. Elle trempe tour à tour une tête de brocoli, une branche de céleri et un bâton de carotte dans la sauce pâteuse et blanchâtre. Elle a très faim. Chloé et Drew sont chez des amis. Elle a décidé de retrouver Ken et de lui proposer de dîner au Braddock's Grill après le vernissage. Un restaurant qu'ils aiment tous les deux. Il y fait bien sombre. La musique d'ambiance et le brouhaha seront tout juste suffisants pour combler leurs douloureux silences, ces silences où chacun sait ce que l'autre pense. Même s'ils n'échangent que des banalités, cela sera toujours un début. Tout vaut mieux que cette tension permanente. Ce mari qu'elle croyait connaître. Comme vivre avec un étranger, ou pire. Puisque à force de chercher à deviner ce qu'il a dans la tête, tout est perpétuellement objet de soupçon… Insurmontable.

Des trois salles de la galerie, celle-ci est la plus petite. Quelques personnes bavardent près de la porte. Aucune d'elles n'est Ken. Elle retourne dans la grande salle. Elle ne le voit toujours pas.

« Veuillez m'excuser, dit-elle doucement à un vieux monsieur qui sort des toilettes. Je cherche mon mari. Il ne serait pas à l'intérieur ?

— Cela m'étonnerait, répond l'homme avec une lueur amusée dans le regard. Il n'y a de place que pour un. »

Soudain, la voix de Claudia Trekkle sonne à ses oreilles :

« Nora ! »

Elle embrasse rapidement la joue de Nora en s'exclamant :

« J'étais l'autre jour à la Sojourn House. C'est la première fois que je voyais une chose pareille. Mon Dieu ! Je n'en reviens pas encore ! Toutes ces pauvres filles, et ces petits enfants si tristes. C'est terrible, j'étais bouleversée. Où va le monde ? Tout cela, c'est la faute à

Internet, et à la liberté de parole, et à cette histoire que chacun peut faire ce qu'il…

— Pardon, Claudia, je reviens tout de suite. »

Nora gagne en toute hâte la sortie. Dès que la porte s'ouvre devant elle, elle aperçoit Ken sur le trottoir. Il lui tourne le dos. Il téléphone avec son portable.

« Je sais, je sais, l'entend-elle répéter. Je sais comment tu te sens. Crois-moi, je le sais. »

Après coup, elle ne saura se rappeler ce qui est parti en premier, la gifle ou le portable giclant sur le pavé. Il court le récupérer.

« Va te faire foutre ! crie-t-elle tandis qu'il l'empoigne par le bras en essayant de la tirer vers la voiture garée un peu plus loin. Allez vous faire foutre, tous les deux ! Je m'en contrefiche, maintenant !

— Monte ! lui ordonne-t-il. Monte dans la voiture et écoute-moi.

— Non ! dit-elle en se libérant d'une secousse.

— C'est ce que tu veux, une scène ? Une scène devant tout le monde ?

— Oui ! répond-elle en riant. Oui ! Et comment ! Comme ça tout le monde saura quel sa… »

Il lui plaque la main sur la bouche. Deux couples sortent de la galerie. Ils prennent la direction opposée. Nora se tasse contre lui. Elle se sent subitement gagnée par la torpeur. Une torpeur frileuse. Elle claque des dents en montant dans la voiture. Un poids mort.

« Écoute », lui dit-il tout en conduisant.

Veut-elle au moins l'écouter ? C'était Bob au téléphone. Bob Gendron.

« Il y a eu un problème, mais je n'arrivais pas à comprendre ce qu'il me disait. Je ne sais pas s'il était soûl ou…

— Arrête de me mentir ! s'écrie-t-elle en lui assenant un bon coup de poing sur le bras. Ce n'était pas Bob, c'était elle ! Ne nie pas ! »

Il n'a même pas le courage de la regarder.

« C'est toi qui l'as appelée ? » reprend-elle.

Il soupire.

« Il le fallait. Elle m'a laissé un message hystérique, dit-il sans tenir compte du rire amer de Nora. Ils se sont bagarrés. Drew et Clay. Et notre petit gars est, semble-t-il, le plus amoché des deux. »

Ken avait éteint son portable à l'intérieur de la galerie. En écoutant ses messages, il avait constaté trois appels en absence de Robin. Il l'avait rappelée. Elle était aux urgences. Clay et Drew se trouvaient à la même fête quand la bagarre avait éclaté. L'hôpital Franklin Memorial n'est qu'à quelques blocs d'immeubles de la galerie. Est-il gravement blessé ? s'enquiert Nora. Ken ne sait pas, mais, à voir la vitesse à laquelle il conduit, elle craint le pire. Il traverse à fond de train le parking des médecins et se gare à une place réservée. Le concierge sort de sa guérite comme un diable de sa boîte pour leur crier d'aller se garer dans le parking visiteurs, derrière le bâtiment.

« J'avertis la sécurité ! » s'exclame-t-il d'une voix haut perchée en courant après Ken et Nora, qui s'engouffrent dans l'entrée des urgences puis dans la salle d'attente bondée.

Robin se rue à leur rencontre. Derrière eux, le concierge éructe dans son talkie-walkie, réclamant des renforts.

« Comment va-t-il ? demande Ken.

— Bien. Ça va. Le médecin s'occupe de lui, l'informe Robin.

— Je ferais mieux de déplacer la voiture. Je reviens tout de suite », dit Ken.

Et, tandis qu'il sort en toute hâte, Nora comprend qu'il ne peut pas supporter ce face-à-face entre les deux femmes.

« Nous sommes mal garés », déclare Nora d'un ton d'ironie amère.

La salle d'attente est pleine de gens hagards. Mais personne ne l'est plus que Nora. Elle se sent épuisée, décomposée, affolée devant les propos et les gestes tendres et chaleureux de Robin. Même dans une tenue de jogging grise, sans maquillage, avec sa queue-de-cheval mal peignée, elle a l'air jeune et ravissante. Lyra, à genoux par terre en pyjama Cendrillon et chaussons « lapin rose », est absorbée par un coloriage que lui a donné une infirmière. Sans lui tenir rigueur de leur dernière rencontre, elle adresse à Nora un sourire charmeur, sans doute heureuse de voir quelqu'un qu'elle connaît au milieu de tant d'inconnus aux prises avec l'angoisse et la souffrance physique. Un petit enfant crie et se débat tandis que sa mère tente de lui appliquer une compresse froide sur le front. Un vieil homme serre contre lui une main emmaillotée dans un linge ensanglanté et regarde fixement le sol, comme s'il ne savait pas où il se trouvait. Sa braguette est ouverte. Dans le bureau des infirmières, une très jeune fille en larmes s'évertue à jouer les interprètes pour deux femmes hispaniques glapissantes : la première fouille dans son sac en vain à la recherche de sa boîte de médicaments, la seconde se tient le ventre en gémissant.

« Drew n'a rien de grave. Un léger traumatisme crânien. Un œil au beurre noir. Des bleus au visage. Une coupure. Ici, spécifie Robin en touchant sa pommette.

Au côté droit. Et une dent cassée… un bout de dent. Celle-ci… »

Elle montre sa canine, puis ajoute :

« On lui a déjà fait une radio. Ils sont en train de lui poser des points de suture. Je voulais rester, mais ils n'ont pas voulu. C'est tout aussi bien, puisque, comme ça, je suis là pour toi. »

Nora s'engage dans le couloir. Robin prend Lyra dans ses bras et court après Nora qui franchit déjà les doubles portes et se dirige à grands pas vers la consultation.

« Chut, Lyrrie, chut », murmure Robin à Lyra, qui proteste d'avoir été obligée de laisser ses crayons en cire dans la salle.

La fillette se met à pleurer. Son dessin tout froissé pendouille de son petit poing sur l'épaule de Robin. L'heure du dodo est passée depuis longtemps, pauvre petite, songe Nora, en l'imaginant arrachée à son lit chaud et à un sommeil douillet… toutes les occasions étant bonnes pour voir Ken !

« Ici », indique Robin en pointant l'index vers des rideaux bleus tirés.

À la vue du visage tuméfié de son fils, Nora pousse un cri : « Drew ! » Il lève une main, elle la prend au creux de ses paumes. De l'autre côté du lit, le médecin, une femme, est à l'ouvrage. « Presque terminé, marmonne-t-elle sans lever les yeux. Ça se verra à peine », ajoute-t-elle dans un murmure en coupant le fil noir.

Nora sent ses jambes se dérober. Elle ferme les yeux et inspire profondément.

« Ça va, fait Drew.

— Ce n'est pas grand-chose », déclare le médecin, cette fois plus fort.

Elle est en train d'ôter ses gants stériles quand Ken entre, essoufflé. Tout en rédigeant son ordonnance, elle commence à expliquer les soins à pratiquer à Robin qui tient encore Lyra perchée sur sa hanche.

« C'est elle, sa mère », indique Robin.

Nora hoche la tête, s'efforce d'écouter les recommandations médicales, puis tend l'ordonnance à Ken. Il interroge le médecin sur la gravité du traumatisme subi par son fils.

Nora se penche vers Drew, lequel est soudain pris de frissons. Elle n'a qu'une envie, le bercer entre ses bras, et que tout aille bien.

« Que s'est-il passé ? »

Il remue la tête. Elle pose de nouveau la question.

« Plus tard, répond-il en claquant des dents.

— Non, maintenant, insiste-t-elle en lui remontant la couverture jusqu'au menton.

— Maman, s'il te plaît !

— Drew.

— Je sais, continue la femme médecin, tournant le dos à Nora. C'est un peu beaucoup pour quelqu'un qui a fait une chute en trébuchant sur une pierre. Sans parler des ecchymoses sur le dos, et de la côte cassée. »

Le médecin les regarde par-dessus ses lunettes à monture carrée et enchaîne :

« Et des poings en sang. »

Les instruments chirurgicaux cliquettent sur le plateau en acier tandis qu'elle ouvre les rideaux.

« Si c'était mon fils, je porterais plainte. Il ne s'est pas fait ça tout seul. Quelqu'un lui a arrangé le portrait, et drôlement. »

Le médecin referme les rideaux bleus derrière elle.

Robin enfouit son visage dans les cheveux de Lyra.

« Tu pleures pour quoi ? lui demande Nora d'un ton paisible.

— Nora, arrête, je t'en prie, la supplie Ken.

— Dis-moi que tu pleures pour lui, pour mon fils, articule Nora.

— Maman, intervient Drew dans un souffle.

— Tu ne me le diras pas, parce que tu ne pleures pas pour lui, continue Nora. Il n'y a jamais que toi qui comptes, Robin, toujours… »

Sa haine la grise comme une bouffée d'oxygène pur.

« Fais pas pleurer maman comme l'autre jour, s'il te plaît, tante Nora. Elle t'aime », proclame Lyra en s'accrochant des deux mains au cou de sa mère.

Ken, la main devant la bouche, se détourne.

« Pourquoi n'attendez-vous pas dehors ? leur suggère Nora. Je vais aider Drew à se rhabiller. »

Elle ne peut pas supporter de se trouver auprès d'eux, et puis elle a honte. Honte de sa propre colère, de sa propre peur, honte que les choses en soient arrivées là, honte que leurs enfants paient. Autrefois, ils étaient de braves gens, honnêtes et respectables, deux familles bien sous tous rapports, et voilà où ils en sont maintenant. Surtout elle, animée par le désir impérieux de leur infliger une souffrance aussi brûlante que la sienne. Elle aide Drew à enfiler sa chemise. Ni l'un ni l'autre ne prononce un mot. Elle lui enfile ses baskets. Elles puent. Il a besoin d'une nouvelle paire, se dit-elle en les lui laçant. Pour se lever, il est obligé de s'appuyer sur elle. En voulant se redresser, il pousse un cri de douleur. Même dans le fauteuil roulant, il se tient tassé sur lui-même.

« On devrait peut-être appeler la police, avance-t-elle en contemplant les plaies qui le défigurent.

— Non ! C'est moi qui ai commencé.

— Pourquoi ? »

Mais elle sait pourquoi…

« On était devant chez Bradley. Clay s'est approché et m'a lancé : "Alors comme ça, Drew, on envoie sa maman porter ses messages à sa place ?" Il était soûl, je peux te le dire, vraiment soûl. Mais je l'ai frappé quand même. »

Elle sent son cœur qui déborde. C'est fini. La rage incontrôlée, le soupçon, les reproches, l'amertume, toutes ces pulsions sont trop destructrices. Que souhaite-t-elle le plus, le châtiment et la vengeance, ou bien le bonheur de ses enfants ?

Sur le chemin du retour, ils écoutent en silence le récit de Drew. Les copains des deux bords avaient tenté de les séparer. Clay avait eu toutefois le temps de défoncer la tête de Drew sur le ciment de la terrasse.

« Je n'aurais pas dû le frapper. J'aurais dû m'en aller », conclut Drew, et ils acquiescent tous les deux. Un accord tacite entre eux : tant qu'il se montre franc, l'affaire est close. Du moins pour lui. En l'écoutant, Nora se rend compte combien Ken était proche de ses enfants. Et aujourd'hui ? Il ne communique plus avec eux. Les Gendron sont arrivés dans leurs deux voitures, poursuit Drew. Bob Gendron a ramené Clay chez eux. Clay criait des insultes à son père, il a même tenté de lui donner des coups. « Devant tout le monde », précise Drew, en se tournant aussitôt pour regarder par la fenêtre les maisons presque toutes obscures à cette heure. Familles endormies. En lieu sûr.

Ken aide Drew à monter jusqu'à sa chambre. Pour gravir les marches, il est obligé de placer chaque fois ses deux pieds sur chacune d'elles. Nora vérifie s'il y a des messages téléphoniques. Cinq, lit-elle à la lumière rouge du clignotant. Le premier appel est de Jean Greer, la mère de Bradley, pour annoncer que Drew est blessé – il refuse qu'elle appelle une ambulance ou qu'elle le conduise aux urgences –, elle ne sait pas quoi faire. Elle précise qu'un des garçons a téléphoné aux Gendron sur son portable – elle va essayer de joindre Robin. Rien qu'à entendre ces quelques mots, Nora est emportée par un tourbillon de doutes et de craintes. Jean a-t-elle mentionné les Gendron à cause de ce qui se passe entre eux ou bien à cause de Clay ? Les deux autres appels sont de Robin : Drew est blessé et elle est en route vers la maison des Greer. Nora les efface l'un et l'autre. Elle appuie sur le bouton pour écouter le suivant, agacée au son de la voix sucrée de Chloé qui chuchote : Suzanna l'a invitée avec d'autres copines à dormir, elle reste donc chez elle, si on n'y voit pas d'inconvénient. Suzanna qui ? se demande Nora. Chloé raccroche après avoir ajouté qu'ils vont au cinéma avec Leah et Jen. Typique de Chloé, pas de noms de famille, ni de numéros de téléphone. Elle compose le numéro de son portable.

« Merde », marmonne-t-elle en l'entendant sonner à l'étage.

Et maintenant, il est trop tard pour appeler Leah ou Jen, et aucun numéro ne s'affiche sur l'écran. Il reste encore un message. C'est lui. Elle appuie plusieurs fois sur la touche volume pour baisser le son.

« Nora. C'est moi, Eddie. Désolé de ne pas t'avoir rappelée après notre discussion sur la mixité sociale dans le logement. Je ne voudrais pas que tu te fasses du souci. Eddie est toujours là. Ne t'inquiète pas. Eddie est là, tout proche… » Il éclate de rire. Nora serre les poings. « Non mais sérieusement, il faut qu'on parle. Je te passe un coup de fil lundi de bonne heure. »

« Ken ? » Elle a besoin de lui, pas pour l'entretenir d'Eddie, mais sa présence lui est nécessaire. Il n'est pas dans la maison. Elle regarde par la fenêtre de la cuisine, s'attendant à le voir devant le garage, en train de fumer une cigarette. Il commence à neiger. Le moteur de sa voiture tourne. Il est assis au volant. Il fume et il parle sur son portable.

Robin. Bien sûr, se dit-elle en maudissant sa propre bêtise. Chaque soir, il s'enferme dans sa voiture pour avoir une dernière conversation avec elle. La dernière voix qu'il entend de la journée, c'est la sienne. Ils sont encore en contact permanent. Étrangement, la vérité l'apaise. Elle a compris, enfin. Son mariage est terminé.

Elle vient tout juste de se glisser entre les draps quand il entre et s'assied au bord du lit. Et à toutes les marques de la trahison il ajoute l'odeur du tabac.

« J'ignorais que tu étais… allée là-bas. Chez eux », dit-il, le dos tourné.

Les bras posés au-dessus de sa tête, elle se tient parfaitement immobile. Il se racle la gorge. Il tousse. Le lit craque quand il se tourne.

« Que veux-tu que je te dise ? articule-t-elle.

— Il faut faire quelque chose.

— Je sais. »

Des larmes perlent au coin de ses yeux et coulent dans ses cheveux.

« On ne peut pas continuer comme ça. »

Les yeux fermés, elle tend les mains vers lui.

« Serre-moi dans tes bras, serre-moi fort, s'il te plaît. »

Il la prend dans ses bras. Il s'allonge à côté d'elle. Ils s'endorment enlacés. Elle est jeune de nouveau, et la chanson reprend, son tempo pulse à l'intérieur de sa cage thoracique. Plus elle essaie de se réveiller, plus elle s'enfonce dans le rêve.

Neuf heures du matin. La sonnette retentit. Clay Gendron et son père. Ce dernier prend la parole : Clay souhaite présenter ses excuses, non seulement à Drew, mais à toute la famille. Les yeux bouffis, grelottant, Bob Gendron est presque aussi pitoyable que son fils. Son haleine avinée empeste. Clay, qui a du mal à déglutir, porte sans cesse la main à sa gorge, comme s'il avait peur de vomir. Il respire fort en se balançant d'avant en arrière.

Ken n'ayant pas l'air du tout étonné de les trouver sur le pas de sa porte, Nora en déduit que Robin lui a annoncé leur visite la veille au soir. Bob et Ken sont amis depuis l'école primaire. Bob a une tête de plus que Ken. Jadis un athlète de première catégorie, il a fait partie de l'équipe de foot de la fac pendant les quatre années de ses études supérieures. Ensuite, il est resté dans une forme superbe, pratiquant le tennis et le racquetball, jusqu'à ce que l'alcool le prive de tout, santé, travail, amis, famille.

« Au moins il n'a pas le vin mauvais, se plaisait à répéter Ken, comme si ce pouvait être une consolation.

— Non, juste vicieux », avait finalement laissé tomber Nora après une horrible soirée au restaurant.

Bob en était à son troisième martini, alors que les entrées étaient à peine arrivées. Robin lui avait demandé d'arrêter. Il en avait quand même commandé un quatrième. Elle s'était levée en disant qu'elle allait aux toilettes. En passant devant le bar, elle avait annulé sa commande.

« Salope ! s'était exclamé Bob en la voyant revenir.

— Calme-toi », avait-elle murmuré en baissant le front, mortifiée, les yeux brillants de larmes.

Bob avait continué. Pour qui se prenait-elle, enfin ! La patronne ? Elle se permettait de compter ses verres, mais elle, elle piaffait d'impatience tous les soirs avant l'heure de l'apéritif.

D'une voix blanche, Ken lui avait ordonné de la fermer. C'est parce qu'elle l'aimait que Robin ne voulait pas qu'il boive. Elle n'avait pas d'autre motif. En général, des paroles un peu fermes suffisaient à plonger Bob dans un silence boudeur. Mais pas cette fois-ci.

« Qui t'a sonné ? avait-il rétorqué d'une voix pâteuse qui avait fait se tourner toutes les têtes vers leur table. C'est n'importe quoi ! Tu te crois meilleur que moi. Eh bien, tu devrais réfléchir, mon petit Kenny. Tu n'as rien eu, et tu le sais, n'est-ce pas ? Parce que tout est à Ollie, pas vrai ? C'est Ollie qui a tout eu. Alors, fais gaffe de pas lâcher les basques de ton grand frère.

— Tais-toi, Bob, était intervenue Nora d'un ton autoritaire en s'évertuant cependant à parler bas. Tais-toi donc. Tu es lamentable. Comment peux-tu traiter ainsi ton meilleur ami ? Et ta femme ? Tu ne vois pas ce que tu es en train de faire ? À nous tous ! »

Cela avait été leur dernière soirée ensemble. Dès lors, Nora avait refusé tout net de sortir avec eux, tant que Bob ne serait pas désintoxiqué.

Après ce coup d'éclat, elle avait commencé à comprendre qu'elle n'avait jamais été qu'une intruse au sein de leur petit groupe. Une intruse à qui il fallait chaque fois expliquer les allusions à des événements de leur passé commun. À la suite de cet esclandre, la chimie s'était modifiée. La fracture les avait rapprochés, tous les trois, les éloignant d'elle, comme si elle incarnait une menace.

« Je suis désolée, vraiment », s'était excusée Robin auprès des autres dîneurs tandis qu'ils sortaient de la salle de restaurant.

Et aujourd'hui voilà le fils, dépêché par sa mère pour accomplir le même rituel.

« Désolé, prononce Clay en gardant les yeux au sol. Je suis désolé, vraiment.

— Cela aurait pu être pire, Clay, rétorque Ken. Tu aurais pu lui faire beaucoup plus mal en lui cognant la tête par terre.

— Je sais. »

La voix de Clay se brise. Il s'essuie le nez sur le dos de sa main. Comme un petit garçon, ne peut s'empêcher de penser Nora, tout en étant irritée que Ken minimise les blessures de Drew. Mais surtout, elle est dégoûtée par Bob Gendron. Elle le trouve répugnant, avec ses poches noires sous les yeux, ses joues mal rasées violettes de couperose et sa grosse bedaine pendante. Regarde, voudrait-elle lui hurler, regarde ce que tu as fait de ton fils, il est le fruit de ta veulerie.

Au-dessus d'eux, l'escalier et la rampe crient sous le poids de Drew qui descend cahin-caha. Il préfère ne pas voir Clay dans sa chambre. À la lumière du jour, il a l'air en plus piteux état encore qu'hier soir. Tout le côté droit de son visage est tuméfié, noir de bleus et de sang séché. Ses lèvres sont fendues et enflées.

« Oh, grogne Clay en le voyant.

— Qu'est-ce qu'il y a ? » s'étonne Drew en s'appuyant contre la rampe pour tenir d'aplomb.

Clay met ses mains devant sa bouche et murmure d'une voix étouffée :

« Je vais vomir ! »

Nora ouvre toute grande la porte de la salle de bains et déclenche le ventilateur. Le jeune homme se jette à genoux par terre et se penche sur la cuvette vert pâle des W-C. Elle regarde avec un sentiment de pitié mêlé de dégoût la plante de ses pieds sale dans ses sandales en caoutchouc. Son tee-shirt est déchiré. Sans doute ne s'est-il ni lavé ni changé depuis qu'il a cassé la figure à Drew. Il aura dormi tout habillé.

« La nuit a été difficile, déclare Bob avec un certain fatalisme par-dessus les hoquets de son fils.

— Pour tout le monde, approuve Nora d'une voix faible.

— Alors comment vas-tu, toi ? s'enquiert Bob en se tournant vers Drew.

— Ça va, répond Drew, qui hausse les épaules en réprimant une petite grimace de douleur.

— On dirait pourtant que ça ne va pas fort, observe Bob en le dévisageant. Tu as très mal ?

— Ce n'est pas aussi terrible que c'en a l'air », réplique Drew en essayant de se redresser.

Nora se retient de le prendre dans ses bras. Il parle comme s'il avait une patate chaude dans la bouche.

Le bruit de la chasse d'eau retentit encore à plusieurs reprises, puis Clay émerge en s'essuyant la bouche avec une poignée de mouchoirs en papier. Ses joues ont retrouvé un peu de couleur. Ses joues intactes. Il est plus grand que Drew, plus baraqué, avec un cou épais. Le même physique que son père.

« Pardon, Drew. »

Il tend la main. Drew se contente de la regarder.

« Comme tu voudras, ajoute Clay en laissant retomber son bras le long du corps. Je peux comprendre. Je me sens très con, tu sais. J'aurais pu te faire vraiment mal…

— Tu lui as fait vraiment mal », l'interrompt Nora d'un ton sec.

Les deux pères la contemplent, consternés par son attitude négative, mais elle n'en a cure. Clay a commis un acte de violence. Elle refuse de passer l'éponge pour ménager l'amour-propre de ce garçon. Ce sont eux les adultes ici, les parents. S'ils taisent la vérité, qui la dira ?

« Il a un traumatisme crânien, leur rappelle-t-elle, une côte fracturée, une dent cassée…

— Je sais ! la coupe Clay, en sanglots. Je sais que j'ai eu tort, je sais, je regrette. Parole d'honneur, Drew. Je regrette. »

Ken se rapproche de lui et, l'espace de quelques abjectes secondes, elle est persuadée, à voir son expression affligée, qu'il va serrer Clay contre lui. Mais c'est autour des épaules de son fils qu'il passe son bras.

« Pourquoi refuses-tu de lui serrer la main ? » lui demande-t-il doucement.

Drew reste planté là, si frêle et malheureux devant les deux hommes et cet autre garçon tellement plus costaud que lui qu'elle a envie de hurler à Ken : « Laisse-le tranquille, pourquoi le tortures-tu ? »

« S'il te plaît, bafouille Clay entre ses larmes en tendant de nouveau sa main à Drew.

— Allez, prends-la », l'encourage Ken.

Mais Drew se détourne et amorce la pénible remontée de l'escalier.

« Il s'en remettra, affirme Ken avec une petite tape affectueuse sur l'épaule de Clay.

— Se remettra de quoi ? glisse Nora.

— Ce sont des gosses, fait-il, paniqué en songeant sûrement en son for intérieur : Elle ne va quand même pas faire un autre esclandre. Tu sais ce que je veux dire.

— Non, pas du tout.

— Allons, on rentre à la maison, déclare Bob en ouvrant la porte.

— Je suis désolé, pardon, continue à bredouiller Clay.

— Ça va », rétorque Ken en les accompagnant à leur voiture.

À son retour, il retrouve Nora à la même place.

« Ne me regarde pas avec ces yeux, lui lance-t-il sèchement.

— Sais-tu à quel propos ils se sont battus ?

— Tu es impatiente de me l'apprendre, on dirait ? chuchote-t-il, son visage presque collé au sien.

— Ton fils est là-haut dans un état lamentable, et tu agis comme si ce n'était rien. Ou pas grave.

— Non. C'est moche. Tout ! Tout est moche ! grommelle-t-il en pointant un doigt dans l'espace vide. Tu crois que je ne le sais pas ? Tu crois que j'ai voulu tout cela ? Vraiment ? Vraiment ? » répète-t-il, éperdu d'amertume.

Froideur. Ressentiment. C'est la première fois qu'elle décèle chez lui autant de dureté. Il ne s'est jamais montré ainsi jusqu'ici. Elle doit être prudente. La pression risque d'être trop forte pour lui. Elle doit cesser de le renvoyer sans cesse à sa culpabilité, sinon il n'y aura bientôt plus rien à sauver.

10

Un grand soleil pénètre par la fenêtre de son bureau. Il fait un temps radieux, froid mais clair. Le ciel est d'un bleu éblouissant. Elle bâille en permanence. Hier soir, Ken et elle ont discuté longtemps après que les enfants sont montés se coucher, mais, en y repensant maintenant, elle s'aperçoit que c'est elle surtout qui a parlé. Chaque fois qu'elle mettait sur le tapis la duplicité de Robin, il prenait sa défense, allant à un moment donné jusqu'à la qualifier de « victime des circonstances ». Rien n'est la faute de Robin. Ni la sienne à lui d'ailleurs. C'est lui qui a trompé sa femme et son meilleur ami, mais il ne peut ni ne veut expliquer pourquoi. Finalement, elle lui a demandé ce qu'elle, Nora, aurait pu faire pour empêcher qu'il la trompe. Rien, a-t-il répondu, l'air étonné. Elle n'a pas osé poser la question qui lui est venue logiquement à l'esprit : qu'est-ce qu'il aurait pu faire, *lui*, différemment, pour la simple raison qu'entendre pour la seconde fois ce « rien » lui était trop douloureux. Elle s'est donc retenue, lui laissant le dernier mot, et tombant d'accord avec lui que les enfants passaient avant tout et que pour eux ils devaient s'efforcer de se traiter mutuellement avec respect. Elle aurait dû, mais elle n'en avait pas eu le courage, il fallait bien le reconnaître, lui dire qu'elle l'aimait. Les mots refusaient de sortir, lui a-t-elle avoué en ravalant ses larmes. Du moins pas de la même façon. Avec un soupir, Ken lui a serré la main à lui faire mal, et durant ce long temps de silence elle a attendu, avidement, qu'il lui dise qu'il l'aimait, qu'il l'aimerait toujours. Au lieu de quoi, il lui a déclaré qu'il comprenait.

Elle ira suivre avec lui une thérapie de couple. Si le mariage vaut la peine d'être sauvé, c'est la moindre des choses… A-t-elle bien entendu Ken prononcer ces mots ? Ou est-ce elle qui, par désespoir, a raconté n'importe quoi, rien que pour se réconforter ? Le mariage vaut-il la peine d'être sauvé ? Cette question l'obsède. À l'instar d'un poste de télévision ou d'une voiture. On le répare ou on en achète une neuve ? On le garde tant qu'il fonctionne ? Et pourquoi *le* mariage ? N'est-ce pas *leur* mariage ? Que c'est donc exaspérant de tout disséquer tout le temps ainsi, d'interroger chaque bribe de leur vie ! Pourtant elle fait de son mieux pour ne pas faire de vagues. Ils doivent aller de l'avant. Il est normal qu'elle ressente de la colère et de la peine, Ken l'a admis. Mais, puisqu'ils déballaient leurs sentiments, lui a-t-il confié, autant qu'elle sache que ses récriminations le laminent. Jour après jour, elles grignotent son énergie. Il n'est pas très doué pour l'autopunition : ce sont les mots mêmes qu'il a employés hier soir. Pour quoi es-tu doué, alors ? brûlait-elle de lui demander sur le moment, puis des heures après, alors qu'il ronflait dans le lit auprès d'elle et qu'elle se disait : « Estime-toi heureuse. Heureuse qu'il ronfle, que rien n'aille plus, que tu souffres. » Elle avait lu quelque chose dans ce genre, un jour, dans un courrier du cœur. Chère Abby, chère n'importe qui, estimez-vous heureuse d'avoir un mari. Un homme. N'importe qui. Heureuse de ne pas être seule.

Elle est en train de réviser les épreuves des encarts publicitaires quand le téléphone sonne. Elle sursaute. Hilda est censée ne lui passer aucun appel avant qu'elle ait terminé.

« Qu'est-ce qu'il y a ? dit-elle, distraite, tout en continuant à lire.

— Vous n'attendez personne, n'est-ce pas ? s'enquiert Hilda d'une voix assourdie.

— Non.

— C'est bien ce que je pensais. Pourtant il y a quelqu'un ici qui prétend le contraire. Un M. Hawkins ? Il affirme qu'il a rendez-vous… »

Elle entend la voix d'Eddie en bruit de fond.

« … à neuf heures et demie.

— Non, il… »

Elle suspend sa phrase pour prier Hilda de le faire entrer dans son bureau. Quel culot de supposer qu'il peut aller et venir ici comme dans un moulin. Les mains croisées afin de les empêcher de trembler, elle regarde la porte s'ouvrir.

« Désolé du retard », lance-t-il en déboutonnant son veston et en s'installant dans le fauteuil de l'autre côté de son bureau avec l'assurance d'une célébrité se préparant à être interviewée.

D'un air presque condescendant, il ajuste sa cravate et lui sourit.

« En retard pour quoi ?

— Je n'aime pas faire attendre les gens.

— Je n'attendais personne.

— Mais si, voyons.

— Nous n'avions pas rendez-vous.

— Je sais.

— Je n'ai pas envie de te voir.

— Je sais, répète-t-il, avec une nuance d'étonnement dans la voix. Mais certaines choses sont inévitables, n'est-ce pas ?

— Où veux-tu en venir ? »

Elle a beaucoup de mal à ne pas perdre patience. Il s'amuse à la surprendre, il se joue d'elle.

Après un instant de réflexion, il avance :

« Eh bien, la mort. N'est-ce pas la chose la plus inévitable de toutes ?

— Avec le fisc », rétorque-t-elle, incommodée par la sueur qu'elle sent perler sur sa gorge.

Il se renfonce dans son fauteuil avec une moue de mépris. Une moue qui lui rappelle l'époque où elle cherchait à tout prix son approbation.

« C'est indigne de toi, Nora. Tu me déçois.

— Pourquoi ? Tu croyais que j'allais réagir comment ?

— Oh, je ne sais pas. Et la jeune fille que je connaissais autrefois ? Où est-elle passée ?

— Elle a vécu quelques semaines. Voilà tout.

— Tu te trompes. J'ai vécu vingt-six ans avec cette jeune fille. C'est long. Long et déprimant. »

Il se frotte les yeux, puis la regarde comme saisi d'une subite inspiration.

« Il est mort, je te l'ai dit, n'est-ce pas ? Il a mis le temps, évidemment, c'était inévitable. »

Il se fend d'un large sourire.

« Tu essayais de me protéger. Mais personne ne m'a cru. Et toi, tu n'étais pas là ! Tu aurais pu témoigner. Ce type, c'était un pervers. Un pervers et un ivrogne, qui tentait de violer une jeune fille. J'assurais plutôt bien ma défense, quand ils ont fait entrer la veuve, qui a déboulé dans ce maudit fauteuil roulant, quel spectacle ! “J'ai perdu mon chéri ! a-t-elle gémi de sa voix chevrotante. Mon mari chéri est mort ! À cause de lui ! a-t-elle ajouté en me désignant du doigt. Et maintenant, il n'y a plus personne pour s'occuper de moi.” »

Elle arrive à peine à respirer. Il envahit tout son espace vital, sa présence semble pomper l'air même de la pièce. Son élégance de dandy, la coupe parfaite de son costume, sa chemise en soie raffinée, la façon dont il penche légèrement sa belle tête lisse. Tout chez lui relève du calcul. De l'embuscade.

« C'est ainsi que j'ai plongé. Dans les chaînes. »

Il lui décrit en détail le trajet au pénitencier. Les bracelets qui lui écorchaient les poignets et les chevilles. Sa peur intense. L'espoir qui ne le quittait pas d'apprendre qu'elle était reparue et allait réparer l'injustice, le libérerait de ce cauchemar.

« Pendant toutes ces années, continue-t-il, je me disais : “Elle va finir par venir me délivrer. C'est une trop bonne âme.”

— Mais je ne pouvais pas deviner !

— Tu savais. »

Elle parvient à peine à prononcer :

« Non. Pas qu'il était mort.

— Mais maintenant, tu es au courant, glousse-t-il. Il n'est pas trop tard.

— Trop tard pour quoi ?

— Je t'en ai déjà parlé, rétorque-t-il en soulevant les portraits de Chloé et de Drew et en les examinant. Un pied à l'étrier. C'est tout ce que je veux. »

Elle réfléchit à cent à l'heure. Elle a quinze mille dollars disponibles immédiatement sur un compte, la somme que lui a laissée sa mère.

« Un pied à l'étrier dans quel objectif ? » s'enquiert-elle, prudente (après tout, il se contentera peut-être de moins).

Il pose le cadre en argent, la photo face à lui, et répond :

« C'est comme, voyons, quand tu te coupes les ongles et que tu jettes les rognures dans les toilettes et que tu tires la chasse, c'est comparable à ce genre de chose. Une sensation qui me plaît beaucoup. Ces petits bouts de moi qui s'en vont, flottant au fil du courant dans les rivières, les fleuves, jusqu'à l'océan. Ils nourrissent des êtres vivants. Des poissons peut-être, puis des hommes. C'est, tu vois, quelque chose d'organique. La vie. Le processus vital. Tu comprends ? Une sorte de cycle… »

Son intensité effraie Nora, qui en frissonne.

« La régénération ! ajoute-t-il en haussant brusquement la voix. Voilà mon objectif !

— Si c'est de l'argent que tu veux… »

Elle sursaute : il vient de taper du poing sur la table.

« Tu ne piges toujours pas, merde ! On n'en est plus là, mais plus du tout. Je veux une vie, voilà ce que je veux ! »

Sa voix s'adoucit d'un coup.

« Ce que tu as, toi.

— Mais comment veux-tu que je m'y prenne ? Je ne vois vraiment pas.

— Sois mon amie, chuchote-t-il en tendant le buste par-dessus le bureau. Tout ce que je te demande, c'est d'être mon amie.

— Et après ? fait-elle dans un faible souffle.

— On verra bien. »

Il se tourne les pouces en regardant autour de lui.

« Un boulot ! Ce serait un bon départ. Dans un journal comme celui-ci, il doit bien y avoir un poste où je me rendrais utile.

— Ça, c'est impossible. Mais un peu d'argent pourrait t'aider, non ?

— Autrement dit ?

— Je peux t'en donner.

— Comment, tu veux me *donner* de l'argent ? ricane-t-il.

— Un prêt. C'est tout.

— Tu plaisantes ?

— Pour t'aider à redémarrer.

— À redémarrer ? rugit-il en envoyant valser d'un revers de la main tout ce qui se trouve sur son bureau : épreuves, journaux, livres, accessoires en marbre, photos des enfants, le presse-papiers qui appartenait à sa mère et qui s'en va rouler par terre, la boule en verre taillé étincelante. Tu te prends pour qui, putain de bordel ? »

Il est debout, à présent. Quand le téléphone sonne, il se rue en avant pour décrocher. Nora, cependant, le prend de vitesse.

« Qu'est-ce qui se passe là-dedans ? s'informe Hilda. Cet homme… Tout va bien ?

— Oui, répond-elle en soutenant le regard d'Eddie et en le mettant au défi de faire un pas de plus. Quelque chose est tombé. Je suis maladroite. M. Hawkins… il va sortir dans une minute. »

Là-dessus, Eddie se rassied. Il se couvre les yeux.

« Vous avez une drôle de voix, insiste Hilda.

— Tout va bien. On a presque fini.

— Je peux téléphoner à Ken. Il vient de passer. »

L'ombre de Hilda noircit le rai de lumière sous la porte.

« Ce ne sera pas nécessaire. Je vous assure, Hilda. Il n'y a pas de problème. »

Elle raccroche, mais garde le téléphone à portée de main. La dernière personne au monde qu'elle ait envie de voir à cet instant, c'est Ken. Ce serait une telle honte. Cette vieille histoire éclatant au grand jour, surtout en ce moment, alors que sa vie s'en va en lambeaux. Et la pensée que Chloé et Drew puissent l'apprendre la rend malade. Leur mère impliquée dans une agression, ou pire… même si c'était il y a longtemps, même si elle était très jeune à l'époque. Ils ont déjà assez de problèmes comme cela.

« Pourquoi me traites-tu aussi mal ? murmure-t-il, les paupières baissées. C'est moche. Vraiment moche. »

Il serre les dents. Sa poitrine se soulève et s'abaisse. Soudain, elle se rappelle. La rage qui le prenait d'un seul coup. La violence de son désespoir. Elle le revoit tel qu'il lui était apparu jadis, lorsqu'elle avait dix-sept ans.

« Je pense que tu devrais partir, maintenant, déclare-t-elle en se préparant à l'éclat suivant.

— Je déteste me mettre en colère. Tu n'as pas idée. Je me sens tellement mal, répond-il en la regardant par en dessous, les traits déformés par une hargne qui aurait pu inspirer le rire si Nora n'avait été aussi terrifiée. J'ai d'horribles maux de tête. Je ne vois plus rien. Tout s'embrouille.

— Je vais appeler quelqu'un. On va t'aider à descendre. »

La main de Nora tremble. Elle soulève le combiné.

L'instant d'après, il a ouvert la porte et il s'est envolé.

Hilda entre en trombe et contemple les papiers par terre avec consternation.

« Qu'est-ce qui s'est passé ? demande-t-elle.

— Ce monsieur est un peu soupe au lait. Rien de grave. »

Les papiers que Nora vient de ramasser ont la tremblote entre ses doigts. Hilda insiste pour savoir qui c'est. Un type qu'elle connaît à peine, ment Nora. Il voulait du travail. Elle voit bien que Hilda n'en croit pas un mot.

Elles remettent de l'ordre en silence. Tout a bientôt regagné sa place sur le bureau.

« Quelque chose ne tourne pas rond chez lui, fait observer Hilda.

— Ah bon ?

— Je ne plaisante pas. Il faut voir avec quelle intensité il m'a parlé. Il était à bout de nerfs, cet homme.

— Comme pas mal de monde dans cette maison. Je devrais peut-être l'embaucher. Ce serait une expérience intéressante.

— Je veux dire que je l'ai trouvé nettement dérangé. Psychotique. J'ai l'œil.

— Merci de l'avoir laissé entrer ! »

Nora tente de jouer la carte de l'insouciance, mais son rire sonne faux.

« C'est bien la dernière fois ! » repartit Hilda.

Le Dr Martelli, enfoncé dans son fauteuil en cuir rouge sang-de-bœuf, l'écoute pensivement décrire le choc qu'elle a éprouvé en apprenant que son mari avait eu une liaison. Ou une « relation durable », comme s'obstinait à l'appeler Ken. C'est leur deuxième séance. Aujourd'hui, le Dr Martelli semble enclin à les laisser procéder à leur propre rythme. Si Ken a envie d'analyser ses rapports conflictuels avec son frère comme la dernière fois, qu'à cela ne tienne. Une chose est sûre : Nora n'a pas la moindre intention de fouiller dans les angoisses de sa propre adolescence. Chaque fois qu'elle essaie de ramener le dialogue sur le terrain de leur mariage, Ken se défile, de sorte qu'elle se demande bien ce qu'ils sont venus faire ici. Elle ne sait pas ce qui l'étonne le plus, sa tendance à tout ramener à lui ou le fait qu'il ne se rende pas compte qu'il se prend pour le centre du monde. Et s'il n'y avait encore que ses doutes exaspérés concernant l'efficacité de cette thérapie dite « de couple », mais ce qui achève de lui miner le moral, c'est Eddie Hawkins. Elle est totalement désemparée. Il ne représente plus seulement une contrariété, mais une véritable menace. Car il est revenu à la charge. Hilda l'a déjà éconduit plusieurs fois en lui disant que Nora était en rendez-vous extérieur. La semaine dernière, il a déclaré à Hilda que Nora et lui avaient un projet commun, et que le compte à rebours avait commencé. Après chacune de ces visites, Nora se sent plus désarmée, elle ne comprend pas ce qu'il a derrière la tête. Et cela la remplit d'effroi. Mardi dernier, il a accusé Hilda de lui mentir et lui a demandé de quoi elle avait peur. Il vaut mieux qu'elle le chasse de ses pensées. Surtout ici, chez le psy. Mais c'est comme essayer d'arrêter la fumée en fermant la porte : elle trouve toujours le moyen de s'infiltrer.

« Ken a toujours eu mon entière confiance », dit-elle à l'aimable Dr Martelli. Il a un gentil sourire et une langueur mélancolique qu'elle trouve émouvante. Elle aurait presque pitié de lui. Un peu plus, elle s'excuserait de pleurnicher sur son sort. Comment supporte-t-il ce déballage ? Elle s'imagine assise dans cette pièce entre huit et dix heures par jour, à ingurgiter des flots de médiocrité. Puisque cela se résume à ça, n'est-ce pas ? Tout cet étalage de faiblesse humaine. Cette plainte qui s'emballe dans une éternelle répétition. Ce lavage de linge sale. Quand on est fort, on n'a pas besoin d'aide ; on trouve tout seul la solution à ses problèmes – c'est en tout cas selon ce principe qu'elle a été éduquée. Ken semble toutefois se délecter. Typique de lui. Il adore se trouver au milieu d'une réunion mondaine et discuter, qu'il connaisse ou non les gens. Il adore organiser des rencontres. Pour lui, il est plus important d'être un « bon » ami que de susciter l'admiration. Pourtant, il est arrivé plus d'une fois qu'une remarque ou une plaisanterie apparemment anodine de la part d'un ami décide Ken à mettre brutalement un terme à leur relation. Et ces ruptures sont toujours définitives.

Au début de leur mariage, cet enthousiasme que rien n'entamait jamais paraissait à Nora superficiel et puéril. Où qu'ils aillent et quoi qu'ils fassent, il fallait toujours qu'il y ait du monde autour d'eux. Même quand ils dînaient en tête à tête, il s'arrangeait d'une façon ou d'une autre pour entamer une discussion avec le serveur, avec le couple à la table voisine. C'était vexant, puis au fil du temps elle avait compris que son insatiable avidité d'approbation faisait partie de son charme. Un charme juvénile. Il est difficile de se fâcher contre quelqu'un qui vous aime autant et qui n'exige rien d'autre de vous que d'être aimé en retour.

« Au fond, peut-être préférais-je ne pas savoir. C'est ce que je me dis maintenant. Ça me dépasse. J'avais peut-être peur. Si j'avais accepté de voir les choses telles qu'elles étaient, il aurait fallu que je me remue. » Elle inspire profondément et laisse échapper un grognement silencieux. Qu'est-ce qu'elle raconte là ? Elle se contente d'enfoncer des portes ouvertes. Pourquoi ? Pour jouer son rôle. Afin de soulager Ken de sa mauvaise conscience et de ses regrets. Il n'a même pas l'air de savoir ce qu'il doit exprimer. Elle l'interrompt pour l'éclairer sur ses intentions à elle : remettre leur mariage d'aplomb et reprendre la route ensemble. Il jette un coup d'œil au Dr Martelli. Elle n'a plus aucun doute, à présent : c'est avant tout pour lui-même que Ken souhaite suivre une thérapie. « De toute façon, poursuit-elle avec un soupir, je suppose qu'on n'a pas le choix ? Il faut ramasser les morceaux et aller de l'avant. » Les deux hommes se taisent. Ils la dévisagent. Intensément. Comme si d'une seconde à l'autre la vérité allait jaillir d'elle. Ses secrets. Quoi ? Eddie Hawkins ? Un frisson la traverse. Cela n'a rien à voir. Un nouveau problème, bizarre. L'un n'ayant rien à voir avec l'autre. Alors ? Vous ne dites rien ? On va continuer à se regarder longtemps en chiens de faïence ? pense-t-elle. Elle sourit, mais sa voix est trop faible pour les convaincre qu'elle plaisante.

« Qu'en pensez-vous, Ken ? s'enquiert le psy, comme s'il avait besoin d'encouragements. Avez-vous quelque chose à ajouter ?

— Je ne sais pas, c'est dur. »

Il hausse les épaules.

Nora tourne vers lui un regard sidéré. Dur ? se retient-elle de hurler. Mets-toi un peu à ma place, Ken. Et tu verras comme c'est dur ! Au lieu de quoi, elle demande d'un ton détaché : « Et vous, qu'en dites-vous, docteur ? Sommes-nous sur la bonne voie, Ken et moi ? »

Le thérapeute fait grincer le cuir de son fauteuil, attend un moment, puis répond avec une réticence chagrine. Sous-entendu, il en sait plus long qu'il ne veut bien le montrer. Beaucoup plus long. Comme si dans l'atmosphère douillette de son cabinet encombré de meubles et d'objets flottait une invisible présence. « Je ne sais pas si la "voie" est le terme approprié. Il circule de l'énergie par là, déclare-t-il en désignant l'espace entre leurs fauteuils. Mais cette énergie est contenue, je crois. Retenue, plutôt. Est-ce que ce que je vous dis là a un sens pour vous ? » Haussant les sourcils, il se tourne tour à tour vers l'un et vers l'autre.

Elle agrippe les bras de son fauteuil, s'interdisant de partir en courant. Elle déteste quand on s'adresse à elle avec condescendance, et encore plus quand on lui fait sentir qu'elle est infantile et insignifiante.

Ken reprend la parole avec un plaisir évident. « C'est drôle. Je ne peux pas m'empêcher de me dire qu'il y a un élément précis… Si seulement je pouvais mettre le doigt dessus. Tout s'expliquerait, voyez-vous. C'est comme… D'un côté il y a Nora, et de l'autre tout ce qui l'a précédée. Vous comprenez, comme… comme si je n'avais pas réussi à surmonter certaines choses. Vous vous rappelez ce que je disais sur mon frère, la dernière fois. Le fait qu'il habite la même maison depuis toujours. Même entreprise, même entourage, ce n'est pas très courant à l'heure actuelle. Les gens de nos jours ne restent pas coincés au même endroit, dans le même boulot… dans une époque révolue… »

Qu'il est donc fascinant, cet épanchement avide de ses pensées intimes. Où veut-il en venir ? Qu'il est coincé dans le mariage ? Coincé dans l'immaturité ? Il n'a jamais prononcé d'aveux aussi radicaux.

« … Il vit à l'ancienne, quoi ; il est vieux jeu. Alors d'un côté, je regarde mon frère et je me dis : "Merde, il fiche sa vie en l'air !" Mais ensuite je fais machine arrière et je me rends compte que pour moi c'est pareil ! Sauf que je suis encore plus malade que lui. Où allons-nous comme ça ? De quoi avons-nous peur ? Quand j'ai rencontré Nora, par exemple. Elle travaillait au journal. J'ai pensé qu'elle n'était pas comme tout le monde, voyez-vous. Sa présence m'apportait une telle fraîcheur… Avec elle, pas de chichi, on allait droit au but. J'avais l'impression que je pouvais tout lui confier sans me soucier de ce qu'elle ferait derrière mon dos. Elle était la franchise même. À propos de tout. Surtout du gros con que j'étais, parfois. »

Tous trois rient de bon cœur. Son autodérision. Cela rappelle à Nora pourquoi elle l'aime. En souriant, elle lui tapote affectueusement la jambe.

« Même mes parents, poursuit-il. Ils s'en sont tout de suite aperçus. C'était comme si notre famille avait découvert une nouvelle source d'énergie. Un sang neuf. Le renouveau… vous voyez ? Grâce à elle, nous passions à la vitesse supérieure. Non seulement elle était très intelligente, mais il fallait faire attention à ce qu'on racontait, parce qu'elle vous prenait toujours au mot. Elle avait… un sens très développé de l'éthique. Et elle supportait mal les imbéciles. Autrement dit tous les membres de ma famille. Elle les terrifiait. C'était dur pour eux. Après un siècle passé à danser sur le même air, ils se retrouvaient à Noël attablés avec une Nora qui osait dire que le roi était nu comme un ver.

— Qu'est-ce que tu racontes, Ken ? proteste Nora, choquée, incapable de se rappeler avoir jamais offensé ses parents, surtout son père. Ton père a été pour moi comme un deuxième père. Et il le savait très bien. Je le lui avais dit. Souvent.

— Bien sûr. Mais ce n'est pas le propos. Il ne savait pas par quel bout te prendre. Ma mère et lui appartenaient à une espèce différente, ils…

— Qu'est-ce que tes parents ont à voir avec ce qu'il y a entre toi et Robin ? Je suis désolée, mais je ne vois pas. »

Nora tambourine des doigts sur le bras du fauteuil et se mordille l'intérieur de la joue à s'en arracher des bouts de peau.

Le Dr Martelli intervient :

« Ce serait bien, Ken, si vous pouviez nous donner une idée de ce que vous avez en tête, en recentrant un peu autour du sujet. Pas seulement votre déception à vous, mais celle de votre famille, pendant ce fameux été… »

Quel été ? Ainsi, il y avait un scénario déjà écrit ? En voilà une révélation. Le seul hic, c'est que Ken, comme il en est coutumier, laisse sa pensée se dérouler dans tous les sens, sautant du coq à l'âne et oubliant les instructions du bon docteur.

Ken se remémore à haute voix l'été qui a suivi la fin de ses études universitaires. Il prévoyait, bien entendu, de retourner dans sa ville natale prendre sa place au *Chronicle*, comme l'avait fait avant lui Oliver au même âge. Mais son père nourrissait d'autres projets pour son cadet, l'estimant moins motivé que son aîné. Il avait l'intention de le pousser dans l'arène. « J'allais le jeter aux lions, et me servir des reliefs », avait-il déclaré un jour à propos du job que, grâce à son entregent, il avait décroché pour Ken dans l'administration d'un quotidien de Chicago. Pour Ken, il s'agissait d'un travail abrutissant et d'une mise à l'écart permettant une investiture tout en douceur d'Oliver à la tête du *Chronicle*. Un coup de maître de la part de Hammond père, avait toujours pensé Nora.

« Oui, eh bien, voilà, poursuit Ken. Robin et moi, nous sortions ensemble depuis le lycée. Il me paraissait logique que nous construirions notre avenir ensemble. Franklin, FairWinds, le *Chronicle* : une ville, une maison, un emploi assuré, voilà comment je voyais le futur. Quand je lui téléphonais, Robin louait la gentillesse de Bob, qui l'emmenait au country club et au cinéma, dans des endroits où il lui était difficile d'aller toute seule. Et moi de me dire : "Quel copain formidable, ce Bob, il prend soin de Robin en attendant mon retour." Mais le moment venu, qu'est-ce que je découvre ? Ils sont très amoureux l'un de l'autre. Moi, je fais celui qui s'en fiche. Comme si je n'y tenais pas tellement, après tout ! Vous vous rendez compte, mes deux meilleurs amis ! On avait grandi ensemble. Mais si vous voulez savoir, j'ai mis des siècles à m'en remettre. »

Sa voix se brise.

« Des siècles… »

Silence. Il se prolonge indéfiniment, semble-t-il à Nora, qui parvient à peine à respirer. Elle est estomaquée. Avec ce qu'ils traversent en ce moment, il se torture encore à propos de cette vieille histoire ?

Le fauteuil du thérapeute craque. Il interroge Ken :

« Et en définitive vous en êtes-vous vraiment remis ? »

Le psy ajuste ses lunettes. Nora se retient de toutes ses forces de rire – de rire à gorge déployée. Dans quel monde parallèle a-t-elle vécu jusqu'ici ?

« Je pensais que oui. »

Ken glisse un regard à Nora.

« C'est ce que je voulais dire tout à l'heure par "renouveau", tu as été comme une grande bouffée d'air frais. Ta belle énergie, ce fut comme un don du ciel. Cela m'a permis de ne plus penser à tout ça… »

Son sourire… Elle a la sensation que le haut de son crâne est sur le point d'exploser. Durant toutes ces années, aura-t-elle été pour lui autre chose qu'un palliatif ?

« C'est invraisemblable, commente-t-elle. Dire que je suis là à écouter ces sornettes. Tes confessions de midinette, tu peux les réserver à tes séances personnelles. Épargne-les-moi, je t'en prie.

— D'accord. Mais je voulais que tu saches. Pour que tu comprennes », l'implore-t-il.

Elle se tourne vers lui.

« Tu ne parles pas sérieusement ? »

Pourtant, si. Elle le voit bien. Il est parfaitement, pathétiquement, tragiquement sincère.

11

« Ferme ta bouche quand tu manges ! grogne Chloé.

— Je peux pas. J'ai le nez bouché, rétorque Drew, tout aussi agréable.

— Garde les détails pour toi, rétorque Chloé, qui met sa main devant ses yeux.

— Tu vois ? »

Il pose sa serviette sur son nez et produit un bruit de trompette.

« Je suis obligé de respirer par la bouche.

— T'es dégueulasse.

— Ah… D'accord. »

Il la dévisage.

Ce soir, ils dînent tard. Le menu préféré de Ken – côtes de porc et choucroute. Nora voulait l'attendre. Mais il a téléphoné pour leur dire de se mettre à table sans lui. Il est encore en réunion. Son frère avait un rendez-vous à Boston, et c'est lui qui l'y a conduit. Car non seulement Oliver a la phobie de la foule, mais il déteste presque tout autant circuler en voiture en ville. Combien de fois Ken s'est-il servi de cette excuse ? Une boule s'est formée dans la gorge de Nora. Lui a-t-il encore menti, aujourd'hui ? La revoit-il ? Elle se lève de table. Enfermée dans la salle de bains, elle allume le ventilateur. Elle compose le numéro de son beau-frère. En retenant son souffle, elle compte le nombre de sonneries. Si Oliver répond, elle téléphonera à Ken et lui dira que ce n'est pas la peine de rentrer. Vivre ainsi avec le soupçon qui ne vous quitte pas, c'est comme s'enfoncer dans des sables mouvants. Mieux vaut en finir une bonne fois pour toutes. Tout le monde s'en portera mieux.

« Salut, Ollie, c'est moi, Nora. Rappelle-moi. J'ai une petite question à te poser. »

Elle retourne à table. Au lieu de se sentir soulagée, elle tend l'oreille vers le téléphone. Ce n'est pas parce qu'il n'a pas décroché qu'il se trouve pour autant à Boston en compagnie de Ken. Oliver déteste les conversations téléphoniques, et Ken le sait parfaitement. Au journal, il est bien obligé d'en passer par là, mais, à la maison, il laisse souvent sonner sans répondre.

Drew essaie de nouveau de se moucher. Sa pommette est guérie, il ne lui restera qu'une pâle cicatrice mince comme un cheveu. Nora souffre de voir son visage et son cou ravagés par l'acné. Surtout le front, envahi par de gros boutons rouges. Elle se demande si l'ancienne ordonnance du dermatologue est encore valable. Il faudrait qu'il aille chez le coiffeur. Son sweat est taché. Sa détresse la rend-elle donc aveugle à tout, même aux êtres qui lui sont le plus chers au monde ? Elle qui a toujours méprisé les gens qui se laissent dominer par les difficultés passagères et inévitables de l'existence.

« Tu veux bien arrêter ? S'il te plaît ? supplie Chloé en laissant échapper un long soupir.

— Drew a un rhume, il ne peut pas faire autrement », lance sèchement Nora.

Ce n'est vraiment pas le moment que les enfants se chamaillent !

« Il n'a qu'à aller dans la salle de bains ! s'écrie Chloé.

— Elle a raison, Drew. Si ça dérange autant ta sœur… »

Se disputent-ils davantage depuis quelque temps ou est-ce elle qui ne supporte plus ces enfantillages ? Fracture de stress. Des fissures légères, une multitude de fêlures. Puis le grand crac !

« Tout la dérange, grogne Drew.

— Moi, au moins, je ne me bagarre pas comme une sale brute ! »

Drew continue à mastiquer, les yeux jetant des éclairs.

« Et toi, pourquoi tu n'as pas été en cours ? rétorque-t-il. Où tu es allée ? »

Chloé devient livide. Nora pose sa fourchette sur son assiette. Elle interroge sa fille. Chloé ne sait plus très bien à quelle heure elle est sortie du lycée, vers treize ou quatorze heures, pense-t-elle. Drew corrige : plutôt onze, d'après le carnet de correspondance. Pourquoi ? s'enquiert Nora. Où est-elle allée, en effet ? Et comment a-t-elle fait, sans mot d'excuse ?

En fin de compte, Chloé avoue avoir imité la signature de Nora sur le carnet de correspondance. Mais ce n'était pas vraiment pour sécher les cours. Elle a une bonne raison. Jen avait un rendez-vous chez la gynéco et ne voulait pas y aller toute seule.

« Sa mère ne pouvait pas l'accompagner ? s'étonne Nora.

— Euh… non », répond Chloé en lui jetant un regard affligé.

Drew grommelle :

« Jen a dû aussi imiter la signature de sa mère.

— Qu'est-ce qu'elle a ? Elle est malade ? » insiste Nora.

Jen est la meilleure amie de Chloé. Cette année.

Chloé écarquille les yeux. Elle pousse un soupir d'exaspération.

« Alors ? s'obstine Nora.

— Je préfère ne pas en parler pour l'instant », déclare Chloé avec des intonations chantantes qui horripilent Nora.

Puisque c'est comme ça, et si Drew veut bien les excuser, elles vont aller discuter dans le petit salon, où Chloé pourra s'exprimer sans crainte. La porte à peine refermée, Chloé lui explique que Jen a peur d'avoir un cancer. Elle a un grain de beauté qui grossit. Ils vont faire des analyses. Mais pourquoi n'avoir rien dit à sa mère ? arguë Nora.

« À cause de l'endroit où il se trouve. »

Elle montre du doigt son entrejambe.

« C'était trop gênant, tu vois. Tu connais Jen.

— Tu me mens.

— Tu vois ! Je savais que tu allais réagir comme ça. Je ne peux jamais rien te confier ! »

Nora ouvre son carnet d'adresses en décrétant :

« Je téléphone à la mère de Jen.

— Surtout pas ! Jen ne voudra plus jamais me parler. Mme Carnes va être dans tous ses états, et Jen va me détester.

— C'est un risque que je suis obligée de prendre. Je regrette. »

Son doigt effleure la liste des noms.

« Ou alors tu me dis la vérité ? Tu étais avec Max, je me trompe ? »

Chloé pleure et supplie sa mère de lui pardonner. C'est vrai. Il s'en va étudier pendant trois mois au Costa Rica. Il tenait à la voir une dernière fois avant son départ.

« Je suis désolée, maman. Tu ne peux pas savoir comme je suis désolée.

— Tu ne sais pas ce que tes mensonges me font, Chloé ? Ma confiance… Tu me brises le cœur », dit-elle en refoulant ses larmes.

Surtout après ce que ton père m'a fait subir, brûle-t-elle d'ajouter, avide de recevoir un peu de tendresse et de compréhension de la part de sa fille.

« Je sais… Je suis désolée ! s'écrie Chloé. Mais… il va tellement me manquer. Ça va être affreux. »

Et au temps pour moi, songe Nora en s'essuyant les yeux, soulagée d'une certaine manière. Quel que soit le désastre qui frappe ses parents, Chloé poursuit son petit bonhomme de chemin, avec les œillères propres à l'adolescence. Le contraire ne serait pas normal, estime Nora, même si cela ne lui fait pas plaisir. Elle se sent juste encore plus seule. Dehors, regardant à l'intérieur… sa propre vie.

Il est tard dans l'après-midi. Elle rentre du bureau après une sérieuse prise de bec avec Duncan Turner, le président de l'hôpital Franklin Memorial. La réussite du supplément *Santé* repose sur sa bonne volonté et sa coopération. Comme ils ont souvent siégé tous les deux dans les mêmes comités d'associations caritatives et puisque le supplément est une aubaine pour les relations publiques de l'hôpital, elle s'attendait à ce que la réunion se déroule sans problème et se termine tôt, classée d'avance dans son esprit dans la catégorie simple formalité, sinon visite de courtoisie. Mais il se révèle que Duncan est le genre de patron à vouloir tout régenter, et avec ça tatillon en diable, surtout en ce qui concerne son hôpital. Il exige qu'on lui soumette chaque article. Quand elle a proposé d'interviewer une personne de l'entretien, il l'a prise de haut. Les « techniciens de surface » ne correspondent apparemment pas à l'image que le président Turner souhaite cultiver. Quant aux médecins, aux chefs de service… c'est lui qui décidera, il lui enverra la liste. Ah oui, c'est vrai, il ne faudrait pas oublier les infirmières, a-t-il acquiescé quand elle lui a rappelé leur existence. Elle ne s'était pas rendu compte à quel point il était vaniteux dès que l'on touchait à sa personne publique. Elle se promet à l'avenir de marcher sur des œufs avec lui.

« Votre ami Hawkins est revenu à la charge, ironise Hilda en la voyant entrer. Je lui ai dit que vous étiez absente. Il prétend que vous lui avez fixé un rendez-vous. Il a ajouté qu'il passerait vous voir à votre domicile.

— À mon domicile ! s'exclame-t-elle, se ressaisissant aussitôt. Mon Dieu, quel casse-pieds. Je ne sais même pas ce qu'il veut. »

Sans attendre d'être dans son bureau, elle appelle la maison sur son portable, fermant la porte d'un coup de hanche. Pas de réponse. Elle essaie Chloé. Pas de réponse. Drew. N'ayant pas entendu parler d'Eddie depuis une semaine, elle avait réussi à se convaincre qu'il s'était fatigué de son petit jeu pervers et avait pris le large.

Au bout de la sixième sonnerie, Drew décroche, la voix essoufflée.

« Maman, c'est toi !... Devant le garage, l'informe-t-il quand elle lui demande où il est.

— Et que fais-tu ?

— Je joue au basket », grommelle-t-il.

Et elle entend en effet le flop-flop d'un dribble.

« C'est bien. »

C'est bon signe, surtout. Même si son rhume est presque fini, ces dernières semaines ont été démoralisantes pour lui, et il ne quittait la maison que pour se rendre au lycée. À force de se faire envoyer promener, ses copains ont cessé de téléphoner.

« Mais n'oublie pas ta côte cassée. Elle est encore fragile.

— T'inquiète pas. »

En entendant un bruit de voix, elle se penche, soudain toute crispée, sur son bureau.

« Qui est là ? C'est la voix de qui ? Qui est avec toi ?

— Ce type que tu connais, M. Hawkins. On fait quelques paniers tous les...

— Tu l'as laissé entrer dans la maison ?

— Non. Je suis descendu du bus, et il...

— Passe-le-moi !

— Mais, maman, nous...

— Passe-le-moi ! Tout de suite, Drew !

— Elle veut vous dire un mot », entend-elle Drew prononcer.

Elle, pas ma mère, *elle*, comme s'ils étaient justement en train de parler d'elle.

« Nora ! roucoule Eddie Hawkins à son oreille. Je suis venu te voir.

— Je ne te le dirai pas deux fois ! Va-t'en, s'il te plaît ! Sinon, je préviens la police.

— Je ne ferais pas cette bêtise, à ta place. C'est une très mauvaise idée. Ils te poseraient des questions.

— J'arrive. Je suis en route, déclare-t-elle en passant en trombe devant Hilda, qui bondit en arrière, sans doute parce qu'elle écoutait à la porte.

— C'est pas la peine de courir, on a tout notre temps », susurre-t-il de sa voix sirupeuse.

Dès qu'elle est descendue de voiture, elle ordonne à Drew de rentrer à la maison, elle a quelque chose d'important à dire à M. Hawkins.

« Ne vous occupez pas de moi, répond Drew, qui avance et recule en dribblant sous le panier.

— Ouais ! crie Eddie en levant le poing. Touche pas l'anneau, surtout !

— Drew. Qu'est-ce que j'ai dit ? Rentre, veux-tu. On doit parler affaires.

— Je reviendrai jouer un autre jour, promis », lui lance Eddie en lui donnant une tape amicale dans le dos.

Drew expédie le ballon au loin d'un grand coup de pied, afin de bien montrer qu'il n'est pas content. Hier soir, sa sœur et lui se sont de nouveau disputés. Chloé est remontée contre son frère parce qu'il l'a dénoncée. Le plus extraordinaire, c'est que Ken ait pris son parti. On ne trahit pas sa famille, a-t-il déclaré à son fils. Drew ayant répondu Dieu sait quoi à mi-voix, Ken l'a envoyé dans sa chambre.

Dès que Drew est entré dans la maison, Nora se tourne vers Eddie. Qu'est-ce qu'il croit obtenir en venant la harceler chez elle ? En embêtant son fils ? En guise de réponse, il lui propose d'aller plutôt à l'intérieur : il pèle de froid. Le dos de sa veste bat dans le vent. Il souffle sur ses poings.

« Que tu essaies de m'intimider, c'est une chose. Mais je ne tolérerai pas que tu t'en prennes à…

— C'est donnant, donnant. »

Il se fend d'un large sourire.

« Écoute, Eddie, j'ignore ce que tu m'attribues comme part de responsabilité dans…

— Ce que je t'attribue ! s'exclame-t-il en ricanant, soudain plein de fiel. Il n'y a rien de subjectif, là-dedans. Examine les faits, merde ! Il ne s'agit pas de ce que je pense ! Ce n'est pas ce que je *pense* qui compte !

— Bon d'accord, fait-elle, conciliante, en surveillant du coin de l'œil la façon dont il se tord compulsivement les mains. Je sais, c'est à cause de ce qui est arrivé. Cela explique pourquoi tu es ici. Et je suis désolée. Vraiment. C'est injuste pour toi. Mais cela date d'il y a vingt-six ans. Je ne sais pas ce que tu crois que je peux faire pour toi. Tu dis que tu as cherché à me protéger. Je t'en suis reconnaissante, mais… d'un autre côté, vois-tu, tu voulais le dévaliser, ce type. Je veux dire… c'est un fait.

— Ce qui est "un fait", c'est que tu lui as ouvert le crâne avec une barre de fer ! Ensuite tu t'es tirée à toutes jambes. Et qui s'est retrouvé au trou ? Le pauvre Eddie. Le pauvre con qui a voulu le secourir.

— Mais c'est faux ! s'écrie-t-elle, horrifiée.

— Ah, vraiment ? Alors, là, il y en a un de nous deux qui ne tourne vraiment pas rond, fait-il observer en toquant sa tempe avec son index. Et ce n'est sûrement pas moi. »

Pendant les jours qui suivent, elle tente de forcer les verrous de sa mémoire. Certains détails se sont effacés. Le nom du routier. Tom, c'est tout ce dont elle se souvient. Il avait l'air tellement plus vieux, comme tous les adultes à l'époque, surtout les hommes, évoluant dans un univers trouble et sans lien avec elle. Le nom de la compagnie de transports sur le camion : en lettres rouges ? Sur la portière de la cabine ou sur la remorque ? Avait-il mentionné la nature de son chargement, ou sa destination ? Sans doute. Elle se rappelle qu'il était très bavard. Un type sympa. Malgré son côté bourru, il lui avait parlé avec douceur. Que lui avait-il dit exactement ? Avait-elle écouté, d'ailleurs, obnubilée par les images d'épouvante qui la poursuivaient ? Elle vomissait sans cesse. Le chauffeur était obligé de se ranger régulièrement sur la bande d'arrêt d'urgence pour qu'elle puisse courir vers les buissons. L'étrange netteté de ces minuscules sensations. L'herbe qui lui picote les chevilles. La chaleur sèche qui monte du gravier. Le marchepied si haut, le moteur qui ronronne, au même titre que la voix à l'accent rocailleux du chauffeur s'affligeant de son état. Ils avaient roulé longtemps avant qu'il lui propose de téléphoner chez elle.

« Je ne peux pas. »

Elle avait trop honte pour envisager de parler à sa mère, ou même de soutenir son regard. Une fois de plus, elle la décevrait, et salirait la mémoire de son père. Plutôt mourir.

« Tôt ou tard, tu seras bien obligée, lui avait dit le routier.

— Pourquoi ? Je ne peux pas rester avec vous ? avait-elle demandé en se tenant le ventre.

— Dis donc ! J'ai des gosses de ton âge.

— Je voulais dire dans le camion. »

Il avait toutefois réussi à la persuader. Il avait appelé sa mère. Il lui avait donné toutes les explications. Il l'avait rassurée, Nora allait bien… un peu sonnée, peut-être.

« Ces bêtises que font les gosses… Ouais, je sais… J'ai connu ça avec les miens… » Avait-il vraiment prononcé ces mots, ou est-ce elle qui rationalise après coup parce que la vérité est trop sordide ? Peut-être n'était-il pas aussi gentil et paternel qu'elle veut bien se le faire croire. Peut-être avait-il posé sa sale patte sur sa cuisse dans la cabine mal éclairée, ce qui n'avait pas arrangé ses nausées ? Combien de temps était-elle restée avec cet homme ? Une nuit entière, en tout cas. Elle se rappelle s'être réveillée en sursaut alors qu'ils sortaient de l'autoroute. Un instant aveuglée par le soleil qui se levait, elle avait découvert qu'elle était entourée de camions géants : ils s'étaient arrêtés dans une aire de repos. Dans le restoroute, l'éclairage était trop cru et il y avait trop de bruit. Toutes les tables étaient prises. Après le havre tranquille de la cabine du camion, ce trop-plein d'animation lui avait fait tourner la tête. Les relents de café et de graillon. La fumée de cigarette. Ils s'étaient installés dans un coin : de cela, elle a conservé un souvenir très net. Elle refusait de le regarder. Il n'avait pas l'air à l'aise, assis en face d'elle, à la regarder manger. Ou bien c'était elle qui avait honte. Œufs brouillés et café. Toasts mous. Pourquoi ce détail ? Pourquoi se souvient-elle de cette fine tranche de pain grillée posée sur une assiette blanche et très grasse, et pourquoi ne se rappelle-t-elle pas le nom de la ville ni si elle a tenu une barre de fer dans sa main ? Mais sa lèvre était fendue, elle était forcément fendue puisqu'elle avait du sang sous les ongles, pourvu que ce soit le sien, son propre sang, s'était-elle dit en se regardant dans la glace terne des toilettes alors qu'elle appliquait des serviettes en papier mouillées sur sa bouche tuméfiée. Et là le bouton de porte avait tourné en cliquetant, tourné en cliquetant, jusqu'à ce que, finalement, il lui crie de sortir de là tout de suite. Il était désolé qu'elle ne se sente pas bien, mais il avait des horaires à respecter, les clients attendaient leurs livraisons. Il y avait une cabine téléphonique, avait-il ajouté. Elle avait accepté de lui donner son numéro, mais à condition qu'il parle en premier. Lorsqu'il lui avait tendu le combiné, elle avait fondu en larmes.

« Maman. » Pendant une minute, c'est tout ce qu'elle était parvenue à articuler. « Pardon. Pardon. » C'est ce qu'elle avait dû lui dire, sûrement. Pardon pour tout. Pour avoir menti. Pour avoir trahi sa confiance. Pour le pauvre M. Blanchard, même si elle s'interdisait de prononcer son nom.

« Rentre à la maison. S'il te plaît. S'il te plaît, rentre ! » L'urgence et la clarté de cet appel sont en revanche restées gravées dans sa mémoire. Le crépuscule tombait quand Tom l'avait déposée à l'arrêt du bus. Sa mère lui avait envoyé un mandat pour le billet. Et pour se nourrir en cours de route. Quelques jours après son retour, sa mère avait exigé qu'elle écrive un mot de remerciement au camionneur. Quelle idée ! Une « lettre de château » d'une fugueuse fuyant une scène de crime ! Combien elle avait peiné sur ces quelques phrases maladroites. La honte l'empêchait de révéler la vérité à sa mère. Elle s'était contentée de lui avouer qu'elle s'était trompée sur le caractère d'Eddie Hawkins. Ils s'étaient bagarrés. Cela, elle n'avait pas pu le lui cacher, puisque le routier le lui avait dit au téléphone.

« Est-ce qu'il t'a fait mal ? s'était enquise sa mère.

— Non !

— Je devrais peut-être prendre rendez-vous pour toi avec le Dr Reisman ? » (Sous entendu : serait-elle enceinte ?)

« Non ! » Elle ne le pensait pas.

Sa mère s'était chargée de poster le mot de remerciement. À quelle adresse ? Elle n'en avait plus jamais entendu parler.

Dans son esprit, les événements sont restés brumeux. Elle était très jeune, et il y avait l'alcool. La voiture bouillante, le gosier sec ; la soif – elle buvait toute la journée. Et puis, dans son désir d'oublier, avait-elle enfoui des détails déplaisants ? Ou en avait-elle transformé certains à sa convenance pour soulager sa conscience ? Des secrets si souvent rêvés que le rêve devient à la fois défense et barrière. Une main puissante appuie sur l'arrière de sa tête pour l'obliger à la baisser, la portière s'ouvre ; Eddie pousse l'homme, l'homme lève la barre de fer, Eddie la lui fait brutalement sauter des mains. Mais à présent, qui tient l'arme ? Eddie ? Ou elle ? Non. Non. Elle était incapable d'un acte pareil. Ni alors ni aujourd'hui.

Edward Hawkins. Elle frappe sur les touches du clavier. Son nom brûle l'écran. Elle retient son souffle. Rien n'apparaît, ni sous Edward ni sous Eddie Hawkins. Le système pénitentiaire du Nevada affiche un Hawkins. Francis. Il purge une peine de dix-huit ans pour attaque à main armée. Mais il n'a pas le bon âge. Trente-trois ans. Il aurait eu sept ans au moment des faits. Si seulement elle connaissait le nom de l'endroit où se trouvait ce bar. Elle pourrait alors consulter les archives de la police. Les arrestations effectuées vers ces dates-là, les rapports sur les agressions. Les meurtres. D'après Eddie, l'homme se serait appelé Phil, mais l'indice est un peu mince.

Ce bar semblait planté au milieu du désert. Ils roulaient depuis des heures. En outre, quand elle ne dormait pas totalement ou à moitié, elle était comme engourdie par l'illusion d'aimer et d'être aimée en retour. En tout cas elle n'était pas vigilante.

Clayborne Hotel, tape-t-elle sur Google. *Lake George*. Un des derniers grands hôtels de luxe construits en bois, datant du début du XXe siècle. Le coût d'une rénovation aurait été si faramineux, qu'ils l'ont démoli il y a des années. Remplacé par un parc d'attractions aquatique. Le « parc pipi », comme l'appelait Ken pour taquiner les enfants quand ces derniers le tannaient afin qu'il les y emmène. Et c'est le souvenir qui remonte du fond de sa mémoire : l'odeur d'urine infiltrée entre les lattes du vieux parquet quand elle récurait les toilettes. Même si le Clayborne existait encore, il n'y aurait pas trace d'un Eddie Hawkins dans la liste du personnel. Elle se rappelle vaguement que sa voiture était immatriculée dans l'État de New York. Ses doigts volent au-dessus du clavier. L'instinct de la journaliste, quand elle flaire une piste. Yale. Les anciens élèves. Hawkins, quelques occurrences. Aucun Eddie. Californie. Son vieil oncle. Les fichiers des services de liberté surveillée. Rien.

« Carol », prononce-t-elle un peu trop vite, d'une voix trop pressante, lorsque sa sœur décroche à l'autre bout. Et, comme toujours, Carol répond d'un ton distant, réservé, craignant qu'on n'exige quelque chose d'elle. Nora, à dix-sept ans, avait fait une fugue d'une semaine, mais c'était la prudente et sérieuse Carol, l'infirmière, qui n'avait eu qu'une hâte une fois son diplôme en poche : quitter le toit maternel, se marier, partir pour la Californie.

Quelques années plus tard, alors que Nora était à l'université, elle avait demandé à Carol si elle voulait bien l'accueillir pour les vacances de printemps. Carol avait argué que leur appartement était petit. Nora s'était proposé de dormir sur le canapé, ou même par terre : elle avait très envie de connaître ses neveux. Les jumeaux avaient un mois. Nora et sa mère ne les avaient vus qu'en photo. À leur naissance, Mme Trimble avait prévu de prendre l'avion pour San Diego afin d'aider Carol pendant la première dizaine de jours après l'accouchement. Ils avaient beau être tous les deux infirmiers, Carol était une primipare, et des jumeaux représentaient le double de travail. Puis, à la dernière minute, la veille de son départ, tard le soir, le téléphone avait sonné. Les, le mari de Carol, avait informé sa belle-mère qu'il valait mieux qu'elle ne vienne pas. Carol et lui avaient décidé de rester seuls avec les nouveau-nés, pour « se consacrer au maternage ».

« C'est quoi, son problème ? avait demandé Nora à sa mère, désappointée après qu'elle lui eut répété la litanie des raisons pour lesquelles les vacances de printemps n'étaient pas une époque favorable pour une visite.

— L'égoïsme, tout simplement. »

La réponse de sa mère avait stupéfié Nora. Jamais elle ne l'avait entendue prononcer une seule critique à l'égard de sa sœur. Si Carol avait coupé les ponts avec les siens, sa mère estimait que c'était sa faute à elle. Elle se reprochait d'avoir trop pesé sur sa fille aînée après la mort brutale de son mari. Carol aurait dû pouvoir sortir s'amuser. Elle était trop jeune pour être chargée de toutes ces responsabilités. Comme Mme Trimble avait été obligée de reprendre au pied levé un poste d'enseignante, elle avait compté sur Carol pour s'occuper de Nora à la sortie des classes. Pour la conduire aux scouts et à ses leçons de tennis, pour la ramener ensuite à la maison, souvent aux dépens de ses activités extrascolaires à elle. Carol commençait à préparer le dîner de manière qu'elles puissent manger pas trop tard. Sans oublier que Carol avait dû payer ses études supérieures en travaillant comme serveuse le soir et le week-end. Aussi, dès que possible, Carol avait décampé pour élire domicile à l'autre bout du pays, avec son camarade de promotion à l'école d'infirmières, un des trois seuls garçons de sa classe, l'intelligent mais lugubre Les.

« Ils vont très bien », répond Carol quand Nora l'interroge sur les jumeaux, cette nièce et ce neveu qu'elle connaît à peine. Allison est à Caltech, où elle commence son master, et Jacob a suspendu ses études pour peindre. « Pour son art », a précisé Carol lors de leur dernière conversation téléphonique. Jacob a laissé tomber la fac il y a trois ans, mais Carol fait encore comme si la situation n'était que temporaire.

« Formidable, dit Nora. Et Les, comment va-t-il ? »

Un temps de silence.

« Bon, je voulais appeler. Je… Eh bien, Les et moi, nous avons fini par arriver à… un arrangement.

— Ah ?

— Nous ne vivons plus ensemble.

— Ah. Ce n'est pas une bonne nouvelle. Mais qu'en est-il exactement ? Vous êtes séparés… divorcés… ?

— Il a déménagé. Il s'est installé plus près de l'hôpital. De cette manière, il perd moins de temps en trajets. Il gagne vingt-six minutes.

— Et cela te convient ?

— C'est idéal, réplique Carol d'un ton faussement guilleret.

— Qu'est-ce qui s'est passé ?

— La crise de la quarantaine, qu'est-ce que tu crois ! »

La voix de Carol chevrote légèrement. Elle a comme un sanglot dans la gorge.

« Carol, je suis désolée. »

Nora a envie de lui avouer qu'elle n'est pas seule dans le malheur, mais elle se retient. Qu'il reste au moins une personne dans sa vie dans l'ignorance de la trahison, une personne qui garde d'elle une image digne, qui ne se dise pas « pauvre fille » chaque fois qu'elle ouvre la bouche.

« C'est tellement bizarre. Il n'est même pas avec une autre femme. Il… Il veut seulement être seul.

— Il a peut-être un problème à régler. »

Sexuel, songe Nora, pour regretter aussitôt cette méchante pensée. Après tout, Les ne lui a rien fait. Ni en mal ni en bien. Il ne lui a jamais manifesté que de l'indifférence. Un homme en retrait. Lors de leurs rares visites, à sa mère et à elle, il se levait de table au milieu du repas pour regarder la télévision.

« S'il y avait une autre femme, au moins je comprendrais. Il y aurait quelque chose de logique. Mais là, c'est un rejet pur et simple. Il me repousse. Moi. Il ne veut plus être avec moi, sanglote Carol.

— Oh, Carol, si seulement je pouvais te prendre dans mes bras…

— Tu sais, ça va. »

Carol marque une pause pour se moucher.

« Je m'en sors… C'est le changement. C'est dur. Tu te réveilles un matin, et rien n'est plus pareil. »

Non, rien n'a changé, ajoute Nora en son for intérieur. Les est le même, c'est Carol qui a perdu ses illusions. Tout comme elle.

« Je ne fais même plus mon lit, soupire Carol. À quoi ça sert ? J'y dors seule. Je n'ai pas fait tourner le lave-vaisselle depuis je ne sais combien de temps. Et je suis horrible. Il ne faudrait pas que Les arrive maintenant ! Je n'ai pas refait ma couleur. Tu verrais mes racines ! J'ai résilié mes abonnements aux journaux et aux magazines, c'était trop déprimant. En plus, maintenant, je déteste les républicains ! Tu imagines ! Après toutes ces années… C'est comme s'il y avait quelque chose dans l'air. Un couvercle qui pèse sur moi, un nuage empoisonné. Tu vois ce que je veux dire ? Il ne se passe plus rien dans ma vie. »

Un sanglot déchire sa gorge.

« C'est dur, tu ne peux pas savoir.

— Tu devrais peut-être voir quelqu'un, Carol. Pour une thérapie… Parler, dit-elle avec un brin d'hypocrisie.

— Tu pourrais venir, Nora ? On resterait ici à papoter au bord de la piscine. Ça me ferait vraiment plaisir.

— Je ne peux pas, Carol. Je voudrais bien, pourtant. Il y a beaucoup trop de problèmes ici en ce moment. Je suis très occupée. »

Occupée à essayer de sauver mon mariage, occupée à repousser la tempête incarnée par Eddie Hawkins.

« Excuse-moi, à quoi pensais-je ? J'oubliais que tu bosses.

— Il n'y a pas que le boulot.

— Comme tu as eu raison de recommencer à travailler. C'est ce que j'aurais dû faire. Je ne voulais pas être comme maman, tu comprends. Je voulais être là pour les enfants, et pour mon mari. Résultat, je lui ai tout laissé porter, et à présent, regarde ce qui me reste : rien !

— Ce n'est pas vrai. »

Nora n'a pas encore trouvé le moyen d'orienter la conversation vers le passé, vers des événements vieux de vingt-six ans.

« J'ai envie de partir en voyage.

— Tu devrais. Ça te ferait oublier un peu tes ennuis.

— Je pourrais venir te voir ? lance Carol, timidement.

— Ce serait… sympa. »

Elle aurait dû dire « super » ou « merveilleux ». Ou bien « Quand ? » ou « Bientôt, j'espère ! » Au lieu de quoi elle s'entend demander à sa sœur si elle a des souvenirs de cette nuit lointaine où elle avait téléphoné à leur mère affolée pour se faire rapatrier à la maison.

« Bien sûr. Maman était folle d'inquiétude. Elle a passé la semaine vissée à côté du téléphone.

— Je sais. Mon Dieu, quand j'y pense, quelle épreuve cela a dû être. Mais a-t-elle dit quoi que ce soit ? Tu sais, des détails, comme où j'avais échoué… dans quel état on m'avait retrouvée.

— Tu veux dire que tu ne le sais même pas ?

— J'ai du mal à me rappeler.

— Tu étais défoncée ou quoi ? »

Nora se hérisse devant ce persiflage. Manifestement, Carol trouve cette conversation thérapeutique ; un retour réconfortant au bon vieux système gentille sœur/méchante sœur.

« Tu ne sais pas ? Maman ne t'a jamais raconté ? demanda Nora.

— Elle était anéantie. Entre toi et le reste…

— Pauvre maman.

— J'étais enceinte de trois mois et demi, mais c'était de nouveau : "Oh, Carol, s'il te plaît, peux-tu m'aider ?" J'ai pris le premier avion. Tu te rappelles ? »

Nora plisse le nez. Oui, et comment. Comment aurait-elle pu oublier ? La première des nombreuses fausses couches de Carol. Cela s'était produit le jour même de son retour, le jour où elle avait débarqué en bus de l'aéroport. Pauvre maman, songe Nora, le cœur serré, elle n'aurait surtout pas dû appeler Carol à l'aide. L'oubli constitue une défense salutaire. Nora n'a aucune envie de se remémorer la peine qu'elle a causée à sa mère, seule entre ses deux filles, la première tout juste repentie d'une fugue et la seconde en proie aux affres d'un avortement involontaire.

« J'aurais mieux fait de ne pas me déplacer. Les était de cet avis, continue Carol. Quelle horreur ! Cette histoire que tu as eue avec Trucmuche, ce prof qui a fait du gringue à maman. Pas étonnant que tu aies fichu le camp. Mon Dieu, à quoi pensait-elle ? Il était plus proche de ton âge que du sien, c'est vrai, quoi !

— C'était vraiment dur pour maman à cette époque. »

Nora se crispe au souvenir de M. Blanchard, son beau et jeune prof de lettres.

Carol rit.

« Tu peux le dire, sortir avec un pervers !

— Il n'avait rien d'un pervers.

— Ah, vraiment ? Alors pourquoi ce drame ? Ces cris, ces larmes ? »

Nora porte les mains à sa tête.

« Tu veux bien arrêter, Carol ? Je n'ai pas tellement envie de remuer le passé. Cela sert à quoi, de toute façon ? Quel est l'intérêt ?

— Bon sang, Nora, c'est toi qui as mis le sujet sur le tapis, en me demandant dans quel état tu étais rentrée de ta fugue !

— Je suis désolée, mais tu confonds tout. Tu n'étais même pas là quand c'est arrivé, l'histoire avec le prof, je veux dire.

— Non, je suis uniquement celle à qui tu as téléphoné tous les soirs, tu te rappelles ? Tu pleurais, tu sanglotais, tu me disais que tu allais te tuer si jamais maman s'avisait de lui parler. Ensuite c'était à son tour à elle de m'appeler pour me déclarer qu'elle devait faire son devoir, que sa responsabilité professionnelle était engagée. Enfin, as-tu idée de ce par quoi je suis passée ? Ces cris et ces grincements de dents, à des milliers de kilomètres de distance, quelquefois au beau milieu de la nuit. À l'époque, je prenais ma température toutes les deux heures, désespérée de ne pas tomber enceinte. Et il fallait que je supporte vos jérémiades par-dessus le marché ! Finalement, Les y a mis le holà. “Ça suffit. Tu ne réponds plus. Il est grand temps que ta mère et ta sœur apprennent à se débrouiller toutes seules et cessent de faire toujours appel à toi pour régler leurs problèmes.”

— Je te demande pardon, Carol, mais c'était il y a très longtemps. Tu mélanges deux choses totalement différentes.

— Non, Nora. Je me contente d'être franche avec toi. Pas comme maman et toi, avec tous vos petits secrets, et vous m'appeliez pour que je vienne ramasser les morceaux. Je ne crois pas que…

— Je ne t'entends plus, ment Nora. Il y a de la friture… »

Elle tient le combiné à bout de bras tandis que sa sœur continue à vitupérer. Elle raccroche. Deux minutes plus tard, la sonnerie du téléphone retentit. Elle ne décroche pas.

Dans les jours qui suivent, telle la lame épaisse d'un poignard, souvenirs et regrets se fichent dans la chair vive de son cœur. Eddie Hawkins est devenu la source de son chagrin et de son effroi, l'épine plantée dans son bonheur conjugal. La solitude de sa mère. La rancœur de sa sœur. Si seulement elle ne l'avait jamais rencontré. Si seulement il pouvait s'en aller.

12

Oliver est hospitalisé. Annette et lui venaient de s'attabler pour dîner au Renwood Club quand l'engourdissement l'avait gagné brutalement. Le serveur leur tendait les menus. Oliver, le regard rivé à celui d'Annette en face de lui, était resté immobile, incapable de lever le bras. Quand il avait ouvert la bouche, il n'en était sorti qu'une bouillie de mots inintelligibles. À présent, Nora se trouve dans le hall d'entrée des urgences. Elle est suspendue au téléphone depuis quinze minutes, essayant en vain de joindre Ken. Personne ne l'a vu. Son portable doit être coupé, car le répondeur se déclenche dès la première sonnerie. La porte d'entrée s'ouvre à la volée pour laisser le passage à Stephen. Elle lui rapporte le peu qu'elle sait. Annette est sortie à deux reprises du service lui donner les dernières nouvelles. Le scanner n'a montré aucune présence de saignement ; les médecins lui injectent de l'anticoagulant pour dissoudre les éventuels caillots.

« Cela lui pendait au nez ! Ces douleurs bizarres dont il se plaignait. Des fourmis dans les bras et dans les jambes. Et ici, indique Stephen en portant la main à son cou, au niveau de la carotide. Je lui ai dit : “Fais quelque chose. Ne reste pas planté là." Mais il n'écoute personne. Cet homme est dans un état lamentable. Lamentable. Lui et son frère, ils sont tous les deux coincés par leurs obligations. »

Ken, coincé par ses obligations ? Stephen fait-il allusion à son mariage ? Ce n'est pas le moment de prendre la mouche. Le désarroi aggrave la nature colérique de Stephen. Oliver et lui sont non seulement des cousins germains nés la même année à quelques semaines de distance, mais ils ont en outre grandi comme deux frères. La mère de Stephen et la mère d'Oliver étaient de vraies jumelles. Inséparables jusqu'à la mort de la mère de Stephen, d'une péritonite aiguë, alors que son fils avait douze ans. Son père étant déjà remarié depuis longtemps, Stephen avait été élevé par sa tante Addie et son oncle James, les parents d'Oliver et de Ken. À dix-sept ans, une dépression nerveuse l'avait maintenu cloîtré des mois durant entre les murs d'une clinique psychiatrique. Après des années de psychanalyse et d'antidépresseurs, et depuis qu'il a rencontré, il y a un certain temps déjà, le placide Donald, il est beaucoup plus stable, plus heureux aussi.

« Si jamais il lui arrive quelque chose, déclare Stephen en agitant le poing en l'air, je ne sais pas ce que je serai capable de faire !

— Oh, Stephen, je sais. »

Elle prend sa main dans les siennes. Dieu sait que les mesquineries et la mauvaise humeur de Stephen l'ont souvent exaspérée, mais elle ne peut pas lui en vouloir longtemps. Elle l'aime beaucoup en dépit de la froideur qu'il lui avait manifestée au départ, par allégeance à la famille. Il ne jurait que par Robin, la « petite camarade de Kenny », comme il l'appelait. Étant beaucoup plus âgé, il l'avait connue petite fille. Toutefois, Nora et Stephen s'étaient rapidement découvert des points communs, parmi lesquels la mort d'un parent au cours de l'adolescence.

« Il ne faut pas voir les choses en noir, ajoute-t-elle pour le calmer. Les premiers secours sont arrivés tout de suite. Et aujourd'hui la médecine dispose de moyens remarquables.

— Je me sens si fautif, rétorque Stephen, prenant sur lui pour se ressaisir. J'aurais dû agir. Pourquoi ne l'ai-je pas fait ? »

Ce murmure éraillé fait resurgir d'autres douleurs. La mort brutale de sa mère si belle, alors qu'il était loin, en colonie de vacances. Cet été-là, il n'avait pas voulu partir. Sa mère l'y avait obligé. Des activités de plein air, initiatiques : dormir sous la tente, les grenouilles, les moustiques, les latrines. Elle pensait que ce serait bon pour lui. Toutes ces choses qu'il avait en horreur. Il fallait l'endurcir, ce garçon qui grandissait sans père. Stephen avait toujours regretté de ne pas lui avoir tenu tête. Il aurait dû refuser tout net d'y aller. Si seulement il avait été à la maison, elle aurait pu être sauvée.

« Cela n'a rien à voir avec toi. Ce n'est vraiment pas ta faute. Tu connais Oliver. Il est…

— Ingérable ! » s'écrie Stephen.

À ce cri, deux vieilles dames redressent la tête, sidérées.

« Et après ? Quand on voit un bateau qui coule, on ne reste pas là sans rien faire ! On agit ! Il faut sauver ceux que l'on aime. »

Oui, approuve-t-elle intérieurement en frémissant. En effet. Coûte que coûte, à tout prix.

Le portable de Stephen sonne. C'est Donald. Stephen se rapproche de la porte pour lui raconter ce qui s'est passé et où il se trouve à présent. Sa voix enfle : « Tu n'as qu'à trouver un remplaçant ! On a besoin de toi ici ! »

Ouvrant son téléphone à clapet, Nora se déplace du côté de la niche où s'alignent les distributeurs automatiques. La voix de Chloé. Non, elle ne sait pas où est son père. Elle rentre tout juste de son cours particulier. Elle vient d'écouter le message de sa mère sur le répondeur. Elle demande des nouvelles d'oncle Oliver, et elle se tait quand Nora lui apprend que le pronostic est réservé. Ce serait une attaque cérébrale, quoique personne n'ait encore prononcé ces mots.

« Une attaque cérébrale, répète Chloé. Mais il va s'en sortir, n'est-ce pas ? » demande-t-elle, aussi obstinément optimiste que son père, quitte à gober n'importe quel mensonge. Si tu répètes un nombre suffisant de fois « Tout va bien », tout *ira bien*, lui avait déclaré Ken un jour alors que Nora se plaignait de son indifférence affichée à l'égard de la grève des livreurs du journal. Il lui avait ensuite fait observer que cette grève était davantage motivée par les problèmes de politique interne du syndicat que par les revendications portant sur les salaires et les conditions de travail.

Nora se remémore l'épisode. Elle s'écriant :

« Tu dis des bêtises !

— Des bêtises qui font tourner le monde », avait-il répliqué en riant, son humour lisse comme son existence elle-même, sans manques ni angoisses.

Jusqu'à ce qu'elle apparaisse dans le tableau, songe-t-elle. Est-ce cela qui chez elle l'avait attiré ? Était-elle l'accroc dans l'étole de soie de sa vie ? Robin avait choisi un époux dans son milieu, eh bien il irait chercher une épouse en dehors. Une « étrangère ».

À Chloé, elle répond, de mauvaise grâce, se détestant elle-même :

« Je ne sais pas. S'il y a eu hémorragie, il pourrait bien être paralysé. Ou même ne pas s'en tirer. »

Nora s'en veut d'avoir dit ça. Après tout, elle ignore tout du diagnostic. Mais elle est là, alors que Ken est absent. Elle veut que Chloé le reconnaisse. Elle ajoute :

« Pourrais-tu passer quelques coups de téléphone pour voir si tu peux trouver papa, Chloé ? Dis-lui que quelque chose est arrivé à son frère. »

Sous-entendu : ton père n'est jamais là quand on a besoin de lui. C'est cruel de sa part, elle le sait. Mais il faut qu'elle ouvre les yeux de sa fille. En trahissant leur mère, il a trahi aussi ses enfants.

« Qui dois-je appeler ? Où ça ?

— Tout le monde. Là où tu penses qu'il peut se trouver.

— Tu n'as pas essayé, toi ?

— J'ai téléphoné à quelques personnes... Tu peux continuer.

— Bon, d'accord, acquiesce Chloé d'une petite voix qui montre que cette mission l'embarrasse.

— Qu'est-ce que fait Drew ? »

Nora est partie tellement vite de la maison qu'elle a oublié de dire à son fils où elle allait. Elle l'a seulement informé que son oncle Oliver avait eu un malaise.

« Il regarde la télé.

— Il devrait être en train de faire sa dissertation.

— Je vais lui demander d'éteindre la télé. Mais, maman... il faut vraiment que j'appelle les Gendron ? »

Nora note la respiration saccadée de sa fille.

« Pourquoi ? Tu crois qu'il est chez eux ? »

Dans le silence qui s'ensuit, Nora perçoit le désarroi de Chloé.

« Bon, c'est pas grave, laisse finalement tomber Nora. On le trouvera bien… tôt ou tard. »

Nora et Stephen s'asseyent dans un coin, le plus loin possible du jeune homme qui tousse. Ce dernier, la tête entre les mains, la mine décomposée, se penche en avant, les coudes sur les genoux, quand il est saisi par une quinte. Il gémit, éternue très fort. Stephen se couvre le nez et la bouche.

« C'est ridicule, peste-t-il derrière l'écran de sa main, de soumettre des gens en bonne santé à cette promiscuité.

— Tu peux attendre dehors, si tu préfères. Je viendrai te chercher, lui propose Nora.

— Où est Kenny, à la fin ?

— Je viens de te le dire. J'ai appelé partout. Il avait une réunion avec Al Bailey, le nouveau proviseur du lycée, et ensuite… »

Stephen consulte sa montre.

« À neuf heures du soir, qu'est-ce que c'est que cette réunion ? » s'écrie-t-il perfidement.

Nora inspire profondément, avant de répliquer :

« Je ne sais pas, Stephen. Et toi ?

— Je pensais que c'était terminé entre eux. Non ? À quoi pense-t-il ? lance-t-il en voyant qu'elle ne réagit pas.

— Il fait de son mieux. On fait de notre mieux tous les deux. C'est… dur.

— Je tiens à ce que tu saches que j'ai parlé avec lui. Je lui ai dit que c'était un con, un gros connard, de risquer de tout perdre pour une connerie pareille ! C'est un désastre, cette femme. Elle porte la poisse, je t'assure. Et je ne dis pas ça parce que je ne l'aime pas, au contraire, je l'aime beaucoup, comme tu sais. Mais tu ne… »

À cet instant, tous ceux qui attendent dans la salle se tournent vers celle qui vient d'entrer en poussant violemment les portes battantes. Malgré les larmes qui ruissellent sur ses joues brunes, Annette est d'une beauté à couper le souffle dans son caftan rouge.

« Oh, mon Dieu, hoquette Stephen tandis que Nora le prend par les épaules, comme pour le protéger de la nouvelle qu'ils redoutent l'un et l'autre.

— Il s'en sort. Ils viennent de me le dire », annonce Annette en tirant une chaise pour s'asseoir en face d'eux.

Nora lui tend un mouchoir en papier. Annette se mouche et ajoute :

« Pardon. J'ai tenu le coup jusqu'à tout à l'heure. Alors, quand j'ai su qu'il était tiré d'affaire, j'ai craqué. C'est le soulagement. Il parle ! On ne comprend pas tout ce qu'il dit, seulement quelques mots, mais il parle. »

Elle veut retourner tout de suite à son chevet. Ils la prennent dans leurs bras, lui promettent d'attendre encore. Mais elle n'est pas plutôt sortie de la salle que Stephen s'écrie :

« Qu'est-ce que c'est que cette comédie ?

— Stephen ! Elle est soulagée. C'était terrible pour elle, voyons.

— Tu parles ! Si elle l'aime tant que ça, pourquoi ne l'épouse-t-elle pas ? Je voudrais bien le savoir !

— C'est Oliver. Il est… Oliver est content comme ça, il ne souhaite rien changer à son existence actuelle.

— Tu crois ça ? dit-il en renversant la tête en arrière pour la dévisager avec des yeux pétillants de malice. Tu crois vraiment ça ? »

C'est Annette qui est contente de sa vie, corrige Stephen. Elle bénéficie de tous les avantages que représente le fait d'être la compagne d'Oliver, sans les inconvénients d'avoir à s'occuper d'un mari. Elle a un petit ami à Boston.

« Un jeune étalon, murmure-t-il entre ses dents. Oh oui, je sais, elle se contente d'être son mentor ! Mais en Jamaïque, pendant deux semaines ? Allons, soyons sérieux. Qu'est-ce que c'est que cette histoire ?

— C'est peut-être une colonie d'artistes…

— Tu m'en diras tant ! Delia Lord est descendue dans le même hôtel, et elle n'a pas vu un seul tube de peinture…

— Delia Lord ! Cette vipère, tu rigoles, Stephen, chuchote Nora, se sentant soudain plus légère, prête à se joindre aux railleries de Stephen.

— Les seins aussi gros que son compte en banque. Et en plus, tu es dans ses petits papiers », lui chuchote-t-il à son tour, ce qui la fait rire.

Stephen a plus d'amies que n'importe qui, même Ken. Nora est toujours sidérée de voir avec quelle facilité les femmes se confient à lui. Il fait son miel de la bêtise de ces dames. Seuls ses cousins sont à l'abri de ses médisances, sauf quand il discute avec Nora. Elle ne se fait pas d'illusions ; si jamais Ken la quittait, il ne ferait d'elle qu'une bouchée. De temps à autre, même Donald subit son persiflage. Sa corpulence est source de conflits entre eux. Autrefois, ils jouaient ensemble au racquetball et au tennis, ils skiaient. Mais depuis l'accident de la route qui a failli lui coûter la vie, Donald souffre terriblement du dos.

« Nora ! »

Ils sursautent en même temps. Ken vient de faire son apparition. De coupables, ils se sentent aussitôt soulagés. Le bon côté de Stephen, comme l'a si justement fait observer Ken un jour, c'est que son humeur primesautière est contagieuse.

Le trio rejoint Annette au chevet d'Oliver. Le visage gris contre la blancheur des oreillers, chaque fois qu'il ouvre la bouche pour parler, il en sort des mots absurdes. Il vient de demander à Ken son « fanda ».

« Bien sûr, répond Ken avec un sourire peiné. Voyons. Ton *fanda*. Où est-il ? Je ne le vois pas. »

Annette fouille dans le tiroir de sa table de chevet, où sont rangés des produits de toilette. Elle montre un rasoir jetable. Oliver détourne la tête. Ensuite elle ouvre un petit placard près de la porte de la salle de bains. Stephen manifeste des signes d'agacement. La patience n'a jamais été son fort. Oliver commence à s'agiter.

« *Fanda*, répète-t-il. À !

— Où ça ? » dit Ken.

Oliver contemple son bras droit immobile et son poing crispé.

« *Pulain !* » s'exclame-t-il.

Ils le regardent tous, abasourdis, lui qui ne prononce jamais un gros mot. Oliver poursuit :

« Le *femps* ! Je… voir… le temps ! » grogne-t-il désespérément en tendant le buste en avant.

Un peu de bave coule du coin de sa bouche tordue. Le côté droit de son visage est fripé, sa paupière tombe.

« Le temps ? Le temps ! » entonne Annette.

Tout d'un coup, elle comprend ce qu'il veut : son *agenda*. Le BlackBerry est posé sur la table de chevet.

Quand elle le lui tend, il secoue la tête. Il veut que Ken le prenne.

« Allume ! ordonne-t-il en regardant son frère d'un air angoissé. *Lour ! Lour !*

— Quel jour ? Aujourd'hui ? Jeudi, l'informe Ken.

— Non ! dit Oliver en levant la main gauche. *Malin.* Deux.

— Le lendemain ? Demain ? intervient Annette.

— Matin ! » s'écrie Oliver.

Une ombre passe sur le visage de Ken quand il saisit la requête de son frère : Oliver lui ordonne de prendre la relève.

« *Com. red. 10 : 30. Jannerby à 13 h*, lit Ken en déroulant l'emploi du temps d'Oliver. *Hugh Delaney... Chris Ramiriz.* »

Tel un jeune garçon que l'on oblige à faire quelque chose contre son gré, Ken lève les yeux au ciel en poussant un gros soupir. On croirait Drew quand Nora le prie de ranger sa chambre ou de mettre la table. Car assurer la charge du journal est bien la dernière chose dont Ken ait envie en ce moment.

« Bon, tous ces gens peuvent attendre, décrète-t-il avec un geste de la main. Tu vas voir, mon vieux, tu vas être debout dans quelques jours. »

Et avec un grand sourire, Ken tapote affectueusement le bras paralysé.

« *Lon !* proteste Oliver dans un jet de salive, la bouche pâteuse, en frappant de la main gauche la barre du lit. *Loi !* Toi tu *plends*... ma *flace*... *flace* !

— D'accord, d'accord, je vais prendre ta *flace* ! »

Comme personne ne sourit et n'ajoute quoi que ce soit dans le silence tendu, Ken, d'un air penaud, se penche sur le lit afin de présenter à Oliver l'écran de son portable.

« Tiens. Voilà. *Le com. red.* Qu'est-ce que je dois faire ? Qui dois-je appeler ? Qui est le meilleur, Goldman ? »

Oliver fait oui de la tête. Ken pose le doigt sur l'entrée suivante. Annette s'en va chercher du café, plus déprimée que soulagée, estime Nora. Même s'il est en principe interdit de se servir d'un portable dans le service, Stephen consulte sa messagerie. Devant les efforts manifestes des deux frères pour communiquer, Nora se sent émue, touchée par la tendresse de Ken. Jamais il n'abandonnerait son frère. Ni elle. Encore moins ses enfants. Il lui arrive de se comporter de façon irresponsable et immature, mais il est incapable de se montrer volontairement cruel. Ils avaient tourné une page. Ces nouvelles responsabilités allaient le rendre plus fort, meilleur, pense-t-elle, alors qu'une petite voix en elle, de plus en plus inaudible certes, lui crie qu'elle doit être bien désespérée pour tourner à son avantage l'accident cérébral de son beau-frère !

« Je sais, lui accorde Ken une fois de retour chez eux quand elle lui reproche de ne pas l'avoir prévenue qu'il rentrait tard. Mais après la réunion avec Bailey, je suis tombé par hasard sur ce type. Un consultant expert en énergie. Il a voyagé partout dans le monde. Il a passé l'année dernière en Irak. Son point de vue est très intéressant. Le pire en ce moment serait de décider de nous retirer. C'est ce que veulent les cheiks…

— Les cheiks ? Tu veux dire les mollahs ? Pardon, se rattrape-t-elle. Tu as sûrement raison. »

Une des choses mises au jour par la psychothérapie qui a vraiment étonné Nora, c'est que Ken se sente diminué par ses critiques et sa « rigidité cassante ». Plus souvent « cassée » que « cassante », s'était-elle dit sur le moment sans oser toutefois protester. Elle s'efforce de se montrer positive. Même quand elle n'en peut plus.

D'après ce fameux consultant, il y a dans les affaires irakiennes des noirceurs occultes. L'argent, toujours l'argent. La politique, la religion, tout cela c'est un écran de fumée, déclare Ken, parce que, le fond du problème, c'est l'approvisionnement en pétrole. Les sunnites, les chiites… quels qu'ils soient, ceux qui tiennent le robinet de l'or noir ont le monde libre à leurs bottes.

« La raison pour laquelle nous sommes là-bas », fait observer Nora, de nouveau trop vite, quoique pas méchamment, espère-t-elle.

Ken et elle sont si souvent en désaccord au regard de la politique qu'ils évitent en général d'en parler. Hélas, certaines opinions sont trop bien ancrées pour ne pas montrer leurs têtes comme des serpents de mer.

« C'est quoi notre écran de fumée à nous ? La démocratie ? ajoute-t-elle.

— J'aurais bien voulu que tu entendes ce type. Il disait des choses pleines de bon sens. »

Ken se glisse entre les draps et éteint la lumière. D'ordinaire, c'est lui le plus accommodant pendant ces discussions ; elle a tendance à le talonner, à ne pas lâcher avant de lui avoir fait comprendre son point de vue. Mais à présent, vu la froideur de leurs relations, elle a du mal à s'enflammer pour des événements de l'actualité mondiale. Même ce bref échange l'épuise. Il y a deux Nora en elle, celle qui se révolte contre l'injustice et la cruauté, et une nouvelle Nora qui parvient tout juste à mobiliser assez d'énergie pour se prendre en charge elle-même. Tout lui semble si fragile. Superficiel. Différent de ce qu'elle avait cru, et pris pour argent comptant. C'est à peine si elle sait qui elle est, et elle ignore encore plus quel est cet homme allongé auprès d'elle, dans son lit : ce mari, cet inconnu. Elle a l'impression que le chemin parcouru depuis des années était en réalité truffé de mines antipersonnel. Pourtant cela ne doit pas l'arrêter. Elle a l'intention de récupérer son mari. Même si cela ne sera plus jamais comme avant. L'attaque cérébrale d'Oliver ce soir prouve combien l'avenir est incertain. Pour tous.

« Pauvre Ollie, lance-t-elle comme on craque une allumette dans la nuit, dans l'espoir de jeter quelque lueur qui permettra de se guider. Ça m'a fendu le cœur de le voir dans cet état.

— Je sais, mais surtout, ne dramatisons pas, soupire Ken. Il va se remettre. Tu verras. Ces choses-là s'améliorent toujours. »

Elle n'en est pas certaine, mais l'optimisme juvénile de Ken lui réchauffe le cœur. Elle est prête à accueillir tout regain d'espérance. Elle a envie qu'il l'étreigne. Elle glisse sa main vers lui, les doigts avidement tendus vers la chaleur de son corps. Il bâille, se tourne sur le côté, s'écarte. Elle comprend, un peu. Après tout, jusqu'ici, elle a repoussé toutes ses demandes de pardon.

« Stephen n'était pas dans son assiette », dit-elle dans le noir, car elle éprouve quand même le besoin de parler.

Plus encore que les gestes de tendresse, lui manque leur intimité intellectuelle. L'entente aisée et familière de vingt ans de vie commune placée sous le signe de l'amitié.

« Pourtant Stephen ne voit jamais que sa propre assiette », réplique Ken.

Elle tourne son visage vers lui.

« Tu ne devrais pas dire des choses comme ça, Stephen est presque aussi proche d'Ollie que toi.

— Il n'a qu'à rester à sa place, prononce Ken, la voix assourdie par l'épaisseur de l'oreiller dans lequel il a enfoui sa tête.

— Où veux-tu en venir ? dit-elle trop vite, se rappelant les mots durs que Stephen a adressés à Ken.

— Oh, rien. Je ne sais pas. Je suis fatigué. »

Et la voilà reprise par la même ritournelle, plongée de nouveau dans le cercle infernal des pensées. Des soupçons. Elle décortique chaque mot, chaque détail. Il lui en veut de son manque de confiance, pourtant ce n'est pas sa faute à elle. Cette confiance, c'est lui qui la lui a dérobée. Se mordant la lèvre, elle contemple la demi-lune de lumière qui dansote au plafond, reflet de la lampe extérieure disposée sous l'auvent du toit au-dessus de leur fenêtre. La première des quatre ampoules qui s'allument automatiquement, celle-ci à minuit, les autres se succédant toutes les demi-heures, en une ronde de vigilance destinée à signaler à tout intrus qu'à l'intérieur quelqu'un veille, quelqu'un qui, méthodiquement, retourne se coucher toutes les demi-heures ! Ils n'enclenchent l'alarme que lorsqu'ils partent pour quelques jours. Ken y tenait : sa maison natale, FairWinds, était depuis longtemps équipée de ce genre de protection. Dans leur enfance, ses parents avaient été traumatisés par le kidnapping du bébé Lindbergh, puis, dans les années 1950, par l'enlèvement et le meurtre du petit Bobby Greenlease. Mais, songe Nora, par une ironie du sort, une des pires secousses susceptibles d'anéantir une famille avait surgi de l'intérieur.

« Longue journée ? »

Il bâille de nouveau.

« Longue réunion. Et ce Bailey, un vrai moulin à paroles !

— Tu n'auras qu'à dormir plus longtemps demain matin, lui suggère-t-elle, s'efforçant de retrouver la tendresse d'antan.

— Avec l'agenda d'Ollie, tu parles !

— Est-ce que je peux t'aider ? »

Elle lui pince la nuque. Comme les muscles de son épaule sont contractés. Soudain, elle se rappelle une journée, l'été dernier : Robin et elle au country club, allongées sur les chaises longues jaune vif au bord de la piscine des petits, riant toutes les deux alors que Lyra les éclaboussait, puis Ken se joignant à elles, rouge et transpirant, couvert de la poussière du court de tennis d'où il arrivait tout droit, et d'humeur étonnamment exécrable, se plaignant d'avoir joué comme un pied, d'avoir mal au dos. Robin se levant d'un bond et se mettant à lui masser les épaules tandis qu'il se penchait en avant en grognant de plaisir. Et Nora, la naïve, Nora, l'imbécile, qui les regardait en souriant bêtement, sans l'ombre d'un soupçon ; contente, en fait. Ravie. Des amis si chers, comme c'était merveilleux. Leurs enfants auraient aussi bien pu être des cousins. Et Robin, elle était comme une sœur, une sœur joyeuse et compréhensive, ce que n'avait jamais été la narquoise Carol. Quand elle n'avait pas envie de faire la cuisine, il suffisait d'appeler Robin et Bob, et ils se retrouvaient tous au Ginzu, admirant le chef japonais qui jonglait avec la nourriture au-dessus de la plaque chauffée à blanc, tandis que Clay et Drew racontaient des blagues qui les faisaient tous se tordre de rire, et que Chloé jouait avec Lyra, lui faisait des tresses, lui apprenait de nouvelles chansons. Au fond de son cœur, Nora était fière de cette amitié si forte. Quand on invitait les Gendron, on était obligés d'inviter aussi les Hammond, tout le monde savait cela. Ils étaient si amusants ensemble, ces quatre-là, si proches qu'ils se comprenaient à demi-mot. Et pendant tout ce temps… pendant tout ce temps… Non, il ne faut pas qu'elle y pense, se dit-elle en se rapprochant de lui. Il ne faut pas qu'il se doute. S'il la repousse, elle est morte…

« Ça ira. »

Silence.

« Mais merci, ajoute-t-il d'une voix ensommeillée.

— Où as-tu rencontré ce type ? L'autre… »

Ne t'endors pas. Parle-moi. S'il te plaît, comme autrefois. Dis-moi n'importe quoi. Parle-moi des heures et des heures. Remplis ce vide, comble ce manque, sors-moi de ma solitude. De ce puits du secret.

« Hum ?

— Le consultant expert en énergie, où l'as-tu rencontré ? »

Elle frôle sa jambe de son genou. Il se dérobe.

« Dans un bar. Je ne me rappelle plus. Au Dive, je crois. Après m'être tapé cet emmerdeur de Bailey, j'avais un besoin urgent de bière et de silence.

— Et il s'appelle comment, cet expert ?

— Ed.

— Ed quoi ?

— Hawkins, je crois.

— Qu'est-ce qu'il voulait ? articule-t-elle, transformée soudain en bloc de glace, oppressée, le souffle coupé.

— Bavarder, c'est tout. Il est là depuis deux semaines… bon… peu importe… »

La voix de Ken s'éteint… Elle enfonce ses ongles dans la peau de ses bras.

13

Sa seule échappatoire : le travail. Le seul domaine où elle sent qu'elle maîtrise encore la situation. En sécurité à son bureau depuis ce matin de bonne heure, avant l'arrivée de Hilda, elle rédige des résumés des articles du supplément *Vacances*. Ils ne seront pas publiés avant le mois de novembre. Ainsi elle ne songe plus à Eddie Hawkins. Elle ne sait plus ce qui est le plus vrai, cette nuit dans le désert ou son souvenir. Si sa version est la seule correcte, qu'en est-il ? Vérité ou mensonge ? Il n'y a que deux solutions. Pourtant elle ne peut modifier la scène telle qu'elle s'est gravée dans sa mémoire. Un acte de violence a été perpétré dans cette voiture, un crime qui s'inscrit dans une réalité immuable, quand bien même le passage du temps la rend inaccessible. De sorte qu'au bout du compte, la vérité relative de leurs versions respectives pourrait bien être le seul fait indéniable. Une victime, deux tueurs.

Cette rencontre entre Ken et Eddie a fait fondre en elle tout espoir de se soustraire à son passé. Eddie est un manipulateur rusé et ses fables, par leur perversité, lui pourrissent l'existence. Qu'y a-t-il d'autre de faux dans sa vie ? S'est-elle raconté des histoires depuis le début

– la bonne épouse, la bonne mère, la femme intègre ? Parce que je suis faible et effrayée, ce poison s'infiltre dans mon quotidien, et menace de tout détruire. Ma pauvre mère, même elle, elle a dû souffrir. Oh, mon Dieu, me voilà repartie… Elle a dit à Hilda que s'il se représentait elle le recevrait. Et cette fois, elle serait prête.

Elle s'oblige à feuilleter les anciens suppléments. Cette année, au lieu d'une ou deux pages culinaires, elle publiera un petit cahier central avec des recettes estivales établies par des chefs de la région. Hilda a passé ces derniers jours à téléphoner et à envoyer des mails à des clubs, associations et paroisses afin de récolter de quoi remplir leurs pages. Mais à leur grande surprise, elles reçoivent tellement de réponses qu'elles vont être obligées de choisir. Soudain, Nora s'aperçoit qu'il va falloir toutes les essayer ! Jusqu'à maintenant, il n'avait pas été compliqué de trouver parmi les employées une personne pour confectionner la petite dizaine de plats sélectionnés, mais à présent il s'agit de vingt à vingt-cinq recettes. Qui va s'en charger ? Elle rédige une petite note à l'intention de Hilda, qui adore faire la cuisine. Cela lui sera compté en heures supplémentaires et, bien entendu, le journal lui remboursera les frais engagés. À ces quelques mots, elle ajoute sur un autre post-it : *Vérifier supp. Noël avec O*, qu'elle colle sur le bord de son écran.

Oliver et elle forment une fine équipe, Nora apportant à leur tandem son souci du détail, lui son intelligence supérieure. Avec Ken à la tête du journal, les choses ne sont déjà plus pareilles. Il est animé des meilleures intentions et il fait de son mieux pour tenir le gouvernail en l'absence de son frère, mais son insouciance la laisse désemparée. « C'est pas grave », répète-t-il à tout propos tel un mantra. Il a prononcé cette phrase au moins une dizaine de fois au cours du dernier comité éditorial. Peut-être avait-elle les nerfs à fleur de peau, mais il lui semblait que chaque fois qu'il ouvrait la bouche les collaborateurs autour de la table lançaient des regards consternés dans sa direction. Avec Oliver, tout était toujours « grave ». Aucun menu problème n'échappait à sa sagacité. La moindre coquille dans un article le faisait monter sur ses grands chevaux. Quant aux erreurs dans l'information, c'était pour lui de l'ordre de l'inacceptable. Il ne pouvait supporter l'idée de publier des rectificatifs. Il comparait cet usage à l'étalage de son linge sale en public. Bon, c'était un peu exagéré, admet Nora. Il est aisé de laisser échapper une erreur quand on est tenu par des délais, mais le fait qu'Oliver place très haut la barre de l'exigence éthique était une façon de garantir l'intégrité du journal. Comme il s'impliquait dans tous les domaines et dans tous les reportages effectués dans la région, les journalistes ne tentaient même pas d'accorder des faveurs, ni d'étouffer ou d'enterrer telle ou telle affaire, ni de tordre les faits afin de rendre l'image publique d'une personnalité en vue non pas plus glorieuse, mais moins honteuse. Jusqu'à son attaque, il se plaignait que Ken cède aux pressions pour mettre en sourdine le scandale Crane-Copley. Oliver n'était pas dépourvu de tout préjugé, il avait lui aussi des défaillances, mais il fallait reconnaître qu'il avait le culte de la vérité. Sa vie privée était peut-être un naufrage, son couple un mystère, mais ses compétences professionnelles étaient indéniables. Et à présent, par une cruelle ironie du sort, après une existence entière vouée au mot juste et à la précision du langage, l'en voilà privé, songe Nora en regardant le bouton rouge de son répondeur clignoter.

« Oui, répond Hilda d'un ton interrogateur alors que Nora ne lui a posé aucune question. Il y a quelqu'un ici pour vous. M. Hawkins.

— Bien, faites-le entrer. »

Il porte un costume en lin froissé. Sa chemise est elle aussi chiffonnée. Quand la porte se referme derrière lui, elle sent une odeur d'homme mal lavé, de sueur et d'eau de Cologne. Bizarrement, elle est soulagée. Il est là, sous ses yeux. Elle qui redoutait une tempête, elle est étonnée de se sentir si sereine. Il a l'air plus vieux, fatigué. Quand Ken était-il tombé sur lui ? Il y a une semaine et demie. Depuis, elle surveille ses arrières quand elle retourne à sa voiture dans les parkings, et son cœur saute chaque fois que le téléphone sonne. La veille, Drew et Chloé révisaient pour leurs contrôles. Vers dix heures du soir, ils avaient décidé de commander une pizza. La sonnette de l'entrée avait retenti un peu plus tard, tirant Nora d'un sommeil profond. Sûre et certaine que c'était lui, elle avait bondi de son lit pour courir jusqu'au palier. En contrebas, dans le vestibule, Chloé tenait la porte ouverte à une silhouette masculine noyée dans les ténèbres.

« Ferme la porte ! Ne le laisse pas entrer ! »

Aux cris de Nora, Drew était sorti en catastrophe de la cuisine et Ken s'était rué hors de la chambre.

« Maman ! s'était écriée Chloé en lui montrant la boîte. C'est une pizza. Juste une pizza. »

Ken l'avait ensuite reconduite à son lit.

« Tu vois, l'avait-il taquinée en ouvrant la porte du placard puis en soulevant le couvre-lit. Pas de cambrioleur… »

Et maintenant, Eddie s'assied en face d'elle, sans y avoir été invité.

« Désolé pour ton beau-frère. Comment va-t-il ?

— Mieux, merci. »

Elle refuse de se laisser démonter. Elle ouvre le tiroir du bas. Elle en sort une grande enveloppe, qu'elle fait glisser subrepticement sur ses genoux. Chaque geste est calculé. Elle sait ce qui doit être accompli. Elle sait qu'elle n'a jamais frappé cet ivrogne. C'était Eddie qui tenait la barre de fer. Sauf qu'à force de l'entendre répéter le même mensonge avec tant de conviction, elle a fini par douter d'elle-même. Si elle a appris quelque chose pendant ses années de journalisme, c'est combien il est aisé de modifier les faits au profit d'une autre version du même événement. La vérité absolue existe, mais elle a des ramifications. Tant qu'on est susceptible d'adopter plusieurs points de vue, on ne peut affirmer qu'il n'y a qu'une histoire véridique. Et la mémoire a ceci de particulier qu'elle excelle à gommer les aspérités et à remplir les blancs. Sa propre vérité à propos de ce qui s'est passé cette nuit-là a sans doute été brouillée par l'alcool, la peur et la répulsion. Quant à celle d'Eddie, c'est le produit du cerveau malade d'un individu désespéré. Un menteur, instable qui plus est.

Elle doit protéger sa famille, ô combien fragilisée en ce moment. En revanche, pas question de prévenir la police. Que dirait-elle ? Qu'un fantôme désagréable de son passé est venu frapper à sa porte ? Qu'elle souhaite être débarrassée de lui ? En plus, son seul crime est celui dont justement il l'accuse. Et quelle défense trouverait-elle après tout ce temps ? Il vaut mieux qu'elle le traite comme l'escroc qu'il est, et lui offre ce qu'il désire. Mais la dernière fois qu'elle lui avait proposé de l'argent il était entré dans une rage folle, elle a donc intérêt à se montrer diplomate. La clé de toute bonne interview réside dans l'aptitude à l'empathie du journaliste. Un abord amical, voilà ce qui s'impose.

« Alors, tu es toujours là. »

Elle essaie en vain de faire bonne figure, mais son sourire la trouble. Large et visqueux, ce sourire sécrète dans l'atmosphère comme un impalpable voile opaque.

« Tu as l'air étonnée. »

Il ramasse le presse-papiers.

« Ou déçue, difficile de savoir.

— On s'ennuie un peu, dans cette ville. Tu as sûrement l'habitude d'une vie plus…

— Oh, il se passe plein de choses ici. »

Son sourire s'est mué en un rictus, tandis qu'il mastique lentement un chewing-gum.

« Il suffit de savoir où regarder.

— Bon, eh bien, sans doute est-ce partout pareil, non ?

— Plus ou moins », répond-il en haussant les épaules.

Du gras du pouce, il caresse le verre bombé du presse-papiers.

« Mais toi, tu es au courant de tout avant tout le monde, je me trompe ? »

D'un geste ample de la main, il réduit tout ce qui se trouve autour d'eux à l'insignifiance. Le superbe tapis persan rouge et bleu, la ravissante console ancienne, les lampes d'albâtre, la peinture à l'huile d'Annette, tout d'un coup ce ne sont plus que les accessoires du simulacre qu'est sa vie.

« On ne peut pas être mieux renseigné que la presse, il me semble ?

— Il y a beaucoup de choses que nous ignorons. »

Elle remonte brusquement les genoux contre le tiroir de son bureau, qui émet un cliquetis.

« Pas possible ? glousse-t-il. Au fond, c'est logique. Personne ne se précipite ici pour vous raconter ses sales petits secrets, pas vrai ? »

Du chantage. Elle se sent soudain plus légère. Enfin ils sont sur la même longueur d'onde. Elle peut faire face à cette menace-là. Grâce aux quinze mille dollars qui lui viennent de sa mère et aux dix mille que Ken lui a donnés pour aider Carol, pauvre épouse abandonnée, à honorer ses factures.

« Tu serais étonné, Eddie. »

Elle se force à prononcer son prénom, comme s'il était un vieil ami qu'elle retrouvait avec plaisir et avec qui elle avait hâte de rattraper le temps perdu.

« Parfois les gens ont besoin de dire ce qu'ils ont longtemps gardé au fond du cœur. Cela les soulage. »

Comme une purge, se retient-elle de préciser.

« Ah, tu crois ça. »

Il la fixe du regard, pousse le bout de sa langue contre ses dents et émet un bruit de bouchon qui saute, avant de sortir le chewing-gum vert de sa bouche pour le coller sous le plateau du bureau.

« Bon, cela rend les choses beaucoup plus faciles. »

Il la dévisage.

« Tu vois, je suis allé un soir dans un bar. »

Il fait la grimace.

« Un endroit bien glauque, pas du tout le genre d'établissement où je risquerais de tomber sur…

— Mon mari ?

— Ouais.

— Tu ne l'as pas rencontré par hasard, n'est-ce pas ? dit-elle d'un ton neutre afin de lui montrer qu'elle n'est pas dupe. Tu l'as suivi. Tu voulais lui parler. Non, tu voulais que je sache que tu lui avais parlé.

— Tu veux tout savoir ? J'y pensais… Mais la petite amie, ça, je n'avais pas prévu. »

Elle se sent soudain comme engourdie. Son cerveau se vide tandis qu'un curieux détachement l'envahit, comme si elle se trouvait subitement plongée dans un autre espace temporel. Elle tente de réfléchir, mais elle tâtonne dans le brouillard. Ainsi, malgré ses promesses. La nuit où Oliver a eu son attaque. Des mensonges, encore. Il était avec elle !

« Tu es dans de beaux draps, ma parole ! »

De nouveau, ce gloussement rauque.

« Alors, voilà, je les observe tous les deux de loin, et je me dis : "Qu'est-ce que t'as dans la tête, mon vieux ? Alors que tu as une femme comme Nora dans ta vie !" Je pige pas… Nora, tu mérites mieux que ça. »

Sa sollicitude la hérisse. Elle le méprise, tout comme elle se méprise d'être descendue à son niveau. Encore une fois. Mais cette fois elle n'a pas le choix. D'une main frissonnante, elle pose l'enveloppe sur la table. Mon Dieu, tout cet argent. Il devrait servir à une meilleure cause. La Sojourn House, par exemple, l'aide aux sans domicile fixe… Et puis quelle importance, après tout ? Ken et Robin n'ont pas rompu. Sa vie tout entière n'est qu'un leurre. C'est pour lui, se dit-elle, s'en tenant au scénario qu'elle a préparé. Elle récite son monologue. Le temps de reprendre ses esprits, de recouvrer son calme. Elle sait combien Eddie a mal vécu pendant toutes ces années, combien il a besoin qu'on lui tende la main. Grâce à cette enveloppe, il pourra repartir de zéro…

« Repartir de zéro ? »

Le presse-papiers tombe avec un claquement mat qui la fait tressaillir.

Si seulement il voulait bien s'en aller pour ne jamais revenir. Mais elle a trop peur pour prononcer ces mots.

« Alors, comme ça, pour toi, tout va bien ? Tu te fous de tout et de tout le monde, c'est ça ? »

Il plisse les yeux et la fixe intensément. Elle tousse, gênée par le silence. Puis elle réitère son offre. Il a besoin d'aide, elle peut lui en fournir, n'est-ce pas parfait ?

« C'est tout ce que tu as à me dire ? fait-il avec un haussement d'épaules.

— Ce qui est arrivé cette nuit-là est…

— Quoi ? Merde ? Ce qui est arrivé est merdique, c'est ça ? Mais tu t'en fous ?

— Bien sûr que non. Je n'ai pas oublié. Je me rappelle tout jusqu'au moindre détail. »

Il a l'air sidéré, et aussi flatté.

« Ouais, moi aussi. J'en rêve encore. Je rêve encore de toi. Tu te souviens de notre chanson ? »

Il mouille ses lèvres et les plisse comme pour un baiser, puis il entonne les paroles. La voyant se rétracter dans son fauteuil, il chuchote :

« Tu étais tellement jeune. Si fraîche et douce, et…

— Arrête, je t'en prie », murmure-t-elle en jetant un regard horrifié du côté de la porte, en espérant que Hilda n'a pas son oreille collée au battant.

Il éclate de rire.

« Intelligente, c'est tout ce que j'allais dire. Et classieuse. Tu l'es toujours. »

Il tortille les doigts en l'air.

« Beaucoup plus qu'elle, la petite amie. Quoiqu'elle soit belle, il faut bien le reconnaître.

— Tiens. »

Elle pose la main sur l'enveloppe.

« Quoi ?

— Du liquide.

— Combien ? »

Elle écrit un chiffre sur son bloc-notes au logo du *Chronicle* et lui tend la fiche : vingt-cinq mille dollars.

« Ce devrait être assez, lance-t-elle d'un ton presque guilleret, au cas où Hilda écouterait.

— Assez pour quoi ? demande-t-il en pliant le bout de papier pour le glisser dans sa poche. Tu t'es finalement décidée à m'embaucher ? »

Il rit de nouveau.

« Pour une mission de confiance ? Tu veux que je te débarrasse de ton petit mari ?

— Cela n'a rien à voir avec lui !

— Ah oui ? Tu n'as donc pas de respect pour toi-même ? Il peut faire ce qu'il veut ? »

Il se penche vers elle, la bouche déformée par un rictus sardonique.

« Ah oui ! Je pige. »

Il lève la main et frotte son pouce contre son index.

« La petite amie. Ha, ha. Elle s'appelle Robin Gendron, je me trompe ?

— Peu importe. Elle n'a pas d'importance.

— Ah ? Tu devrais peut-être le spécifier à ton petit mari.

— Je te le répète, il ne s'agit pas de lui.

— Oui, c'est entre toi et moi, c'est cela ? Et alors ?

— Je suis sûre que tu trouveras une place quelque part, un endroit où t'établir. »

Subitement dégoûtée par le contact de tous ces billets, elle pousse l'enveloppe vers lui.

« Tiens, il est à toi. Prends-le. »

En riant, il lève la main et l'agite comme pour dire adieu.

« Bravo ! Voilà pour tout ce que tu as enduré. Du cash bien dur, bien froid, et fais gaffe que la porte te claque pas sur les fesses en sortant, Eddie.

— J'ai du travail, maintenant », déclare-t-elle en lui jetant un regard sévère.

C'est tout ce qu'elle fait : elle lui jette un regard.

Il se lève, sans pour autant cesser de se tenir penché vers elle. Il tape, tape, tape le plat de l'enveloppe sur le bureau.

« Ça doit être le pied, d'être plein aux as. Tu peux te payer tout ce que tu veux, hein ? Bah, au moindre problème, tu sors un paquet de fric et tout s'arrange. »

La porte se ferme doucement. En silence. Elle porte la main à sa bouche. Elle lutte contre la nausée.

Carol a rappelé. Elle insiste pour venir voir Nora. Elle a besoin de prendre l'air, dit-elle. Nora a raison. Ce n'est pas bon, la solitude, toute cette rumination du passé. Que Nora veuille bien l'entendre ou non, tout ce qu'elle lui a dit l'autre jour est vrai. Et comme elle est l'aînée, elle sait ! Tout le monde, même les cousins, a tenté de parler à maman. Après la fugue de Nora, elle avait fini par retomber sur ses pieds, Dieu merci. Cette fois, Nora refuse de discuter avec sa sœur. Si elle avait travaillé à l'hôtel du Lake George cet été-là, c'était pour fuir la mauvaise conscience qui la tenaillait chaque fois qu'elle posait les yeux sur sa mère. Et s'enfuir avec Eddie Hawkins n'avait rien à voir, mais alors rien du tout, avec M. Blanchard.

« Tout est un peu sens dessus dessous ici », lui déclare Nora, sans préciser pourquoi.

Elle la rappellera dans quelques semaines. Avec un peu de chance, elles pourront alors fixer une date.

Quand Carol ou Nora étaient contrariées pour une raison ou pour une autre, leur mère leur disait : « La vanité est le pire des péchés. » Se regarder le nombril vous empêche de pratiquer bonté, charité, amour. C'est une entrave à la vérité. « Quand tu prends soin des autres, tu n'as pas le temps de ressasser tes petits ennuis. »

Si seulement elle avait été aussi forte que sa mère. Jamais une plainte ne tombait de ses lèvres. Elle s'efforçait d'être à la fois un bon professeur et une mère consciencieuse, qui faisait passer ses filles en premier, le seul luxe qu'elle se permît étant de déjeuner au restaurant une fois par mois avec des cousines célibataires. Nora ne peut s'empêcher de songer à la solitude de sa mère après la mort de son père. Ressentait-elle le même vide qu'elle en ce moment ? se demande-t-elle en vidant le sèche-linge dans la buanderie. Jusqu'à sa mort son père avait été amoureux de sa mère, au moins avait-elle eu cette chance. Même sans sa présence physique, elle pouvait puiser dans le souvenir de cet amour, aussi réconfortant qu'une prière. Nora a un mari, mais, même s'il le nierait sans doute, elle ne bénéficie pas de son amour. Ken se trouve coincé par ses obligations, comme dit Stephen. Avec elle, il accomplit son devoir.

Ken est un homme sur qui on peut compter. Il ne va pas l'abandonner. Il n'a qu'une parole. Comme son père avant lui, c'est ainsi qu'il a été élevé. Et désormais c'est sa seule assurance, songe-t-elle en pliant les serviettes tièdes.

Elle se rappelle les funérailles de son propre père. Toutes les tenues qu'elle avait essayées avant d'opter pour sa robe rouge style marin, boutons de cuivre doré portant une ancre, grand col carré à liséré blanc parsemé d'étoiles bleu marine. « Hisse et oh ! Matelote », lui avait affectueusement lancé son père la dernière fois qu'elle l'avait mise. La désapprobation de sa mère l'avait choquée. Elle l'avait agrippée par le bras en murmurant d'une voix sifflante, pour ne pas être entendue des cousines de Boston qui les attendaient en bas avec Carol :

« Qu'est-ce que tu fais ? Retire-moi ça tout de suite ! Tu as l'air ridicule !

— Mais papa aimait beaucoup cette robe, avait-elle tenté d'expliquer.

— Ce n'est pas convenable. Ôte-la tout de suite !

— Non ! »

Sa première gifle. Elle ferme ses yeux au souvenir de la suivante, plusieurs années plus tard. Encore horriblement pénible. Elle ne se rappelle plus ce qu'elle avait fini par porter aux funérailles, seulement la chaleur d'étuve de cette journée, le soleil qui brillait et un extraordinaire sentiment d'irréalité, comme si elle avait été transportée dans une autre dimension – la voiture qui les emmenait au cimetière semblait bizarrement à l'arrêt tandis que, au-delà des vitres, arbres, maisons et passants défilaient en un flot indistinct. Le chagrin faisait vibrer chaque fibre de son être. La proximité de la mort mettait tous ses sens en éveil. Elle se souvient encore de la caresse glacée de l'eau bénite sur sa joue brûlante alors que le prêtre murmurait la bénédiction, puis des reniflements de Carol sanglotant pendant *Amazing Grace* ; des gazouillis des oiseaux au moment où l'on avait sorti de la petite église noire de monde le cercueil enveloppé dans son drapeau. Puis soudain la lumière aveuglante, la tête qui lui avait tourné, le cimetière silencieux, et ses jambes flageolantes alors qu'elle respirait l'arôme musqué de la terre grouillante de vers. Et ensuite la réception bruyante, enfumée, qui, paraît-il, constitue un moment de soutien communautaire, et elle de répéter dans un souffle « Soutien, soutien, soutien » à la façon d'une prière, d'une supplique, en errant comme une âme en peine dans la salle lambrissée de pin noueux, marquant une halte non loin du groupe des hommes avec qui son père jouait au poker. Frappés de stupéfaction devant sa mort brutale, ils se consolaient en buvant de la bière et en se racontant de vieux souvenirs, qui les faisaient rire à gorge déployée. Un peu plus loin, une dame lui avait fait signe d'approcher de sa table : la vieille tante Louise lui montrant du bout de sa fourchette sa salade de macaronis saupoudrée de petits bouts verts et demandant si c'étaient des oignons ou du céleri, parce qu'elle était allergique aux oignons, qui la rendaient malade comme un chien, et quelle était cette manie de mettre des oignons dans toutes les sauces, alors que tout le monde savait que c'était indigeste et gâchait le goût de la mayonnaise. Que ces récriminations étaient donc douces à entendre, elles la ramenaient dans le monde des vivants.

La vie était dure, on prenait son courage à deux mains et on mettait le pied à l'étrier. Les filles de Marina

Trimble se devaient de figurer en permanence au tableau d'honneur du lycée. Elles avaient fait leurs études grâce à des bourses d'excellence. Un travail acharné avait préservé le peu qu'il leur restait. La mère promue assistante de la directrice du département de littérature au lycée. Nora avait seize ans lorsqu'un certain M. Blanchard avait sonné chez eux pour emmener sa mère dîner au restaurant. Quel choc elle avait éprouvé en lui ouvrant la porte. Il était tellement jeune, comparé à sa mère. Et l'idée que sa mère puisse sortir avec un homme, même quatre ans après la mort de son père, lui paraissait non seulement répréhensible mais lourde de menace. Elle ne pouvait supporter que la peau de la personne qu'elle vénérait le plus au monde entre en contact avec celle d'un homme. Pire encore, et tout aussi inapproprié que la robe rouge, le fait que sa mère sorte avec une personne appartenant à l'univers fragile de Nora, le nouveau professeur de lettres, si timide, qui se plaisait à citer Emily Dickinson : « L'espoir est la chose avec des plumes qui se perche dans l'âme », alors que son cœur d'adolescente se pâmait devant lui, tout palpitant du désir d'attirer son attention.

« Il drague toutes les filles », avait-elle déclaré à sa mère, le lendemain matin. En réalité, c'étaient les élèves qui gloussaient en faisant des commentaires à propos des boucles de M. Blanchard, de ses longs cils recourbés, de sa voix douce, les plus culottées d'entre elles réclamant un soutien scolaire. Et comme sa mère ne l'écoutait pas, Nora avait eu recours au mensonge : elle lui avait raconté que des « grandes » envisageaient d'aller dénoncer au proviseur M. Blanchard parce qu'il leur aurait murmuré des paroles inconvenantes. Et s'il n'y avait eu que les paroles…

« Que leur a-t-il dit ? Qu'a-t-il fait ? » s'était enquise sa mère, et Nora se rappelle la courbe gracieuse de son long cou, son souffle suspendu. « Des choses », avait-elle répondu, guettant la réaction de sa mère. Suggérant. Puis finalement Marina avait déclaré :

« Je ne suis pas née de la dernière pluie, je sais combien les jeunes filles peuvent avoir d'imagination.

— Cela n'a rien d'imaginaire, avait protesté Nora. C'est vrai ! Il est tout le temps en train de se cogner aux filles.

— Ça peut arriver. Il y a des maladresses… C'est un homme très bien, nous allons sans doute nous revoir. Tu ne devrais pas écouter ces vilaines rumeurs, Nora », avait rétorqué sa mère, le rouge lui montant aux joues ; de colère ou d'embarras, Nora n'aurait su le dire.

Mais au léger trémolo dans la voix maternelle quand elle avait prononcé le prénom de sa fille, Nora s'était sentie autorisée à assener le coup de grâce.

« Bon, alors, il faut que je t'avoue. Je… Il…

— Il… quoi ?

— Il s'est frotté contre moi. Tu sais, avait-elle murmuré en montrant d'un geste rapide son bas-ventre.

— Quand ça ? Qu'est-ce que tu me chantes là ?

— Il y a quinze jours. J'étais restée après le cours. Ma dissertation sur Emily Dickinson. C'est lui qui m'avait demandé. Pour qu'il puisse m'aider.

— Et ?

— Ç'a été horrible. »

Faute de pouvoir avancer des preuves de ses affirmations, elle avait éclaté en sanglots. Elle avait été trop loin pour faire machine arrière. Son mensonge était trop laid pour qu'elle puisse se rétracter, avouer sa honte.

« Même maintenant, dès que j'y pense, j'en suis malade, c'est tellement gênant, tellement humiliant. Tu ne peux rien y faire. S'il te plaît, promets-moi que tu ne feras rien. »

La lueur dans le regard de sa mère lui avait indiqué qu'elle avait touché dans le mille. C'était fini pour M. Blanchard. Il allait devoir rendre des comptes. Il avait trahi non seulement la confiance de l'élève, mais celle de sa collègue, le bras droit du chef du département, la femme esseulée qu'il avait invitée au restaurant et embrassée dans la voiture, sous le couvert des ombres de la nuit, alors que Nora les espionnait depuis la fenêtre de sa chambre.

Seules ses menaces de fugue, puis de suicide, certaines exprimées par des chuchotements frénétiques au téléphone quand elle appelait Carol au milieu de la nuit, avaient empêché sa mère d'exiger la comparution du coupable devant le conseil de discipline du lycée. Et Carol d'acquiescer : en effet, elles étaient confrontées à un pervers, qui méritait d'être radié de l'enseignement, mais pas à n'importe quel prix – en tout cas pas au détriment de l'équilibre mental de Nora ! Finalement, il avait été décidé que l'établissement ne renouvellerait pas le contrat du doux M. Blanchard, qui, sans comprendre ce qui lui arrivait, s'en était allé en juin, alors qu'il aurait pu devenir un si merveilleux compagnon pour sa mère, laquelle s'était étiolée peu à peu dans une existence routinière. Elle avait enseigné, financé les études de Nora, l'avait soutenue dans sa brève carrière puis son mariage, avait pris sa retraite, s'était rendue une fois par mois en ville pour déjeuner avec la seule cousine célibataire qui lui restait, puis était morte dans son sommeil, seule dans son lit froid. Nora enfouit son visage dans la tiédeur moelleuse de la serviette éponge. Comme elle se sent coupable : une raison de plus pour se détester. Rien de précis. Une impression diffuse. Des traces. Impossible de le dire à qui que ce soit, elle ne peut que prier pour qu'il soit parti, Eddie Hawkins, le monstre généré par ses crimes impunis, tandis que, dans la pièce voisine, ses enfants rient, jouent aux cartes avec leur père, ce menteur, alors qu'elle se tient au milieu de leurs sous-vêtements, tee-shirts, chemises, plie trois autres serviettes vert bouteille, des serviettes qui vont dans la salle de bains des parents, leur salle de bains, qu'elle déteste à cause des carreaux vert pâle aux mouchetures dorées, ces immondes mouchetures qui gâchent tout. Comment ne l'avait-elle pas remarqué ? C'était la dernière pièce dont ils s'étaient occupés pendant les travaux, et quelque chose avait déraillé, elle n'avait su quoi à l'époque, deux ans plus tôt, quand Ken insistait pour choisir avec elle les éléments de décoration, discuter avec le plombier bougon, faire des promenades à cheval, escalader le mont Monadnock avec les enfants, n'importe quoi du moment qu'ils pouvaient le faire ensemble.

Lui disant de ne pas être aussi paranoïaque. Comment pouvait-elle croire qu'il était fâché contre elle ? Fatigué, voilà tout. Juste fatigué. C'était ridicule. Il n'était aucunement devenu froid et distant. Ne savait-elle pas combien elle le blessait en disant des bêtises pareilles ? Les serviettes éponge et les carreaux de la salle de bains, preuves tangibles de sa nullité, tout comme le fiasco de son mariage, tout comme son influence néfaste sur la vie de sa propre mère, tout comme sa fugue. Elle sort un tee-shirt du sèche-linge, le sien, celui du menteur. Un vieux vêtement velouté par l'usure, son tee-shirt préféré. Du country club. Un match quelconque. FAIRWINDS 2000, brodé en bleu clair. L'ourlet est effrangé. Encore un lavage, et il sortira de la machine déchiré. Elle le jette dans le panier du linge à raccommoder, puis l'en ressort. Qu'est-ce que ça peut bien lui faire ? Ou cherche-t-elle à ce qu'il réclame son tee-shirt afin de lui montrer qu'il y a encore quelque chose entre eux de l'ordre de l'amour ? Est-ce sa manière de se sentir désirée ? Estimée. Lui préparer ses plats favoris. Ce soir, poitrine de poulet farcie et purée à l'ail. Pathétique, ce numéro d'épouse soumise, de mère de famille dévouée, s'efforçant de faire tenir ensemble son petit monde, se dit-elle en tirant sur la manche, prise d'une frénésie de détruire, d'arracher, de déchirer, de réduire en lambeaux. Des chiffons. Et il ne s'en apercevra même pas. Elle pourra toujours s'escrimer, il n'y aura que des bouts de tissu et de fil qui traîneront sur le meuble. Il n'en saura même rien. Elle seule en souffrira. La gardienne des chiffons.

« Rummy ! » s'écrie Ken, et Chloé couine parce qu'il est sorti trop vite du jeu. Drew proteste aussi, mais vaguement. Comment peuvent-ils encore l'aimer ? songe-t-elle avec amertume, honteuse soudain de son rôle de complice : car c'est elle qui a laissé le paquet de cartes sur la table de la salle à manger, un appât, tout comme le tee-shirt et ses antiques mocassins qu'elle fait recoudre et ressemeler tous les six mois par le cordonnier, de façon à garder une prise sur lui, à préserver ce qu'elle peut, le peu qu'elle possède de lui.

Il lui a juré qu'il n'avait pas revu Robin. S'il se trouvait avec elle le soir de l'attaque cérébrale d'Oliver, c'était uniquement à cause de l'accident de Bob. En rentrant chez lui, sa voiture avait dérapé sur du verglas. Il roulait trop vite. Il avait embouti un minibus scolaire arrêté au feu rouge. Huit enfants se trouvaient à l'intérieur. Dieu merci, il n'y avait eu aucun blessé grave, seulement quelques bleus et bosses, mais quel choc. Bob n'était pas soûl, mais il avait quand même bu. Pris de panique, il s'était enfui. Un témoin avait noté le numéro de sa plaque. Avant même que la police débarque chez eux, les frères de Bob l'avaient emmené dans sa clinique de désintoxication habituelle du New Hampshire. Un verre de cabernet mélangé à un somnifère, avaient expliqué les frères à la police. Robin avait appelé Ken à l'aide, en le suppliant de ne pas laisser l'incident transpirer dans la presse. Déjà qu'il risquait de se faire renvoyer de chez Crane-Copley... Ken avait veillé à ce qu'aucune mention ne soit faite dans la rubrique « Faits divers » du *Chronicle*.

« Le pauvre, avait déclaré Ken. C'est le moins que je puisse faire.

— Non, n'avait pu s'empêcher de répliquer Nora. Le moins que tu puisses faire, c'est de ne pas t'approcher de sa femme. »

Sans être dupe des mensonges de Ken, elle ressent toujours le besoin de croire en lui. Soit le vent a tourné, soit les courants telluriques ont subi une réorientation, toujours est-il que ce n'est plus pareil. Quelque chose a changé. Il paraît sinon plus heureux, du moins apaisé. Bien sûr, Nora se demande si l'absence de Bob ne serait pas à l'origine de la bonne humeur de Ken. En tout cas, l'effet sur les enfants a été immédiat et bénéfique. Chloé et son père sont de nouveau les meilleurs amis du monde. Drew n'est plus furieux et amer. Ce soir, pendant le dîner, Chloé leur a annoncé que la petite sœur de son amie Luz souhaitait inviter Drew à sa boum.

« Mais ne t'inquiète pas, a dit Chloé quand son frère a poussé un grognement. Je lui ai dit que tu avais déjà une petite amie.

— Qui ? Tu as dit qui ? » l'a interrogée Drew.

Nora s'est crispée, s'attendant à ce qu'une dispute éclate.

« Tu sais… Aimée, a répondu Chloé en tendant vers lui des lèvres pulpeuses.

— Gé… dit… non ! » s'est écrié Drew, et tout le monde a ri.

Le nom de famille d'Aimée était en effet Gédineau, et le jeu de mots facile. Au temps de la maternelle, Drew avait fait une déclaration d'amour à Aimée, et il avait pleuré quand la famille au complet était retournée au Québec. Les peines de cœur existent à tous les âges. Nora regrette que son fils n'ait pas Aimée, ou une autre, dans sa vie, au moins quelqu'un dont il se sente proche. Ce soir, c'est la première fois depuis des semaines qu'elle l'a entendu rire.

14

Rien n'est aussi doux à son oreille que la voix de Robin. Eddie peut l'écouter des heures durant. Rien ne contrarie jamais Robin. Ni le désordre semé par terre par Lyra et ses jouets, ni les vieux os de poulet dans des serviettes en papier, ni les boîtes de traiteur à moitié pleines qui traînent sur la table basse, ni même les appels téléphoniques des huissiers. Encore une carte de crédit dont je ne peux plus me servir, explique-t-elle en raccrochant, parce que Bob l'a fait flamber. La vie est devenue tellement plus dure qu'elle doit surveiller ses dépenses au centime près, ne plus acheter que les produits les moins chers, alors que, avant, elle avait l'habitude de prendre ce qui lui tombait sous la main dans les rayons du supermarché, sans même regarder les prix. Non qu'elle reproche quoi que ce soit à Bob. Ils sont à mettre tous les deux dans le même panier, tous les deux des enfants gâtés, qui considèrent que tout leur est dû. Voilà ce qui arrive quand on grandit sans jamais manquer de rien : on ne sait pas s'arrêter de dépenser à temps. C'est tellement déconcertant, cette impression d'impuissance devant les événements, lorsque l'on n'a plus prise sur les aspects les plus élémentaires de l'existence. Désormais, elle prend soin de lire les étiquettes des prix à Lyra. Elle a beau n'avoir que trois ans, Robin tient à ce qu'elle prenne conscience de la valeur des choses. En tout cas, cette situation, pour difficile qu'elle soit, l'incite à profiter un maximum de la vie. Chaque matin, elle se réveille en bénissant le ciel pour ce nouveau jour. C'est merveilleux.

Oui, et pour lui aussi. Surtout maintenant qu'il est plein aux as. Il n'a jamais eu autant d'argent dans sa poche. Ce soir, il a commandé un dîner au Kentucky Fried Chicken. Les détails les plus triviaux la ravissent.

Le passé, c'est comme les rêves, lui dit-elle, et une fois qu'on ne rêve plus, on n'y pense plus, n'est-ce pas ? L'important, c'est ce qui se passe dans l'instant présent. Ici et maintenant, affirme-t-elle avec une intense conviction alors que lui, sous le charme de son regard si bleu, se sent prêt à faire n'importe quoi pour cette femme… n'importe quoi ! Elle a mis des années à s'en rendre compte, poursuit-elle. Au lieu de tenir plus ou moins à coups de Prozac et de Xanax, elle ferait mieux de parler à quelqu'un, à un psy. Sa mère, la très soupçonneuse Mme Shawcross, lui a téléphoné un peu plus tôt pour lui indiquer le nom d'un thérapeute recommandé par sa coiffeuse.

« Elle prétend que je ne fais que survivre, que je ne prends rien en charge, mais qu'est-ce que ça peut faire ? Tant que mes enfants sont contents et que je suis avec eux, de quoi d'autre ai-je besoin ?

— Que voudrait-elle que tu fasses ? demande-t-il, inquiet.

— Oh, aimer mon mari », répond-elle d'un ton faussement guilleret.

Sa fille est assise à ses pieds. Elle regarde la télévision.

« Et quoi d'autre ?

— Vivre heureuse, soupire Robin.

— Ah oui ?

— Un peu tard, maintenant. »

Il a rencontré sa mère il y a deux jours. Il passait déposer des boîtes de cookies. Robin lui avait avoué qu'elle était si serrée en ce moment, avec Bob à la clinique, qu'elle ne pouvait même pas acheter de gâteaux aux enfants.

« Comme c'est gentil ! » avait dit Robin sur le seuil de la maison en lui caressant la joue.

C'est alors que Mme Shawcross avait fait son apparition et lui avait lancé un regard méfiant.

Robin et lui s'étaient tout de suite bien entendus. Deux vieilles âmes, répète-t-elle. Elle lui parle, et lui essaie d'écouter, mais il a la tête qui tourne un peu. Il cille. Elle passe d'un sujet à l'autre. Sa conversation est un feu d'artifice. Le cœur d'Eddie bat la chamade. Il repousse de toutes ses forces un déferlement d'images, métaux tordus, verre brisé, duvet d'oie rouge de sang, sourcil peint en noir. Pas question, se dit-il. Pas cette fois !

Confiante, elle ne lui cache rien. Sa vérité a quelque chose d'enfantin dans sa pureté même. À mille lieues de la nerveuse Nora, toujours insatisfaite malgré sa fortune. Elle ne fait pas le poids. Pas étonnant, se dit-il, haïssant les deux hommes. Robin est en train de lui parler de l'alcoolisme de son mari. Cette fois, il a juré de ne pas recommencer à boire en sortant de sa cure. Il en est capable, déclare-t-elle, puis elle laisse échapper un soupir.

« Il ne mérite pas une femme comme toi, rétorque sèchement Eddie, furieux qu'elle se préoccupe de ce salaud d'ivrogne.

— Ce n'est pas seulement lui. Pauvre Bob, il ne veut pas l'entendre, et moi je n'arrive pas à le lui dire.

— Quoi ? Que veux-tu lui dire ? »

Eddie se tord les doigts. Elle le dévisage un moment puis ajoute :

« C'est trop moche, cette situation.

— Alors, sors-toi de là ! »

Il a du mal à cacher son impatience. Un vieux copain, voilà tout, lui avait-elle affirmé quand il avait demandé qui était ce Hammond, le type avec qui elle était au bar, l'autre soir.

« Je sais. Il le faut. Je sais bien. »

Elle baisse les yeux, troublée.

« Je peux t'aider ? Qu'est-ce que je pourrais faire pour toi ?

— Rien. C'est à moi de régler mes problèmes, soupire-t-elle. Il faut que je sois courageuse. »

Lyra change de chaîne. Ils restent silencieux, les yeux sur le petit écran où évoluent les personnages d'un dessin animé. Robin semble perdue dans ses pensées. Elle a souvent cette expression, le demi-sourire, le regard soudain ailleurs, ou qui se voudrait ailleurs. Elle a trois chats chez elle et marche pieds nus. Le plus gros, gris et blanc, saute d'un bond sur le canapé et s'installe entre eux, ronronnant. Des poils de chat flottent dans l'air. Eddie retient son souffle, se force à ne pas bouger. Le moindre mouvement, une porte qui s'ouvre, et les voilà qui s'envolent. Après, quand il s'en va, ses vêtements en sont couverts. L'animal bat de la queue, envoyant une touffe de poils dans sa direction. Il en sort un de sa bouche. Les chats ne l'aiment pas, dit-il.

Avec un « Tiens, tu vas voir », elle lui prend la main et la pose sur le dos du chat. Le ronron s'arrête aussitôt.

« Smoky ! s'écrie Lyra, stupéfaite quand le chat saute au-dessus de sa tête pour se sauver.

— Il a eu peur parce qu'il a senti que tu avais peur, le gronde Robin en faisant la moue. Ils sentent ce genre de chose. »

Il n'a jamais eu d'animal de compagnie, c'était déjà pas mal qu'il parvienne à s'occuper de lui-même, rétorque-t-il, tout à coup désagréable. Il a l'impression qu'elle l'accuse. Qu'elle le juge. Il inspire profondément. Il n'ose pas la regarder de peur de perdre son sang-froid. Il devrait partir, pourtant il reste. Il ne peut pas s'en aller. La peau de son crâne semble soudain trop serrée. Les voix stridentes du dessin animé lui vrillent de plus en plus les tympans. Ses pensées deviennent incohérentes. Ces réprimandes, c'est intolérable !

« Grandir sans mère, c'est trop cruel. »

Les yeux de Robin se remplissent de larmes, aveugles à l'agitation d'Eddie.

« Ta mère à toi, elle ne m'aime pas.

— Ce n'est pas toi, réplique-t-elle en haussant les épaules et en se penchant vers lui. C'est moi. Mon jugement. Ou plutôt mon manque de jugement. »

Elle rit.

« Tu veux dire moi ?

— Non ! fait-elle en riant toujours. Eddie ! Comment peux-tu penser des choses pareilles ? »

Elle lui touche le bras.

« Eddie ?

— Je le sais, c'est tout. »

Ce qui a commencé par un rejet se termine de manière logique, comme toujours quand sa quête possède un sens. C'est une obsession chez lui et il l'accepte comme telle, ni tare ni maladie à combattre par un enfermement, par des médicaments, mais, au contraire, une force. Tout ce qu'il cherche dans cet univers chaotique, ce sont des connexions. Tandis que les autres s'égarent en route, se sentent désarmés devant ce que la vie comporte d'aléatoire, il repère des motifs, des liens, des sentiers que seuls quelques élus, quelques personnes douées sont à même de découvrir. Grâce à la persévérance.

Robin met leur rencontre sur le compte d'une heureuse coïncidence. Ils ont eu de la veine, lui répète-t-elle. Ses cheveux blonds sont coiffés en arrière. Des mèches rebelles encadrent son visage. Avec son petit nez en trompette et ses jambes repliées sous elle, on dirait une adolescente. Une ado sportive. Elle s'est remise à la course à pied et va chaque matin faire de la gym dans la salle d'une copine. Du bout de ses longs doigts effilés, elle joue avec les cheveux blonds et légers de sa fille. Lyra, en pyjama soyeux rose, un pyjama Cendrillon, est assise par terre devant sa mère. C'est une fillette ravissante. Elle était là le jour où il avait abordé sa mère. Elle jouait à deux pas dans l'aire de jeux du square. Rien de plus facile. Tout le monde connaît Robin Gendron. Il avait commencé par l'observer à plusieurs reprises de sa voiture. Elle suspendait la petite par les bras aux barreaux de la cage à poule, et comme elles riaient toutes les deux. Même par un froid glacial, elle était en sandales et gros pull, pas de manteau. Elle habillait Lyra comme elle. Des jupes, les jambes nues, ce jour-là, une mince veste en coton rouge. Elles n'ont jamais froid. Et elles ne se séparent jamais, lui précise-t-elle. Avec Clay, c'est différent. Il fait du sport, il aime traîner avec ses copains. Son fils est rarement à la maison. Cela l'ennuie, mais elle essaie de comprendre. À son âge, on se rebelle, c'est normal. Il refuse d'écouter qui que ce soit. Bob ne sait pas se faire entendre. Clay ne supporte pas l'alcoolisme de son père. D'une certaine façon, c'est comme s'il n'en avait pas, de père, du moins pas de père digne de respect. Et Eddie de se prendre à espérer qu'il ne reviendra pas. Bob. Il adresse à peine la parole à Lyra. La mignonne petite fille.

À présent, la télévision diffuse un reportage sur le 11 Septembre. De la fumée noire sort des tours. Tous ces gens tués… Elle pleure. Chaque fois qu'elle pense aux maris qui ne sont jamais rentrés chez eux, aux bébés qui ne connaîtront pas leur papa. Alors qu'elle n'a même pas de quoi vivre, elle a envoyé cent dollars au Parti républicain. Elle trouve détestable la guerre en Irak, mais les Américains doivent se serrer les coudes pour soutenir leur président dans cette période tourmentée de l'histoire, qu'en penses-tu ? lui demande-t-elle. Tout ce qu'elle dit se termine toujours par une question. Son avis lui importe. Tu ne trouves pas ? insiste-t-elle. Oui, répond-il. Bien sûr, il est d'accord, c'est aussi son avis, rien que pour regarder, comme hypnotisé, sa jolie bouche s'ouvrir et se fermer, dardant une petite langue rose. George Bush, un homme bon dans un monde devenu fou, poursuit-elle comme si elle discutait avec un contradicteur invisible. Il est pris au piège d'une situation qui n'est pas de son ressort. Il y a des choses qui exigent du temps, qui ne s'arrangent pas tout de suite. Pauvre George, il lui rappelle quelqu'un, dit-elle, un vieil ami, honnête, dépassé par les événements, incompris. Avec un soupir, elle se tourne vers l'écran du téléviseur.

« Une tête de linotte ! s'exclame-t-elle. C'est comme ça que m'appelle ma mère. Je suis trop dispersée, que veux-tu. Je lui ai raconté ce qui s'est passé hier soir. Avec Valérie. »

Valérie est la vieille bique sur laquelle elle est tombée au supermarché. Elles se sont trouvées dans la même file d'attente aux caisses et ont engagé la conversation : rien de plus facile avec Robin. « Ç'a a l'air bon », avait lancé cette dernière en indiquant le paquet de poulet à l'oriental accompagné de riz qui avançait sur le tapis roulant. La vieille avait répliqué que Robin devrait goûter un jour. C'était succulent, d'ailleurs c'est ce qu'elle allait manger ce soir. Bien entendu, Robin avait insisté pour qu'elle vienne plutôt dîner chez elle, au menu spaghettis à la bolognaise. Eddie avait débarqué à la fin de ce repas, agacé de trouver quelqu'un dans la place. Robin avait les yeux rouges. Elle avait pleuré en écoutant le récit que lui avait fait Valérie du long et douloureux combat mené par son mari contre le cancer, puis des funérailles où personne n'était venu, même pas les quatre enfants de cet homme qui n'étaient pas d'elle, quoiqu'elle ait élevé la dernière, une pied-bot. Bon, il fallait bien admettre que leur père n'était pas commode.

« Mais tout de même, quand je pense qu'ils ne sont pas venus, ne serait-ce que pour voir comment j'allais, s'était plainte Valérie. Je ne m'en suis pas encore remise.

— Mais nous, on vous aime, avait répondu Robin en enlaçant d'un bras les épaules massives de la vieille. On vous aime beaucoup, Valérie. »

C'est ainsi que, bien malgré lui, Eddie s'était senti obligé de proposer du bout des lèvres à Valérie de la reconduire chez elle. Chez cette femme tout lui répugnait. Les balles de tennis jaunes coincées dans les pieds de son déambulateur, le bruit quand elle faisait claquer son dentier, les taches de nourriture sur son chemisier en nylon rose, l'odeur fétide qui se dégageait de sa personne. Il savourait dans le rétroviseur la vue de ses yeux agrandis par la peur quand il s'obstinait à ne pas lui répondre. Pourquoi devrait-il lui parler ? Elle devait déjà s'estimer heureuse de profiter de sa voiture. Se hâtant d'en sortir, elle avait déchiré son sac en plastique, qui avait vomi son contenu sur le trottoir. Des boîtes de conserve avaient roulé dans la neige noirâtre jusqu'à l'entrée de l'immeuble pour personnes du troisième âge. Elle était encore en train de les ramasser quand il avait redémarré. Je suis désolé, voilà ce qu'il dira si on lui fait une remarque. Si seulement il avait su. Elle a eu de la chance qu'il ne pousse pas sa carcasse puante hors de son véhicule, lequel est d'ailleurs depuis trop longtemps en sa possession. Il pèche par négligence. Il l'avait bien parqué en lieu sûr derrière le Monserrat, ce motel sordide au bord de l'autoroute. Mais, hier soir, le gérant a glissé un mot sous la porte de sa chambre pour lui demander de se garer sur le parking de devant. Celui de derrière est réservé aux livraisons. Il lui faut trouver une autre voiture, un modèle moins susceptible d'être remarqué, sauf que maintenant il s'est habitué aux sièges chauffants et au système audio Bose, il apprécie même le CD de Céline Dion ! Bon, encore une corvée en perspective. Il en a par-dessus la tête, des corvées !

Ils regardent *Bob l'éponge*. Quand le dessin animé sera terminé, Lyra montera se coucher, lance Robin en se dirigeant vers la cuisine.

« Il faut écouter ta maman », dit-il d'une voix blanche. L'enfant fait celle qui n'a rien entendu. Sa mère et elle vivent dans leur petite bulle. Même son frère en est exclu. Clay joue dans l'équipe de basket de son lycée. Ce soir, il y a un match à Abbeyton. Il aurait bien voulu que sa mère y assiste, mais elle lui a dit que c'était trop tard pour Lyra. Le garçon n'est presque jamais là, et quand il l'est, il est maussade et désagréable. Hier, Robin l'a forcé à s'excuser après qu'il eut marmonné un « Ouais, ouais » à une remarque d'Eddie, alors que ce dernier lui racontait qu'il avait été autrefois un basketteur professionnel, en Grèce. Comme sa grand-mère, ce garçon représente une interférence. Heureusement, un inconvénient mineur tant qu'Eddie a les poches pleines et se trouve en compagnie d'une jolie femme.

Une joyeuse pétarade est suivie d'effluves odorants de pop-corn. Il y a des années qu'il ne s'est pas senti aussi bien. Il la regarde de loin s'affairer dans la cuisine. Elle sort le sac fumant du micro-ondes. Elle le vide dans un grand bol rayé rouge et blanc, qu'elle apporte ensuite dans le séjour. Elle se rassied et tapote le coussin à côté d'elle afin d'inviter Lyra à y grimper pour partager le pop-corn. Lyra pouffe chaque fois que Carlo Tentacules hoquette. Robin rit avec elle et lui ébouriffe les cheveux. Robin connaît le nom de tous les personnages. Pendant que défile le générique, la mère et la fille entonnent en chœur la chansonnette.

Eddie consulte nerveusement sa montre. Presque vingt et une heures. Finalement, il y a encore un dessin animé. Lyra mange les grains de pop-corn un par un. Elle s'essuie le nez sur sa manche. Dégoûtant. Elle a de la morve verte qui coule. En général, Robin la laisse s'endormir sur le canapé avant de la coucher dans son lit. Sinon, elle est obligée de rester allongée auprès d'elle jusqu'à ce que le marchand de sable passe. Une mauvaise habitude, admet Robin. Il lui demande à combien de kilomètres se trouve Abbeyton. Il aimerait passer un moment tranquille seul avec elle. Pas loin, répond-elle… moins de vingt kilomètres. Ce qui lui rappelle quelque chose. Elle fronce les sourcils. Son frère, interroge-t-elle, lui a-t-il téléphoné ? Il la regarde. Impassible. Son cœur saute un battement. Puis la mémoire lui revient. Il a un frère qui vit en Californie, plusieurs fois veuf, le malheureux. Pas moyen hélas de se souvenir de son nom, mais ce soir c'est différent ; il est moins sur ses gardes. La tolérance et l'enthousiasme contagieux de Robin le poussent à donner le meilleur de lui-même. Elle a une attitude si positive à l'égard de la vie, et passe si vite des larmes au rire, qu'il arrive presque à se persuader qu'il a en effet un frère. Il lui a téléphoné, l'informe-t-il, mais personne n'a décroché.

« Il est peut-être de nouveau hospitalisé, avance-t-elle.

— Peut-être. »

Il étend le bras sur le dossier du canapé. Le bout de ses doigts si près de l'épaule de Robin qu'il perçoit sa chaleur. Elle soupire :

« C'est la quatrième cure de Bob. Le problème, c'est qu'il y a toujours une raison autre que la désintoxication elle-même. D'abord, c'était pour garder son boulot. Puis pour me garder moi. Je lui ai posé un ultimatum : "Moi ou la bouteille, à toi de décider !" Ça swingue, tu trouves pas ? »

Elle penche la tête d'un côté puis de l'autre comme si elle suivait une cadence inaudible.

« Un bon jingle pour les groupes Al-Anon. Bon… »

Après un deuxième soupir, elle se remet à regarder le dessin animé.

Il se rappelle. Woody, le frère inventé, diminutif de Woodruff. Oh, le pauvre Woody, comme lui doué d'une nature trop intense. Hypersensible. Il lit dans les pensées des gens sans même avoir entendu le son de leur voix. D'ailleurs, là, maintenant, Robin veut lui dire quelque chose. Il le sent. Quelque chose d'important. Elle ne lui a pas encore parlé de sa liaison. Chaque fois qu'il fait allusion au soir où il l'a vue avec Hammond dans ce bar, elle se ferme comme une huître. Alors qu'elle est ouverte à tout, ce sujet semble tabou.

Lyra éternue et se pelotonne contre sa mère. Robin tire le vieux plaid posé sur le bras du canapé pour en recouvrir la fillette. Lyra tousse, une toux bruyante, profonde.

« Ça va, mon lapin ? murmure Robin en pressant sa joue contre le front de Lyra.

— J'ai mal à la tête », gémit Lyra, qui se couche en chien de fusil, la joue sur le genou de sa mère.

Elle s'endort au bout de quelques minutes. En souriant, Robin continue à caresser son visage. Son amour pour cette enfant est si profond. C'est exaspérant. Si elle s'occupe trop d'elle, que restera-t-il pour lui ? La bonté de Robin à l'égard d'autrui le frustre horriblement. Il se propose de transporter Lyra jusque dans son lit. Elle est bien ici, réplique Robin, toujours la main sur le front de l'enfant.

« Non ! » proteste-t-il.

Robin, sidérée, se tourne vivement vers lui.

« Elle devrait être au lit. Il est tard.

— Je sais. Tu as raison. C'est typique de moi. J'aime tellement la garder avec moi », avoue-t-elle en étreignant la petite.

Les bras de l'enfant pendent dans le vide, sa tête est renversée en arrière. Mollement. Comme privés de vie, songe-t-il avec un tressaillement d'émotion, en les regardant toutes les deux s'éloigner.

Le téléphone sonne. La voix de Robin. Debout au pied de l'escalier, il tend l'oreille, en vain : il n'entend pas ce qu'elle dit. C'est lui. L'amant. Ken. Il le devine à ses intonations. Tendres, intimes ; un chuchotement dans la nuit, entre des draps, enlacés. Il a la gorge en feu.

Quand elle revient, elle a l'air inquiète. Elle a l'impression que Lyra a de la fièvre, mais elle ne veut pas la réveiller. Lyra déteste les médicaments. Pauvre petit lapin, elle s'étrangle dès qu'il faut avaler quelque chose. Robin a des trémolos dans la voix. Elle ramasse une grande poupée en plastique et se dirige de l'autre côté de la pièce. Elle marche doucement, pourtant les meubles tremblent. Elle pose la poupée devant la cheminée.

« C'est peut-être moi. Je suis une si mauvaise mère, soupire-t-elle en se tournant vers l'escalier.

— Mais non, voyons. Elle n'est sans doute même pas malade. Elle m'avait l'air en pleine forme. »

Eddie n'a aucune envie que la gamine revienne dans le séjour.

« Je ne sais plus où j'en suis. Ces derniers temps, tout est tellement… compliqué. »

Les joues rouges, elle respire un grand coup.

« Si seulement il arrêtait de m'appeler, murmure-t-elle en se laissant tomber dans le fauteuil en face de lui.

— Dis-lui d'arrêter. Dis-lui que c'est fini entre vous. Tu n'as pas besoin de ça », dit-il, en colère, se rappelant la première fois qu'il l'a vue.

Cela fait des jours et des jours qu'il se prépare à reprendre la route. Plus sage de ne pas forcer sa chance, d'autant que la voiture lui fait courir un gros risque, la plaque d'immatriculation, en tout cas. Pourtant il n'arrive pas à partir. Il s'était mis à suivre Hammond. Poussé d'abord par la simple curiosité, il s'était piqué au jeu et avait été fasciné, presque séduit physiquement, non par l'homme lui-même, mais par tout ce qu'il représentait, tout ce qu'il possédait, son propre journal, une maison magnifique, une femme comme Nora. Et il conduisait une voiture de quatre-vingt-neuf mille dollars ! C'est trop pour un seul individu, songeait-il alors que, de plus en plus furieux, il filait Hammond qui sortait de son bureau. À un moment donné, il avait aperçu le monospace de Robin, garé sur le bas-côté devant un terrain de foot couvert de neige. De loin, il avait observé Hammond, qui s'était rangé derrière elle et avait grimpé dans le monospace. Quinze ou vingt minutes plus tard, Hammond était remonté dans sa voiture et, l'un derrière l'autre, ils avaient roulé jusqu'à une auberge. Eddie leur avait emboîté le pas. Il s'était installé au bar pour les épier. En allant aux toilettes, il avait marqué une halte devant leur table. Dès qu'elle avait levé les yeux vers lui, cela avait été comme une révélation. Il avait compris en un éclair pourquoi il avait accompli tout ce chemin et ce qu'il devait faire. En dépit de l'agacement évident de Hammond, il avait continué à parler. Il disait n'importe quoi, ce qui lui passait par la tête. Rien que pour voir son sourire et entendre le son de sa voix. Comme c'était étrange, la façon dont les choses s'enclenchaient, les connexions…

« Ce n'est pas si facile. » Elle secoue la tête pour retenir ses larmes. Les commissures de ses lèvres sont humides. Elle se frotte le nez sur le dos de sa main. « Chaque fois, c'est la même chanson, combien il est désolé, combien nous lui manquons… et la nuit dernière… il a rêvé de Lyra et de moi. Elle lui tendait les bras. Elle l'appelait : “Papa, papa !” sans arrêt, et il essayait de la rejoindre mais n'y arrivait pas. »

Son mari, rectifie Eddie. Bob, pas Hammond.

« Il veut que nous formions de nouveau une famille, dit-elle en s'essuyant les yeux avec l'ourlet de son tee-shirt. Mais ce n'est pas possible, et je ne sais pas comment le lui annoncer. »

Je m'en charge, se retient-il de lancer. Laisse-moi m'occuper de ça. Je vais lui éclater la tête, à ce salaud. Je déguiserai cela en suicide. Ou en accident, comme elle voudra. Le pousser du haut d'une falaise. Pas de souci. Il suffit qu'elle précise ce qu'elle souhaite. Pour sa part, tous ses souhaits sont exaucés. Il s'accroupit devant elle.

« Ne pleure pas, dit-il en lui caressant la joue. Tout va s'arranger, tu vas voir. »

Elle pose sa main sur celle qui tient sa joue.

« Oh, Eddie. Je ne devrais pas t'embêter avec mes problèmes. Pas plus que les autres amis sur qui je pèse avec mes ennuis, mais vous êtes tous tellement adorables. »

Il déteste être assimilé à ses nombreuses connaissances. Trop nombreuses. Son téléphone est tout le temps en train de sonner. Comment va-t-elle ? A-t-elle besoin de quelque chose ? Il lui suffit de leur téléphoner, entonnent-ils tous. Et Nora dans tout ça ? brûle-t-il de lui demander. Les femmes peuvent être si viles. Elles sont fortes pour s'apitoyer sur leur sort. Mais pense-t-elle parfois à ce que peut ressentir Nora ? « J'ai beaucoup de chance. » Elle lui tapote le haut de la tête comme on le ferait à un enfant.

« J'ai parfois l'impression qu'on se connaît depuis toujours, tous les deux.

— C'est peut-être vrai, réplique-t-il en lui souriant.

— Tu ne fais pas quelquefois le vœu de te réveiller un beau matin et d'avoir de nouveau douze ans ?

— Non ! »

Les pires années de sa vie, en liberté surveillée, sous la botte des éducateurs. Jamais les mêmes, se succédant selon leurs programmes… Eddie le déjanté. Pourquoi, pourquoi, pourquoi. Infernal refrain ! Alors qu'il ne connaissait même pas cette petite fille. Ce n'était quand même pas comme si ç'avait été prémédité. Elle s'était trouvée en travers de son chemin. Un liquide visqueux rouge coulant sur son bras. Visage sale, baskets trouées, culotte déchirée, voilà tout ce dont il se souvient – son regard vide au milieu des herbes folles. Pinceau indien, le nom de ces herbes d'après le rapport de police. « En travers de ton chemin, répétaient-ils, mais qu'est-ce que ça veut dire, pourquoi ? » Tout ce qu'elle faisait, c'était marcher au bord de la route en suçant la glace qu'elle venait d'acheter à la camionnette. Comment pouvait-elle se trouver en travers de son chemin ? Il était désolé. Combien de fois faudrait-il le leur répéter ? Un millier de fois, et cela ne la ramènerait pourtant pas ! Alors, arrêtez vos questions absurdes. Rendez-vous à l'évidence. Même à douze ans, il savait ça, il le savait mieux que personne. Il y a des choses qui arrivent. « Voyons… Qui aurait cru en te voyant… ? Comment as-tu pu… ? Cela n'a aucun sens », marmonnaient-ils à tour de rôle, tournant la page, fascinés, oui, fascinés, surtout les femmes, il les fascinait. Quand on n'y peut rien, quand il n'y a rien à faire, il faut accepter, il faut aller de l'avant. « En travers de ton chemin, tu as dit ? Un obstacle qui t'empêchait de passer ? » Non. Elle était là, voilà tout, juste là. « Tu t'en fiches, n'est-ce pas, Eddie ? »

« *La Route non prise*. Tu connais ce poème ? J'y pense tout le temps. Mes décisions seraient totalement différentes. Mes choix…

— Comme quoi ? » demande-t-il avec douceur, se coulant dans l'atmosphère de confidences.

Le téléphone sonne. Après avoir vérifié le nom de celui qui l'appelle, elle se lève pour aller répondre à la cuisine. De son côté, il se plante devant la bibliothèque et fait semblant de lire les titres. Il sort un volume des rayonnages. Il l'ouvre. Les mots sont brouillés. Robin semble retenir son souffle, dans l'expectative ; pas le mari, c'est sûr.

« Je l'ai reçu… Oui… C'est assez… Merci. Je sais… Désolée… Mais c'est pas facile… Juste que… Je sais, mais tu me manques… Tu me manques tellement… Je sais, mais quand… Il pourrait rester comme ça… C'est comme si j'avais cessé de vivre… »

Soudain, un cri. Un cri qui vient d'en haut. Le bruit de quelqu'un qui court. Des hurlements perçants dans l'escalier. « Maman ! Maman ! » L'enfant se fige en le voyant en bas, les yeux écarquillés, pleins d'effroi.

« Lyra, tout va bien, mon bébé, tout va bien, maman est là. Je suis là. » Robin monte quatre à quatre, serre la fillette contre elle. S'assied sur une marche, berce la petite en l'étreignant très fort. Il ravale la bile qui lui brûle le fond de la gorge. Il déteste le sentiment de haine qui l'envahit. Mais il n'y peut rien, pas plus qu'on ne peut s'empêcher de s'esquiver quand quelqu'un lève la main sur vous. Le bon et le méchant, l'amour et la haine, c'est toujours la même histoire – la vie se charge de vous rappeler que l'innocence est un leurre. Un piège sournois, un piège de plus qui se tient en travers de votre chemin.

15

Nora et Ken vont se coucher. En apparence, tout semble normal, la routine. Pourtant il y a dans l'air une tension, comme de l'électricité statique générée par leur proximité, par le non-dit, le non-demandé, qui les rend douloureusement conscients l'un de l'autre. Ces derniers temps, à l'heure de se mettre au lit, un des deux se fait un devoir d'être à la traîne, afin de laisser l'autre se glisser en premier entre les draps, esquivant ainsi l'embarras d'une intimité peu en harmonie avec leurs vies désormais parallèles, lugubrement séparées. Ce soir, alors que Ken éteint les lumières et que Nora ferme les portes, elle l'informe qu'elle a déjeuné avec Stephen. Au Bollio's. Et sur qui sont-ils tombés ? Annette et Thomas. Thomas ? répète Ken. Thomas : de la galerie, lui rappelle-t-elle, sa bonne humeur achoppant sur le souvenir de cette soirée pénible. Mais cela ne dure qu'un instant, parce qu'il faut qu'ils avancent, il faut que ça marche, il le faut ! Toujours est-il que Stephen était dans tous ses états en voyant Annette en compagnie d'un homme. Depuis l'attaque cérébrale de son cousin Oliver, Stephen lui est dévoué au-delà du raisonnable. Il est dans les pattes de tout le monde à la clinique de rééducation, où il visite tous les jours le malade et enquiquine les médecins et critique le kiné, tant et si bien qu'Oliver a supplié Ken de lui dire de venir le voir moins souvent. Ken n'aime pas transmettre ce genre de message, mais il l'a fait quand même, et à présent, comme il en avait averti son frère, Stephen se sent blessé. Exclu. Et c'est à Ken qu'il en veut, pas à Oliver.

« Je suis étonné qu'il t'ait invitée à déjeuner, lui lance Ken en haussant la voix parce qu'ils sont loin l'un de l'autre.

— En fait, c'est moi qui l'ai invité, crie à son tour Nora de la cuisine en mettant du liquide dans le lave-vaisselle. Pour le supplément *Santé*. J'ai besoin de son aide.

— Je suis quand même étonné. Étant donné les circonstances », répond Ken en s'arrêtant sur le seuil de la cuisine.

Sous-entendu, parce que tu es ma femme. Et cette reconnaissance spontanée de leur union lui réchauffe le cœur.

« Stephen, comme tu sais, c'est un cas.

— Oui, mais c'est notre “cas” ! lui rappelle-t-elle en fermant le lave-vaisselle et en lui faisant un clin d'œil.

— Hélas », soupire Ken.

Ils ont passé leur meilleure soirée ensemble depuis des mois, la conversation s'étant même prolongée au-delà de la fin du dîner. Tout à l'heure, Chloé avait accepté de leur lire quelques extraits remarquables des longs mails que Max lui envoyait. Ce qui avait rappelé à Nora son tout premier article. Au départ, elle avait été chargée d'écrire quelques lignes sur l'agrandissement d'une usine de traitement des déchets ménagers. Mais à force d'accumuler de la documentation, et forte de quatre heures d'interview avec le directeur de l'usine, son article avait fini par couvrir dix pages. Un mini-mémoire, avait déclaré son rédacteur en chef en laissant tomber ses feuillets directement dans la corbeille. Quel rédacteur ? avait interrogé Drew, les sourcils froncés, supposant qu'elle parlait du *Chronicle*. C'était pour le *Lyndbury Weekly*, s'était-elle empressée de répondre. Drew était tellement susceptible… Et dernièrement, tout le temps sur le qui-vive, les nerfs à fleur de peau. Ce soir, il avait été silencieux, mais il était quand même resté à table avec eux. Il avait eu l'air étonné lorsque Ken avait décrété qu'il était temps que la génération suivante commence à prendre le relais au journal. À quel titre ? s'était enquis Drew, gêné. « Je ne sais pas, c'est à toi de me dire », avait répliqué Ken. Drew lui avait expliqué que l'année précédente, lorsqu'il avait demandé s'il y avait un job pour lui, son père lui avait rétorqué qu'il fallait poser la question à son oncle. Drew, très intimidé, avait présenté sa requête d'une voix hésitante à Oliver, qui lui avait coupé la parole en lui disant de revenir quand il serait à l'université, et, avait-il ajouté, plus dégourdi. Drew en avait été mortifié. Après quoi, à la stupéfaction de Nora, Ken s'était disputé violemment avec Oliver, mais ce dernier s'était montré intraitable. Drew était trop jeune. Obliger les employés à chouchouter le neveu du patron, ce n'était pas une bonne politique de communication. Le journal était une entreprise familiale, non une planque ! Curieuse déclaration de sa part, songe à présent Nora, quand on pense à leur situation à tous les quatre, Oliver, Ken, Stephen et elle.

« Peut-être les pages sportives, avait avancé Drew tout à l'heure, au cours du dîner.

— Tu sais ce qu'on dit : "Même quand on ne peut pas en faire, on peut toujours en parler." »

Nora lui avait donné un coup de pied sous la table, mais le mal était fait.

« Un journaleux pense rarement ce qu'il dit, avait-elle ironisé en s'adressant à son fils. Papa ne te visait pas. Évidemment.

— Évidemment, avait marmonné Drew en sortant de table.

— Voyons, Drew, ne fais pas cette tête ! » s'était exclamé Ken.

Trois semaines se sont écoulées, et elle est sans nouvelles d'Eddie. Elle commence à recouvrer une certaine tranquillité d'esprit. Tout juste. Mais elle dort mieux, et sa concentration s'améliore. Elle est plus calme, plus patiente, moins encline aux tempêtes dans un verre d'eau. Et puis la bonne volonté manifeste de Ken à la tête du journal la rassure : ils ont passé un cap. Il s'organise, il s'applique, attentif aux détails. Il est « sérieux » – le mot employé l'autre jour par Hilda, qui avait précisé en outre qu'elle ne l'avait jamais vu aussi soucieux. Parfois, l'air écrasé sous le poids de ses nouvelles responsabilités, il est tendu à l'extrême, comme s'il n'osait pas relâcher son effort. Il est gentil avec Nora et essaie de lui faire plaisir, mais beaucoup plus stressé qu'autrefois. Une expression anxieuse a effacé son sourire charmeur. Sa tension est beaucoup plus élevée que de coutume. Un bon signe, estime Nora. Au lieu d'inaugurer les chrysanthèmes et de se perdre en mondanités au titre de président du comité de ceci ou de cela, sa tâche la plus ardue étant la rédaction de plaques commémoratives, il doit désormais se coltiner les conflits d'intérêts des membres du personnel, les magouilles des politiciens locaux, le chapelet sans fin des problèmes générés par la communauté, sans compter les espoirs que les gens fondent sur lui en qualité de médiateur. Et il se révèle plus que capable, ce que jusqu'ici on ne lui avait jamais donné la possibilité de prouver. Et ce qu'il n'avait pas non plus cherché à démontrer.

En gravissant l'escalier devant elle, il exhale un soupir. Elle sent affluer vers son cœur une vague de tendresse, le tiraillement d'un désir depuis longtemps éteint. Elle tend la main vers la sienne sur la rampe, mais, à la dernière seconde, elle hésite. Elle se rappelle l'avoir jadis aimé. Elle l'aimait tout à la fois pour ce qu'il était et ce qu'il n'était pas. Elle l'aimait simplement pour lui-même. Il était si gentil, si joyeux, si drôle. Il suffisait qu'il entre dans une pièce pour que soudain le jour soit plus chaud, plus lumineux, d'un éclat qui faisait scintiller les miroirs et les vitres des fenêtres, d'un éclat qui se reflétait sur les visages. Elle l'aimait à cause de sa générosité. Tout le monde trouvait grâce à ses yeux, y compris elle, qui n'était pas toujours la personne la plus aimable du monde. Sa main frôle celle de Ken. Ses yeux se ferment à moitié, de contentement. Il lui appartient, elle le veut de nouveau à elle, tout à elle. Elle a soif de son amour, elle a soif de l'aimer.

« Ah, j'oubliais ! s'exclame-t-il en jetant un coup d'œil derrière lui. Je voulais te le dire. Les Brannigan. Je suis tombé sur Reed, l'autre jour. Leur fête, la Saint-Patrick, ils tiennent à notre présence.

— Non. Non. Je n'en ai pas envie.

— On y va toujours. Tous les ans. Et c'est toujours très rigolo, tu le sais bien.

— Non.

— Pourquoi ?

— Tu sais pourquoi.

(Laura Brannigan joue au tennis avec Robin.)

— Je ne vois pas ce qui te gêne.

— Ah oui ? Tu ne vois vraiment pas ? Ken, chuchote-t-elle en s'arrêtant sur une marche. Tu ne vois donc pas à quel point c'est embarrassant pour moi ? Réfléchis une minute.

— C'est ton problème, après tout, non ? riposte-t-il avec une hargne qu'elle ne lui connaissait pas jusqu'ici.

— Non ! » s'écrie-t-elle le plus bas possible.

Les enfants sont dans leurs chambres, mais ils ne dorment pas encore.

« C'est le tien, parce que c'est toi qui l'as créé. Toi seul ! Tu m'as fait ça, à moi ! »

Il se retourne et passe à côté d'elle en redescendant l'escalier et en hurlant :

« Je n'en peux plus de tes histoires ! »

Elle le suit, criant à son tour :

« Qu'est-ce que tu veux dire ? Tu me menaces, maintenant ? »

Il sort de la maison et lui claque la porte au nez.

À cet instant, Drew accourt en caleçon et tee-shirt.

« Laisse-le partir ! s'écrie-t-il, les poings serrés. Si c'est ce qu'il veut, ce salaud ! C'est un bon à rien, de toute façon. Qu'il aille habiter avec eux, son autre famille. Rien à foutre de lui ! »

Nora est prise de vertige. Ils étaient tellement tranquilles, et en une seule seconde… Elle a l'impression d'avoir reçu un coup dans la poitrine. Son cœur cogne très fort. *Son autre famille*.

Avant le retour de Ken, une heure plus tard, Chloé, en larmes, plaide la cause de son père dans la chambre de Nora. Papa regrette ses erreurs ; elle le sait, il le lui a dit.

« Quand ? Quand te l'a-t-il dit ? interroge Nora, stupéfaite.

— Je ne sais pas, il y a un bout de temps.

— Non, Chloé. Quand ? Dis-moi quand, exactement !

— L'été dernier, je crois, répond Chloé, comme si ce secret pesait sur sa conscience.

— L'été dernier ? Il te l'a dit ? Il… Il te l'a avoué de lui-même ?

— Je l'ai interrogé. J'avais cette impression… Alors je lui ai posé la question. »

Et moi ? brûle de lui lancer Nora. Tu le sais depuis des mois et tu ne m'en as pas pipé mot. Pourquoi ? Pourquoi avoir laissé ta propre mère dans l'ignorance ? Mais sa fille a l'air si malheureuse, elle n'a pas le cœur de lui adresser des reproches.

« Il veut préserver sa famille, c'est tout ce qui compte pour lui, maman, je t'en prie. Je t'en supplie », sanglote Chloé.

Le message est clair : l'avenir de la famille repose entre les mains de Nora. Il s'agit de sa responsabilité, et par conséquent ce sera sa faute s'ils font naufrage. Ainsi ils ont su avant elle, ses enfants, la chair de sa chair, complices dans une conspiration du silence, déchirés entre leur père et leur mère. À ses yeux, une faute impardonnable. Une ultime trahison de la part de Ken. La rupture est consommée. Pourtant, curieusement insensible, elle n'éprouve rien. Quand il rentre, Ken ne monte pas dans leur chambre. Il s'installe dans le bureau pour la nuit. Elle entend la porte de Drew qui s'ouvre, le craquement du plancher. Elle se glisse hors des draps, se poste sur le palier et tend l'oreille. Elle n'entend que des bribes de la conversation. Ken nie apparemment ce dont l'accuse son fils.

« Je ne te crois pas », répète Drew. Puis, finalement : « Tu n'es qu'un menteur ! »

Tous autant que vous êtes, songe Nora. Bande de menteurs.

Elles sont devenues trop grandes pour moi, se dit Nora en faisant tourner ses bagues sur son doigt. Quand on a perdu l'appétit, il n'est pas facile de garder un poids stable.

« Le bébé va mieux, déclare la jeune femme de but en blanc en s'asseyant en face d'elle dans la salle de conférences. C'était une gastro... »

Nora la regarde un instant sans comprendre. Puis la mémoire lui revient. Lors de sa dernière visite, leur entretien avait été interrompu par l'apparition d'une dame en blouse avec un bébé fiévreux dans les bras, l'enfant de cette jeune femme. Le père Grewley est inquiet à son propos. Elle file un mauvais coton, lui a-t-il confié au téléphone.

« C'est bien », répond Nora.

Elle ne se rappelle plus si c'est un garçon ou une fille. Ce n'est pas la peine de poser la question. De toute façon, la jeune femme n'a pas besoin qu'on la pousse à parler, à croire qu'elle est au confessionnal. Elle sait pourquoi elle se trouve ici. Elle est prête à égrener pour la énième fois le chapelet de malheurs qui l'ont conduite au refuge pour femmes battues. C'est le prix à payer pour l'aide qu'ils lui fournissent, la vérité à l'état brut, choquante, douloureuse, ne tolérant ni secret, ni intimité, ni dignité. Elle l'a répétée si souvent, cette histoire, tous ces détails qu'elle connaît par cœur, à des assistantes sociales, des thérapeutes, des bénévoles, des bonnes âmes de tout poil, qu'il lui est indifférent de la livrer encore une fois. Il n'y a plus d'émotion, songe Nora en faisant tourner nerveusement ses bagues dans un sens, puis dans l'autre. Elle ne devrait pas les porter, elle va les perdre, mais qu'est-ce que ça peut faire, maintenant ?

« C'est toujours le même problème : l'argent », dit la jeune femme.

Nora lève vivement les yeux. Vient-elle de lui lancer une pique ? Car c'est à elle qu'elle fait allusion, n'est-ce pas ? Les diamants à ses doigts, son twin-set en cachemire, son sac à main en crocodile. Bien sûr que oui. La jeune femme est en train de calculer qu'elle pourrait payer deux ou trois mois de loyer rien qu'avec ce que coûte son sac.

Nora le pousse plus près de sa jambe, puis se met à battre du pied. Elle ne tient pas en place. Impossible de se concentrer. Encore moins de rester immobile. L'impression de sortir de sa propre peau, cette enveloppe de chair qui la démange. Le stress, a diagnostiqué le médecin, mais les médicaments l'assomment. La privent de tout entrain. Au lieu d'avaler des cachets, elle ferait mieux de se secouer. À l'exemple de sa mère, énergique, déterminée. Progressant étape par étape. Faisant de son mieux, tout son possible, pathétiquement. Chez elle, elle donne le change. Plus facile ainsi. Trois appels raccrochés, l'autre soir. Eddie rôde encore en ville. Kay jure qu'elle l'a vu sortir de Stop & Shop en poussant un chariot plein. En quoi cela la dérange-t-il ? n'arrête pas de demander Kay. D'ailleurs, qui est ce mystérieux Eddie ? Au bureau, la tension n'est pas moins palpable qu'à la maison. L'état d'Oliver s'améliore un peu, mais personne n'ose aborder avec lui les problèmes du journal. Pendant le comité de rédaction de vendredi, Ken et Stephen ont eu une altercation. Stephen vient de découvrir que Ken a passé sous silence l'accident de Bob Gendron. Peu importe que plusieurs semaines se soient écoulées depuis, il tient à ce que l'information paraisse. Fraîche ou pas, une nouvelle est une nouvelle, cela s'appelle du journalisme, a vociféré Stephen. Le *Chronicle* n'est pas près de discréditer son sens de l'éthique, quels que soient les intérêts personnels en jeu. Stephen a toujours été très critique à l'égard du manque de rigueur de Ken. Exaspéré de le voir à la tête du journal, il n'a pas peur d'ébranler la façade de bonne entente familiale entretenue si amoureusement par Oliver. Après cette prise de bec, il y a eu des fuites. Quant aux protagonistes, ils continuent à se fusiller du regard. Mais Nora s'en fiche. Les forces lui manquent. Elle a très mauvaise mine, lui a déclaré Hilda aujourd'hui. Maigre comme un clou, les yeux cernés. Qu'est-ce qui lui arrive ? lui a demandé Kay au cours de leur déjeuner au restaurant. Beaucoup de travail, a-t-elle répondu. Et Ken ? Kay ne la lâchait pas. Comment résistait le front conjugal ? Mieux. Encore un mensonge. Kay a soif de détails, afin de se réjouir plus encore. Elle a toujours été jalouse de l'amitié entre Robin et Nora. Ainsi Nora n'a plus personne à qui avouer à quel point elle se sent déboussolée, et combien la proximité d'Eddie la glace. Elle ne peut même pas se confier à sa propre sœur. Pourtant elle voudrait tant parler à Carol, pas à la Carol désemparée et distante qui n'arrête pas de lui téléphoner pour se remémorer à haute voix des bribes de son passé, mais à la Carol de sa jeunesse, cette sœur aînée qui l'a en partie élevée. Et Robin, songe-t-elle avec un serrement de cœur, la seule à pouvoir la comprendre vraiment, perdue pour toujours. Voilà pourquoi son histoire est si dure, puisque c'est toute sa vie qui s'en est allée, une immense perte d'affection. Parce que moi aussi je l'aimais. La prise de conscience est brutale, et la laisse sidérée.

Il fait chaud dans la pièce, on y étouffe tandis que, d'une voix monotone et résignée, la jeune femme en face d'elle déroule son lugubre et plaintif récit. Je lui suis antipathique. Elle n'a pas plus envie que moi d'être ici, mais le devoir l'oblige à s'épancher devant moi comme devant toute personne susceptible de lui faire l'aumône, conclut Nora.

De toute façon, elle ne se sent jamais bien dans cette salle. Elle déteste la peinture des murs, ce rose orangé qui rappelle la chair du saumon cru, et l'ameublement dépareillé, un ramassis de dons charitables. Le canapé bleu marine n'a qu'un bras : c'est la moitié d'un canapé d'angle. Il y a deux fauteuils, l'un recouvert de jaune vif rayé blanc, l'autre, une bergère, tendue de velours mauve. La bougie parfumée qui se consume sur la table basse égratignée masque à peine l'odeur de moisi du rembourrage en crin de cheval. Et les trois salles de réunion se valent, l'idée étant de fournir aux pensionnaires le cadre chaleureux d'un foyer accueillant – c'est-à-dire « accueillant » dans l'esprit d'un jeune prêtre.

« Si on était riches, cela ne se passerait pas comme ça. »

Nora jette un regard sur le dossier. Alice. Elle oublie toujours son prénom. Pas de mystérieuses aventures pour cette Alice-là. Son teint cireux évoque une vie calfeutrée derrière des rideaux tirés, des portes verrouillées. Sa blondeur fanée retombe tristement sur des racines brunes. À tout instant, ses petits yeux noisette scrutent les coins et les recoins de la salle, comme si elle cherchait un abri sûr. Les bruits de pas, les murmures, les coups de bélier de la tuyauterie, tout cela sonne comme une menace. Syndrome de stress post-traumatique. Selon la brochure explicative du père Grewley, certaines femmes battues en souffrent pendant des années.

Nora participe à un programme de parrainage. Il y a quelques mois de cela, elle avait refusé, prétextant qu'elle était débordée par le journal et sa famille. Même à présent, elle se dit que ce n'est pas une bonne idée de s'y investir. Mais le père Grewley a beaucoup insisté. Les bénévoles des premiers temps, dont il y avait pléthore, se sont volatilisées, disant d'abord qu'elles ne viendraient qu'une ou deux fois, puis téléphonant à la dernière minute pour se décommander. Il ne comprend pas comment des gens qui croient assez en la cause du refuge pour verser des sommes généreuses peuvent se montrer si avares de leur temps. Lors de leur dernière conversation téléphonique, Nora a tenté de le lui expliquer. Cela ne se voit pas de l'extérieur, mais on est parfois si accablé de problèmes dans sa propre vie qu'on ne se sent pas apte à prendre en charge ceux des autres. Elle parlait bien sûr d'elle-même.

« Je suis mieux placé que quiconque pour le savoir », a déclaré le père Grewley d'un ton sec, manifestement froissé.

Mais il ne sait pas, pas vraiment. Parce que, pour sa part, il est dévoué corps et âme à la cause de la Sojourn House. C'est toute sa vie, le prolongement de son être. Tout grand projet exige une prise de risque, une foi démesurée et des tonnes de zèle.

« Eh bien, je suis certaine que cela passe au-dessus de la tête de bien des gens. C'est aussi vrai en ce qui me concerne. Je ne suis pas thérapeute. Je n'ai reçu aucune formation. » Alors qu'elle aurait voulu lui dire : « Comment puis-je aider une autre femme blessée quand je ne peux même pas m'aider moi-même ? »

« Vivre, c'est toute la qualification qui vous est demandée ! s'est exclamé le prêtre. Nos marraines ont seulement besoin de leur jugement et de leur sagesse. Vous êtes celles à qui les femmes peuvent se confier. C'est plus que de la thérapie. Pour cela, nous avons des psys. Ce que vous faites, vous, relève du domaine de l'interpersonnel. En vous, elles rencontrent d'autres femmes. Des amies. Elles ne savent plus ce que c'est que d'accorder leur confiance à autrui. Elles n'arrivent même plus à appeler au secours. À dire la vérité. On les a tant battues, tant humiliées afin de les empêcher de parler. Une amie, Nora, c'est votre seul rôle. Être une amie une fois par semaine… »

Et elle qui ne peut pas se confier à sa propre meilleure amie, la voilà qui joue – fort mal – le rôle de confidente.

Alice lui montre une photo de famille. Trois enfants, deux garçons et un bébé fille, son mari, elle-même, les uns et les autres en robe de chambre, devant un sapin de Noël.

« On n'avait jamais eu autant de lumières. Vingt-six guirlandes, dit Alice.

— Comme ils sont beaux, commente Nora en regardant les petits visages renfrognés des enfants.

— Chaque année, j'en achète d'autres. »

Nora lui jette un regard interrogateur.

« Les gosses aiment celles qui clignotent, mais Luke dit que ça consomme plus d'électricité. À force de s'éteindre et de se rallumer.

— Ah, je l'ignorais. Mais quel beau sapin de Noël », dit faiblement Nora en luttant contre une impatience grandissante, s'efforçant d'avoir l'air intéressée par ce que lui décrit la jeune femme, les décorations à la pâte à pain, les étoiles scintillantes de sucre candi, les rennes avec leurs museaux en bonbon, les guirlandes de popcorn et de canneberge que les enfants et elle fabriquaient avec du fil de pêche, le fil de pêche de Luke, à qui elle n'avait rien osé dire, et regardez, là, tout en haut, l'ange, c'est nous aussi qui l'avions confectionné, à partir de boules de coton hydrophile et de papier d'aluminium, et, pour les ailes, de la résille raidie grâce à du spray pour cheveux. « Ça alors ! » s'exclame Nora en faisant semblant d'examiner en détail la photographie, tout en se remémorant les petits cakes au rhum spongieux et les bonshommes en pain d'épice de Robin. Chaque année, les décorations en verre soufflé peintes de sa blanche main, datées et estampillées, tout comme ses cartes et ses lettres, de l'exquis rouge-gorge qui lui sert de logo et les cadeaux échangés à l'occasion de Noël, ces trois dernières années, ou était-ce quatre ? se demande Nora, saisie par un nouveau soupçon qui se met à grossir au milieu de la constellation des indices et des preuves de trahison à méditer, et même à cette distance, la douleur, telle la lumière d'une étoile depuis longtemps éteinte, est toujours aussi palpitante, oui, même à présent, alors qu'elle revit en pensée le dîner de Noël d'il y a deux ans, ce moment de complet bonheur, du moins en apparence, du moins y croyaient-ils alors, comme deux imbéciles, le cocu et l'idiote, les deux autres rêvant d'être seulement tous les deux.

La lugubre litanie se poursuit :

« ... quelques minutes plus tard, il a traîné le sapin dehors et fourré tous les jouets des enfants dans des sacs-poubelle. »

Nora bat des paupières et continue à regarder la photographie. Luke, sans expression dans la robe de chambre à carreaux, un homme frêle, les cheveux en brosse comme un marine. Ils ont tous les yeux rouges, mais, à cause des paroles d'Alice, son regard à lui semble inquiétant. L'argent, répète la jeune femme. Trop de pression. Des semaines s'écoulent paisiblement, et puis, crac, quelque chose le fait sortir de ses gonds. À Noël, ce matin-là, il leur avait même préparé des pancakes. D'ailleurs, c'était en partie cela qui avait déclenché la crise, ajoute Alice. Au lieu du sirop d'érable habituel, elle avait acheté du vrai sirop du Vermont, parce que c'était Noël. Juste un petit flacon. Une offre spéciale, explique-t-elle comme si elle était toujours forcée de se justifier. Cela avait été le grain de sable. Il n'arrêtait pas de revenir là-dessus. Il grommelait. Il n'en revenait pas qu'elle ait dépensé l'argent qu'il gagnait à la sueur de son front pour acheter du vrai sirop d'érable du Vermont, pur à cent pour cent, avait-il lu sur l'étiquette. En plus, pour des enfants en bas âge qui ne verraient même pas la différence et qui de toute façon ne savaient rien de rien. Sa colère était montée doucement. Il avait obligé leur fils cadet, Cam, à rester à table pour finir ses pancakes, imbibés du précieux sirop, pendant que le reste de la famille ouvrait les cadeaux. Elle était déchirée en entendant ses sanglots et ses haut-le-cœur. Il détestait la nourriture molle. C'était sa faute à elle, elle lui avait versé trop de sirop ; sa faute, elle n'aurait jamais dû acheter un sirop aussi cher. Elle avait attendu que son mari ouvre l'un de ses cadeaux, une boîte à appâts Rubbermaid avec tout un assortiment d'amorces, pour aller en catimini voir où en était Cam. Chut, avait-elle soufflé à l'enfant en fourrant le pancake dans sa propre bouche. L'instant d'après, son mari entrait dans la cuisine. Il avait exigé de savoir si elle l'avait mangé. Non, avait-elle répondu, debout auprès de son fils qui fixait le lac de sirop dans son assiette. Il avait vérifié la poubelle. Il avait allumé la lampe de l'évier et s'était penché pour renifler le tuyau.

« Ensuite on est allés dans le séjour pour la photo, et Cam s'est mis à ouvrir ses cadeaux. Luke avait sa tête des mauvais jours. Sur le qui-vive. Comme quand il pêche, vous voyez, quand il attend que ça morde. Cam a ouvert son Power Ranger. Il adore les Power Rangers. Je lui en avais acheté deux, un rouge et un bleu. Je savais qu'il en voulait un bleu. Mais il a d'abord ouvert le rouge. Et voilà qu'il dit : “Oh, je voulais le bleu”, déçu comme les gosses peuvent l'être. Et Luke a pris la mouche. Il n'attendait que ça. Il a couru en rond comme un fou en arrachant les jouets des mains des enfants, même du bébé. Eux, bien sûr, ils pleuraient et le suppliaient de les leur rendre. “Des ingrats, voilà ce que vous êtes !” qu'il hurlait. Et moi j'ai essayé de le calmer en lui parlant doucement. C'est là qu'il m'a frappée. »

« Arrêtez ! » brûle de lui hurler Nora. Une pareille cruauté, elle en a les larmes aux yeux. Un père qui maltraite ses enfants, tout petits, cinq, quatre et deux ans, le jour le plus magique de l'année, que Ken et elle s'ingéniaient à fêter en imprimant les pas du père Noël dans la neige du jardin et dans le bois, où ils déposaient des carottes mâchouillées par les rennes. Alice et Luke laissaient peut-être aussi dehors des biscuits et du lait, dont au matin il ne restait plus que quelques miettes et un verre sale, preuve non seulement de l'existence du père Noël mais aussi de quelque chose de plus profond, qui ressemblait à de la bonté. Eux aussi se levaient discrètement bien avant l'aube et se postaient au bas de l'escalier en agitant des grelots afin de réveiller les enfants. Dans l'espoir qu'une fois encore, l'espace d'un moment éphémère, une petite journée, la puissance du mythe, aidée par le rituel, parviendrait à repousser les ténèbres.

« Nous devions aller chez ma mère pour le déjeuner de Noël, mais je ne pouvais pas, pas avec mon œil gonflé et les enfants en pleurs. Je lui ai téléphoné pour lui dire que nous avions tous de la fièvre. Pauvre maman, elle était dépitée. Mon frère était venu du Texas, et il y avait ma sœur et ses enfants. "Viens quand même, ma chérie. On vous dorlotera", insistait-elle. Mais mon mari, Luke, il ne me lâchait pas. Il avait tellement peur que je dise ce qui s'était passé. Il a écrit quelque chose sur un bout de papier et me l'a agité sous le nez. "Dis-lui qu'on a une grippe intestinale et que tout le monde vomit." »

La jeune femme rit.

« Il avait la trouille qu'ils viennent à la maison et voient mon œil et le trou qu'il avait fait dans le mur avec son poing. »

Elle tressaille.

« Et mes pauvres petits qui se serraient devant la télé comme des zombies.

— Oh ! » s'écrie Nora, prise d'un violent accès de chagrin.

Elle alterne les larmes et les excuses auprès d'Alice, laquelle s'excuse à son tour et tente de la consoler.

« Je ne voulais pas vous attrister », déclare Alice en contournant la table pour s'asseoir à côté de Nora.

Le bras que la jeune femme a passé autour de ses épaules exhale une odeur âcre d'aisselle mal lavée. Non seulement cela la dégoûte, mais, comme si une glande primitive de son organisme avait été stimulée, tout lui semble soudain plus intense, plus net. Quels que soient les reproches qu'elle ait à adresser à Ken, il n'a pas été un mauvais père, il ne leur a jamais fait de mal, n'aurait pas même été tenté de les abandonner. Peut-être d'ailleurs est-il encore avec elle uniquement à cause d'eux. Elle pleure plus fort.

« Ce n'est pas vous. C'est tout… c'est très dur, sanglote Nora dans ses mains.

— Je sais. »

Alice penche la tête vers celle de Nora.

« Et vous êtes si bonne de m'écouter, et encore plus de compatir. La plupart des gens ne veulent pas savoir. Il est plus facile de faire l'autruche. Ça permet de ne pas agir, et je parle aussi pour moi. »

Sa voix baisse d'un ton.

« Je me dis qu'à Noël prochain tout se passera bien, parce que je ne commettrai pas deux fois la même erreur. Vous savez, le véritable sirop d'érable. Ou même les pancakes, puisque ça le stresse tellement. Vous voyez comment on arrive à raisonner. Je pourrais même supprimer les cadeaux. Ne garder que le sien. Parce que, chaque fois, c'est la même chose. Peu à peu, sans que je m'en aperçoive, tout finit par tourner autour de lui. Je dois à tout prix éviter de le froisser… »

Nora lève les yeux. Elle a honte. Elle ne pensait qu'à elle, à ses problèmes personnels.

« Comment vont vos enfants ? demande-t-elle en se mouchant.

— Mieux. Vous connaissez les petits, ils aiment leur papa et leur maman quoi qu'il arrive », murmure presque Alice d'une voix éteinte.

Nora acquiesce. C'est tout à fait vrai. Et il faut s'en réjouir. Au moins les siens ont toujours ça, se dit-elle. Ken sera toujours le superpapa de leur enfance, qui ne manquait jamais un match et les entraînait au foot. Il lui arrivait même d'accompagner les sorties scolaires, seul homme parmi l'escorte de mamans. Elle se rappelle l'énorme tente qu'il avait plantée dans le jardin derrière la maison pour « camper » avec eux le samedi soir, et les longues heures passées dans la salle de jeu du sous-sol à apprendre à Drew à jouer au billard, après qu'il eut échoué à la sélection pour le championnat de foot – déception plus cuisante pour Ken que pour Drew. Nora esquisse un pâle sourire quand elle se rappelle la longue limousine blanche que Ken avait louée pour emmener Chloé, ses copines et leurs papas au bal pères-filles du collège.

« Aujourd'hui c'est différent, dit Alice, maintenant que tout est exposé au grand jour. Plus de secrets. Plus de mensonges.

— Que voulez-vous dire ? interroge vivement Nora. Vous n'allez quand même pas y retourner ? »

Alice évite son regard.

« Il a droit à une dernière chance, répond-elle d'un ton neutre. Je dois bien ça à mes enfants.

— Et vous, ne vous devez-vous pas autre chose ? »

Alice la fixe d'un air imperturbable, sans doute ce visage dénué d'expression qu'elle présente à son mari quand il est en colère.

« Vous ne comprenez pas », commence-t-elle, avant de s'interrompre.

Ce qu'elle a à dire ne sort pas facilement.

« Je sais que ça paraît bizarre, mais ce n'est pas pareil pour moi. Je n'ai pas le choix. Pas si mon but est de rentrer chez moi m'occuper de mes enfants. »

Elle sourit, un sourire résolu.

Nora lui demande quand elle compte quitter la Sojourn House. Luke passe les prendre demain, répond Alice, qui la supplie de ne rien révéler au père Grewley. Elle a l'intention de lui parler ce soir.

« Alors tenez, prenez ça. »

Nora sort une carte de visite de son sac et écrit quelque chose au verso.

« C'est mon numéro de téléphone personnel. Appelez-moi, quand vous voulez et à n'importe quel sujet. J'aimerais… rester en contact. »

Être votre amie, aurait-elle préféré dire.

« Entendu, dit Alice, les yeux sur la carte. C'est gentil. »

16

La nuit froide et venteuse luit sous le clair de lune. Le parking est complet ; les rues adjacentes sont bordées de voitures. À parcourir d'un bon pas les deux pâtés de maisons qui les séparent du lycée, Nora se rend compte qu'il y a bien longtemps qu'ils n'ont pas marché ensemble. Ken est en train de lui parler d'Oliver. Encore deux ou trois semaines de rééducation intensive, et son frère espère pouvoir rentrer chez lui.

« Tu lui as dit que j'aimerais bien venir le voir ? » demande-t-elle en courant derrière lui alors qu'il monte quatre à quatre les marches du perron.

Ce sont les journées portes ouvertes à Franklin High, pour des rencontres parents-professeurs, et ils sont en retard.

« Il ne veut toujours aucune visite. »

Il lui tient la porte.

« Seulement la famille. »

Il pense à Stephen et à lui. Elle essaie de ne pas se sentir blessée. Peut-être se raccroche-t-elle à du vent, mais elle a l'impression que les choses vont mieux. Elle s'est efforcée de voir le tableau dans son ensemble, au lieu de s'attacher aux détails.

Dès qu'ils ont mis le pied à l'intérieur, les haut-parleurs annoncent le début de la première heure. Nora consulte le programme. Ils vont d'abord dans la classe de Drew, puis, pendant la deuxième heure, iront dans celle de Chloé.

« Salut, les parents ! » Chloé les accueille d'un air soulagé au tournant du couloir. Comme elle, les élèves chargés de l'accueil sont des délégués de classe. Elle les a attendus avec impatience, cela se voit, constate Nora. Depuis quelques jours, elle a remarqué un problème entre le père et la fille. Plus Ken s'emploie à lui faire plaisir, plus Chloé semble désemparée. Nora n'arrive pas à comprendre ce qui se passe. Dès qu'il est à la maison, Chloé se hérisse, et pour une jeune fille essentiellement préoccupée par elle-même elle paraît aux aguets. Quand elle est partie pour le lycée, Ken n'était pas encore rentré de la clinique. Chloé craignait qu'il ne soit pas de retour de Boston à l'heure. Bien sûr que si, lui avait assuré Nora. A-t-il jamais manqué un événement qui comptait pour ses enfants ? Chloé n'avait pas répondu. Un silence qui en disait long ; la vulnérabilité que sa fille éprouvait pour la première fois de son existence choyée et heureuse : parce que Ken, en dépit de sa liaison, de sa double vie, s'était toujours arrangé pour être là où l'on avait besoin de lui, au moment voulu. Ainsi le fait d'être un père attentif et plein d'égards ne constituait en rien une garantie. Il pouvait en effet faire tout ce qu'il fallait, tout en déchirant la famille. La prise de conscience que les choses ne sont pas toujours telles qu'elles se présentent est déjà une épreuve quand on grandit, à plus forte raison quand on est une enfant aussi confiante et joyeuse que Chloé.

Il fait de son mieux, a envie de souffler Nora à sa fille, mais ces quelques mots auraient des implications qu'elle n'a pas la force d'assumer pour l'instant. Mieux valait le laisser continuer à faire ses preuves, en étant ce qu'il était. Pendant la tempête de neige du week-end dernier, il avait conduit sa voiture, puis celle de Nora, à l'opération lavage de voiture des cheerleaders, à qui il avait quand même manqué trois cent soixante-dix dollars pour leur projet d'achat de nouvelles tenues. Qu'à cela ne tienne, Ken avait sorti son chéquier. Non, s'était opposée Chloé. Elle ne voulait pas de ça. Mais Ken avait insisté. Jusqu'à hier soir, des boîtes de conserve s'empilaient contre les murs de leur vestibule. Ken et Chloé ont emporté tous ces dons destinés à la banque alimentaire de Saint-Francis, leur fille étant présidente du comité des étudiants contre la faim. Il est fier qu'elle donne bénévolement, une fois par semaine, des cours de cheerleading au centre culturel. Mais, en fait, la préférence de Chloé va plutôt au théâtre. Depuis la seconde, elle s'est produite dans toutes les pièces montées au lycée. Ce printemps, c'est *Our Town* [1] qui sera à l'affiche. Chloé a décroché le rôle qu'elle convoitait, celui d'Emily. Chloé adore participer à la vie collective du lycée. Ses bulletins ne sont peut-être pas fameux, mais son entrain, lui, est fabuleux. En cela, elle est bien la fille de son père.

Ils commencent par le professeur d'histoire de Drew. M. Carteil est en train de présenter le programme et ce

1. Pièce de Thornton Wilder (1938) mettant en scène la vie d'une petite ville imaginaire du New Hampshire et ayant comme prétexte les amours d'un fils de médecin avec la fille du rédacteur du journal de la ville (Emily).

qu'il attend de ses élèves. Ken et Nora se glissent au dernier rang. Quelques mains se lèvent parmi les parents. Pourquoi la moyenne de la classe est-elle si basse ? demandent-ils. Pourquoi M. Carteil n'adapte-t-il pas le niveau des contrôles ? Et pourquoi autant de devoirs à la maison, quatre en un seul trimestre, alors qu'aucun autre professeur n'en impose autant ? « Parce que je m'efforce d'enseigner, pas de faire de la garderie », réplique d'un ton las le vieux prof. La cloche sonne. Fin de la présentation. Les parents sortent à la file en grommelant.

« Réaction typique de consommateurs, murmure Ken à Nora alors qu'ils attendent leur tour pour parler à M. Carteil.

— Tout à fait », acquiesce-t-elle, mal à l'aise, en passant en revue les visages familiers qui les entourent dans le couloir.

Elle a peur de tomber sur Robin. Sans doute est-ce inévitable. Heureusement, Drew et Clay ne suivent pas les mêmes cours. Elle se demande si Chloé appréhende d'avoir à accompagner Robin dans une classe sous le regard curieux des autres, de tous ceux qui savent.

Quand vient leur tour, M. Carteil leur annonce que Drew a fait des progrès et qu'il rend ses devoirs en temps et en heure. Néanmoins son opinion reste mitigée. Drew est renfermé, indifférent, presque sombre. Il participe peu, ce qui est dommage, car il travaille, c'est certain. Dernièrement, il s'est même endormi pendant le cours.

« Il ne se couche pourtant pas tard », affirme Nora.

Elle est déçue. Étant donné ses notes, il aurait dû avoir une bien meilleure appréciation.

« C'est typique des garçons, avance Ken avec un haussement d'épaules. Ils peuvent s'endormir n'importe où. Ça m'arrivait tout le temps quand j'étais jeune. Je me suis même assoupi un jour pendant un match de foot. Ils m'ont tous planté là, ils avaient l'air de trouver…

— Veuillez m'excuser, l'interrompt M. Carteil. Mais j'attends une autre classe. Je préfère vous poser cette question entre nous. Pensez-vous que Drew puisse être déprimé ? Je ne suis pas qualifié pour établir ce genre de diagnostic, mais j'ai l'impression qu'il ne va pas bien. »

Ken et Nora arrivent à la dernière seconde dans la classe de Chloé. Littérature américaine. Mme Klein, le professeur, est aussi minuscule que sa jupe noire est longue. Au lieu de répondre aux questions des parents, elle leur fait un sermon – dans un style digne de *La Lettre écarlate* [1], que ses élèves ont étudiée au cours de la journée. Quelle ironie, ne peut s'empêcher de songer Nora, tout en s'angoissant pour Drew. M. Carteil a raison. Son fils est déprimé, et elle est tellement obnubilée par ses propres problèmes qu'elle ne s'en est même pas aperçue. Elle devine aux traits tirés de Ken qu'il prend la mesure de ce qu'il fait vivre à sa famille. Puis la cloche sonne. Mme Klein se place à côté de la sortie et remet aux parents une feuille de papier, avec ses appréciations sur le travail scolaire de leur enfant.

Chloé fait des efforts, qu'elle continue. C'est une jeune fille charmante et une présence très agréable en classe.

1. L'adultère est au cœur du pamphlet de Nathaniel Hawthorne contre la société puritaine (1850).

Chloé les guette dans le couloir. Tout à l'heure, à la maison, elle a promis à Nora qu'elle aurait une bonne surprise. Mais en voyant la tête qu'ils font, son sourire s'évanouit.

« Qu'est-ce qu'il y a ? Qu'est-ce qu'elle a dit ?

— Rien, la rassure Nora. Regarde. »

Elle lui montre le mot de son professeur. Ils sont inquiets pour Drew, voilà tout. Quelque chose que leur a dit M. Carteil. Quoi ? demande Chloé. Qu'est-ce qu'il a dit ? Rien dont ils puissent discuter ici, répond Nora d'une voix aussi basse que le permet le tapage. Il a des ennuis ? insiste Chloé, et dans cette insistance Nora perçoit l'effroi de l'enfant qui voit son bonheur compromis. D'abord son père. Qui, ensuite ? Son frère ? La cloche sonne de nouveau. Biologie, déclare Ken en se rapprochant d'elle et en se penchant sur le programme. Salle 202. Où est-ce ? Dans cette aile-ci du bâtiment ? Oui, confirme Chloé, mais il ne semble pas comprendre. Il lui montre le programme et lui repose la question.

La mère de Robin se dirigeant vers eux, Ken cherche à tout prix à éviter de croiser son regard.

« Bonsoir, Chloé ! s'exclame Emily Shawcross tout en saluant les parents d'un bref signe de tête. Nora… Ken. » Le visage de ce dernier s'empourpre. Belle, émotive, sensible, Emily est le portrait craché de Robin en plus âgée, avec une chevelure d'argent. Elle parvient à cacher une colère froide sous une courtoisie sinon charmante, du moins civilisée. Devançant toute question, elle explique qu'elle est venue à la place de Robin, parce que Lyra est très malade. Dans le silence tendu qui s'ensuit, chacun espère que l'autre prendra la parole.

« Qu'est-ce qu'elle a ? » s'enquiert Nora, comme si de rien n'était, aussi chaleureuse qu'à l'accoutumée. Non seulement il est nécessaire de protéger les siens de la curiosité, réelle ou imaginaire, des autres, mais elle doit se comporter correctement avec Emily. Après la mort de la mère de Nora, Robin avait décrété qu'elle partagerait désormais la sienne avec Nora. Ravie de ce nouveau rôle, Emily n'oubliait jamais Nora pour les anniversaires comme pour Noël. Une de leurs plaisanteries, à Robin et à elle, consistait à comparer leurs cadeaux afin de déceler toute tendance au favoritisme. Si Emily préparait des cookies pour la famille de Robin, Nora feignait alors d'être peinée jusqu'à ce qu'elle obtienne ses propres cookies. Et à la vérité, Nora se sentait souvent plus proche d'Emily qu'elle ne l'avait été de sa propre mère. Même là, malgré la gêne presque palpable, elle se sent liée à elle par une affection réciproque, quoique teintée à présent de regret, ou plutôt de tristesse. Emily s'est toujours montrée charmante et compréhensive. Mais c'est fini, songe Nora en la voyant plonger ses yeux dans ceux de Ken pour répondre à sa question.

« Elle est déshydratée, explique Emily d'un ton amer, comme si cela pouvait être la faute de Ken. Ils veulent la garder à l'hôpital encore une journée, pauvre bébé.

— Oh non ! s'exclame Chloé, ce qui rappelle à Nora que sa fille est la marraine de Lyra.

— Ils ont tous eu la grippe, mais c'est plus dur pour les petits. »

Emily jette un regard sévère à Ken.

« Les choses sont souvent plus dures pour les plus petits.

— Pauvre petite Lyra, murmure Chloé. J'espère qu'elle va guérir vite.

— Oui, ajoute Nora. Elle est tellement… »

L'espace d'un instant, elle se sent envahie par la mauvaise conscience. Au cours des derniers mois, elle n'a guère songé à cette ravissante enfant qu'ils chérissent tous tant.

« … tellement jeune pour être hospitalisée.

— En effet, répond sèchement Emily.

— Tout va s'arranger, j'en suis sûr, déclare Ken à la grand-mère de la petite fille, qui ne dissimule plus son dégoût.

— Croyez-vous… vraiment ? » susurre-t-elle en serrant le programme des portes ouvertes de son petit-fils contre sa poitrine.

Le haut-parleur crachote une information destinée aux parents. Mme Shawcross se retourne et se dirige en toute hâte vers l'escalier. Je l'aimais tant, pense Nora. Et j'aimais tant Robin. Je l'aimais, oui.

« Dites-lui bonjour de ma part ! » crie Chloé sans conviction à la femme qui s'éloigne.

Ken a les traits crispés. Nora lit dans ses pensées. D'abord la fin de l'amitié la plus ancienne de son fils, et maintenant, la tristesse de sa fille, contrainte de s'éloigner de sa filleule. Le baptême, une fête féerique comme toutes celles que Robin organisait. Pour accueillir les invités, une tente avait été dressée dans le jardin, décorée d'une centaine de ballons roses. Robin avait fait appel aux services du traiteur Molo et à un orchestre de trois musiciens. Ils s'étaient amusés comme des fous, mais quelle extravagance ! Bob avait été au chômage pendant la majeure partie de la grossesse de Robin, qui avait passé les trois dernières semaines alitée. Leur situation financière était si dramatique que les parents à la retraite de Bob avaient été obligés de leur prêter de l'argent. Pourtant, Nora n'avait pu s'empêcher d'admirer la détermination de Robin, qui avait tenu à célébrer la naissance de Lyra. Robin lui avait un jour confié que cet événement avait été son chemin de Damas. Alors que sa vie avec Bob semblait sérieusement compromise, elle s'était tournée vers Dieu. Envoie-moi un signe, suppliait-elle à chaque prière. Montre-moi le chemin. C'est alors que Lyra avait été conçue. Un nouveau départ. Enceinte, et s'embarquant dans une liaison.

« Il nous reste combien de professeurs à voir ? » s'enquiert Ken en desserrant sa cravate et en suivant Chloé dans le laboratoire de physique.

Alors qu'il fait froid dans la salle, il a le visage luisant de sueur. Il halète bizarrement, comme s'il venait de courir.

« Encore deux après celui-ci. »

Chloé demande à son père s'il se sent bien. Il la rassure d'un hochement de tête en s'asseyant. Il a les lèvres grises.

« Tu n'as pas l'air dans ton assiette. Tu devrais peut-être rentrer à la maison.

— Ça va, ça va », chuchote-t-il.

À cet instant, le professeur entre précipitamment, les bras chargés de cahiers et de feuilles volantes. Il prie l'assistance d'excuser son retard et se met aussitôt à écrire des équations sur le tableau noir. Voilà ce que les élèves sont en train d'étudier en ce moment.

« J'ai besoin d'un verre d'eau, murmure Ken. Je reviens tout de suite. »

Nora le regarde adresser un petit geste au professeur avant de sortir. Pour la première fois, elle a pitié de lui. À son tour de souffrir, pense-t-elle en saluant de la main Deb Brioni, qui se tord le cou au premier rang pour l'interroger du regard. Nora sourit. Sous-entendu : on va s'en sortir, tout va s'arranger.

Les voix hystériques des dessins animés tapent sur les nerfs d'Eddie. Le poste de télévision est suspendu en hauteur dans un coin de la chambre d'hôpital. Eddie est affalé dans le fauteuil, guettant le moment où les yeux de la sale môme vont se fermer. Il y a une minute, quand il a voulu prendre la télécommande sur le lit, elle les a rouverts instantanément. Robin est descendue à la boutique acheter une autre glace au yaourt. L'enfant mange rarement un vrai repas, elle ne fait que grignoter. Robin a passé les deux dernières nuits ici. S'il veut la voir, il est obligé de rester assis au chevet de cette sale gosse. Elle prend plaisir à tester son pouvoir, surtout sur lui. Un gémissement, et sa mère arrive au galop. Du couloir lui parviennent les hurlements d'un autre enfant. Il a l'impression qu'on lui plonge une très longue lame effilée dans le corps. Il se lève et ferme la porte. Le ballon violet qu'il a apporté – et qui a eu peu de succès – s'est collé au plafond. Autant jeter l'argent par les fenêtres. Cinq dollars, et elle ne l'a même pas regardé. Exprès. Pour le remettre à sa place. Parce que sa mère a répété qu'il l'avait acheté spécialement pour elle. Sachant que, dès qu'elle dormira, ils auront d'autres sujets de conversation, elle s'efforce de ne pas céder au sommeil, afin de demeurer le centre d'attention de sa mère. Oh, et puis, rien à foutre ! Il s'empare de la télécommande.

« Que dirais-tu d'un film ? demande-t-il en la pointant vers le poste.

— Non ! »

La fillette lève une main.

« Je préfère ça.

— Tu ne devrais pas regarder des âneries tout le temps. Ton cerveau va pourrir. »

Il change de chaîne. CNN. Une voiture piégée a explosé sur un marché à Bagdad. Il y a des monceaux de cadavres.

« Non, pas pourrir », hoquette Lyra en levant les yeux vers la scène de carnage.

La caméra zoome sur un petit corps sans vie. Sur le dos, les bras écartés, une fillette aux cheveux noirs gît au milieu d'un tas de fruits renversés.

« Si, il pourrira. Regarde, tu es déjà malade, c'est comme ça que ça commence. Bientôt ton cerveau va se mettre à couler de tes yeux et de ton nez… »

L'orage familier gronde en lui. Une colère sourde, tout lui semble absurde. Il se fiche bien de discuter avec cette gosse mal élevée. Ce qui l'excite, c'est la peur qu'il suscite, cet effroi qui se dégage d'elle. Il se penche, frottant son érection contre le bord du lit, et ajoute :

« Petit à petit, puis il se mettra à couler dans ta bouche et tu étoufferas. »

Il se tient la gorge, comme s'il s'étranglait.

« Où est maman ? articule-t-elle, le visage dans son oreiller.

— Je ne sais pas. »

Il regarde autour de lui et éclate de rire.

« Tu n'arrêtes pas de l'envoyer te chercher des trucs. Peut-être qu'elle en a eu marre. Elle est peut-être partie.

— Partie où ? Où ça ?

— Peut-être en voyage, dans un pays lointain. Peut-être là-bas. »

Il montre du doigt sur le petit écran le plan rapproché d'une vieille femme en noir éplorée. À genoux, les bras en croix, elle pousse des lamentations devant la caméra. Il monte le son, de plus en plus fort, jusqu'à ce que les cris stridents fassent vibrer les vitres.

Il a débandé. Cette fois c'est elle. Il ne peut pas supporter cette gosse. Elle a dépassé les limites. Trop gâtée. Geignarde, gâtée, pourrie. Une petite princesse avec des rubans dans les cheveux, appuyée contre ses oreillers, entourée d'animaux en peluche et de livres neufs. Elle n'a même pas regardé le ballon qu'il lui a apporté, et si elle lui a dit merci, c'est seulement parce que Robin a insisté. Quand est-ce qu'il arrive, mon papa ? n'arrête-t-elle pas de demander à sa mère, en le fixant chaque fois du regard. Ferme-la, petite salope ! C'est ce qu'il a envie de lui hurler. Elle sait comment s'y prendre pour embobiner sa mère. Tout ce qu'il veut, lui, c'est rester seul avec Robin, ce qui est impossible avec ces deux gosses dans les pattes, plus la reine mère qui est toujours là à fureter. Et le mari qui lui téléphone à tout bout de champ. Chaque soir, il la soûle avec ses promesses, ses « Je t'en supplie, pardonne-moi, je vais rentrer bientôt à la maison et rien ne sera comme avant. » Tu parles, Bob ! Connard, elle ne sera plus là quand tu rentreras. Il se retient d'arracher le téléphone à Robin pour lui dire son fait, à ce crétin ! En attendant, c'est vrai, le temps presse. Comme il connaît d'avance sa réponse, il ne demande rien. Des vacances, lui serine-t-il. L'argent n'est pas un souci. Elle a besoin de prendre l'air. Sous un climat chaud. À deux. Elle croit qu'il veut dire elle et la gamine.

Ses oreillers glissent par terre. Inconsolable, Lyra est pelotonnée sur le côté avec le drap sur la tête. Ses épaules se soulèvent convulsivement.

« Pleure pas. »

Il ramasse un oreiller et se plante debout à son chevet. Ce ne serait pas long, elle est toute petite. Pas aussi long qu'avec Bevvie, cette traînée droguée jusqu'aux yeux qui s'était révélée aussi forte qu'un homme. Pour finir, il avait été obligé de l'étrangler. Rien que de penser à tous ces râles et ces borborygmes, il a mal au cœur. Avec Lisa, cela avait été rapide, ce qui était étonnant, vu l'épaisse couche de graisse qu'elle avait autour du cou…

« Pardon, dit soudain une voix masculine dans son dos. Je cherche la chambre cent vingt-quatre. Je… Oh ! mais je vous connais ! »

Ken Hammond a l'air perplexe.

« Mais oui ! Bien sûr ! »

Eddie lui tend la main en se présentant.

« Robin va revenir d'un instant à l'autre.

— Oncle Ken ! s'écrie Lyra en rejetant la couverture.

— Lyrrie. »

Ken s'assied au bord du lit et fait un câlin à la fillette.

« Pauvre petit bébé chéri, chantonne-t-il dans ses cheveux. J'ignorais que tu étais malade. On vient de l'apprendre. C'est ta grand-maman qui me l'a dit.

— J'ai la grippe », gémit Lyra en levant vers Eddie un regard triomphant et railleur.

Il s'efforce de se calmer. Il est en colère. Contre elle. Contre cet enculé de richard avec sa chemise bleue sans cravate et son blazer à boutons dorés.

« J'ai vomi partout. Sur le canapé et le lit de maman, précise Lyra.

— Je sais, dit Hammond en la tenant à bout de bras pour mieux la regarder. Mais tu te sens mieux maintenant, dis ? »

Comme elle opine d'un air grave, il la serre de nouveau contre lui.

« J'en avais même dans les cheveux, et Clay m'a traitée de tête de vomi, fait-elle, boudeuse.

— C'est pas très gentil, mais s'il y en avait jusque dans tes cheveux, c'est quand même une tête comme ça, non ?

— Non ! proteste-t-elle en gloussant parce qu'il la chatouille. Tu m'as apporté un cadeau ?

— Ah non, avoue-t-il d'un ton navré. J'étais trop pressé de venir voir ta frimousse. Mais j'y penserai pour la prochaine fois, promis. »

La fillette le gratifie d'un large sourire. Ils sont tous les deux tellement absorbés l'un par l'autre qu'Eddie a l'impression d'être invisible. Exactement ce qu'il déteste. Qu'on lui fasse sentir son insignifiance. Surtout de la part de nullards égoïstes comme ces deux-là !

« Dis-moi un peu ce qui te plairait, roucoule Hammond. Quelque chose que tu voudrais vraiment très fort.

— Mon petit poney. Avec une crinière rose.

— Mais, ma chérie, grogne Hammond, où est-ce que maman pourrait garder un poney ?

— Pas un vrai ! répond l'enfant en riant. Un jouet ! »

Elle lui montre la taille avec ses mains.

« Où avais-je la tête ! s'exclame Hammond en se donnant une petite tape sur la tempe. Je me demandais vraiment comment j'allais faire entrer un vrai poney non seulement dans cet hôpital, mais dans l'ascenseur, et puis j'aurais dû lui faire traverser le couloir, devant tous les médecins et les infirmières, jusqu'à cette minuscule chambre. »

Riant aux éclats, la fillette tente en vain d'ouvrir le poing fermé de Hammond. Quand il l'ouvre, elle se saisit sans hésiter des quatre pièces de vingt-cinq cents.

« Et quelle est la raison de votre présence ici ? interroge Hammond en levant son autre poing fermé pour taquiner l'enfant. Je ne savais pas que Robin et vous vous connaissiez.

— Nous ne nous connaissions pas. Pas à l'époque, en tout cas. Mais maintenant, si. »

Eddie esquisse un sourire satisfait. Hammond détourne les yeux en disant :

« C'est comme ça, dans les petites villes, tout le monde finit par connaître tout le monde. »

Il ouvre son poing et Lyra attrape aussitôt le billet de cinq dollars chiffonné.

« C'est vrai, répond Eddie. Elle est formidable… euh… formidable… »

À cet instant, la porte s'ouvre et Robin s'écrie :

« Ken ! »

Elle tient à la main trois cornets de glace.

« Qu'est-ce que tu fabriques ici ? »

Hammond encaisse, manifestement froissé, constate Eddie avec délectation.

« Ce que je fabrique ici ? Qu'est-ce que tu crois ? rétorque-t-il, le sourire jaune.

— Je sais, mais…

— Ta mère m'a dit.

— Tu m'avais demandé de ne pas…

— Oui, mais pas lorsque quelque chose de grave se produit. »

Il indique du regard Lyra, assise en tailleur, le dos appuyé contre ses oreillers, qui tend la main vers le cornet que Robin est en train de dépiauter distraitement.

« Tiens, mon bébé, dit Robin.

— Eddie m'a fait peur, déclare Lyra en léchant la glace.

— Quoi ? »

Eddie la fusille du regard. Seule la sale gosse l'a vu.

« Il a dit que tu reviendrais pas. Jamais. »

Nora attend le retour de Ken dans le bureau. En sortant du lycée, il a consulté sa messagerie sur son portable. L'alarme d'Oliver s'était déclenchée. Tout semblait en ordre, lui affirmait la centrale, mais Ken préférait s'en assurer lui-même. Elle lui a proposé de l'accompagner, mais il lui a conseillé de rentrer chez eux au plus vite, vu ce que M. Carteil venait de leur dire. Par une ironie du sort, elle a trouvé Drew devant la chaîne Histoire. Elle s'est assise à côté de lui et a posé sa main sur la sienne.

Ensemble, ils ont regardé un documentaire sur le Blitz de Londres. Ces images d'archives fascinantes, et paradoxalement réconfortantes, avec les hurlements stridents des sirènes, la débandade des gens affolés qui couraient dans les rues tandis que les faisceaux lumineux des projecteurs de la DCA balayaient le ciel, lui ont permis l'espace d'un moment de relativiser ses problèmes.

« Ça va, Drew ? a-t-elle fini par lui demander.

— Oui », a-t-il répondu avec un haussement d'épaules, sans quitter des yeux le petit écran.

Il a retiré sa main de dessous celle de sa mère.

« Une dame a appelé. Alice quelque chose. Elle a laissé son numéro. »

Il a sorti un bout de papier de sa poche, mais Nora s'est contentée de le poser sur la table. Son fils a la priorité sur le reste.

Elle lui a confessé qu'elle était inquiète. Certes, il était compréhensible qu'il se sente déprimé avec ce qui se passait entre ses parents, mais il était essentiel qu'il en parle.

« OK, a-t-il dit avec un deuxième haussement d'épaules.

— Tu n'es pas heureux, n'est-ce pas ?

— Ça va.

— Non, ça ne va pas, Drew. Ça saute aux yeux. Tu gardes tout pour toi, et ce n'est pas bien.

— Pourquoi ? Qu'est-ce qu'on attend de moi ? » a-t-il grogné en donnant un coup de poing dans le coussin.

Le voir manifester sa colère a rassuré Nora.

« Dis-moi ce que tu penses, ce que tu ressens. »

Les bombes tombaient du ciel. Explosions de lumière et de poussière. Elle a éteint le poste.

Il se mordillait le côté du pouce.

« Par exemple, à cet instant, qu'est-ce qui te préoccupe ? S'il te plaît, Drew, dis-moi. »

Elle s'est rapprochée et a tenté de le prendre par les épaules, mais il s'est penché en avant pour s'esquiver. Elle a murmuré :

« C'est à cause de moi, hein ? Mes sautes d'humeur… Je sais… Cela ne doit pas être agréable de ne pas savoir quel genre de mère tu vas trouver le matin. Attila ou cette dame étrange qui ressemble à ta mère mais ne se conduit plus comme elle…

— Tu n'as rien d'étrange, a-t-il répondu d'une voix éraillée par l'émotion.

— Oh, Drew. Mon chéri. Je t'aime tellement. Ne t'inquiète pas. Tout va s'arranger. C'est vrai. »

S'apercevant qu'elle pleurait, elle a tenté de nouveau de lui faire un câlin, mais il s'est écarté.

« Il est parfois difficile de mettre des mots sur ce qui nous chagrine. Je le sais bien. Ça m'arrive aussi. Mais je fais de mon mieux, et c'est tout ce que je te demande. S'il te plaît, Drew ?

— Je monte me coucher, a-t-il déclaré en se levant vivement.

— Drew ! Je vais te prendre un rendez-vous. Avec quelqu'un à qui tu pourras parler. Au moins ça…

— Hors de question ! »

En s'efforçant de se rappeler les mots exacts de Drew, Nora rapporte par le menu ce dialogue à Ken. Mais il ne l'écoute qu'à moitié, l'air pressé qu'elle en ait terminé.

« J'ai quand même l'intention de lui en trouver un. »

Elle fait allusion à un psy pour Drew.

« Il est fermé à double tour. Il faut que ça sorte.

— Ne t'inquiète pas trop pour lui, rétorque Ken en consultant sa montre pour la troisième fois.

— Je le vois bien. Il a besoin de parler à quelqu'un.

— C'est un ado. Il a des états d'âme. Ça passera.

— Je ne sais pas. Je me fais du souci. Je pense qu'on devrait appeler quelqu'un.

— C'est une pente dangereuse, commente Ken en ouvrant la porte du bureau. On n'a pas besoin d'un deuxième Stephen dans la famille, tu ne trouves pas ?

— Tu peux parler ! s'écrie-t-elle alors qu'il s'éloigne. Tu vois bien quelqu'un une fois par semaine, toi ! »

Il se retourne, furieux, puis comprend où elle veut en venir.

« Je lui parlerai. Ça te va comme ça ? ajoute-t-il, d'un ton froid et tranchant.

— Non, ça ne me va pas ! Il faut faire mieux que ça.

— Quoi ? Qu'est-ce que tu voudrais que je fasse ? »

Il semble soudain aux abois.

« C'est à toi de me le dire ! Que veux-tu vraiment ?

— J'essaie, Nora, et tu le sais.

— Tu essaies quoi ? De sauver notre couple ? Ou tu viens seulement pointer comme à l'usine ? Parce que c'est l'impression que tu donnes.

— Si tu veux savoir, tu n'es pas la seule à souffrir, susurre-t-il d'une voix sifflante.

— Pour ce qui est de la souffrance, merci, ça va mieux. Maintenant, ce qui ne va pas, c'est là-haut, dit-elle en se tapotant la tempe. Parce que, figure-toi, je n'ai toujours pas compris. Qu'est-ce que j'ai fait de travers, Ken ? Et cesse de me répondre : "Rien" ! lui lance-t-elle en le voyant hocher la tête et esquiver son regard. Tu te fiches de moi ! J'ai essayé d'être une femme aimante. Et je crois l'avoir été… la plupart du temps. N'est-ce pas ? Je t'aimais. Comment t'ai-je blessé ? Qu'est-ce qu'il y a chez moi dont tu n'as plus voulu, que tu n'as plus été capable de supporter ? C'est au lit ? Je…

— Non, répond-il. Ne…

— “Ne” quoi ? Tu ne veux pas que je sois franche avec toi ? Tu ne veux pas que je te dise combien je tiens à toi ? Et combien je suis désolée de ce que j'ai pu faire de mal ? Je sais qu'il t'arrive de me trouver froide…

— Nora…

— Non. Écoute-moi. Je t'en prie ! J'ai besoin que tu m'écoutes. Si tu veux savoir, au fond de moi, je ne me suis jamais sentie à la hauteur – ni vis-à-vis de toi, ni vis-à-vis des enfants, ni vis-à-vis de personne, d'ailleurs. Je pense que c'est là le nœud du problème. Je garde tout pour moi, ce n'est pas bien pour les autres, et c'est mauvais pour moi. J'ai tellement peur de vous perdre que je me ferme comme une huître. C'est plus sûr de cette manière. Même maintenant, il y a tant de choses qu'il faut que je te dise, des choses que je n'ai jamais dites… à personne. Eh bien… je ne peux pas. Ce n'est pas faute de vouloir, Ken. Mais il faut que tu m'aides. Parce que, depuis quelque temps… je ne sais plus où j'en suis. Et cela me terrifie. Je te jure. »

Il pose ses mains sur ses épaules, mais fuit toujours son regard.

« Tu ne mérites pas ce qui arrive.

— Pourquoi ?

— Pour la simple et bonne raison, finit-il par murmurer, que tu es l'une des plus belles personnes que j'aie jamais connues. »

Elle ferme les yeux et s'efforce de rester immobile.

17

« Finalement », laisse tomber Nora. Kay et elle dînent ensemble au Chesley's. Au cours des dernières semaines, Kay a laissé le même message à plusieurs reprises sur son répondeur : « Tu me manques. Appelle-moi. On se retrouve pour le dîner ou le déjeuner ? S'il te plaît. » L'idée n'est pas pour déplaire à Nora, mais, en ce moment, elle n'arrive à mener aucun projet à bien.

Kay remplit de vin le verre de Nora, le deuxième. Nora se sent presque détendue. Cela fait longtemps qu'elle n'a pas eu un de ces agréables interludes en compagnie d'une amie, une autre femme, disposée à lui prêter une oreille attentive. Ces derniers temps, quand elle n'est pas chez elle, toutes ses conversations tournent autour de son travail. Elle s'efforce au bonheur, ou du moins à une absence de douleur, de colère, de soupçons. Enfin, avec Kay, elle peut être naturelle. Leur longue amitié a quelque chose d'un havre, un lieu sûr où elle peut baisser la garde sans craindre d'être trahie ni jugée. Car elles en ont connu, toutes les deux, des hauts et des bas au fil des ans, dont beaucoup partagés, les coups durs se rangeant surtout du côté de Kay, se rend compte Nora. Pauvre Kay, elle n'a pas toujours eu la vie facile, comparée à la sienne. Jusqu'ici !

« Comme tu ne me rappelais pas, je commençais à m'inquiéter », lui dit Kay.

En l'écoutant parler, Nora sent son sourire se figer sous l'effet d'une prise de conscience qui lui glace le sang. Et alors, pourquoi ne m'as-tu pas touché un mot de leur liaison ? Tu aimais ça, avoue, tu aimais regarder mon existence apparemment idéale sapée petit à petit dans ses fondements ; avoue, avoue ! Comme tous les autres, tu ricanais sous le masque de la sollicitude. Oh, pauvre Nora, quel malheur, alors qu'au fond tu te disais que le conte de fées était terminé, finalement. Elle passe le doigt sur le bord de son verre. Il ne faut pas qu'elle permette à ses pensées de prendre ce chemin. Ne pas se laisser submerger par la rancœur. Et par la crainte qui ronge son âme. En route pour rejoindre Kay ce soir, elle a décidé de tout lui dire à propos d'Eddie Hawkins. Elle a besoin de se confier à quelqu'un, de raconter les cris de l'homme suppliant qu'on l'épargne, et elle, qu'avait-elle fait ? Rien. Couru. Elle était aussi mauvaise, aussi coupable que lui, en lui proposant de l'argent pour le chasser, l'éloigner de son existence en miettes, car, à la fin, comme on fait son lit, on se couche, on ne récolte que ce que l'on sème, le mal que l'on fait, la douleur que l'on inflige, les mensonges que l'on profère ; ainsi avait résonné dans la nuit l'avertissement de sa mère tandis qu'elle se réveillait en sursaut à deux heures du matin, avec le bruit du vent, dans la lumière de l'ampoule extérieure. Ken n'était pas dans le lit. Entendant des voix, elle s'était ruée en bas, convaincue qu'Eddie Hawkins avait pénétré dans la maison, mais c'était seulement la télévision. Incapable de dormir, Ken était descendu.

« Si tu veux savoir, confesse Kay, j'avais peur que tu ne sois furieuse contre moi.

— Bien sûr que non, rétorque Nora avec un sourire forcé.

— On est amies depuis si longtemps que parfois…

— Tu n'as pas à t'inquiéter, la coupe Nora. Ce sont mes vagues à l'âme, tu sais bien comment je suis. »

Elle hausse les épaules.

« Je m'angoisse toujours.

— C'est tout à fait normal. Bien sûr. Surtout lorsque la vie vous a joué un sale tour. Ça change votre façon de voir les choses. On voit tout sous un autre jour. C'est en tout cas l'impression qu'on a.

— Le pire, approuve Nora, c'est le soupçon. Tout semble suspect. Même toi… Je veux dire, alors que tu es la personne la plus gentille, la plus compréhensive du monde, ma tête est traversée par toutes sortes de… de pensées noires.

— À propos de moi ? s'étonne Kay en retenant son souffle.

— Je te dis, je suis un peu folle. Quelquefois ça me fait peur.

— Pourquoi ? C'est Ken ? A-t-il…

— T'est-il déjà arrivé de tant réfléchir à une chose qu'au bout du compte tu n'es plus sûre de rien ?

— Que veux-tu dire ? rétorque Kay en se raidissant.

— Je ne l'ai encore jamais confié à personne, mais j'ai tellement peur, maintenant. Je crois que je… Crois-tu que je pourrais blesser quelqu'un ? Gravement ? Je veux dire, physiquement. Rouer quelqu'un de coups. Lui casser la figure.

— Non ! Jamais, voyons ! Ce n'est pas du tout ton genre. Pourquoi ? »

Kay se penche vers elle.

« Tu as envie de tuer quelqu'un ?

— Non, non, pas du tout. J'ai peur de l'avoir fait.

— Quoi, mais comment ? s'exclame Kay, stupéfaite.

— Justement, je ne sais même pas. Oh, quel merdier !

— Quoi ?

— Il y a un rêve que je fais tout le temps. »

Nora hoche la tête, hantée par le souvenir de ses terreurs nocturnes. Mais elle ne parvient pas à se résoudre à confier à Kay ce qui fera de cette dernière la dépositaire de sa honte. Elle baisse les paupières.

Kay lui tapote le dos de la main.

« Tu vas t'en sortir, tu verras.

— Il se passe tellement de choses, en ce moment. »

Nora boit lentement une gorgée de vin. La semaine a été rude, explique-t-elle à Kay afin de détourner la conversation. Ses nouvelles responsabilités sont usantes pour Ken. Il a une mine effroyable. Il devient insomniaque. C'est à peine s'il a dormi ces deux dernières nuits. Kay suggère qu'il pourrait prendre des somnifères. Il y a quelques années, elle avait elle-même perdu le sommeil, et après un traitement de quelques mois, elle avait retrouvé des nuits normales.

Normales, se répète Nora en son for intérieur en se redressant pour permettre à la serveuse de poser devant elle son espadon aux petits légumes – elles avaient toutes les deux choisi le même menu. Ce qui était « normal » prenait désormais pour elle un tout autre sens. « Normal » était réservé aux autres.

« En fait, je ne dors pas très bien moi-même, en ce moment, déclare Kay en découpant une tête d'asperge.

— Le travail ? » interroge Nora en sirotant son vin.

Kay hausse les épaules.

« Le marché de l'immobilier est morose ? ajoute Nora.

— Carrément mort, tu veux dire ! Hier, mon téléphone n'a pas sonné une seule fois. Pas une seule !

— Mais si ! » s'exclame Nora avec un sourire crispé en jetant un coup d'œil à la bouteille de vin dans son seau à glace.

Son verre est vide, mais elle préfère ne pas avoir l'air d'avoir besoin de boire.

« Et moi ? proteste-t-elle. Je t'ai appelée ! »

Kay a à peine touché son premier verre. L'unique que s'accordait Nora à dîner a été multiplié par deux, pleins à ras bord. Par trois. Ça ne peut pas faire de mal, a-t-elle lancé à Ken l'autre soir, quand il lui a fait remarquer qu'elle en était à son quatrième. Que lui répondre ? Rien. Ne lui restait plus qu'à détourner les yeux. Curieux comme toute sensation d'échec chez lui la comble d'aise. Il réveille en elle son désir de l'aimer, en même temps et aussi fort que celui de le haïr. De la pure perversité. Elle éprouve du plaisir à le voir souffrir, à savoir qu'elle n'est pas la seule à avoir mal. Elle jouit même de ses problèmes au journal. Il est plus que débordé, et pour la première fois de sa vie il a besoin d'elle.

« Tu as raison. Merci, Nora. C'est juste que je ne sais pas, je me sens, quoi, perdue… »

Ce subit aveu sidère Nora. Que peut-elle lui dire ? De bien des manières, Kay lui rappelle sa mère, si vaillante, leur beauté sereine malgré les coups du sort. Maîtresse d'elle-même, elle est typiquement le genre de femme qui rassure les hommes. Peut-être un peu trop.

Kay trouve qu'elle a des raisons de s'en plaindre. Elle a eu peu de relations stables, la plus longue étant une liaison de deux années avec un courtier en bourse de New York. D'après Kay, cet amour était arrivé au mauvais moment. Un type formidable, mais qui venait de divorcer et versait une pension alimentaire gigantesque à son ex-femme. Il avait fini par se fatiguer de faire la navette en avion un week-end sur deux pour voir Kay, alors qu'il passait l'autre avec ses enfants adolescents. Il l'avait suppliée de venir vivre à New York avec lui, mais, de son côté, elle commençait enfin à voir le bout du tunnel dans ses affaires. Elle avait sa propre agence. Elle n'était pas prête à tout laisser tomber et à prendre le risque de repartir de zéro si jamais ils se séparaient, surtout avec un jeune enfant à charge. Son agence est à présent l'une des plus grosses de la ville. Son fils chéri, Louis, est en deuxième année de médecine. Kay est une femme respectée, siégeant dans diverses commissions du gouvernement. Mais, aujourd'hui, elle semble étrangement lasse, hésitante, l'ombre d'elle-même.

Un autre mois comme celui-ci, lui confie-t-elle, et il faudra qu'elle résilie son bail et dirige l'agence de son domicile. Nora avance qu'elle ne s'était pas rendu compte que l'immobilier allait si mal. Ce ne sont pas que les affaires, admet Kay. La maladie d'Alzheimer de sa mère s'est aggravée au point que sa maison de repos actuelle ne peut plus la garder. La clinique Hillside à Belham propose de meilleurs traitements, plus spécialisés, mais c'est cher. Beaucoup trop cher pour sa mère. Kay est néanmoins déterminée à ce qu'elle reçoive tous les soins nécessaires… Les pensées de Nora s'envolent. Elle songe à sa propre mère. Morte brutalement.

Prématurément, avait dit Emily Shawcross, alors que Robin et elle étaient agenouillées devant le cercueil, le bras de Robin passé autour de sa taille. Après Ken, Nora avait appelé Kay pour lui annoncer la terrible nouvelle, puis Robin. Mais c'était Robin qui était arrivée la première à la maison. Robin qui avait emmené les enfants pendant que Ken et elle se rendaient à Colchester pour organiser les funérailles. Robin qui avait rempli le congélateur pour la semaine. Robin, l'indispensable, l'irrésistible, la seule personne au monde à qui elle ait jamais avoué la vérité à propos de M. Blanchard et du mensonge vicieux qui l'avait banni de la vie de sa mère. « Tu avais peur, ma chérie, c'est tout, peur de perdre ta maman aussi », avait chuchoté Robin à son oreille, en la prenant dans ses bras et en la berçant doucement.

« Louis propose de sauter le reste du semestre pour aider.

— Aider qui ? demande Nora en se servant un peu de vin, seulement un demi-verre. Ta mère ?

— Non. »

Les yeux noirs de Kay brillent. Elle pose sa fourchette et inspire profondément.

« Nora, murmure-t-elle, j'avais une tumeur. Maligne. »

Elle se touche le haut du sein gauche.

« On l'a enlevée, mais… mes ganglions lymphatiques sont… le cancer s'est étendu.

— Qu'est-ce que je peux faire ? S'il te plaît, Kay. Dis-moi ! » s'exclame Nora, bouleversée.

Kay essaie de sourire.

« Laisse-moi t'aider, insiste Nora.

— Merci. Pour l'instant, ça va. Mais je te promets de te faire signe. Je commence la chimio la semaine prochaine. Lundi.

— Je te conduirai. Je te ramènerai chez toi après, j'attendrai avec toi.

— Merci, mais tu me connais. L'efficacité même ! J'ai tout prévu : le transport, les perruques… C'est comme pour maman, tous ces détails à régler. Ce qui me fait penser… »

Elle sort un mince catalogue de son sac.

« C'est le moment ou jamais… »

Elle montre à Nora une perruque d'un blond platine avec une frange.

« Qu'en penses-tu ?

— Super ! approuve Nora, qui voit la perruque floue à travers ses larmes.

— J'ai toujours caché en moi une blonde évaporée. La blonde Kiki. C'est le moment d'ouvrir la boîte, tu ne penses pas ?

— Kiki… Oui, vous allez vous en sortir toutes les deux, j'en suis sûre. J'en suis sûre, répète-t-elle.

— Ce qui est sûr, c'est qu'on va faire de notre mieux », réplique Kay en s'essuyant les yeux avec sa serviette de table.

En pleurant, Nora fait signe à la serveuse d'apporter l'addition. Interloqués, les clients suivent du regard les deux femmes en pleurs qui quittent le restaurant.

« Tu sais ce qu'ils se disent ? murmure Kay pendant qu'elles enfilent leurs manteaux. Ils pensent que nous venons de rompre toutes les deux !

— Ça, c'est le pompon ! » grogne Nora en ouvrant la porte.

Elle trébuche sur la marche. Kay la rattrape par le bras.

« Tu te rends compte ! s'exclame-t-elle en riant et en s'appuyant contre son amie. Vraiment trop moche.

— Et alors ? Qu'est-ce que ça peut faire ? On est libres, non ? lance Kay en la prenant par le bras pour traverser le parking.

— On l'est ce soir, en tout cas », répond Nora en fondant de nouveau en larmes.

La voiture de Kay est la plus proche. Elles s'asseyent à l'intérieur. Elles parlent longtemps, un dialogue coupé de pleurs et de rires.

« Je ne peux pas m'empêcher de penser combien la vie paraissait simple, alors que… »

Kay laisse sa phrase en suspens, soupire, regarde par la vitre.

« Nous avions l'impression d'être heureuses. Au moins il y avait ça.

— Non ! s'écrie Nora en se tournant vivement vers Kay. Ce n'est pas une vie !

— L'inattendu est toujours là qui nous guette, raisonne Kay. Nous ne savons ni quoi, ni quand, ni comment, ni où, mais c'est là. »

Qui attend. Quelque part. Nora est parcourue d'un frisson. Mais où avait-elle la tête ? Dès qu'Eddie aura tout dépensé, il reviendra lui demander de l'argent. Elle aurait dû tout raconter à Ken. Il n'est pas trop tard. Elle va le lui dire. Bientôt, oui, quand les choses iront mieux entre eux. Elle croise les bras, comme pour se réconforter elle-même.

« Je sais, dit-elle tout haut. Tu as raison, et je ne cesse de me le répéter : il n'y a que le bonheur d'être ici qui compte. Ici, là, maintenant. C'est ainsi que nous devons vivre.

— Bon, peut-être, si tu es un chien ou un chat, renifle Kay, la réaliste.

— Ou Robin Gendron, laisse échapper Nora, qui rit elle-même de sa plaisanterie.

— Au fait ! Devine qui j'ai vu la semaine dernière, en ville, sortant du magasin de bricolage ? Robin et ton copain. Ce type… Celui qui a déjeuné avec nous. Tu te rappelles ? »

Nora parvient à peine à esquisser un hochement de tête.

« Le dernier en date des admirateurs de Robin, poursuit Kay. Ou faut-il dire “victime” ? Vu le bonhomme… »

Nora sent son cœur qui s'emballe. Ainsi s'infiltre-t-il partout, ce suintement venimeux. Pourquoi avec Robin ? Elle doit agir, mais comment s'y prendre ? La police, et confesser qu'elle a cédé à son chantage afin de s'en débarrasser ? Il n'a pas tenu ses engagements. S'il en a jamais pris. Lui a-t-il, même une fois, indiqué son intention de s'en aller ? Elle avait supposé qu'il voulait de l'argent. Qu'aurait-il voulu d'autre ? Elle n'aurait jamais dû lui céder un dollar. Qu'est-ce qui lui avait pris ? Un chantage, soit. Sachant où s'approvisionner, il était logique qu'il revienne tôt ou tard à la source. Mais que venait faire Robin là-dedans ?

Pour rentrer chez elle, Nora prend par la plus longue route, puis bifurque sur Dellmere Drive. Toutes les fenêtres sont éclairées chez les Gendron. Nulle voiture garée devant. Le vélo de Clay couché sur la pelouse gelée. Ce garçon, aussi peu soigneux que sa mère. Irresponsable… comme son père. On traite les choses n'importe comment, à croire qu'elles n'ont aucune valeur. Leur unique sujet de dispute, le jour où Nora avait dit à Robin qu'elle était trop laxiste avec Clay, le laissant aller et venir à sa guise, sans jamais ranger ses affaires. La discipline est une vertu que seuls les parents sont en mesure d'inculquer à leurs enfants. En prononçant ces mots, elle savait qu'elle allait la froisser, mais les amis proches n'étaient-ils pas là pour énoncer des vérités pas toujours agréables à entendre ?

« Les gosses apprennent beaucoup de choses au contact de leurs parents, Nora, du bon et du moins bon, mais je vais te dire quelque chose que Clay n'est pas. Il n'est pas peureux ; il n'a peur de rien ni de personne. C'est un garçon qui a confiance en son étoile », lui avait répondu Robin.

Le message était clair : son fils était mieux armé pour la vie que le sensible Drew, qui pleurait facilement et dont le caractère se révélait plutôt timoré.

Nora ne voit pas passer les jours suivants. Son inquiétude pour son amie Kay est sans cesse supplantée par la panique qui s'empare d'elle chaque fois qu'elle pense à Eddie ou à Robin. Quelle histoire absurde. Kay s'est sans doute trompée. Il est parti. S'il était encore là, elle aurait entendu parler de lui. Il est tôt dans la soirée. Ken et elle sont en route pour Boston, où ils vont rendre visite à Oliver. L'atmosphère est tendue. Sous la pluie diluvienne, les voitures roulent au pas, pare-chocs contre pare-chocs. Nora fixe les traînées floues des feux arrière. Ken est aussi crispé qu'elle. Une brève tentative de conversation a vite sombré dans le silence. Elle éprouve le besoin pervers d'être avec lui, même quand il n'en a manifestement pas envie. Comme maintenant.

Quelque chose ne va pas. Elle ne l'a jamais vu aussi nerveux.

« Allez, avance ! Connard ! » Il klaxonne. La voiture de devant, à cheval sur deux voies, met ses warnings. « Merde ! » Il klaxonne de nouveau.

Nora serre les dents.

« Ça sert à quoi ?

— À ce train-là, on n'arrivera jamais, dit-il en se courbant sur le volant.

— On est si pressés que ça ? »

Il ne répond pas. Il piaffait déjà d'impatience au moment de quitter la maison. Quand elle avait voulu parler à Drew, il avait insisté pour qu'elle attende leur retour.

C'est elle qui a tenu à l'accompagner. Au départ, il avait refusé, lui rappelant qu'Oliver n'aimait pas les visites, mais elle avait tenu bon. Ken et elle sont plus que jamais éloignés l'un de l'autre. Ensemble, ils sont isolés. C'est bien là le problème. Ou est-ce seulement celui de Nora ? Cette crainte permanente, l'impression de vivre avec une épée de Damoclès suspendue au-dessus de sa tête. Elle est toujours à cran.

Et maintenant il y a Drew, qui l'angoisse encore plus. C'est le deuxième jour d'affilée qu'il manque ses cours. Migraine et nausées, dit-il. Il prétend avoir passé la journée au lit à dormir, mais, quand elle est rentrée tout à l'heure du journal, elle a bien vu qu'il avait joué à ses jeux vidéo en bas et qu'il ne s'était pas recouché. Son lit était en désordre, mais dans le même désordre que ce matin. Avant de partir, en chargeant le lave-vaisselle, elle avait remarqué un petit verre à liqueur sur le panier supérieur. Elle l'avait reniflé : aucune odeur. Elle avait ouvert le placard à alcools. Mais à quoi cela servait-il, puisqu'elle aurait été incapable d'évaluer une quelconque baisse de niveau dans l'assortiment de boissons alcoolisées ? Ken aurait sans doute pu noter un changement, mais elle n'a aucune envie de provoquer un conflit supplémentaire entre le père et le fils. Drew ne cache pas son mépris pour son père. À la moindre provocation, Ken le fusille du regard. Elle était donc montée voir si Drew ne sentait pas l'alcool, mais il était sous la douche. Un verre à liqueur mouillé, après tout, cela ne voulait pas dire grand-chose. Il s'était sans doute amusé à se servir de petits verres de jus d'orange, ou de soda, comme le font les gamins. Et de toute façon, Chloé, au même âge que son frère, ne s'était-elle pas fait prendre en train de boire ? Oui, mais lors d'une fête, avec une bande de copains. Pas seule, un jour d'école, dans une maison vide.

« Ken, il faut trouver une solution pour Drew. Il souffre.

— Il se tourmente pour rien.

— Pour rien, tu crois vraiment, Ken ? Tes mensonges. Ses illusions bafouées. Ta double vie pendant des années… l'ambivalence de ton attitude. Tu ne vois pas combien cela est destructeur ? Pas seulement pour nous deux. Mais pour nos enfants. Ils étaient bien partis dans la vie, et voilà, soudain, que tout bascule. Et tu voudrais qu'ils ne souffrent pas, surtout Drew !

— Et toi, tu t'ingénies à jeter de l'huile sur le feu.

— Qu'est-ce que tu veux dire ?

— Ce sont des choses qui arrivent, Nora. Je ne dis pas que c'est bien, mais tout ce malheur, ce psychodrame à longueur de temps ! s'exclame-t-il en frappant son volant. Enfin, il n'est quand même pas le seul gamin dont la famille a des problèmes !

— Tu penses à Clay ?

— Oh, et puis merde, grogne-t-il.

— Tu as toujours fait des comparaisons entre eux. Toujours. Et ne crois pas que Drew n'en a pas conscience.

— Tu ne lâches jamais, n'est-ce pas ?

— Non. Pas quand il s'agit du bonheur de mes enfants. C'est sacré. Pour moi, en tout cas. »

Le trajet se termine dans un silence glacial. À la clinique, ils trouvent Oliver non pas dans son lit, mais assis dans un fauteuil, une couverture sur les genoux. Il est rasé de frais. Sa tignasse grise a été tondue. Il a maigri, et il a plutôt bonne mine. Hormis la paupière affaissée sur son œil droit, il semble en parfaite santé.

« Oliver ! » Déterminée à se montrer joyeuse, elle l'embrasse sur la joue puis lui ouvre les bras, se reprenant aussitôt. Si chaleureux que soient leurs sentiments l'un envers l'autre, leurs relations n'ont jamais été ouvertement affectueuses et ne le seront jamais. Quelles que soient les circonstances. En voyant la façon dont il serre les mâchoires, elle a peur qu'il ne soit furieux de la voir là.

Empêtré dans ses difficultés d'élocution, Oliver semble à peine noter sa présence. C'est sans doute ce que voulait dire Ken après sa dernière visite, quand il parlait de sa « persévérance ». Une fois que son frère s'est fourré une idée dans la tête, rien ne peut l'en détourner. Il ne veut plus lâcher le morceau. N'a-t-il pas toujours été ainsi ? se demande Nora, sagement assise, occupée uniquement à l'observer, essayant de comprendre.

La pile de *Chronicle* de la semaine tient en équilibre sur les genoux de Ken. Étant donné qu'il voit double d'un œil, Oliver ne peut plus lire très longtemps. Ken lui lit donc à haute voix des extraits d'articles. Surtout des papiers sur les élections partielles pour le conseil municipal. Une des candidates est Helen McNally, la vieille rivale d'Oliver. Nora s'étonne que Ken ait l'air si insensible à ce que cette nouvelle a de cruellement ironique. Elle voit que les lèvres d'Oliver frémissent. Depuis des semaines, McNally est sous le microscope des journalistes du *Chronicle*. Ce n'est pas dans la ligne éditoriale d'Oliver. Ce n'est même pas l'œuvre de Ken, mais celle de Joe Creel, le rédacteur en chef. Oliver parti, Creel a eu le champ libre, et cela fait toujours ça de soucis en moins pour Ken…

« Écoute ça, dit Ken en agitant le journal pour appuyer ses paroles. Au cours des quatre dernières années, McNally a ramassé pour neuf cent quatre-vingt-huit dollars de contraventions impayées ! »

Ce que l'article se garde bien de préciser, c'est que cette dame les a payées l'été dernier. Arrête ! a-t-elle envie de crier à Ken. En essayant d'impressionner son frère, il ne réussit qu'à aggraver sa détresse. Oliver pousse un grognement et lui adresse un signe de sa main valide, mais il a perdu l'aptitude d'exprimer ses pensées. Il s'agirait de quelque chose à propos de Stephen. Ken continue sa lecture.

« *Lon !* s'écrie Oliver en tapant du poing sur son plateau. Pas ! On pas…

— Quoi ? *Lon* pas quoi ? interroge Ken en regardant son frère par-dessus son journal, la mine soucieuse.

— Li… le… lire, bredouille Oliver. L'i… dée pas… que…

— Tu es fatigué. Tu préfères que j'arrête ? Je te comprends. Moi aussi, j'en ai marre d'entendre ma voix, répond Ken avec un de ces petits mouvements enjoués de la tête qui ont l'art d'exaspérer son frère.

— Non ! répète Oliver, le visage subitement empourpré. Tu… sais rien ! articule-t-il péniblement. Tu… jamais *mien*… su. Tu t'… fous. Voilà p… quoi. Pour… quoi, conclut-il en laissant son menton retomber sur sa poitrine, vaincu.

— Oliver », dit alors Nora.

Mais il ne tourne toujours pas la tête vers elle.

« J'ai… dit elle… *lon*… et… toi… la… mène quand… même.

— Allez, mon vieux. »

Ken caresse le bras de son frère.

« Ce n'est pas la faute de Nora…

— Me… me touche… *plas* ! » hurle Oliver.

La stupéfaction cloue Ken sur place. Oliver a les commissures des lèvres qui brillent : il bave un peu. Sa poitrine se soulève et s'abaisse irrégulièrement. Il tangue dans son fauteuil. Comme un enfant puni que l'on a mis au coin.

« Oliver ? dit Nora d'une voix douce, se glissant dans son rôle coutumier quand ils sont tous les deux. Pardonne-moi. Tu veux que je m'en aille ? Je sais, je n'aurais pas dû venir. Mais je voulais te voir.

— Bon… ici. »

Oliver tente d'étendre vers elle son bras valide, ce qui représente pour lui un gros effort.

« Pour ton… *pagir*. »

De nouveau, dans ses yeux, cette lueur de panique devant sa difficulté à se servir de la parole. Elle se force à sourire. Si elle parle, elle risque de fondre en larmes. Oliver braque un regard lourd de ressentiment sur Ken.

Stephen est passé ce matin, parvient enfin à leur faire comprendre Oliver. En route « pour… *voler* ». Oliver secoue le poing de frustration.

« Voler. Ah, très bien. Voler, son vol. On finit par y arriver, déclare Ken sans tenir compte de la grimace furibonde de son frère. Ça va prendre du temps, voilà tout, Oll. Dis donc, ajoute-t-il en tapotant le bord du plateau tandis qu'il se lève. Tu ne voudrais pas un petit quelque chose ? Un magazine ? Un truc à grignoter ? » demande-t-il en lançant un regard à Nora.

Nora sait combien c'est dur pour Ken ; il ne peut pas se défiler comme d'un comité de rédaction au déroulement semé d'épines. Son impatience n'est pas passée inaperçue.

« Arr… ête de di… ri… ger le *mournal*… ! glapit Oliver.

— Quoi ? »

Ken, qui a atteint le seuil de la chambre, se retourne.

« Qu'est-ce que tu racontes ?

— Ce… ce… Gendron ! Ta vie pri… vée… tu peux… pas *rouiner* le *mournal. Nion !…* »

Ken, devenu rouge écarlate, serre ses lèvres si fort qu'elles blêmissent à vue d'œil. Malgré les mots qui jaillissent en bouillie de sa bouche, Oliver vient clairement d'accuser son frère de n'écouter que son égoïsme, sans jamais tenir compte de ce que lui disent les autres, ni au journal ni dans sa famille.

« … Tu… *rouines* tou… jours tout !

— Arrête, Oliver ! intervient Nora. Tu es injuste. Ken essaie de t'aider. Il s'occupe du journal avec la meilleure volonté du monde. Je sais que c'est très dur pour toi, cette épreuve, mais ne fais pas ça. Ne te venge pas sur lui !

— Ce n'est pas notre genre… on n'est pas du genre à cacher des choses ! » rétorque Oliver dans un accès de clarté verbale alors que Nora prend la porte.

Avant de disparaître, elle lui lance :

« Mais si, Oliver, tout le temps, tout le monde le fait !

— Pour toi, oui, toi ! toi ! toi ! »

La voix d'Oliver la poursuit dans le couloir. Lorsque Ken la rejoint dans la voiture, elle est encore toute tremblante.

« Je suis désolée, j'aurais dû m'abstenir », lui dit-elle.

Elle se sent affreusement coupable. Pauvre Oliver, c'est facile pour elle de se défouler sur lui, avoue-t-elle à Ken.

« Mais Stephen, pourquoi agit-il de cette manière ? Surtout maintenant, à courir au chevet d'Oliver pour un oui pour un non. Pourquoi ne vient-il pas te trouver, toi, quand il y a un problème ?

— Il est venu me voir, je lui ai dit d'aller se faire foutre ! »

Choquée, elle observe en silence le ballet des essuie-glaces. Puis, au bout d'un temps, elle s'enquiert :

« Pourquoi ?

— Parce que… où que je me tourne, je… »

Il frappe le volant.

« Tu te sens pris au piège ? »

Il lui lance un regard en coin, puis fixe de nouveau la chaussée, où les nids-de-poule se sont transformés en lacs.

« C'est la vérité, dis ? insiste-t-elle.

— La vérité, c'est que je ne sais plus où donner de la tête !

— Ah oui ? Entre moi, les enfants et le journal ?

— Je suis un imbécile, je te l'accorde, mais je n'avais jamais imaginé me retrouver un jour dans une situation pareille, avoue-t-il d'une voix qui se brise.

— Tu ne trouves pas que tu en fais un peu trop ? Ce n'est pas facile, c'est évident. Cela prendra du temps, Ken. Plus longtemps qu'on pourrait le croire. Surtout maintenant qu'Oliver est mal en point et que tu as toutes ces responsabilités sur le dos. Mais nous sortirons plus forts de cette épreuve. J'en suis persuadée. »

Elle lui pince la nuque. Ses muscles sont rigides.

« Tu entends ? »

Il conduit en silence.

« Il faut que nous arrivions à parler, Ken. Surtout que tout est lié. Les enfants, notre travail, le…

— Dans ce cas, j'aimerais bien savoir qui est Eddie Hawkins ?

— Que veux-tu dire ? »

Ses oreilles bourdonnent, comme si elle venait de recevoir une énorme claque.

« Ce type que j'ai rencontré. La nuit où Oliver a eu son attaque. Je t'ai parlé de lui. Il dit qu'il te connaît.

— Pas vraiment. Enfin, si, autrefois. Il y a des années. L'année après mon bac. Le job que j'avais à l'hôtel du Lake George, tu te rappelles ? Je t'ai raconté. »

Elle soupire.

« Bon sang, cela fait quoi ? Vingt-cinq, vingt-six ans ?

— Il t'a vue. Il t'a parlé. Très récemment. Il me l'a dit. Vous avez rattrapé le temps perdu, d'après lui. Une histoire de voyage que vous auriez fait tous les deux. Ensemble.

— Il t'a dit ça ? Quel culot !

— Nora, que se passe-t-il ?

— Je ne sais pas. Rien ! C'était un mec, voilà tout. J'avais dix-sept ans. Et encore.

— Non, je te parle de maintenant. »

Quelque chose dans son intonation la remplit d'effroi.

« Qu'est-ce que c'est que toutes ces cachotteries ? »

La vue de Nora se brouille.

« Mais… rien. Il n'y a rien.

— Alors pourquoi n'avoir rien dit ? Ce soir-là. Je t'ai pourtant dit son nom. Tu…

— Tu veux en arriver où, Ken ? Tu penses à quoi ? Avec tout ce qui se passe en ce moment. J'ai de la chance de me rappeler mon propre nom, oui ! »

Elle se tourne vers sa fenêtre. Ainsi, ses craintes étaient justifiées. L'argent ne lui suffit pas. C'est clair. Et Ken a deviné. Il attend qu'elle passe aux aveux.

« Bon, dit-elle enfin, alors que la voiture s'engage dans leur allée. Il est bizarre, voilà pourquoi je n'ai rien dit.

— Comment cela, bizarre ?

— Eh bien, tu vois, la façon dont il a reparu. Brusquement. Après toutes ces années.

— Qu'est-ce que cela a de bizarre ? Ce sont des choses qui arrivent. »

Paradoxalement, le fait qu'il manifeste inquiétude et curiosité la rassure. Elle se sent moins seule.

« Tu comprends, je ne peux pas le sentir. Déjà à l'époque. Et il le sait très bien. »

Prise de frissons, elle croise les bras. Même ce demi-aveu lui procure un soulagement infini.

« Et l'idée qu'il soit tombé sur toi, ça me donne froid dans le dos. »

Elle se met à claquer des dents.

« Et maintenant, le voilà qui revient ? Qui vient te voir ? »

18

Depuis sa création, la Sojourn House s'accommode de deux lave-vaisselle de seconde main, l'un et l'autre issus de dons. L'une de ces machines étant en panne et sa réparation se révélant trop onéreuse, déclare le père Grewley qui préside à la table de conférences, il va falloir investir dans un modèle pour collectivité.

Il est dix-neuf heures quarante-cinq. Cette réunion exceptionnelle a été convoquée d'urgence. Le refuge héberge huit femmes et dix enfants, il est donc essentiel que la cuisine soit en état de fonctionnement, poursuit le prêtre. Nora acquiesce. Elle s'efforce de se concentrer ; toute forme de distraction lui permettant d'échapper à ce qui tourne dans sa tête est la bienvenue. Elle plonge la main dans son sac afin de prendre un mouchoir en papier. Elle feint de s'essuyer le nez, importunée par les relents de liqueur et de parfum musqué. Ces relents proviennent de Letitia Crane, qui, assise à côté d'elle, la bouche en cul de poule, se tourne les pouces, profitant de toutes les ouvertures pour leur assener un sermon. À mesure que Crane-Copley et Lyndell s'enfoncent dans des imbroglios judiciaires, Letitia devient plus querelleuse. Depuis que son nom a été omis par erreur sur l'en-tête du papier à lettres de la Sojourn House, plus rien n'échappe à son pinaillage. Pourtant, songe Nora, ne sont-elles pas toutes les deux, Letitia et elle, telles des naufragées cramponnées au même radeau ?

Le père Grewley fait circuler un catalogue. Un lave-vaisselle bien mastoc de la marque Exlon vaut seulement mille dollars. Le vendeur a accepté de l'installer gratuitement et d'enlever l'ancienne machine. Maintenant, le père Grewley n'a plus besoin que du feu vert du comité d'administration. Il a l'air éreinté. Il ne s'est pas couché de la nuit. Un des enfants de la maison, un petit garçon de cinq ans, a été hospitalisé hier avec une fièvre de cheval.

Chaque membre vote à tour de rôle, la proposition ne récoltant que des « Bien sûr » et des « Super ».

« Oui, bien sûr ! » s'exclame Nora, horrifiée par la fausseté de son ton.

À présent, tout lui semble forcé chez elle, la moindre de ses paroles, le plus petit de ses gestes sonnent faux. Elle ne devrait même pas se trouver ici. Ils ont besoin de quelqu'un qui a plus d'envergure. Ils méritent mieux qu'elle. Surtout ce soir.

« Je vous demande bien pardon », déclare Letitia d'une voix forte.

Elle est la dernière à voter.

« Je pense que nous passons à côté de quelque chose de beaucoup plus important.

— Et quoi donc ? » s'enquiert Chris Arrellio.

Seul représentant du sexe fort, hormis le bon père, il ne cache pas son exaspération devant la manie d'ergoter de Letitia.

« L'esprit communautaire, rétorque Letitia en le fusillant du regard. Ces femmes pourraient apprendre à se prendre en charge elles-mêmes. »

Bruits de papier froissé, de pieds frottant sous la table. Tout le monde se tait, jusqu'à ce que la douce voix de Betsy Gleason rompe le silence :

« Comment cela, Letitia ? De quelle manière ? »

Chris Arrellio soupire dans le col de son blouson en daim. Son affaire – une chaîne de lavage automobile – a fait de lui un homme riche. Il est du genre à ne jamais tourner autour du pot et à se montrer facilement irascible. Il est sur le point d'exploser, juge Nora, non sans un certain plaisir. Mais Letitia ne démord pas de son idée.

« Au lieu de toujours tout leur servir sur un plateau, ne devrait-on pas plutôt leur donner une leçon d'autonomie ? En faisant tout pour elles, ne les maintenons-nous pas dans leur position de victimes ? Elles devraient contribuer à trouver des solutions à leurs problèmes, non ? Au lieu de leur acheter un lave-vaisselle qui coûte cher, il vaut mieux les pousser à donner un coup de main. Laver leur propre vaisselle, pour l'amour du ciel ! Je veux dire… »

Un léger bruit. Quelqu'un frappe à la porte. Une nouvelle employée, Dale Morgan, vient chuchoter quelques mots à l'oreille du père Grewley. S'excusant, ce dernier se lève et quitte la salle. En son absence, la discorde gagne peu à peu le tour de la table. Aussi étonnant que cela puisse paraître, Letitia a trouvé une alliée en la personne de Krenna, une Allemande toute ratatinée, qui en général n'ouvre jamais la bouche mais qui à présent approuve tout haut l'idée qu'on en fait trop pour les pensionnaires. Peut-être vaudrait-il mieux leur apprendre à faire face à l'adversité.

Faire face à l'adversité, pense Nora en fermant les yeux. Mais comment, quand on n'a plus rien à quoi se raccrocher ? Tout à l'heure, à table, la paix fragile entre Drew et Ken s'est rompue lorsque, Drew ayant grommelé et refusé de passer le beurre à Chloé, Ken l'a prié de montrer plus de respect à l'égard de sa sœur. La réaction de Drew a été instantanée. Il est sorti en hurlant : « Allez vous faire foutre ! J'en ai marre ! » avant de claquer la porte.

« Laisse-le ! a crié Ken à son tour alors qu'elle s'apprêtait à se précipiter à sa suite. Cette fois-ci, c'est trop. S'il veut bouder, qu'il aille le faire ailleurs.

— Non, Ken. »

Par ce « non », elle voulait lui dire que, si un jour elle devait choisir, ce serait à lui qu'elle demanderait de quitter la maison. À son mari, pas à son fils.

« Mais, maman, il est tout le temps de mauvaise humeur, a déclaré Chloé. Tu le verrais au lycée. C'est pénible, à la fin. Il est toujours seul. Il refuse de parler aux autres. Il est… je sais pas, moi… bizarre.

— Tu devrais peut-être lui parler, toi ! Tu es sa sœur, après tout. Il a peut-être juste besoin que tu fasses un peu attention à lui. Que quelqu'un s'intéresse à ce qu'il a dans la tête ! a-t-elle rétorqué, la voix rauque d'émotion.

— Maman ! s'est écriée Chloé en se levant d'un bond. C'est injuste, ce que tu dis là, et tu le sais très bien ! »

Sur ces paroles, elle a jeté sa serviette sur la table et est sortie en courant pour monter l'escalier quatre à quatre.

« Elle a raison, a concédé Nora, plus pour elle-même que pour Ken, qui semblait plongé dans la contemplation de son assiette encore pleine. C'est injuste. Très injuste même. »

« Nora ? » Le père Grewley lui fait signe sur le seuil. Peut-elle lui prêter main-forte ? Elle a les jambes en coton. Drew. Quelque chose est arrivé. Quand elle est partie, il n'était pas encore rentré.

« C'est Alice, lui dit le père Grewley alors qu'ils marchent à grandes enjambées dans le couloir qui mène à son bureau. Une voisine l'a conduite jusqu'à nous. Elle est dans un sale état. Il l'a bien amochée, cette fois. »

Alice est assise dans la pénombre, la tête dans les mains. La voisine, Roz, une femme au visage ridé encadré de longs cheveux gris, s'excuse d'avoir éteint le plafonnier : la lumière faisait mal aux yeux d'Alice. Roz voulait l'emmener à l'hôpital, mais Alice a refusé. Elle a peur qu'ils n'appellent la police et que Luke n'ait des ennuis. Et puis, ajoute Roz, Alice n'a pas d'assurance maladie. Le père Grewley demande où sont les enfants. Le mari de Roz est en train de les conduire chez la mère d'Alice. C'est bien ce qu'elle souhaite ? Il se penche vers Alice, qui hausse les épaules. Sa tête dodeline un peu, tel un poids mort au bout d'une tige.

« Pauvre petite. Elle ne sait pas ce qu'elle veut », murmure la voisine à Nora, laquelle retient sa respiration, écœurée par l'odeur pestilentielle de tabac qui imprègne les vêtements de cette femme. Alice croit qu'elle va faire une fausse couche… Comme si elle avait besoin d'un drame de plus en ce moment.

La seule chambre libre se trouve au troisième étage. Une petite pièce froide et humide sous les combles. Un vieux tapis est posé sur le plancher gris. Il y a cependant une jolie commode peinte au pochoir et un grand lit en acajou recouvert d'une couette jaune. Autre agrément : une salle de bains privative, ce dont ne bénéficient que quelques occupants de la maison. Nora attend dehors sur le palier. Maizie Dennehy demande à rester un moment seule avec Alice. Maizie est l'une des quatre infirmières disponibles vingt-quatre heures sur vingt-quatre en cas d'urgence. Le père Grewley sort de la chambre, l'air plus déterminé que jamais. Les malheurs d'Alice apportent de l'eau à son moulin. Sur le palier, avant de redescendre pour poursuivre la réunion, il confie tout bas à Nora que, si Letitia persiste à s'en prendre aux méthodes de la Sojourn House, elle doit donner sa démission pour le bien du comité. Et *elle* aussi, ajoute Nora en son for intérieur, penaude, car elle vient de se souvenir, prise par le tourbillon de ses propres ennuis, qu'elle a oublié de rappeler Alice. Décidément, elle ne voit plus rien d'autre que son petit monde à elle.

Après avoir refermé la porte de la chambre, Maizie les retrouve sur le palier. « Elle va peut-être faire une fausse couche, mais au moins elle n'a rien de cassé », les informe-t-elle. Maizie est une jolie blonde pétillante, un peu forte. Toujours le sourire aux lèvres, même maintenant. Elle est l'infirmière préférée des pensionnaires. « Quelques ecchymoses. Il lui a surtout donné des claques. Chaque fois qu'elle essayait de se lever, il recommençait. Mais il n'est pas fou, il n'a quand même pas tapé assez fort pour l'envoyer à l'hôpital. Ah, ils finissent par connaître la musique. »

L'espace d'un instant, Nora ne sait pas si ce « ils » s'applique au bourreau ou à la victime. Aux deux, conclut-elle en entrant dans la salle de réunion, et à elle aussi, victime de ses propres erreurs. Eddie, chassé par la porte et revenu par la fenêtre. Il n'y a pas de fin à la douleur et à la cruauté. Elles vous guettent partout. Quand elle pense qu'elle s'est longtemps considérée comme à l'abri de tout cela. Une simple spectatrice. Une bonne âme. Au bout du compte, quelle différence entre elle et les autres ?

Alice est assise dans le lit. Elle détourne la tête, fuyant la lumière qui pénètre dans la chambre par la porte ouverte. Ouverte par Nora.

« Pardon, dit Nora. Je peux faire quelque chose ?

— Non. »

Le vide. Une porte se refermant sur une maison abandonnée. L'espoir anéanti. L'amour. Les enfants, tous les rêves de jeunesse soufflés par ce seul mot. Non. Rien.

« Ça va s'arranger. Vous êtes forte. Je sais que vous n'y croyez pas pour l'instant, mais vous verrez. Vous finirez par trouver l'issue. Ce sont vos enfants qui vous donnent votre force, Alice. C'est cette force qu'il essaie d'anéantir en vous maltraitant. Mais vous n'allez plus le laisser faire, n'est-ce pas ? Jamais plus.

— J'aimerais être morte.

— Vous ne pouvez pas dire ça. Vous n'avez pas le droit. »

Elle se penche sur le lit.

L'angoisse crispe le visage d'Alice.

« Vous avez toutes les raisons de vivre.

— Plus maintenant, soupire Alice avec un petit sourire. Je suis enceinte. C'est pour ça qu'il m'a battue. Il est fou de rage. Il m'accuse de l'avoir fait exprès. De l'avoir piégé. Parce que c'est la seule chose que je sais faire…

— Mais c'est ridicule ! Bien…

— Mais si, c'est vrai. Il a raison. Je l'ai voulue, cette grossesse. Tout ce que je veux, c'est qu'on forme une famille heureuse, sanglote-t-elle, le nez dans la couette. J'ai voulu chacun de mes enfants. »

Nora la laisse pleurer. Elle voudrait la prendre dans ses bras, mais elle ne le peut pas. Robin n'hésiterait pas, elle. Pour Robin, ce serait un geste naturel. Nora se rappelle les larmes de Robin le jour où celle-ci lui avait annoncé qu'elle était enceinte – de Lyra. Elle ne désirait pas cet enfant, elle avait même téléphoné à une clinique qui pratiquait l'avortement, puis avait décidé que cette grossesse était un signe : un nouveau bébé, une nouvelle vie au sein de leur foyer troublé allait peut-être remettre sur la bonne voie tout ce qui avait déraillé dans son couple, lui avait déclaré Robin, se raccrochant à cette lueur d'espoir, ouvrant les bras à Nora, qui était restée plantée là, pétrifiée de honte de ne pouvoir répondre à son appel par une marque d'affection élémentaire. Aujourd'hui encore, Nora se demande ce qu'il y a en elle de trop réservé, presque de figé, glacé, qui l'a empêchée de consoler cette femme qu'elle aimait. Car, oui, elle l'avait aimée d'un amour profond, comme elle n'en avait jamais éprouvé pour aucune autre femme. Aussi, combien ils avaient été cruels, Robin et Ken, d'avoir agi ainsi, de s'être servis d'elle. Et au bout du compte, combien tout cela était prévisible. C'était sa faute à elle : elle avait nié l'évidence, elle leur avait facilité les choses. Parce qu'elle s'accrochait à l'idée qu'*elle* était aimée.

« Quoi qu'il arrive, vous avez vos enfants, Alice. Vous formez toujours une famille. Ce qui compte, ce sont eux, vos enfants. Vous serez tous mieux sans lui. C'est certain. »

Alice a toujours le visage blotti dans sa couette. Et Nora Trimble Hammond, qui n'est même pas capable de s'asseoir à la table commune de cette maison pour partager un repas avec les pensionnaires, enlace cette femme brisée. Alice est comme une enfant, se dit-elle, elle attend quelque chose de sa part, de la bonté, de la sagesse, un élan de sympathie. Nora résiste à la tentation de se rétracter, mais elle est remplie d'effroi.

« Là, là, là », chuchote-t-elle en appliquant sa main contre la nuque d'Alice, contre ses cheveux emmêlés et humides.

Sales, pense-t-elle avant de s'apercevoir qu'ils sont imprégnés de sang. Cette odeur écœurante... et familière.

« Tout va s'arranger. Vous verrez. Je vous le promets », lui dit-elle en se forçant à rester auprès d'elle, à ravaler ses haut-le-cœur.

Un avion de tourisme passe dans le ciel au-dessus de leurs têtes. Son vrombissement masque un moment les voix des enfants. Il la surveille du coin de l'œil. Le vent souffle par bourrasques. Il enfouit son menton plus profondément dans son col. Il déteste le froid. À l'exception de la fillette, les autres portent bonnets et moufles. La fillette tourne en courant autour du manège avec des cris et des rires. Deux petites filles cherchent à l'attraper. Seule sous le caroubier au tronc noueux, sa mère est assise devant une table de pique-nique au bois patiné gris argent. Son visage est dissimulé par la visière d'une casquette de base-ball vert pomme. Tandis qu'il se rapproche d'elle, des cosses craquent sous ses pas. Le portable à l'oreille, elle est totalement absorbée par sa conversation. Elle ne lève les yeux qu'à l'instant où il s'assied.

« Il faut que j'y aille, dit-elle en fermant le clapet d'un coup sec. Je ne t'avais pas vu. »

Elle s'adresse à lui comme si elle l'accusait. Malgré tout, il lui sourit en répondant :

« Tu parlais.

— Ma mère, précise-t-elle avec assez de précipitation pour qu'il devine qu'elle ment.

— Pourquoi ne prends-tu pas mes appels ? »

Elle se lève et cherche du regard Lyra, qui est en train de se balancer, couchée à plat ventre sur une balançoire en caoutchouc, les bras en croix et les jambes écartées. Comme un insecte pris au piège, songe-t-il. Les pattes des grillons, il les arrachait. Et quel calme délicieux il ressentait ensuite.

« Je t'ai envoyé plein de messages, tu en as forcément reçu un.

— J'ai eu une journée infernale. Des rendez-vous de médecin. Et puis Clay… il s'est blessé. C'est le premier jour où Lyra sort un peu de la maison.

— Ce n'est pas une excuse.

— Il fait froid, je sais, mais elle a besoin de prendre l'air. »

Grelottant dans sa petite veste en jean, elle croise les bras, révélant une bande de peau toute douce à la taille. « Lyra ! » crie-t-elle en se levant brusquement, comme s'il y avait un problème, alors que la fillette s'est contentée de sauter de la balançoire pour courir vers le toboggan. Au lieu de grimper à l'échelle, Lyra entreprend d'escalader le plan incliné. En haut, une enfant plus petite attend son tour pour se laisser glisser. Et derrière elle, sur l'échelle, une fillette avec des lunettes, les joues rouges et les cheveux bouclés, attend aussi son tour, un grand sourire aux lèvres. Lyra rit. Cela l'amuse de leur barrer le chemin, d'embêter tout le monde, se dit Eddie en emboîtant le pas à Robin. Elle ordonne à Lyra de descendre du toboggan et de laisser les deux autres fillettes tranquilles.

« C'est Jane, là ! » s'exclame Lyra en montrant du doigt la plus petite qui, contrairement à Lyra, est emmitouflée dans une combinaison de ski. Elle est assise, les jambes écartées. « Et Mary, là, c'est sa sœur. » Les deux fillettes sourient à Lyra. « Vas-y, Janie-Jane ! » lance joyeusement Lyra, moqueuse, comme sa mère.

À l'instant où Robin tend les bras pour attraper sa fille sur le toboggan, la petite Jane se laisse glisser et vient percuter des deux pieds le ventre de Lyra, qui bascule en arrière sur le sol congelé. Et Mary dévale le plan incliné à son tour, tombant sur les deux autres.

Eddie glousse. Sale gosse. Elle n'a que ce qu'elle mérite.

Lyra hurle. Robin aide les petites, qui pleurent, à se relever. Leur mère accourt du bac à sable, où elle ramassait les jouets épars.

« Janie ! » s'écrie la mère.

Le nez de la plus jeune saigne. Sa sœur lui fait un câlin.

C'est l'autre qui aurait dû se faire mal, estime Eddie. Lyra, l'emmerdeuse.

« Je suis désolée, dit Robin. Lyra n'aurait jamais dû monter de ce côté, elle ne le fait pas d'habitude. »

Son stress l'excite. Il a envie de voir l'autre mère l'agresser, l'attaquer, la blesser. Robin l'aura bien cherché. Une bonne claque, voilà qui lui ferait le plus grand bien, en plein sur ses lèvres pulpeuses. Il serre les poings en se les figurant autour de ses poignets et imagine son doux visage humide de larmes levé vers lui dans une expression implorante.

Les femmes se demandent mutuellement pardon, disant que c'est en fin de compte une bonne leçon pour les petites…

Une bonne leçon, oui, se dit Eddie, stupéfait de voir que Robin s'en va. Lyra dans les bras, elle presse le pas. Il l'appelle. Elle accélère encore l'allure. Elle a garé sa voiture non pas dans le parking du square, mais de l'autre côté de la rue, derrière la pharmacie… pour se cacher… de lui, il le sait. Mais il ne va pas la perdre de vue. Il marche derrière elle, si près qu'il l'entend haleter. Il attend qu'elle installe Lyra dans son siège. Une fois qu'elle a refermé la portière, elle s'y adosse. Elle protège son enfant, c'est évident. Levant les mains en l'air, il recule d'un pas.

« Quoi ? Qu'est-ce que j'ai fait ?

— Rien. »

Son pâle sourire le rend enragé.

« Je suis pressée, voilà tout. »

Elle relève sa manche pour consulter sa montre, ostensiblement. La vue du fin duvet brun sur son avant-bras le fait bander à lui faire mal. Cette preuve tangible de sa réalité terrestre la rend encore plus désirable. Une femme de chair envahie par la peur, née pour le plaisir de l'homme. La soumission se lit dans le lent glissement de son regard. Ses lèvres douces frissonnent.

« S'il te plaît », ajoute-t-elle.

Elle le contourne pour ouvrir sa portière. Elle se met au volant.

« Dis-moi ce qui ne va pas », dit-il en retenant la portière.

Elle ne peut pas la fermer sans lui écraser la main.

« Ne fais pas ça. S'il te plaît. »

Sur ces mots, elle démarre la voiture. Une femme sort de la pharmacie et monte dans la voiture voisine. L'instant d'après, elle leur jette un regard avant de sortir de sa place de parking.

De nouveau, Robin essaie de fermer sa portière en disant qu'elle est pressée. Pourquoi ? l'interroge-t-il en haussant le ton. Il ne comprend pas. Il avait l'impression qu'ils étaient amis, et puis maintenant... Pourquoi ?

« Tu m'as raconté beaucoup de choses, ton projet de logements sociaux, ton frère malade, tes affaires, mais tu ne m'as jamais dit que tu connaissais Nora.

— Nora, oui, je la connais. Et alors ?

— Tu sais très bien.

— Non, je ne sais pas. Qu'est-ce que ça peut faire ? »

Il se fend d'un grand sourire. Il joue avec elle, cela l'excite. Il se sent puissant.

« Maman ! gémit Lyra en donnant un coup de pied à l'arrière du siège de Robin. J'ai envie de faire la grosse commission ! Tout de suite !

— Il faut que j'y aille », insiste Robin en mettant la marche arrière.

Comme il ne bouge pas d'un pouce, elle répète d'une voix suppliante :

« S'il te plaît.

— Je l'ai connue il y a très longtemps. Je suis tombé sur elle par hasard. Voilà, c'est tout, je te jure ! lui assure-t-il en ouvrant davantage la portière et en se penchant vers elle. Robin… Elle n'a rien à voir avec nous. Voyons. »

Une expression de terreur altère les traits de Robin, tandis qu'il prend sa joue en coupe au creux de sa paume.

« Tu es ce qui m'est arrivé de plus beau, murmure-t-il. Tu dois me croire.

— Oh, mon Dieu », hoquette-t-elle parce que la sale gosse à l'arrière pique une colère – elle lance des coups de pied frénétiques et menace d'une voix stridente de salir sa culotte.

Robin se penche de côté pour échapper à sa caresse. Sur le volant, ses mains sont crispées. Elle recule doucement son véhicule, jusqu'à ce qu'Eddie soit obligé de lâcher prise. Puis elle démarre en trombe.

Il a des démangeaisons partout. Ses yeux le piquent. Salope ! C'est la faute de Nora. Pourquoi les gens cherchent-ils toujours à lui mettre des bâtons dans les roues ?

Tout le met hors de lui, la respiration sifflante du gars obèse qui attend à côté de lui que le bonhomme passe au vert, la morsure du vent, puis le bruit des klaxons à l'entrée du parking où il a laissé sa voiture. Et, pour couronner le tout, le papillon orange qu'il trouve sous son essuie-glace. Il le déchire en mille morceaux, qu'il jette d'un geste furieux en direction du parcmètre. Plus il y pense, moins cela a de sens. Elle voulait que personne ne sache. Et tout cet argent qu'elle lui a offert, alors qu'il n'avait rien demandé ? Pourquoi aurait-elle parlé ? À moins qu'elle n'ait mené une petite enquête sur ce qui s'est passé jadis, et qu'elle sache désormais qu'elle n'a rien à craindre. Qu'elle ne lui doit rien. Brusquement, il a peur. Et si elle exigeait qu'il lui rende son argent ? Si elle se mettait à l'accuser d'extorsion de fonds ? Si elle avertissait la police, alors qu'ils viennent de coller un PV à la voiture de la grosse pute ? Et lui dans la voiture de la grosse. Une voiture toute neuve. Il y a longtemps qu'il aurait dû s'en débarrasser. Il y a beaucoup de choses qu'il aurait été plus avisé de faire.

Le plafond est jauni par la fumée de cigarette. La moquette marron dégage une odeur de poussière et de moisi. Le matelas pue la pisse. Il dort en général la fenêtre entrouverte. Mais, depuis deux nuits, le chauffage est coupé. Charlie est monté deux fois vérifier le thermostat. Irréparable, et l'électricien a un chantier ailleurs, constate-t-il avec un haussement d'épaules. Eddie réplique qu'il n'a qu'à en appeler un autre.

« Facile à dire, soupire Charlie en fixant sur lui ses petits yeux porcins. Je suis juste le gérant. Je peux pas prendre d'initiative.

— Et si vous regardiez le compteur ? » suggère Eddie.

En grommelant, Charlie s'agenouille et soulève le couvercle du compteur. Eddie en profite pour faucher dans son seau à outils un tournevis et des pinces.

« Y a rien qu'a l'air de clocher », conclut Charlie en maugréant de plus belle pour se relever.

Il ne faudrait pas prendre Eddie pour un imbécile. Il sait parfaitement que la copine de Charlie, Tiff, à la dentition abîmée, chargée du ménage, fouille dans ses affaires. Eddie ne lui permet plus d'entrer. Et elle le déteste.

Un peu plus tard dans la soirée, dès que la loge du gérant s'est éteinte, Eddie endosse une grosse veste. Il laisse la télé allumée, le son bas, la lumière. Il ferme la porte de la salle de bains, au cas où, puis sort en catimini en verrouillant la porte derrière lui. Il roule vers le nord, jusqu'à l'État du Maine. Kittery, une petite ville de la côte. C'est sa première visite, et elle lui plaît bien, avec ses rues étroites et sinueuses bordées de maisons en bois pittoresques. Il est à la recherche d'une voiture dont l'aspect indiquerait qu'elle est rarement utilisée. Peu remarquée. Il continue vers le nord. Des motels et des cabanes de pêcheurs. Des boutiques de souvenirs. Des centres commerciaux. C'est alors qu'il en repère une, à côté d'une grange à moitié écroulée, à l'écart des autres vieilles bagnoles garées le long du chemin de terre battue. Il aperçoit à quelques mètres une modeste maison peinte en blanc, plongée dans l'obscurité la plus totale. Eddie s'arrête un peu plus loin au bord de la route, rebrousse chemin à pied, outils à la main. La première vis se desserre du premier coup. La seconde est rouillée. En faisant tourner la plaque d'immatriculation, il espère la déloger. Soudain, une lumière forte l'éclaire par-derrière. Il se jette au sol. Un vieux pick-up remonte le chemin en cahotant. Il s'arrête, le moteur s'éteint. Personne ne sort. Au-dessus du volant, Eddie reconnaît le bout incandescent d'une cigarette. La portière s'ouvre en grinçant. Un homme met pied à terre. Il laisse tomber son mégot, l'écrase sous sa semelle. Il referme doucement la portière, puis se dirige vers la maison. Aucune fenêtre ne s'allume. Eddie attend. Puis il se remet au travail. À force de tourner et de tordre la plaque, la vis cède, mais le coin de métal s'enfonce dans la chair entre son pouce et son index. Il n'éprouve pas la moindre douleur. L'air froid picote agréablement sa plaie ouverte, lui rappelant qu'il est en vie. Il s'élance vers sa voiture, sa nouvelle plaque sous le bras. Il ne se sent jamais aussi bien qu'en pleine action. Eddie au meilleur de sa forme.

19

« Ça, c'est formidable », déclare Nora en se servant une deuxième tasse de café. Ken a décidé que la fille de Bibbi serait son assistante pour le supplément *Santé*. Jessica Bond est une jeune femme très agréable, mais un peu craintive. Nora sait qu'elle devrait se rendre de bonne heure au journal ; d'un autre côté, il est rare que toute la famille se trouve réunie un jour de semaine pour le petit-déjeuner. La vie a repris un cours paisible, quoique l'atmosphère reste tendue. Drew a présenté ses excuses à son père, mais ils sont encore en froid. Quand elle est rentrée l'autre soir de sa réunion, Drew était de retour à la maison. Ken l'avait retrouvé seul à une table du Starbucks. Devant un verre d'eau, puisqu'il n'avait pas un sou sur lui, bien entendu, avait ajouté Ken, railleur. Elle est décontenancée par sa dureté à l'égard de son fils, comme si c'était Drew qui l'avait blessé.

Le portable de Chloé sonne dans sa poche. Elle vérifie le numéro, puis sort de la cuisine en courant, avec un grand sourire.

« Depuis quand on prend ses appels à table ? » commente Ken en refermant son journal et en le posant à côté de son bol de céréales.

Il n'y a pas si longtemps, ce genre de remarque serait plutôt tombé de la bouche de Nora, Ken se contentant de hausser les épaules.

« Elle ne l'a pas pris, elle s'est levée de table », articule Drew entre ses dents.

Ken fait la sourde oreille et reprend sa lecture. Il a mauvaise mine, les traits tirés. La faute au journal, lui a-t-il assuré, en particulier à son cousin, qui s'ingénie à saper son autorité. Lundi, par exemple, Stephen a convoqué une réunion du comité de rédaction sans même prendre la peine de l'en avertir. Elle n'a jamais vu Ken aussi furieux, ni aussi blessé dans son amour-propre. Les bouleversements de ces dernières semaines l'ont vieilli d'un seul coup. Paradoxalement, les années où il la trompait avec Robin semblent avoir été les plus belles de leur vie familiale. Cela avait été une sorte de folie, à vrai dire, ce besoin compulsif de s'amuser en permanence, d'avoir une maison toujours pleine de rires et d'amis, surtout ceux de Ken. Son troisième enfant, se plaisait-elle à répéter. Et lui, alors qu'il marchait sur un fil, comment avait-il pu paraître aussi insouciant, aussi innocent ? Parce qu'il avait tout. N'est-ce pas ? Tant qu'on ne perçait pas sa bulle, l'illusion de bonheur semblait parfaite.

« Dépêche-toi, Drew. Tu vas être en retard, dit-elle, soucieuse de le voir si sombre.

— Je ne suis pas son chauffeur. Dis-le-lui, à elle, lance Drew en indiquant d'un mouvement du menton la pièce voisine.

— *À elle* ? rétorque Ken, sèchement. Tu veux dire Chloé. »

La moue de Drew passe inaperçue tandis que Chloé se rue vers eux, en sanglots. Joe Turcotte est mort, s'écrie-t-elle. Tué en Irak, et il n'avait que dix-neuf ans. Max vient de le lui annoncer. C'est horrible, murmure Nora, qui ne se rappelle pas ce garçon. Chloé est catastrophée. Elle ne sait pas très bien, répond-elle à son père, qui lui demande de quelle ville il était originaire. Leesboro, peut-être. Max et lui s'étaient connus en colonie de vacances. Ils avaient dormi dans la même cabane tous les étés jusqu'à leur adolescence.

« Et maintenant il est mort. Comme ça. Je n'arrive pas à le croire, souffle Chloé.

— Tu ne le connaissais même pas, marmonne Drew dans sa tasse de café.

— Mais c'est horrible quand même ! proteste Chloé.

— Quel gâchis, commente Ken avec une telle expression de dégoût qu'un instant Nora croit qu'il parle de son fils.

— Dix-neuf ans ! s'exclame Chloé. Deux ans de plus que moi, c'est tout. Je ne comprends pas. À quoi ça sert ? Pourquoi ? insiste-t-elle.

— Je sais, ma chérie. »

Nora embrasse sa fille sur les cheveux.

« C'est dur. Surtout maintenant qu'on a cette impression que cela ne sert à rien.

— Tout ce qu'on peut espérer, c'est qu'il finira par en sortir quelque chose de bien, soupire Ken.

— De bien ! s'écrie Chloé. Qu'est-ce qui peut sortir de bien de la mort d'un jeune ?

— Ce n'est pas ce que je voulais dire, voyons. »

Ken se lève et prend Chloé dans ses bras. Elle se raidit. Nora se rappelle comment à une époque seul Ken avait le pouvoir de la consoler quand elle se réveillait en pleurs au milieu de la nuit.

« Alors qu'est-ce que tu veux dire ? Quel bien ? martèle Drew en fixant son père du regard.

— Il n'y a pas de réponse toute faite, Drew. Mieux vaut peut-être se taire, répond Ken.

— Pourquoi ? s'enquiert Drew en esquissant un petit sourire. Parce que c'est la politique du journal ? »

Ken pose un regard pensif sur son fils et répond :

« La guerre en Irak…

— Pas la guerre ! corrige Drew avec une telle hargne que tout le monde a un mouvement de recul. C'est un mensonge, un mensonge de plus que personne ne veut admettre. »

Le silence s'abat sur la cuisine, épais, suffocant.

En route pour le journal, dans la chaleur douillette de l'habitacle de sa voiture, Nora écoute la radio. Encore un hélicoptère qui s'est écrasé à Fallujah, encore des blessés et des morts. Elle pense au jeune Joe Turcotte, dont la vie a brusquement pris fin. Elle contemple le parking. Elle est seule avec son secret, son secret bien gardé, et ses mensonges. Les plus insidieux étant les mensonges « pour la bonne cause ». Elle se cramponne au souvenir de sa mère. Elle s'efforce de faire tenir son couple.

Après le départ des enfants pour le lycée, elle a demandé à Ken de rester un moment, elle voulait lui parler, mais il ne pouvait pas. Il avait une réunion téléphonique à huit heures et demie. Elle s'est finalement décidée. Ils doivent suivre une thérapie familiale. La famille est en train de couler, de se diviser, de voler en éclats. Elle coupe la radio. S'extraire de sa voiture représente un effort. Et cette mallette, si lourde, pourquoi la transporte-t-elle ? Est-ce si important ?

Qu'essaie-t-elle de prouver ? Que cet objet compte pour quelque chose ? Mais aux yeux de qui ? Pourquoi ? Et en définitive, qui s'y intéresse ? Les suppléments au journal : du remplissage que personne ne lira. Pourtant Oliver avait été ferme avec elle. Pourquoi ? Pour l'occuper ? Pour qu'elle se sente utile, importante dans son existence futile ? Non. C'est faux, pas tant qu'elle a les enfants. Et à la mère de Joe Turcotte, que lui reste-t-il à présent ? Elle tente d'avaler la boule qui s'est formée dans sa gorge.

« Hé ! » hurle une voix.

Elle se retourne et retient une exclamation en voyant Eddie Hawkins, un pansement souillé sur la main. Il a de vilaines égratignures au menton causées par un rasage malhabile.

« J'ai quelque chose à te demander. »

Il est agité, il danse d'un pied sur l'autre.

« Robin Gendron, elle et moi, nous… sommes des amis, tu sais. De bons amis. Vraiment. Puis, tout d'un coup. Je sais pas… c'est comme si, pouf ! »

Nora esquive le bout de pansement qui lui passe sous le nez tandis qu'il agite la main devant son visage.

« À croire que quelqu'un lui a dit un truc, tu vois ?

— Non, je ne sais pas de quoi tu parles, dit-elle, résolue à ne pas montrer sa peur, les yeux fixés sur lui, sur cet homme qui halète.

— Tu lui as dit un truc sur moi, hein ?

— Mais bien sûr que non.

— Ne te fiche pas de moi, d'accord ? Quand c'est trop, c'est trop. Je ne vais pas le supporter. Tu piges ?

— Que veux-tu, enfin ? Je n'y comprends rien. Que fais-tu encore ici ? »

Ses éclats de rire fusent autour d'elle comme de la mitraille.

« Je vais te dire ce que je veux ! Je veux que toi et ton pédé de mari vous vous occupiez de vos affaires, voilà ce que je veux ! »

Il la prend violemment par l'épaule.

« Robin et moi, on n'a pas besoin de vos salades, d'accord ? Laissez-la tranquille, autant toi que lui ! T'as pigé, maintenant ? »

Ses traits sont déformés par la haine. Il n'y a pas moyen de le raisonner. Elle n'aurait jamais dû lui donner cet argent. Il fallait avouer la vérité à Ken dès le départ, et ne pas se leurrer en croyant qu'elle pouvait s'en tirer aussi facilement.

« Je ne le tolérerai plus ! Tu m'entends ! C'est fini ! »

Elle serre sa mallette contre elle et le regarde s'éloigner d'un pas saccadé, se faufilant entre les voitures, grommelant et donnant des coups de poing en l'air au-dessus des toits des véhicules.

« Oh, mon Dieu, oh, mon Dieu », chuchote-t-elle.

« Nora ! s'exclame le père Grewley, enchanté, en dévalant l'escalier à sa rencontre. C'est drôle, je pensais justement à vous. Avez-vous reçu la lettre de remerciement d'Alice ?

— Oui, adorable. »

La semaine dernière, le père Grewley lui a téléphoné pour lui demander si elle voulait bien témoigner devant le juge afin qu'Alice obtienne une interdiction de contact à l'encontre de son mari. Il avait bien proposé de l'accompagner, mais Alice disait préférer la présence de Nora. Horrifiée par la perspective de ce que cela susciterait – l'exposition médiatique, sa propre implication dans la vie de cette femme : non, c'était impossible – elle s'était réfugiée derrière son travail, les enfants, une « semaine démente ». Mais s'il y avait quelque chose d'autre qu'elle puisse faire… Oui, en effet, un appartement. Ce serait assez logique. Pour elle et ses enfants. Pauvre femme. Nora avait proposé de verser la caution d'une location. Et connaissant le père Grewley, elle se doutait que c'était cela qu'il visait dès le départ.

« Je vais la chercher, elle est en haut. Elle sera ravie de vous voir.

— Non ! dit-elle, un peu trop vivement. Je voudrais bien, mais je suis pressée, on m'attend au journal.

— Bon, mais sachez que ce que vous faites, votre mari et vous, pour Alice dépasse le cadre de la simple générosité, c'est tout simplement stupéfiant ! Incroyable. On ne la reconnaît plus. Elle est pleine de peps. Elle visite tous les appartements avant de se décider. Elle ne veut pas vous obliger à débourser plus que nécessaire. Et nous avons un emploi qui l'attend ! Un mi-temps. Du secrétariat. Dans un lavage auto de Chris Arrellio. »

Nora s'impatiente. Elle connaît son numéro, depuis le temps. À force d'en rajouter dans le registre de la gratitude, le prêtre vous donne la sensation que, tout bien considéré, vous avez fait bien peu de chose pour mériter de tels éloges. Par la flatterie, il amène ainsi les bienfaiteurs à se montrer plus généreux encore.

Il est vêtu d'un jean et d'une chemise à carreaux. Il vient de disposer dans une pièce du fond les derniers meubles qu'on leur a donnés. Cela procure au refuge une pièce supplémentaire pour recevoir des pensionnaires. Une idée de Nora, précise-t-il, même si c'est faux ; il cherche seulement à ratisser plus large.

Elle le prie de l'excuser de ne pas l'avoir averti de sa visite par téléphone. Il faut absolument qu'elle lui parle. Il prétend qu'il sait à quel sujet, et surtout qu'elle ne s'inquiète pas, tout est arrangé. Letitia Crane quitte le comité.

« Nous n'étions pas tout à fait sur la même longueur d'onde, c'est tout ce que je lui ai dit, et aussi incroyable que cela puisse paraître, elle est tombée d'accord avec moi ! »

Il se tapote la poitrine en roulant des yeux, ce qui est sa façon d'exprimer le soulagement.

Une demi-heure après, elle parle toujours. Préférant ne pas avoir de bureau entre elle et lui, il a tiré sa chaise à côté de la sienne. Tout est sorti : le choc à la découverte de la liaison de Ken, ses conséquences sur la vie de famille, l'intrusion d'Eddie Hawkins et sa peur à elle, son angoisse, sa paralysie cauchemardesque, sachant que quelque chose de terrible va se produire si elle ne prend pas les décisions appropriées, alors qu'elle ne sait même pas dans quel sens aller, si elle a même une marge de manœuvre, ce qui l'étonnerait. Cela s'est passé il y a si longtemps, elle n'a plus l'impression que le drame appartient à la réalité, de sorte qu'elle vit sur deux plans différents, celui de la vie quotidienne et un autre, obscur et menaçant, surgi de son passé. Elle n'a rien fait cette nuit-là dans le désert, elle n'a pas pu blesser cet homme, et pourtant quelque chose de terrible est arrivé, elle le sait. Malgré l'incertitude planant sur le sort de l'homme, le prêtre se contente de hocher la tête. Elle était si jeune alors, c'est tout ce qu'il trouve à lui dire. S'il est scandalisé, il le cache bien. Il ne peut pas se permettre d'être trop franc. Après tout, il tient à la présence d'une Hammond dans son comité. Elle ne se résout pas à aller jusqu'au bout, à prononcer le mot « meurtre », à avouer qu'elle a acheté le silence d'un salaud. Elle raconte ses rêves, ses réveils affolés où, couverte d'une sueur froide, elle voit un visage ensanglanté. Cela paraît si vrai qu'il ne lui reste plus qu'à courir. Et elle court, elle court. C'est la seule chose qu'elle puisse faire, déclare-t-elle d'une voix posée.

« Que voulez-vous dire ?

— J'ai passé ma vie à tourner le dos à ce que je suis vraiment.

— Et qu'êtes-vous donc ? »

Elle le dévisage avant de lancer :

« Une menteuse égoïste et sans cœur.

— Ce n'est pas ce que je vois. »

Avec un petit rire, elle rétorque :

« Je suis plutôt bonne à ce petit jeu. »

Et elle songe qu'il voit ce qu'il a envie de voir. Elle ne peut pas le lui reprocher, un prêtre avec la tête sur les épaules, qui n'a rien à craindre au sein de son Église. Elle devrait partir.

« Vous croyez que vous êtes la seule, Nora ? Nous cachons tous quelque chose. Chacun d'entre nous. C'est dans la nature humaine. Mais si nous sommes honnêtes, nous nous efforçons de tirer le meilleur parti de ce que nous sommes. En un sens, c'est notre plus grand combat.

— Et moi, je suis en train de perdre la bataille.

— Non, vous vous êtes juste trompée de lutte. Ce ne sont pas vos péchés qu'il faut rechercher dans votre for intérieur, mais votre bonté. C'est cette bonté qu'il vous faut reconnaître, qu'il vous faut célébrer.

— Vous ne comprenez pas, soupire-t-elle.

— Si, parce que j'ai vu votre bonté à l'œuvre. Je vous ai vue avec Alice. Vous avez tout changé. Vous ne pouvez pas savoir. Vous lui avez tellement apporté, vous lui avez donné confiance en elle. Qu'une femme comme vous… prenne le temps… »

Une femme comme vous… Ces louanges outrées la hérissent.

« Vous voulez savoir la vérité ? »

Au lieu de baisser les yeux, elle les braque sur lui. Elle ne peut pas retenir ce qui tombe de ses lèvres. Elle ne sait à qui, à elle ou à lui, elle a l'intention de faire le plus de mal.

« Je ne pouvais pas supporter son odeur. Je ne peux même pas rester manger ici, vous n'avez pas remarqué ? Les réunions me rendent malades, je me retiens de me lever au milieu. Tous ces gens qui tiennent des propos creux, rien que pour se faire mousser et développer leurs réseaux, pour se hisser un peu plus haut sur l'échelle sociale… et je me demande alors : qu'est-ce que je fiche ici ? Puis je me dis : “Eh bien, c'est parce que je suis comme eux. Voilà pourquoi.”

— Non », souffle-t-il.

Puis, après une longue pause, il ajoute :

« Savez-vous combien de fois par jour je me pose exactement la même question ? Et combien je me sens peu à la hauteur ? Pas seulement de la tâche, mais de ce que je considère comme mes espoirs. Pourtant, il faut l'accepter. Cela s'appelle mener une “vie examinée”. Une vie authentique. Vivre pleinement en son esprit. L'examen de soi par soi, en toute franchise, à fond. Questionner chacun de ses actes. Mais ce qui arrive parfois, c'est que le faisceau lumineux de ce redoutable projecteur se porte sur les autres. Et ce n'est pas juste. »

Authentique ou feinte, l'angoisse du prêtre lui inspire de la honte quand elle la compare à son propre échec spirituel. Il éprouve du dégoût devant l'apathie de ces femmes qui s'apitoient sur leur sort, de l'irritation face aux mauvaises manières de leur marmaille, et de l'impatience, oui, comme Nora, une immense impatience face à la morgue des membres du comité quand il sent qu'ils se demandent quelle tare a bien pu le pousser à choisir le ministère de Dieu plutôt qu'une place dans leur monde, le seul qui à leurs yeux ait un sens, un monde régi par le commerce et la réussite. Et, bien entendu, la bonne chère…

« Je ne suis guère gourmand », conclut-il avec un sourire.

Elle lui sait gré de sa tentative, mais cette confession, cette façon de lui tendre la main en se mettant à son niveau, ne fait que renforcer sa culpabilité. Il ne peut rien pour l'aider. D'ailleurs rien ni personne ne peut l'aider, c'est tout réfléchi. Lui continue à lui parler. Elle a envie de fuir, mais elle ne voudrait pas lui donner l'impression qu'il n'a rien pu faire. Elle le remercie en lui affirmant qu'elle se sent beaucoup mieux.

« Mais comment allez-vous vous y prendre ? s'enquiert-il quand elle se lève pour prendre congé.

— Je vais tenir bon, d'abord, répond-elle en le gratifiant de son plus radieux sourire Nora Trimble Hammond.

— Je veux dire, à propos de cet Eddie Hawkins.

— Je vais attendre qu'il disparaisse. Un de ces jours, il finira par s'en aller, j'en suis convaincue.

— Vous avez peur de lui. Et s'il était fou ?

— Étrange serait plus approprié. Bizarre. Rien de plus.

— Vous êtes sûre ? demande-t-il en fronçant les sourcils. Il y a des gens que je peux appeler. »

En proférant cette vague menace, il n'en a l'air que plus vertueux. Innocent.

Sa main le lance tandis qu'il sonne à la porte. La troisième fois de la journée. Hier, dans sa boîte aux lettres, il a déposé des gants en cuir rouge et un billet doux : *Qu'ils te tiennent bien chaud aux mains. Et bien chaud au cœur. Baisers. Eddie*. Il remonte l'allée vers la rue et vérifie dans la boîte. Les gants sont encore là. Il ramasse une poignée de boue, qu'il étale sur le rouge-gorge peint sur la boîte. Salope ! Après tout ce qu'il a fait pour elle, les courses, les petites attentions, elle ne daigne plus décrocher son téléphone, ni répondre à la porte, ni même emporter son dernier cadeau à l'intérieur.

« Robin ! » Cette fois il frappe avec le heurtoir en cuivre. En se penchant par-dessus la rampe, il regarde par la fenêtre. Il y a de la lumière dans les profondeurs. Celle de la cuisine, sans doute. Ses chaussures s'enfoncent dans l'herbe spongieuse tandis qu'il fait le tour de la maison. Et voilà, maintenant il a les pieds mouillés. Il a suffi de deux jours de redoux pour transformer le sol gelé en gadoue. Il glisse un œil entre les rideaux de la porte vitrée. La lampe du four est allumée. Les portes des placards sont ouvertes. Sur la table se serrent des bols, des boîtes de crackers et des Barbie nues. Sur une chaise est posé un panier débordant de linge. Sur le plan de travail, le désordre habituel d'assiettes, de bougies, de fournitures de dessin ; un album de photos ouvert, à côté de l'évier, un aloès en pot ramolli et un sac de terreau.

Chaque fois qu'il frappe, sa main est traversée d'une douleur lancinante. Il crie son prénom. Encore. Il ne peut plus rentrer au motel. Hier soir, ils ont changé la serrure de la porte de sa chambre pendant qu'il était sorti chercher Robin. Quelqu'un aurait déposé une plainte, d'après Charlie et sa créature aux dents ébréchées. Il paraît qu'il mettait la télévision trop fort. Comme il ne répondait pas, ils avaient dû se servir du passe. Toujours est-il que Charlie et lui avaient échangé quelques insultes. Puis sa sale bête de copine était venue ajouter son grain de sel. En un clin d'œil, la dispute avait dégénéré. Charlie avait sorti un pistolet et lui avait ordonné de débarrasser le plancher avant qu'il n'appelle les flics.

« Robin ! » Il frappe à coups redoublés. Il tourne la poignée de la porte. Elle s'ouvre. Il pénètre à l'intérieur. Lui parvient le bourdonnement d'un aspirateur. Se guidant à l'oreille, il se dirige vers le séjour et s'arrête sur le seuil. Elle est en soutien-gorge de sport rouge et short de gym un peu bouffant. Pieds nus. De longues mèches de cheveux cachent son visage tandis qu'elle se contorsionne pour aspirer sous la petite table au bout du canapé. Les coussins du canapé et des fauteuils sont empilés dans un coin. Une boîte de cire et des chiffons sont posés sur la cheminée. La télévision a été légèrement déplacée. Il sent son cœur qui gonfle. Il lui pardonne. Elle n'a entendu ni le téléphone, ni la sonnette, ni le heurtoir, bien sûr. Il se penche pour arracher la prise de l'aspirateur. Elle se retourne en poussant un petit cri.

« Robin.

— Qu'est-ce que tu fais ? lui demande-t-elle, un bras replié contre sa poitrine.

— Je suis passé par-derrière. Depuis deux jours, personne ne répond dans cette maison. Je commençais à m'inquiéter.

— Rassure-toi alors. Nous allons très bien. Merci, mais il faut que je finisse mon ménage. »

Elle enroule le long cordon noir de l'aspirateur.

« Si cela ne te dérange pas.

— Non, bien sûr, vas-y », dit-il avec une grimace.

Il s'installe dans le canapé, puis a l'impression d'avoir été pris pour un imbécile. Sans coussins, c'est comme s'il était assis dans une chambre d'enfant, au milieu des miettes et des pièces de Lego. Sous sa jambe, il trouve un porte-cartes en cuir. Il y jette un coup d'œil. Un monogramme doré, RAG. Robert Gendron. Et le A ? A pour Âne.

« Je ne suis pas pressé, ajoute-t-il.

— Ce n'est pas ce que je voulais dire. »

La voix de Clay retentit en haut de l'escalier :

« Maman !

— Il faut que tu partes, Eddie. S'il te plaît. »

Il bouillonne de rage. Elle prend un malin plaisir à l'humilier, à l'obliger de la supplier. Sa grosse chatte blanche saute d'un bond sur le dossier du canapé et se blottit en ronronnant contre sa nuque.

« J'ai beaucoup trop de travail. »

Elle s'exprime humblement. Cela fait plaisir à Eddie. Elle s'est rendu compte qu'il est fou furieux.

« Tout arrive en même temps. »

En haut, Clay insiste :

« Maman ! Maman, j'ai besoin de toi ! Viens vite ! »

Elle lâche le cordon et sort de la pièce en courant.

Il inspecte le contenu du porte-cartes, en retire trois cartes de crédit et le permis de conduire de Gendron. Au moment où il les glisse dans sa poche, la chatte se met à feuler. Pris au dépourvu, il envoie son poing dans le ventre de l'animal, qui bondit à terre en miaulant. Il se lève péniblement. Ses vertèbres cervicales le tuent. Le matelas sur lequel il a dormi cette nuit était pourri, mais il faisait bien chaud dans cet endroit, en outre situé assez commodément en dehors de la ville. Au cas où Charlie aurait alerté les flics. Avant de partir, Eddie a jeté quelques boîtes d'allumettes en flammes dans les poubelles du motel. Il rebranche la prise de l'aspirateur. Le tapis persan est couvert de poils de chat. Il change d'embout. Il est en train de procéder à un nettoyage en règle quand l'appareil s'éteint.

« Ne fais pas ça. S'il te plaît. »

Elle a passé un tee-shirt.

« Tu vois, dit-il en montrant du doigt le bout de tapis propre. Cela m'a pris deux secondes. Permets-moi de terminer. Tu peux t'occuper de quelque chose d'autre pendant ce temps. »

De nouveau, elle refuse. Elle est débordée. Il faut qu'il parte. Clay s'est cassé la cheville, il souffre énormément. Sa mère ne va pas tarder à déposer Lyra. Il faut qu'elle profite de ce moment pour finir ce qu'elle a commencé.

« Raison de plus pour que je t'aide. »

En dépit de la douleur qui lui vrille les vertèbres cervicales, il repousse le poste de télévision contre le mur.

« Non. Laisse la télé où elle est », lui dit-elle. Elle ne marche pas, ils vont en acheter une neuve. Bon, mais dans ce cas, qu'elle accepte son offre de la déposer près des poubelles. Clay, manifestement, ne peut rien faire. Et la télé est trop lourde pour elle.

« Non ! s'obstine-t-elle. N'y touche pas. »

Elle est agitée. Son attitude est illogique.

« Tu es fâchée contre moi. Pourquoi ? » Il a du mal à garder son sang-froid. Elle lui fait des cachotteries, il le voit bien. « Pourquoi ? » répète-t-il, un brin trop durement. Elle a la tête qui bascule en arrière, ses yeux s'arrondissent. Il ne peut retenir un sourire. Parfait, elle n'a que ce qu'elle mérite. Il faut la secouer un peu, lui montrer qui est le maître au lieu de marcher tout le temps sur des œufs avec elle. « Qu'est-ce que tu as à me reprocher pour me traiter de cette manière ? Je me suis conduit en ami sincère. Un très bon ami, d'ailleurs, et tu le sais, hein ? Hein ? Hein ? » répète-t-il si près de son visage qu'il sent l'odeur de café rance que dégage son souffle court.

Quand elle acquiesce, il serre les poings, non pas pour lui faire mal, mais pour s'en empêcher justement.

« Alors pourquoi cette dispute ? reprend-il d'une voix qui se brise. Qu'est-ce qui s'est passé ?

— Rien.

— Les gens mentent. Tu le sais. Tu sais qu'ils mentent. »

De nouveau, elle acquiesce. Elle essaie de se dégager.

« Tu saignes », dit-elle.

Elle lève la main. Autour de son poignet, un bracelet de sang, celui d'Eddie. Il rit. Le visage de Robin est un masque – elle a un plan. Mais il la tient à présent, et elle le sait.

« On est pareils, pas vrai ?

— Ton pansement, je peux t'arranger ça », propose-t-elle.

Même la tendresse de Robin est sensuelle. Il l'observe depuis la table de la cuisine pendant qu'elle se lave les mains, frottant fort son poignet, ce qui amuse Eddie. Ses paupières pèsent lourd. Il attend. Il s'imagine se pressant contre ses fesses rondes et fermes, parfaites, quoiqu'il ait moins besoin de soulager sa tension sexuelle que celle qui lui serre les tempes, qui pulse derrière ses yeux. Ce qu'il lui faut, ce sont ses cris de douleur, de terreur, d'agonie. Il voudrait l'entendre le supplier d'arrêter, de la lâcher.

Elle découpe une bande de sparadrap. « Là. » Elle colle le bout de pansement suspendu à son poignet, puis court ouvrir toute grande la porte de la cuisine. Il faut qu'il parte, déclare-t-elle, déjà dehors. Mais il ne bouge pas. La rusée, elle s'est débrouillée pour sortir de la maison, et maintenant elle veut le mettre à la porte. Sa mère sera là bientôt, d'une minute à l'autre, précise-t-elle. Soudain, la lumière se fait dans l'esprit d'Eddie. Bon, d'accord. Il a compris. Cette vieille salope, toujours sur le dos de Robin pour une raison ou pour une autre, la poussière sur la table, le désordre sur les marches de l'escalier, les montagnes de linge, les factures impayées, les stores vénitiens cassés… Lui !

« Merci », lui lance-t-il en frôlant son épaule, alors que de toutes les fibres de son corps il brûle de l'étreindre.

C'est avec une attention studieuse qu'il se déplace de téléviseur en téléviseur. Il prend son temps. Il examine l'image, prend du recul, la regarde sous différents angles. Peu importe le prix, déclare-t-il au vendeur. Ce qu'il veut avant tout, c'est la qualité, la meilleure qualité d'image… ce n'est pas plus compliqué que cela. Dans ce cas, ce qu'il lui faut, c'est un écran plasma, s'entend-il proposer. Celui-ci, là, le 40 pouces Sony. Le plasma, oui, c'est cela même, c'est ce qui gicle dans ses veines, un sang pur, un sang nouveau, tandis qu'il compte les billets. Il lui en reste encore beaucoup. Il a toujours été économe. L'argent n'a pas beaucoup d'importance pour lui, pas comme pour les autres. Sa frugalité amusait Helen jadis, cette vieille salope. Crève-la-faim, c'est comme ça qu'elle le surnommait. Ses besoins se réduisent au strict nécessaire, c'est-à-dire à pas grand-chose. Moins il réclamait, plus elle lui achetait de choses. Et maintenant, c'est pareil avec Robin. Sauf que c'est l'inverse. Lui faire plaisir, c'est tout ce à quoi il aspire.

À chaque irrégularité de la chaussée, la boîte brinquebale à l'arrière. L'écran occupe la totalité de la banquette. Il conduit lentement, en prenant soin de ne pas donner de coups de frein. C'est moins pour lui éviter la dépense d'une livraison que pour le plaisir de la voir ouvrir son cadeau. La perspective de voir le bonheur illuminer son visage l'excite énormément. Sachant combien les choses les plus simples l'émerveillent, il imagine ses cris de joie quand elle verra ça !

« Merde. » La Volkswagen jaune devant le garage. La voiture de sa mère. « La vieille salope. » Il passe devant la maison. Difficile de garder son calme : surtout ne pas se précipiter, il a tout le temps. Une demi-heure plus tard, la voiture a enfin disparu. Il se gare, tout près de la maison. Il sort la grosse boîte de la voiture et, arrivé devant la porte, appuie sur la sonnette à l'aide de son coude.

« Surprise ! » s'exclame-t-il alors que la porte s'ouvre.

Clay a une béquille sous l'aisselle. Son pied gauche est dans le plâtre.

« Ma mère n'est pas là. »

Plus rapide que Clay, qui s'apprête à refermer le battant, Eddie glisse un coin de la boîte dans la porte. Quand rentre-t-elle ? Le garçon joue les idiots, il ne sait ni quand elle est partie, ni si elle est avec sa grand-mère. A-t-elle emmené Lyra ? Le garçon dit qu'il n'en est pas sûr, puis décide que sans doute, oui, elle l'a emmenée.

C'est encore mieux. Clay va pouvoir l'aider et ce sera d'autant plus une surprise, déclare Eddie. Il entre dans le vestibule en poussant le carton devant lui.

« Une nouvelle télévision, annonce Eddie en commençant à enlever l'adhésif.

— Un écran plasma ! s'étonne Clay en claudiquant pour voir l'autre côté de la boîte.

— Oui. Un 40 pouces. Le top du top.

— Pas mal, approuve Clay.

— T'aurais pas un couteau ? grommelle Eddie, désarmé devant l'emballage en plastique, irrité, presque au bord de la panique.

— Pas sur moi », réplique Clay d'un ton sarcastique qui éveille sa colère.

À genoux, Eddie lève un instant les yeux vers l'adolescent en disant :

« Va m'en chercher un, tu veux bien ? »

Clay prend des siècles. Au bout d'un moment, Eddie s'écrie en relevant la boîte sur la tranche :

« Alors ! Qu'est-ce que tu fabriques ! J'attends ! »

Comme un bruit de pas lui parvient de la cuisine, il ajoute par-dessus son épaule :

« T'as mis une plombe. Où tu étais passé ?

— Je n'en veux pas », déclare Robin du pas de la porte.

Elle est vêtue d'une robe de chambre duveteuse rose et coiffée d'une serviette de toilette rouge enroulée comme un turban autour de sa tête.

« C'est pour toi, et les gosses. »

Même de là où il se tient, il peut humer sa peau nue, propre.

« Non. Je n'en veux pas.

— Mais je l'ai achetée pour toi.

— Je ne peux pas accepter.

— Pas accepter ! Qu'est-ce que tu racontes ? Ta télé est cassée. C'est une nouvelle télé, rien de plus.

— Non ! Je n'en veux pas. Sors-la d'ici. S'il te plaît.

— Tu en as besoin !

— Non, pas du tout. On en a acheté une. Une nouvelle. On nous la livre demain », annonce-t-elle en serrant dans sa main le devant de sa robe de chambre.

Il se sent bête, floué. Le petit ami riche, il ne faut pas chercher plus loin.

« Hammond raque pour madame, je vois ? Qu'est-ce que tu as donc dans la tête ? Tu n'as pas compris ? Il ne fait que se servir de toi.

— Je fais ce qui me plaît, et cela ne te regarde pas.

— Si ! hurle-t-il, regrettant aussitôt la vivacité de sa réaction en voyant l'expression sidérée de Robin. Parce que je suis ton ami, s'empresse-t-il d'ajouter, ses pensées tournant à cent à l'heure. Je m'inquiète pour toi. Toute seule, ici, avec les gosses.

— Eh bien, ne t'inquiète plus, rétorque-t-elle d'un ton glacial, avec un tel mépris qu'il se retient de la gifler. Bob rentre ce soir, nous n'avons rien à craindre. »

Insulté, il repart avec l'écran qui tressaute dans la boîte ouverte à l'arrière, sa rage grimpant d'un degré à chaque secousse. Il ne la croit pas. Salope et menteuse à la fois. Elle a eu ce qu'elle voulait, puis elle l'a flanqué dehors. Comme s'il était un vieux torchon. Comme s'il ne comptait ni pour elle ni pour personne.

Nora souligne une autre erreur dans le texte ; c'est la troisième fois que le président du Franklin Memorial Hospital est cité comme son administrateur.

« Je suis désolée », dit Jessica Bond. Elle n'arrête pas de se mordre les lèvres. C'est son premier emploi. Elle a passé l'année dernière à parcourir l'Europe avec son sac à dos. Elle écrit atrocement mal, mais elle est la fille de Bibbi et de Hank Bond, et Ken n'a pas eu besoin d'autre recommandation. Sur la base d'un article puéril paru sur un salon des sciences dans une feuille de chou, Ken a supplié Nora de l'engager. Le temps qu'il lui trouve une autre fonction au *Chronicle*. D'ordinaire, elle aurait refusé, mais en ce moment elle n'a pas besoin d'une bagarre supplémentaire, surtout avec Ken. Et surtout ici, au journal. Il est de plus en plus évident que le personnel, manipulé par Stephen, n'a aucune confiance dans les talents de directeur de Ken. Hier, Clement, le rédacteur des nouvelles locales, a menacé de démissionner lorsque Ken a enterré un autre papier sur l'affaire Crane-Copley. Stephen a téléphoné hier soir, fou de rage, convoquant une réunion à trois cet après-midi même. Nora sait d'avance ce qui va se passer. Stephen sera indigné, furieux ou déprimé, tandis que Ken tentera de l'apaiser tout en continuant à faire exactement ce qu'il veut.

« Il faut changer chaque occurrence du début à la fin. »

Tournant la page, elle souligne « administrateur » quatre fois.

« Je pensais…

— Tu n'as pas pensé à vérifier ?

— Si.

— Mais tu ne l'as pas fait. Pourquoi ?

— Je sais », soupire Jessica.

Nora la surprend en train de lever les yeux au ciel.

« Je t'embête ?

— Non ! Oh, pas du tout ! »

Nora étudie son joli minois.

« Le journalisme, c'est l'idée de qui ?

— De moi. »

Mais ses intonations disent le contraire. Elle n'a aucune envie d'être ici, en tout cas de travailler pour Nora.

« C'est la vraie vie, Jess. Tes parents t'ont peut-être aidée à trouver ce job, mais c'est à toi de faire en sorte de le garder. Je ne te cacherai pas qu'il y a au moins cinquante CV qui dorment dans les tiroirs des ressources humaines, tous sont des gens de bonne volonté, dont l'ambition est sans doute d'occuper un poste comme le tien. Ou n'importe quel poste, d'ailleurs. Ce qu'on pourra leur offrir.

— Je sais. »

Son soupir résigné est plus que superficiel, il exprime le même ennui que celui que manifeste si facilement sa mère, laquelle avait dû être enchantée de prêter son bateau à Ken et à Robin, ces bons amis qu'elle connaît depuis toujours, parce que, après tout, comme Nora l'a entendu un jour dans la bouche de Bibbi : « Ce pauvre Kenny, tout ce qu'il veut, c'est être heureux », sans se douter que cela revenait à prononcer sa mise en accusation à elle, Nora.

« Non, tu ne sais pas. Tu n'as aucune idée. Tu penses que les choses se font toutes seules, n'est-ce pas ? Tu n'as pas vraiment envie de travailler, tu veux juste une position, quelque chose à dire aux gens qui te demandent ce que tu fais. Eh bien, Jess, je suis navrée, mais je n'ai ni le temps ni la patience de te tenir la… »

Un sanglot déchire la poitrine de Jessica :

« Vous me mettez à la porte ?

— Ce n'est pas ce que j'ai dit. »

Mais bien ce qu'elle voulait dire, toutefois !

« Ce que je… C'est juste que j'ai du mal avec les tâches complexes, bredouille Jessica à travers ses larmes. Vraiment beaucoup de mal.

— Ah oui ? » répond Nora en jetant un regard sur la feuille barbouillée de rouge.

La jeune fille n'a pas l'air de percevoir la nuance de sarcasme.

« J'ai certaines difficultés. »

Elle a le nez qui coule, mais ne semble pas avoir l'intention de se moucher.

« Kenny ne vous a pas dit ? »

Kenny ! Il ne couche pas avec elle, quand même ? se demande Nora en poussant une boîte de mouchoirs en papier vers la jeune fille. Ce sera la prochaine étape, non ? Des femmes plus jeunes, les filles de leurs amis, les copines de Chloé. Non. Il ne faut pas qu'elle se mette à délirer. Ce soir, ils ont rendez-vous pour leur première séance de thérapie familiale. Elle a eu du mal à convaincre Ken de s'y rendre. C'est peut-être pour cela qu'elle se sent nerveuse.

« Quelles difficultés ?

— Des difficultés d'apprentissage. Un peu comme un handicap, explique Jessica.

— Pardonne-moi, Jess, je ne savais pas. »

Le soupçon s'est mué en culpabilité. Elle s'en veut de s'être montrée aussi dure, de s'être défoulée sur cette jeune fille si vulnérable, et si agaçante. Typique de Ken, de lui coller ce problème sur les bras, au lieu de parler franchement à Jessica.

« En fait, je suis bonne... à pas grand-chose », continue à pleurnicher Jessica.

La lumière rouge de son téléphone se met à clignoter.

« Mais si, ma chérie, dit Nora en ignorant l'appel et en se levant pour poser une main affectueuse sur l'épaule de la jeune fille. Allons, allons. Ne t'inquiète pas. On va trouver un moyen d'arranger ça. Il y a... »

Insistante, Hilda la bipe. Nora décroche le combiné.

« Je suis occupée ! Je ne...

— C'est le lycée, déclare Hilda. Drew est malade. Ils ont besoin de parler à son père ou à sa mère tout de suite. »

« Depuis quand un élève a-t-il besoin de ses deux parents pour venir le chercher au lycée quand il est malade ? lui lance Ken alors qu'ils marchent à toute allure dans le couloir.

— Je sais, répond-elle en baissant la voix au moment où ils croisent deux journalistes.

— J'ai une réunion dans vingt minutes avec Stephen et Clem.

— Appelle-les, reporte, dit-elle en fonçant vers la sortie.

— Pourquoi dois-je y aller ? Je ne comprends pas. »

Il lui tient la porte.

« Parce qu'il est soûl. »

Maintenant qu'ils sont dehors, elle se résout enfin à lui répéter ce que lui a dit l'infirmière.

« Il s'est endormi en maths. Le prof a essayé de le réveiller. C'est comme ça qu'il s'en est aperçu. »

Drew les attend à l'infirmerie. Affaissé sur une chaise, le menton contre la poitrine, il fait comme s'ils n'étaient pas là. En dépit de la fenêtre grande ouverte, la pièce empeste l'alcool.

« Bonjour, Ken », lance l'infirmière avec un large sourire.

Drew lève les yeux, mais Ken se contente de la saluer d'un signe de tête. Manifestement, Linda Raymond et Ken se connaissent, quoique Nora ne l'ait jamais rencontrée qu'ici, au lycée.

« Qu'est-ce que tu as fabriqué ? » demande Ken.

Drew ferme les yeux.

« J'ai mis “grippe”, déclare Linda Raymond. C'est mieux qu'un avertissement.

— Merci, Linda. C'est sympa, répond Ken.

— C'est le moins que je puisse faire. »

Au petit haussement d'épaules de l'infirmière, Nora devine qu'elle lui devait une faveur, un emploi, peut-être, ou le silence sur une affaire. Des connexions, partout. Tentaculaires.

Impossible de s'en aller discrètement. Drew tient à peine debout. Ils avancent lentement dans les couloirs, les escaliers.

« Pardon », marmonne Drew en se cognant contre Nora tandis qu'ils émergent en plein soleil. Les oiseaux gazouillent. Un garçon et une fille passent devant eux, transportant un banc en bois.

« Hé ! Vous allez où… avec ce truc-là ? » demande Drew en ricanant bêtement.

La fille et le garçon hâtent le pas sans rien dire. Derrière eux, d'autres élèves arrivent avec d'autres bancs. Parmi eux, une élève de la classe de Chloé.

« Qu'est-ce que tu fais ? lui lance Drew en se figeant sur place, mais ses parents le tirent en avant. Dites donc ! proteste-t-il en cherchant à se dégager.

— Tais-toi, articule Ken entre ses dents.

— Je veux juste…

— Arrête. N'aggrave pas ton cas », souffle Nora.

La cloche de la sortie sonne. Les élèves s'éloignent. C'est la première fois qu'elle a honte d'un de ses enfants.

Enfin, la voiture. Pourtant Drew se rebiffe, refuse de monter. Il n'a pas ses livres, répète-t-il. Ils sont dans son casier. Il faut qu'il aille les chercher. Chloé les prendra, lui assure Nora. Non, elle ne connaît pas la combinaison, dit Drew en se libérant d'une secousse. Nora tient bon : elle va téléphoner à Chloé, et il lui donnera la combinaison de son casier. Elle plonge sa main dans son sac pour sortir son téléphone, comme si ces livres avaient une quelconque importance. À présent, des élèves traversent le parking entre les véhicules. Ils se retournent sur eux.

« Monte dans la voiture ! ordonne Ken.

— Non ! D'abord il faut que…

— Ferme-la ! » rétorque Ken en le poussant à l'arrière.

Nora s'installe tant bien que mal à côté de Drew. Dès que la voiture se met à rouler, il s'endort. Elle n'arrive pas à lui attacher sa ceinture, pour la simple et bonne raison qu'il est assis dessus.

« Arrête-toi deux minutes, dit-elle à Ken.

— Tant pis pour la ceinture, lance Ken par-dessus son épaule sans ralentir.

— Non ! »

Leurs yeux se croisent dans le rétroviseur. Elle est consternée par ce qu'elle lit dans son regard : plus que du dégoût, plus que de la colère. Un désespoir abject.

Elle réussit enfin à boucler la ceinture. Ils se taisent et ils rentrent chez eux en silence. Ils ne parviennent pas à sortir Drew de la voiture. Ils ont beau lui crier dans les oreilles et le secouer par les épaules, il refuse de se réveiller. Ken attend devant, la portière ouverte.

« Drew, Drew, allez, réveille-toi, on est arrivés. On est à la maison. S'il te plaît, Drew », le supplie Nora.

Un sourire fugitif fait frissonner ses lèvres, ses paupières s'entrouvrent puis se referment, comme s'il se replongeait dans un rêve merveilleux.

« Allez ! Viens ! » hurle Ken en le tirant par les jambes.

Il le soulève par les aisselles et réussit à le mettre debout.

« On y va. Allez, mon vieux, on marche ! ordonne-t-il tandis que Drew s'effondre de nouveau sur la banquette arrière et se plie en deux.

— Il va vomir ! s'écrie Nora, furieuse de voir Ken brutaliser son fils.

— Très bien ! » dit Ken en le traînant dans l'allée, le long de la barrière.

Et déjà Nora prévoit la suite, une thérapie, une école privée, un voyage, oui, un grand voyage en famille. Loin de cette atmosphère pleine de colère et de rancœur, se dit-elle en regardant Ken le forcer à s'asseoir à la table de la cuisine, oui, reporter la séance chez le psy ce soir, elle téléphonera dès que Drew sera au lit, pourtant Ken insiste pour qu'il reste éveillé. Ils ne savent ni ce qu'il a bu ni en quelle quantité. Coma éthylique. Il faut éviter qu'il perde connaissance. « Garde-le réveillé », ordonne Ken en passant un linge sous le robinet d'eau froide. Il le torture, pense-t-elle. Ce garçon a besoin de dormir, et tout ce que Ken trouve à faire, c'est de lui donner une bonne leçon.

Ken enroule la serviette mouillée autour du cou de Drew. Celui-ci redresse brusquement la tête, les yeux exorbités. Ken est en train de passer une deuxième serviette sous le robinet d'eau froide. La porte du jardin s'ouvre. Chloé.

« Qu'est-ce qui s'est passé ? » Des copines lui ont raconté. Jay et Maddie. Il paraît qu'il aurait bu de la vodka toute la journée, dans une bouteille d'eau minérale. M. Laplante l'a emmené à l'infirmerie.

Comme Drew pousse des grognements, Nora lui retire la serviette. Il s'effondre sur la table.

« Ken ! crie Nora.

— Il s'est évanoui ! hurle Chloé. Fais quelque chose ! »

Chloé soulève la tête de son frère. Elle crie son prénom, elle le supplie de se réveiller. « S'il te plaît, Drewie ! »

Et il obtempère. Il redresse la tête et éclate de rire, comme s'ils étaient retombés en enfance et complotaient tous les deux. De la bave lui coule sur le menton, mais il affiche un grand sourire. Chloé lui demande s'il veut boire de l'eau. Il se tait, mais elle va quand même lui chercher un verre. Ses yeux s'obstinent à se fermer. Ken tente de lui tapoter le visage avec la serviette mouillée. Drew s'esquive. Il lance la tête en arrière.

« Tiens-toi tranquille ! » ordonne Ken en appliquant le linge dégoulinant contre sa tempe.

En ronchonnant, Drew repousse par petites tapes la main de son père. Mais Ken est tenace. Nora reste aux côtés de son fils, les bras croisés. C'est comme si elle assistait en spectatrice à ce qui se déroule autour de la table, dévorée par une curiosité désincarnée, se rendant à l'évidence que ses rêves appartiennent désormais au passé. Il n'y a qu'une seule vérité : celle qu'on a sous les yeux. Et cela ne changera jamais.

« Tiens », dit Chloé en tendant un verre d'eau à son frère.

Drew refuse ; elle veut le forcer à boire. Il se débat, agite les bras dans tous les sens. Le verre gicle, se fracasse par terre. Drew essaie de se lever.

« Assis ! » hurle Ken en appuyant des deux mains sur ses épaules.

Nora, trop contente de faire quelque chose, se rue sur la serpillière, tandis que Chloé déroule des mètres de Sopalin afin d'éponger le sol.

« J'ai dit, assis ! »

À peine son père a-t-il aboyé ces mots que Drew lui saute à la gorge. Ken le repousse violemment, tente de l'obliger à se rasseoir, tout en se protégeant contre ses coups, courbé en deux, se refusant à le frapper. Drew continue, avec une maladresse d'ivrogne, titubant vers le réfrigérateur et la console où est exposée la faïence de

Delft, qui vacille et que Chloé remet d'aplomb à la dernière seconde.

« Va te faire foutre ! Je te déteste, sale connard ! » crie Drew en sanglotant, mais Ken se place derrière lui et le bloque dans ses bras, ce qui provoque un redoublement de pleurs. En sanglots elle aussi, Chloé supplie son père de ne pas lui faire mal. Ken, sans desserrer l'étau de ses bras, pousse un grognement. Il a les traits tirés, le teint livide, car il est aussi terrifié que Nora en voyant ce que Drew est capable de faire, non pas à eux mais à lui-même, parce qu'il est hors de lui, hors d'atteinte des siens.

« Calme-toi, calme-toi, dit Ken.

— Écoute ton père, ajoute Nora en caressant les bras prisonniers, les épaules osseuses, le visage de son fils. S'il te plaît. S'il te plaît, Drew. Ça va aller. Papa cherche juste à t'aider, c'est tout.

— Non, c'est faux ! hurle Drew en se débattant et en riant, des larmes mêlées de morve inondant ses joues. Il veut me réduire au silence, c'est tout. Ferme-la, Drew ! Ferme-la, petit taré ! Tu oublies tout. Parce que tu sais pas, tu sais pas de quoi tu parles, petit taré, sale petit taré !

— Arrête. S'il te plaît. »

Ken appuie son front contre la tête de Drew. Dans le cœur de Nora, quelque chose se brise, morceau par morceau.

« C'est un secret, un sale petit secret…

— Non, grogne Ken à l'oreille de son fils. Non, s'il te plaît…

— Arrête, Drew ! Arrête ! hurle à son tour Chloé en tapant du poing sur la table.

— Demande-lui qui est le père de Lyra. Vas-y, maman. Demande-lui ! »

Les mots semblent jaillir de lui comme propulsés par une force supérieure à la sienne.

« C'est pas Bob Gendron. C'est lui. C'est lui. »

Chloé pleure dans ses mains. Cependant, ce n'est pas sous l'effet du choc de la révélation, se rend compte Nora, mais parce qu'elle redoute les conséquences de cette révélation. Ken laisse retomber ses bras le long de son corps, libérant brutalement Drew, lequel regarde autour de lui, stupéfait, haletant. Soulagé, enfin, d'avoir dévoilé leur dernier secret. L'espace d'un éclair, Nora croit qu'elle va avoir une crise cardiaque. Elle n'arrive plus à respirer. Ni à bouger, ni à parler. Et pourtant cette voix calme, c'est la sienne :

« Pars, Ken. S'il te plaît. Pars. »

20

Ken a trouvé refuge dans l'immense demeure vétuste qui a été témoin de son enfance privilégiée. Jusqu'ici, il s'est abstenu de téléphoner. Oliver, lui, appelle de sa clinique. Il demande des nouvelles des enfants. Ils ne doivent manquer de rien… Sa voix se brise. Son élocution est censée être en progrès, toutefois quand il tente d'expliquer qu'il a parlé avec Ken, il dit qu'il vient de l'avoir au *mélémone*. Mais elle ne doit pas s'inquiéter, lui assure-t-il. Il a prévenu ses médecins qu'il souhaite rentrer chez lui. Il va redresser la situation. Tout ce que son idiot de frère s'acharne à détruire. Le journal, Stephen, et surtout elle et les enfants.

« Toi et les enfants, c'est ce qui compte le plus », dit-il d'une voix étranglée par l'émotion.

En l'entendant ravaler un sanglot, elle est bouleversée. Oliver, qui n'a jamais manifesté la moindre émotivité devant elle.

« Je me sens coupable, poursuit-il. J'aurais dû dire quelque chose. Mais j'ignorais cette histoire d'enfant, je te jure. Totalement ! s'écrie-t-il. Il ne m'en a jamais parlé. Après ta visite à la maison, un soir, je l'ai secoué, je lui ai reproché ses *cholises*… *folouses*… *chocho*… »

Alors qu'il se bat contre son aphasie, elle ferme les yeux et répond :

« Je sais, Ollie, je sais bien. Ce n'est pas ta faute. Pas du tout… »

Quand Stephen se présente à sa porte un peu plus tard dans l'après-midi, elle feint d'être étonnée, et contente. Pour sa part, il fait semblant d'être désolé, gêné de la déranger ainsi à l'improviste. Mais, voilà, il tient à lui dire de vive voix que, si elle a besoin de quoi que ce soit, elle peut compter sur lui. À n'importe quelle heure du jour et de la nuit. N'importe quoi, répète-t-il en serrant ses mains dans les siennes et en plongeant ses yeux dans les siens avec l'intensité qui lui est coutumière. Il serait temps qu'elle se trouve un avocat, songe-t-elle, sachant d'avance la mission dont est chargé Stephen : éteindre l'incendie. En qualité d'envoyé spécial d'Oliver, il a sûrement une offre généreuse à lui proposer. Tout ira bien tant qu'elle saura se montrer discrète, ne fera pas de vagues, ne mettra personne dans l'embarras. Elle ouvre le cabinet à liqueurs, elle n'a pas besoin de lui poser la question : un whisky sec, sans glaçons. Qu'elle est belle, ravissante vraiment, surtout avec ce pull, la complimente-t-il avec un soupir de soulagement en la suivant dans le bureau, verre à la main. Avec ses cheveux noirs et son teint clair, elle devrait toujours porter du violet. Et du noir aussi, il l'a toujours admirée en noir. Sa mère à lui portait souvent du noir, se souvient-il en s'installant dans l'énorme fauteuil club en cuir devant la cheminée. Elle s'assied dans le plus petit fauteuil, et attend l'exposé des conditions.

« Je pensais que c'était parce que mon père l'avait abandonnée. Tu sais, un peu comme si elle était veuve.

Un jour, d'ailleurs, je lui ai posé la question. Je lui ai dit qu'elle se sentirait beaucoup plus heureuse si elle portait des vêtements plus colorés. "Mais je suis heureuse, m'a-t-elle répondu. Et je suis désolée d'avoir à t'apprendre, Stephen, que les hommes me préfèrent en noir" », prononce-t-il en imitant les intonations suaves de sa mère.

Ses brusques éclats de rire la mettent toujours mal à l'aise : ce gros rire gras ne s'harmonise guère avec le côté sec, ascétique, de son caractère.

Ils décrivent des circonvolutions : le champ est miné. Ils commencent par des banalités : Chloé et Drew s'en sortent. Bien qu'elle trouve cela dur à admettre, ils semblent apaisés. Stephen avoue que c'est seulement maintenant, alors qu'ils ne sont presque plus des enfants, qu'il a du plaisir à les voir. Non qu'ils n'aient pas été bien élevés, mais il ne sait pas parler aux petits. De toute façon, soupire-t-il, Dieu merci le temps se réchauffe et les jours s'allongent. À la vérité, il n'avait jamais passé un hiver aussi agréable. En tout cas, il a été moins déprimé. Une heure de luminothérapie chaque matin, cela vous requinque un homme.

Toujours la goutte au nez, et cette toux ! l'informe-t-il quand elle prend des nouvelles de Donald. Il sème des mouchoirs dans tous les coins. C'est allergique. Dès que les arbres commencent à bourgeonner, il souffre, et le rhume ne le lâche pas avant novembre. Bien sûr, la présence de deux vieux labradors qui n'arrêtent pas de péter dans la chambre n'arrange rien. Ils parlent des traitements qui existent contre l'allergie, de la nouvelle voiture de Stephen, encore une Audi, de la baisse des pubs dans le journal, de la pénurie toujours grandissante de lecteurs, de Jessica Bond, que Nora a renvoyée, ou plutôt fait muter, ce qui enchante Stephen. Pour le moment, on l'a collée aux pages spectacles, mais, si cela ne tenait qu'à lui, il la ficherait carrément à la porte. Ce n'est pas compliqué. Un dernier clou dans le cercueil de Ken… Il y avait longtemps que cela lui pendait au nez.

« Et la prochaine tête qui tombe, ce sera celle de sa danseuse », déclare Stephen en levant son verre.

Elle comprend avec un temps de retard qu'il fait allusion à Sheila Nedderman. La partenaire de tennis de Ken. C'est bien de Stephen, de trouver un motif sordide à la bonté de Ken. Après son divorce, Sheila cherchait désespérément du travail. Elle avait tanné Ken pendant des mois. Elle lui téléphonait jour et nuit.

« Sa danseuse ? Allez, Stephen, ce n'est même pas drôle.

— Je sais. Je n'ai jamais compris ce qui l'attirait chez elle. Cette chevelure gigantesque avec cette coiffure bouffante ! Oooooh ! Mais le désir rend aveugle, n'est-ce pas ce que l'on dit ?

— Stephen ! »

Elle le fusille du regard.

« Je ne veux pas de ça. Je ne vais pas me mettre à fouiller dans sa vie. Après tout, j'ai les enfants. Il est leur père. Je dois respecter cela. C'est difficile, mais je le dois. »

Il esquisse une petite moue. Il est incapable de cacher ce qu'il ressent. Parce que, lui a-t-il expliqué un jour, d'une part, il n'a jamais pratiqué son métier d'avocat, et, d'autre part, il n'est pas hétérosexuel.

« Quel noble sentiment, ma chère. Mais garde l'œil ouvert, tout de même, et protège-toi.

— Je sais, mais…

— Non, pas de mais ! La protection, c'est la première chose. À partir de maintenant, tout ce qui importe c'est... »

Il se frotte les doigts.

« ... qui récolte quoi.

— Oui, et Ken et moi, nous...

— Ken est un imbécile. Une fois que ce fait sera bien compris, le reste suivra.

— Stephen, gronde-t-elle en jetant un regard vers la porte. Les enfants.

— Nora, réplique-t-il en imitant son ton. On a plus ici que le naufrage d'un mariage. Il ne s'agit pas seulement de Ken et de toi, il y a Oliver et moi, il y a le journal.

— Bon, eh bien, ce sont des choses en effet auxquelles Ken et moi devons réfléchir. Je sais que c'est compliqué, et je suis reconnaissante à Oliver du souci qu'il se fait, mais ça ne va pas se passer aussi mal que vous le craignez. Croyez-moi. »

Stephen vide son verre et se renfonce dans le gros fauteuil. Ses joues minces sont creusées par le jeu des ombres sur son visage. Il ne cherche surtout pas à la blesser, dit-il. S'il est ici, c'est qu'il y a certains faits qu'elle doit connaître, et qu'Oliver est inapte pour l'heure à lui transmettre. Il y a trois ans de cela, Ken avait demandé à son frère de lui racheter sa part dans le journal. Il souhaitait divorcer et épouser Robin, et il avait besoin de cet argent pour faire vivre les deux familles. Oliver avait refusé. Ken s'était alors tourné vers Stephen, lequel l'avait envoyé paître à son tour. Quelques semaines plus tard, Ken était revenu à la charge avec une autre proposition. Ou une menace, du point de vue d'Oliver. S'ils ne pouvaient racheter sa part, il avait l'intention d'intenter un procès contestant les volontés de leur père, qui l'empêchaient de vendre à un tiers. Oliver lui avait ri au nez et l'avait flanqué dehors, puis il avait téléphoné à Robin Gendron afin de lui dire ses quatre vérités. Cela avait jeté un froid entre les frères pendant quelques mois. C'est à cette époque, d'ailleurs, que Nora était revenue travailler au journal. Une bonne décision, commente Stephen, car les frères avaient dès lors été obligés de se montrer polis l'un avec l'autre. Et aussi parce que Oliver comptait sur sa présence pour garder Ken sur le droit chemin. Mais Ken persistait à vouloir vendre. Finalement, Stephen avait réussi à les persuader d'accepter un moratoire de deux ans avant de statuer. En attendant, Ken s'engageait à être sérieux. Et, selon Oliver, il avait tenu sa promesse.

« Comment cela, sa promesse ? demande Nora, soudain oppressée.

— De rester avec toi. »

On croirait la voix de Stephen enregistrée, tant elle est mécanique, insensible, inexpressive. Après une pause, il poursuit :

« Oliver pensait qu'au bout de deux ans il en aurait assez de Robin, que ce n'était qu'une aventure de plus.

— Une de plus ?

— Allons, Nora. »

Il se penche plus près. Son chuchotement émet un sifflement qui, tel un fouet, lui cingle le visage.

« Tu ne vas pas me faire croire que tu ne sais pas... »

Arrête ! se retient-elle de hurler. Pourquoi me raconter ça ? C'est trop. C'est insoutenable !

« Bon sang, je rêve, tu ne sais pas ? C'est pas croyable. Tu parles d'un flair ! Par quoi... par qui faut-il que je commence ? Tu sais, ce serait plus rapide de te dire avec qui il n'a pas cou… »

Il ravale ses paroles, puis lui dresse une liste des maîtresses de Ken : des noms d'amies, d'employées du journal, de femmes dont elle n'a jamais entendu parler. Bibbi Bond.

« Même Annette. À l'époque où elle venait peindre les portraits des enfants. Il l'a draguée. Kay, ton amie. Celle-là, elle voulait qu'Oliver persuade Ken. À quoi s'attendait-elle ? Elle a été obligée de lâcher… »

Non, pitié, songe Nora.

« Bon, je sais que c'est une piètre consolation, mais ce genre de bêtise est terminé depuis un bout de temps. »

Tout en étant obligé de rester avec Nora, Ken avait été fidèle à Robin et n'avait plus couché à droite et à gauche. D'après Stephen, c'était l'arrangement idéal pour ce mollasson de Kenny, incapable de faire face au conflit. Il gardait à la fois sa famille et Robin, qui n'avait d'autre choix que d'attendre. Sauf que ce système devenait de plus en plus onéreux pour Ken, étant donné le chômage chronique de Bob. Au bout de deux ans, Robin avait voulu prendre la place qu'elle considérait comme étant la sienne. Elle avait mis la pression. C'est là qu'il était retourné voir Oliver avec la même proposition, sans toutefois mentionner l'enfant. Comme la situation du journal n'était guère brillante, Oliver avait réussi à repousser l'échéance d'une année. Mais Robin en avait eu assez. Peu lui importaient les histoires d'argent ou de journal, si Ken n'avait pas le courage de dire la vérité à sa femme, elle s'en chargerait elle-même.

« C'est peu après cela qu'Oliver a eu son attaque cérébrale. Ken a été forcé de prendre ses responsabilités. Bravo, en tout cas, pour le détective. »

Il lui adresse un clin d'œil.

« C'est à ce moment-là que le petit monde plein de turpitudes de Ken s'est mis à se dérégler. En fin de compte, quelqu'un devait agir. »

À présent, tout s'explique. Et, en même temps, rien n'a de sens. Il y a tant de points obscurs. Le téléphone sonne. Elle a peur de répondre. Peur d'Eddie Hawkins, peur de ses amies, de ses voisins, de sa propre sœur, qui lui laisse message sur message sur son répondeur : elle a très envie de venir la voir, pourquoi Nora ne la rappelle-t-elle pas ? Y a-t-il un problème ? Il y en a un, n'est-ce pas ? En robe de chambre depuis une éternité, les stores tirés, dormant quand les enfants sont au lycée, prétendant qu'elle a la grippe, elle arrive à peine à jouer la comédie de la normalité quand ils rentrent à la maison. Chloé lui monte des tasses de bouillon et des toasts. Sa triste solitude est rompue cet après-midi par une dispute entre Drew et Chloé. Elle descend en toute hâte : Drew, hors de lui, est en train de hurler. À propos d'une broutille. Chloé lui a dit que, s'il en avait assez de ne plus avoir de caleçon propre, il n'avait qu'à laver lui-même ses affaires. Il donne un grand coup de poing dans la porte de la buanderie, puis se tient la main. Il pleure à chaudes larmes. Chloé est hystérique. « Allez-vous-en, toutes les deux ! » leur lance-t-il. Qu'elles le laissent tranquille. Il n'en est pas question, c'est plus fort qu'elle, lui assure Nora en l'entourant de ses bras.

Une « vie examinée », n'est-ce pas l'expression employée par le père Grewley ? Comment a-t-elle pu être aveugle aussi longtemps ? Que ses propres enfants aient su la vérité à propos de Lyra, cela la bouleverse, et pas parce qu'ils la lui ont cachée. Elle comprend leur réticence à lui infliger une douleur pareille, et aussi, sans doute, encore plus puissante, leur peur de détruire la famille. Mais jamais elle ne pardonnera à Ken de leur avoir imposé ce fardeau en les mêlant à son secret. C'est un déchirement que d'écouter le récit de Drew.

« Demande à ton père. Vas-y. Demande-lui », avait grommelé Clay à son oreille, accablant son ami d'enfance, qui n'en avait d'abord pas cru un mot.

Plusieurs jours plus tard, Drew s'était confié à Chloé. Elle l'avait traité de cinglé. Clay Gendron était un malade mental, un menteur, un idiot doublé d'un sadique. Bien sûr que ce n'était pas vrai. C'était impossible. S'il y avait eu quelque chose en effet entre leur père et Mme Gendron (Chloé ne l'appelait plus Robin), c'était déjà terrible, mais en aucun cas Lyra ne pouvait être sa fille. Puis, le soir où Nora était sortie dîner avec Kay, Drew avait mis Ken sur la sellette, avec Chloé en spectatrice. Ken avait refusé de répondre. Il n'avait ni admis ni nié quoi que ce soit.

« C'est une conversation que je refuse d'avoir avec vous deux. Ni maintenant ni jamais, avait-il déclaré, glacial, avant de sortir de la pièce.

— Alors c'est vrai ! C'est forcément vrai ! s'était écriée Chloé en s'élançant derrière son père et en le suivant jusqu'en haut de l'escalier. C'est vrai ? »

Le cliquetis de la porte de la chambre avait répondu à sa question.

« ... Je n'arrive pas à le croire. Ce n'est pas possible... », avait-elle sangloté sur le palier.

Son père ne lui avait pas ouvert. Drew avait dû monter pour la calmer. Ce serait leur secret. Leur mère avait assez souffert comme ça.

Samedi, Nora se lance dans un nettoyage en règle des placards, en proie à une « crise de rangite » aiguë. Elle est tout à fait apte à tout prendre en charge, les enfants comme elle-même. Elle n'a plus besoin de personne. C'est un soulagement de se débarrasser de tout ce fatras inutile. Pourtant, elle se fatigue vite. Non tant sous l'effet de l'effort physique que parce que dans son esprit en surchauffe elle se voit au bord de la dépression, ne pouvant rien faire pour redresser la situation mais néanmoins obligée de faire quelque chose, de continuer à aller de l'avant. Vacillant sous une brassée de manteaux et de vestes, les siens et ceux des enfants, elle sort de la maison pour aller dans le garage, afin d'entasser le tout dans sa voiture. Cet après-midi, elle les déposera chez le teinturier. Après quoi, elle fourre les manteaux et les vestons de Ken dans deux grands sacs-poubelle, qu'elle traîne dans un coin du garage, à côté des autres sacs où gît, toute froissée, le reste de sa garde-robe. Une vengeance puérile, mais c'est mieux que de les déposer sur le trottoir, s'est-elle dit. Jusqu'ici, elle s'est débrouillée pour éviter de le croiser au journal. Jeudi et vendredi, elle s'est fait porter pâle.

À part cela, elle n'a guère avancé, sinon pour s'appliquer à trouver des choses à faire à la maison tout en restant aussi proche de Chloé et de Drew qu'ils veulent bien le tolérer. Le chagrin les a rapprochés, ces derniers mois. Maintenant que la vérité a éclaté au grand jour, ils sont plus paisibles, quoique toujours dans la peine, mais celle-ci a quelque chose de plus doux. Un peu comme s'ils étaient revenus du pays de la trahison dotés d'un plus grand respect l'un à l'égard de l'autre.

Au dîner, ils bavardent, ils laissent fuser des éclats de rire, Chloé branche son iPod sur les enceintes, mais tout ce tapage, c'est comme colmater une brèche dans un barrage avec du papier journal. Effort fragile, le seul qu'ils sont pour le moment en mesure de fournir. La cuisine sent bon l'ail, le canard laqué, les ailes de poulet grillées. Il y a là-dedans de quoi nourrir trois familles, déclare Nora en sortant des boîtes en carton fumantes des deux sacs en papier qu'elle vient de poser sur le plan de travail. Elle se plaît dans le rôle de la mère permissive. Si Chloé veut des frites de tofu, qu'à cela ne tienne, même si elle est la seule à aimer ça. Et Drew peut commander aussi ce qu'il veut, pour une fois, sans avoir à partager avec toute la famille. C'est une petite victoire de pouvoir prononcer cette phrase, en insistant sur le mot « famille ». Car c'est bien ce qu'ils forment désormais. Une famille plus unie depuis qu'il n'est plus là. Meilleure. Mais qui croit-elle duper ? Eux. Il le faut bien.

« Dites-moi ! s'exclame-t-elle en ôtant les couvercles. Six entrées. À quoi pensions-nous ?

— Nous ne pensions pas. C'est pas le but ? » rétorque Chloé.

Et au coup d'œil irrité qu'elle jette à son frère, Nora sait qu'elle tente d'ignorer les grognements de ce dernier occupé à dévorer ses brochettes teriyaki.

Nora les regarde manger avec plaisir. Les petits rituels la réconfortent. Quels enfants formidables, surtout Chloé ; tout bébé elle semblait deviner ce qu'il fallait faire, quels gestes elle devait accomplir, même quand Nora, par excès de prudence, parce qu'elle suivait pas à pas les directives du manuel de puériculture, n'en savait rien. Si prompte à pardonner, à prendre soin des autres, surtout de son petit frère si sensible. Le problème de Drew, songe Nora, c'est qu'il lui ressemble trop, à elle, sa mère ; il a hérité de sa nature indécise, méfiante, incapable de saisir sa chance au vol, toujours en suspens.

« Tiens, maman. » Chloé lui passe la boîte de crevettes à la Szechuan. « Attention, c'est épicé. » Son père et elle raffolent des plats relevés.

« Je ne déteste pas. » Une bouchée suffit : des larmes roulent sur ses joues, son nez coule. Elle tend la main vers son verre d'eau. Chloé essaie de sourire, mais finit par se détourner.

Vingt minutes plus tard, Drew, en lâchant un rot discret, pousse des deux mains contre la table afin de faire glisser sa chaise en arrière. Chloé se lève, rince son assiette sous le robinet. Sinon, elle ne pourra pas s'arrêter de se gaver, précise-t-elle par-dessus son épaule en haussant la voix à cause du bruit de l'eau. Un os minuscule craque sous la dent de Nora, qui attaque une autre aile de poulet, non parce qu'elle a faim, mais pour retrouver la sensation que tout est de nouveau normal. Drew aligne les biscuits chinois et les casse en deux, à la manière de son père, dans leur enveloppe de cellophane. Il est en train de leur lire les petits messages qui prédisent l'avenir quand on sonne à la porte.

Nora se pétrifie. Non. Pas ça. Pas Eddie Hawkins. Pas maintenant. Pas ici. Drew se tourne vers elle, son expression trahissant son espoir, le même espoir perceptible dans la voix de Chloé. Leur père. Ils attendent son retour. Alice avait raison quand elle disait que les enfants supportent et pardonnent tout pourvu que leurs parents soient auprès d'eux.

« Je vais ouvrir ! » Chloé se rue dans l'entrée, puis revient d'un pas rapide. « C'est M. Gendron. » Elle fait la grimace, et un geste vers l'ombre derrière elle.

« Nora. » Ses intonations affligées vibrent dans l'obscurité de l'entrée comme le son d'une cloche. Elle allume le plafonnier. Il a maigri. Il a l'air miteux, insignifiant, tel un objet trop souvent manipulé sans précaution. Comme il a le nez et les yeux rouges, elle suppose qu'il est ivre, jusqu'à ce qu'il prenne la parole ; alors elle s'aperçoit qu'il pleure. Il s'essuie les joues ; pourtant si elle ressent de la pitié, c'est pour elle-même et ses enfants.

« Que c'est triste. Quelle histoire. Robin, elle… elle veut divorcer. Au début, je ne l'ai pas crue. Elle a toujours dit des choses comme ça, c'étaient des menaces pour m'empêcher de boire, pour m'obliger à arrêter. Mais maintenant, je sais. C'est vrai. C'est…

— Bob. Dans le bureau. »

Elle lui emboîte le pas et laisse la porte ouverte. Chloé et Drew sont tout ouïe, bien sûr. Et pourquoi n'écouteraient-ils pas ? Ils sont assez grands. Ils ne sont pas encore au courant pour toutes les autres, mais ils le seront tôt ou tard, c'est inévitable. Elle sait que ce n'est pas bien qu'ils détestent leur père, et néanmoins elle le souhaite, elle veut être la seule personne qui compte pour eux. C'est égoïste de sa part, mais elle puise de la force dans leur souffrance. Et du réconfort. Et quelque part éprouve un sentiment de triomphe, si ténu et superficiel soit-il. Ils ont besoin d'elle et ils l'aiment, plus que jamais. Quant à leur cher père, si vénéré naguère, il mérite qu'ils lui en veulent et soient en colère contre lui.

Mais, en définitive, qui aura le prix le plus élevé à payer ? Qui aura à déplorer la plus grande perte ? Elle se lève et ferme la porte.

Bob s'assied, genoux largement écartés, et sanglote au creux de ses mains. Son pull col V beige est taché et déformé, le bas de son pantalon effiloché. Aux pieds, de vieilles baskets crasseuses. Celle de droite a une couture déchirée. Comparé à Ken, Bob a toujours eu l'air débraillé. Robin disait en riant que sur Bob même un costume neuf avait l'air de sortir d'une friperie. Nora s'est toujours sentie tout juste tolérée par Bob Gendron. L'épouse de Ken, l'amie de Robin, mais à ses yeux une étrangère. Elle n'avait rien à voir avec eux, et ne les comprenait pas. Ensemble ils pouvaient encore se croire des enfants, et Nora, cette adulte, était une empêcheuse de tourner en rond. Alors là, subitement, elle le méprise, ce snob minable à l'esprit étroit.

« C'est incroyable. Elle modifie l'acte de naissance de Lyra. Elle veut que le nom de Ken y figure, explique-t-il en se frottant les yeux. La façon dont elle me l'a dit, comme si tout le reste n'était plus que des détails.

— Ce qui est sans doute le cas », réplique Nora, glaciale.

Jusqu'ici, il n'a soufflé mot de sa détresse, de son chagrin, de sa déception, ni même murmuré qu'il doute d'être le père de Lyra. Elle se rappelle Robin se plaignant de son manque d'enthousiasme. À propos de la grossesse, se demande-t-elle, ou de l'enfant lui-même ? A-t-il su d'emblée ? Elle n'ose pas poser la question.

« C'est ma faute. Je sais que c'est ma faute. J'ai tout gâché. C'est nul. Elle m'avait pourtant prévenu. "Je ne peux pas continuer à vivre comme ça !" Mais moi je n'arrivais pas à me ressaisir. J'ai essayé pourtant, mais je… je… et maintenant je n'ai plus rien. Plus rien. »

Le visage dans les mains, il se penche en avant et libère des sanglots rauques.

« Non, dit-elle en ravalant ses larmes. Tu n'as rien à te reprocher. S'il te plaît, Bob. »

Elle lance les mains en l'air.

« Ils s'en fichaient de nous. On leur a juste facilité les choses, voilà tout. »

Il lève les yeux et la regarde, plus interloqué qu'éperdu, ou même furieux.

« Il n'y a pas que Robin, dit-il en s'étranglant sur son prénom.

— Je sais. »

Son mouvement de sympathie reflue : elle est sidérée qu'il continue à chercher des excuses à Robin. Pathétique. Il s'attend à ce qu'elle accuse Ken, et pas sa femme chérie.

« C'est Ken. Il est comme un frère pour moi. Je l'ai toujours connu. Toute ma vie… Nous étions… inséparables… »

Comme elle se tait, il reprend :

« Qu'est-ce que je vais faire, Nora ? Que vais-je devenir ?… »

Ne sachant que lui dire, elle lui tapote la main. Sans Robin et Ken à aimer et à détester en même temps, que va-t-il devenir, en effet ? Sans motif pour boire ou rester sobre ? Ces deux-là ont été sa lumière, des étoiles qui l'ont ébloui au point de l'aveugler. Ils l'ont aimé et choyé, et ils se sont servis de lui.

Eddie essaie de voir Robin depuis des jours. Elle ne répond pas au téléphone ni à la porte. Pourquoi ?

demande-t-il d'une voix suppliante à sa mère en pressant le pas à son côté tandis qu'elle se dirige vers la maison.

« Regardez ! » Il lui agite sous le nez une poignée de billets. « Je veux simplement l'aider. Il faut que je lui parle. Avant qu'un malheur n'arrive. »

La vieille salope ouvre le clapet de son portable, pour appeler la police, dit-elle.

Il retourne à sa voiture, vaincu. Son bonheur s'est effondré. Il sait qu'il devrait partir, quitter cet endroit avant qu'il ne soit trop tard, or c'est là que le bât blesse, justement. Il sait qu'il devrait partir, mais il n'en a pas la force, parce que c'est précisément ce qu'il recherche : qu'il se passe quelque chose. Il retrouve cette sensation, comme si elle était plantée dans son cerveau, et qu'il ne pouvait penser à autre chose. C'est toujours pareil, sauf que, cette fois, c'est pire. Cette fois, il a peur. Il vieillit, et sa tête est toute de travers. Elle lui fait mal, tout le temps. Il ne peut même pas manger. Tout s'embrouille dans son esprit. En général, ça le prend d'un seul coup, très vite, la colère noire, et il frappe. Puis, après, c'est fini.

Mais cette fois, cela le ronge. Cette fois, il ne parvient pas à passer à l'acte. Rien ne se déroule logiquement. Les pièces ne s'emboîtent pas bien. Il n'a pas dormi depuis des siècles. Il est peut-être mourant, ou déjà mort, et ceci est l'enfer. Tant de brouillard, tant de confusion, pense-t-il, posté au coin de la rue avec patience. À un moment donné, elle sort et passe devant lui. De nouveau il la suit, le long de la même route. Vers la périphérie de la ville. Au-delà du country club. Portail en fer forgé. Hauts buissons. Grandes demeures dissimulées au fond de jardins paysagés. Puis vient le panneau, et elle bifurque. FairWinds. Une longue rue cahoteuse. Il se gare un peu à l'écart de l'entrée.

Il y a deux heures qu'elle est là-dedans, comme hier. Il sort et marche sur la chaussée défoncée jusqu'à un bosquet de sapins. Il époussette les aiguilles de pin sur le banc en granit noir, puis s'assied. Il lève les yeux sur la maison en brique. Toit d'ardoise, portiques et balcons, portes-fenêtres, urnes en pierre débordant de mauvaises herbes. Il se sent tout petit et insignifiant, indésirable, jamais assez performant, ne récoltant que des miettes, des riens, voilà ce qu'il a toujours eu, alors qu'elle est là-bas, à l'intérieur, avec lui. Cet enculé de sieur Hammond. Elle ne devrait même pas permettre qu'il la touche. Elle le ridiculise, lui, Eddie. Elle le provoque. Elle le met au défi. C'est sa faute. Elle ne mérite plus qu'il lui donne encore une chance. Ou bien une seule… oui, une seule.

Il rouvre les yeux en entendant le bruit du moteur. Son monospace gris métallisé passe en trombe. Il a dormi une minute : il l'a manquée. Il regagne sa voiture en courant. À chaque secousse due aux cahots de la route, la grosse boîte bringuebale à l'arrière, lui rappelant à quel point elle le ridiculise. Mais c'est fini. N'est-ce pas ? Une fois que ce sera fait, il partira. Mais peut-être acceptera-t-elle de l'écouter, et il ne sera pas obligé. Il est fatigué. Ah, la voilà. Il la suit de si près qu'il distingue son visage dans le rétroviseur. Parfait, elle est effrayée. Elle s'arrête au feu rouge et il heurte légèrement son pare-chocs arrière. Une deuxième fois. Lorsque le feu passe au vert, elle tourne brutalement. Il l'imite.

« Donne-moi une chance ! hurle-t-il. Une dernière ! » C'est tout ce qu'il veut, mais elle pénètre dans un crissement de pneus dans le parking du commissariat de police, si bien qu'il continue son chemin avec le téléviseur qui tressaute dans sa boîte à chaque défaut de la route.

21

C'est un dimanche matin pluvieux. Le téléphone sonne à neuf heures, comme promis par Kay hier dans son message. À neuf heures tapantes, comme si elle avait surveillé l'horloge, la main sur le combiné, en comptant les secondes. Nora laisse sonner. Le répondeur se met en route.

« Nora ! Rappelle-moi, s'il te plaît. Pourquoi ne donnes-tu pas de nouvelles ? C'est le je ne sais combientième message que je te laisse. Je m'inquiète. Quelque chose ne va pas. Je sais que… Tu n'es pas fâchée contre moi, au moins ?… »

Cette fois, Nora décroche. Kay est fatiguée, affaiblie, mais jusqu'ici, dit-elle, elle n'a pas souffert de nausées. Ses cheveux ont commencé à tomber après la deuxième chimio. Elle a dû se raser la tête. Elle voudrait que Nora passe voir sa perruque. Nora s'engage à faire un saut dans les jours qui viennent, sans plus de précision. Elle ne voit aucune raison de dissimuler sa froideur. Elle n'éprouve aucune colère, simplement du désintérêt.

« Et toi, ça va ? demande enfin Kay.

— Très bien.

— Ce n'est pas vrai. Cela s'entend. Tu n'es pas bien.

— Je suppose qu'on a toutes les deux commis la même erreur, ne peut s'empêcher de lancer Nora.

— Que veux-tu dire ? Allez, Nora, s'il te plaît, s'il te plaît… »

Non, décide-t-elle dans le long silence qui suit. Elle ne va pas faire ça. À quoi cela servirait-il ? L'instant d'après, malgré elle, jaillit un flot d'accusations que Kay s'efforce en vain de nier. Cela ne s'est pas passé comme elle le croit. Non, jamais elle… jamais… Il ne… il n'y a pas eu… rien de semblable… une fois, un moment de faiblesse stupide… un dîner en tête à tête, c'est tout… elle était tellement mal à l'aise qu'elle s'est levée au milieu du repas pour faire appeler un taxi. Il n'arrêtait pas de lui téléphoner. Au bout de quelques semaines, elle s'était décidée à aller trouver Oliver afin de lui demander d'y mettre le holà. Par la suite, Nora ne se souviendra pas des mots, seulement d'une impression poignante de peur, la même que celle qu'elle avait ressentie, enfant, le jour où elle avait voulu voir, sans oser se pencher trop loin, et tout en y laissant tomber des cailloux, le fond du puits derrière la maison à l'intérieur de laquelle sa mère et les cousines de Boston caquetaient en grillant des cigarettes, pour prétendre ensuite que non, elles n'avaient pas fumé, ah ça, non, jamais, alors même que sa mère puait le tabac, son seul vice.

La pluie continue à tomber tout l'après-midi. Nora et les enfants rentrent en voiture de l'élégant Sea Cliff Manor à Salem, où ils se rendaient jadis en famille pour des « occasions spéciales ». Aujourd'hui, après le brunch, ils se sont promenés sur la plage battue par la tempête, avec une vaillance et une bonne humeur un peu trop ostensibles, faisant des ricochets dans les vagues, ramassant des bouts de verre poli par la mer, feignant de ne pas craindre le froid tandis qu'ils marchaient tête baissée contre le vent qui les trempait jusqu'aux os. Et à présent, toujours cramponnés à des lambeaux d'harmonie familiale, ils étouffent des bâillements et prennent leur mal en patience, une demi-heure de route à grelotter dans des vêtements humides. Ils sont peu loquaces. Chloé, assise à côté de Nora sur le siège passager, regarde par sa fenêtre. À l'arrière, Drew ôte un écouteur de son oreille. Il se plaint d'être gelé. Nora monte le chauffage. Il n'est pas seul dans la voiture, marmonne Chloé, en orientant les ailettes de la grille d'aération ; elle commence à avoir mal à la tête.

Cette comédie du bonheur consomme une énorme part de leur énergie. S'ils sourient souvent, ils n'en ont pas moins des expressions lasses, à force de chercher à tout prix à préserver ce qui reste. Elle se rappelle un de ses premiers reportages, sur une famille épuisée mais héroïque qui avait passé la nuit, les enfants épaulant leurs parents, à entasser des sacs de sable autour de leur maison contre la montée des eaux printanières. Aucune volonté humaine n'était en mesure d'arrêter une rivière en crue, disaient-ils, mais il fallait quand même tenter de lui opposer un barrage… dans un effort commun. Nora a remarqué que, depuis quelque temps, Drew trouve toujours un prétexte pour rester en bas avec elle jusqu'à ce qu'elle monte se coucher. Ensuite il travaille pendant des heures dans sa chambre. Chloé a eu la meilleure note à ses deux derniers contrôles, en littérature américaine et en maths. Sa chambre est rangée, rien ne traîne plus. Hier, elle a fait la lessive. Elle commence à préparer le dîner sans qu'on lui demande rien, en général parce que Nora dort, car c'est ainsi qu'elle passe ses journées.

Max est un vrai con, a déclaré Chloé hier soir en déchirant les neuf feuillets qu'il avait fallu pour imprimer son mail et, ultime rejet : au lieu de déposer les morceaux avec les déchets à recycler, elle les a laissés tomber dans la poubelle. C'était en fait un article de sa plume sur ses observations pendant son séjour au Costa Rica. Il lui demandait de bien vouloir persuader son père de le publier. « Travaille-le au corps comme tu sais si bien le faire », écrivait-il, comme si elle était une pouffiasse, dit-elle, furieuse également de sa seconde requête. Pourrait-elle aussi lui trouver un job au journal pour l'été, compte tenu qu'il était disponible pour un entretien d'embauche le mois prochain ? Sinon, il allait être obligé de trimer dans la scierie de son oncle, dans le Maine. Dès qu'il rentre, annonce Chloé, elle va casser.

« Pas à cause de ce qui se passe ? Je veux dire, entre ton père et moi, avance Nora, qui en veut encore plus à Ken – sa conduite influence négativement jusqu'aux relations amoureuses de ses enfants.

— Non, pas du tout », répond Chloé avec véhémence.

Pourtant Nora sait que c'est une des raisons. Chloé cherche à être valorisée pour ce qu'elle est, et non en tant que ticket-repas dans l'affaire de son père. Tout en conduisant, Nora ne peut s'empêcher de s'interroger : Ken l'avait-il soupçonnée d'être intéressée ? À l'époque, il s'était montré un ardent prétendant, se débrouillant pour faire d'elle son assistante, poste qui consistait, elle n'avait pas tardé à le découvrir, à se tenir à sa totale disposition, puisqu'il l'appelait à toute heure rien que pour bavarder un peu, curieux de ce à quoi elle occupait son temps, elle qui devait se sentir un peu perdue, ne connaissant personne à Franklin, puis il s'était mis à se présenter à l'improviste sur son perron, les bras chargés de sacs de traiteur chinois, de bouteilles de vin d'un prix extravagant, d'invitations à des fêtes, à des dîners, et ainsi, de fil en aiguille, il avait réussi à vaincre les scrupules qui la retenaient de sortir avec un homme aussi différent d'elle, décontracté, insouciant, continuellement à la poursuite de nouveaux divertissements, bref l'homme le plus bon, le plus adorable qu'elle ait jamais connu.

À la fin du trajet, Drew claque des dents. La voiture à peine garée, ils en jaillissent et courent vers la maison en ôtant leurs manteaux mouillés. Nora a oublié de monter le chauffage en partant, si bien qu'il fait froid et humide dans l'entrée. Un peu plus tard, en entendant les claquements de la tuyauterie en provenance de la salle de bains de Drew, Nora sourit. S'il faut en arriver là pour qu'il prenne une douche ! Dans le séjour, elle cherche partout la télécommande du chauffage d'appoint, et la trouve finalement coincée entre les coussins du canapé. Le désordre règne, et cela depuis le départ de Ken, surtout dans cette pièce et dans la cuisine où ils passent le plus clair de leur temps. Canettes de soda, tasses à café, magazines, journaux, pulls et vestes, tout ce fouillis la laisse désormais de bois ; au contraire, il est la preuve matérielle qu'elle est chez elle, semblable en cela à ces bouts de ruban et de ficelle que les oiseaux déposent dans leurs nids. Depuis quelques semaines, elle a même prié la femme de ménage de ne pas venir, ne supportant pas l'idée d'une intrusion. La seule chose qui importe, c'est qu'elle soit avec ses enfants. Elle a troqué son obsession de la propreté contre une négligence toute neuve, et c'est libérateur, si ce n'est même un peu fou. Et alors ? Elle a le droit d'être un peu folle. Au lieu d'une dépression nerveuse, elle se paie le luxe d'avoir des cuvettes de sanitaires douteuses et des moutons dans tous les coins. S'il n'en a cure, pourquoi se donner tant de mal ? Parce que ce sont les gestes de tous les jours, tout ce travail, cet effort, cette attention aux petites choses, c'est tout cela qui soude les gens entre eux. Le devoir, le sens des responsabilités, les valeurs qu'ils avaient partagées. Elle pointe la télécommande sur le poêle à gaz et les fausses bûches s'entourent de flammes si brusquement que, comme chaque fois, elle sursaute. Elle se rappelle ce que sa mère disait de leurs voisins du coin de la rue, les Kempton, dont la maison délabrée était assiégée par les mauvaises herbes : « Le torchon brûle. » La pourriture de surface, c'est le premier signe. C'est que le mal est fait. La souffrance devenue visible. La preuve que le bateau coule.

Elle se dirige vers la cuisine afin d'y allumer le poêle, quand elle se rappelle avoir oublié de fermer la porte du garage. Et après ? On s'en fiche, décide-t-elle avec une joie perverse. En se retournant, elle remarque la lumière qui clignote sur le répondeur. Quatre messages, le premier, frénétique et acrimonieux, de sa sœur Carol, disant qu'elle venait de parler à Ken. Elle avait été si inquiète, Nora ne lui donnant pas de nouvelles, qu'elle s'était finalement décidée à appeler au journal vendredi et avait laissé un message à Ken. Il venait de la rappeler ce matin, et ce qu'il venait de lui apprendre l'avait laissée pantoise. « Je suis soufflée ! Mais que se passe-t-il donc là-bas ? Je veux bien que tu ne sois pas entièrement franche avec moi, mais un vrai mensonge ? Comment as-tu pu… » Avec un petit cri, Nora efface l'enregistrement de la voix mi-querelleuse mi-donneuse de leçons. Les trois autres messages sont de Ken. La même formulation, le ton tendu, urgent. « Nora, rappelle-moi. » Il ne demande pas de nouvelles des enfants, ni si ça va, ni s'ils ont besoin de quoi que ce soit, juste « Rappelle-moi ». « C'est ça. Quand les poules auront des dents. » Elle appuie avec une telle force sur le bouton *effacer* que le téléphone tombe de la petite table.

« Sale égoïste ! marmonne-t-elle en le ramassant.

— Il y a peut-être un problème », fait observer Chloé, qui vient de surgir sur le pas de la porte.

Nora se retient de rétorquer du tac au tac : « *Peut-être* ? Il y a *peut-être* un problème ? »

« Ne t'inquiète donc pas pour ton père. Je suis sûre qu'il va très bien… »

Sans nous, a-t-elle sur le bout de la langue, mais, en voyant la moue de Chloé, elle se tait.

« Je peux l'appeler ? Ça ira ? Ça t'est égal ? » s'enquiert Chloé d'une petite voix.

Nora s'aperçoit que sa fille est au bord des larmes.

« Oh, ma chérie. Viens ici », dit-elle en l'attirant contre elle.

Évidemment qu'elle peut l'appeler, quand elle veut, et elle n'a besoin ni de demander la permission ni de s'excuser.

« C'est ton père, c'est ça l'important. Et cela n'a rien à voir avec ce qui se passe entre nous. »

Chloé opine de la tête, toute molle contre la poitrine de Nora.

« C'est juste qu'il… qu'il me manque… il me manque tellement que ça me fait mal, pleurniche-t-elle.

— Je sais. Bien sûr que oui. Il a été un bon père… »

À défaut d'autre chose, ajoute-t-elle en son for intérieur.

« Non ! sanglote Chloé. S'il en était un, rien de ce qui est arrivé… nous serions toujours… »

Elle est interrompue par la sonnerie du téléphone.

« C'est papa », dit-elle en vérifiant le numéro sur l'écran.

Elle fixe sa mère d'un air désespéré.

« Vas-y, réponds, voyons, lui lance Nora, qui commence à gravir l'escalier.

— Salut, papa. »

Le plaisir est audible dans la voix de Chloé tandis que Nora atteint le palier. Elle s'efforce d'avoir l'air naturelle, comme si son père était seulement parti en voyage d'affaires.

« On vient de rentrer… la plage… bon, on a d'abord pris un brunch au Sea Cliff, c'était génial et après… Ah, bien… Maman ! »

Nora se penche sur la rampe. Chloé ajoute :

« Papa veut te parler. »

Nora s'assied au bord du lit, l'écouteur serré contre son oreille, paupières closes. « La chose avec des plumes qui se perche dans l'âme… » Il souhaite revenir, pense-t-elle, le cœur gonflé d'une joie sans fondement, car, en dépit de tout, elle veut qu'il lui revienne, désespérément, elle a faim de lui. Cela explique la brièveté du message, l'urgence, la froideur. Il cherche à éviter de susciter l'espoir des enfants. Ou le sien. Il a enfin pris conscience de l'importance qu'a sa famille, cela fait trop longtemps qu'ils sont ensemble pour que leur histoire se termine ainsi. S'il avait vraiment voulu vivre avec Robin et Lyra, il y a longtemps qu'il aurait pris les mesures nécessaires. Il se sent responsable, piégé. Pris au piège par Robin. Pris à son manège, comme elle-même l'a été, Robin manipulant son petit monde afin d'obtenir ce qu'elle veut. Nora n'a jamais éprouvé autant de mépris pour un être humain. Pas même pour Stephen et sa version perverse des faits, Ken étant selon lui resté avec elle par loyauté à l'égard de l'affaire familiale, à cause d'une promesse invraisemblable, prétendument soutirée par le pauvre Oliver, lequel est à peine capable d'articuler une phrase cohérente, et encore moins de se rappeler par le menu une conversation datant d'il y a trois ans. Non, ce ne peut être qu'une fable née de l'esprit mesquin et rancunier de Stephen. Mais d'une façon ou d'une autre, ils vont traverser cette tempête.

« Je l'ai, dit-elle à Chloé. Tu peux raccrocher en bas. »

Elle croit entendre un déclic, mais comment en être sûre ? Elle respire un grand coup. « Oui, qu'est-ce qu'il y a ? » Glaciale, s'appliquant à ne pas trahir son soulagement.

« Écoute-moi. Écoute bien chaque mot que je vais te dire. »

L'horrible brûlure de sa fureur coule comme de la soude caustique sur son tympan. Elle le coupe, répète à Chloé de raccrocher. Elle l'a déjà fait, grogne-t-il, les derniers mots qu'il prononce à propos de sa fille avant de se lancer dans une diatribe si bizarre qu'elle se pétrifie, sentant une telle vague de stress monter en elle qu'elle en a le tournis. Au début, la hargne avec laquelle il la prie de rappeler son détective privé lui semble d'un comique pathétique, une blague de mauvais goût, jusqu'au moment où elle se souvient de la remarque de Stephen sur son « détective ». Stephen, se posant en confident, jouant sur les deux tableaux. Et si elle ne le fait pas, vocifère Ken hors de lui, il sera obligé de s'en charger lui-même. Ce que, en ces circonstances délicates, il ne ferait qu'à regret, puisque mêler la police à leurs affaires serait un embarras pour tout le monde.

« Un embarras ! Voyez-vous ça ! s'exclame-t-elle en posant sa main sur son crâne, sur le point d'exploser. Comme si ça pouvait être pire. »

Elle ne peut retenir un éclat de rire. Mêler la police à leur histoire ! Ainsi elle a fini par le rattraper, cette paranoïa rampante qui, paraît-il, affecte les vrais coupables. Ce n'est pas trop tôt. À son tour de souffrir. À son tour de paniquer, à son tour de se sentir surveillé et jugé. Humilié.

« C'est toi qui l'as engagé, Nora, c'est à toi de nous en débarrasser.

— Je ne sais pas de quoi tu parles.

— Oh, arrête ! Non seulement tu l'as engagé, mais tu l'as payé pour qu'il fasse du gringue à Robin. Il faut vraiment que tu sois malade !

— Tu rigoles ou quoi ? »

Elle a la gorge qui se serre.

« C'est toi qui es dingue, oui.

— Je dirais plutôt que c'est dingue. Il est dingue. D'ailleurs, c'est pour ça que tu l'as engagé. Pour qu'il traque Robin. Pour qu'il la harcèle, qu'il les terrifie, elle et les enfants, et aussi sa mère… Emily, tu te rends compte ! Il faut que tu fasses quelque chose, tu as intérêt. Et si tu ne fais rien, alors c'est moi qui interviendrai.

— Je n'ai engagé personne, je te le répète ! crie-t-elle.

— Tu l'as payé ! De cela au moins je suis sûr !

— Non ! Ce n'est pas...

— L'argent pour ta sœur, pauvre Carol, elle ne l'a jamais touché, n'est-ce pas ? Pas un dollar... tout pour lui. Il fallait bien que tu le paies !

— Que... Quoi... Eddie Hawkins ? bégaie-t-elle. C'est ce que tu veux dire ? Il n'a rien d'un privé. Je te l'ai déjà dit, c'est juste quelqu'un... Je ne sais même pas qui il est vraiment, ni ce qu'il fait. Il est... eh bien, c'est un type. Je figurais sur cette photo de groupe du refuge dans *Newsweek*. Il a cherché à me retrouver. Voilà, c'est tout. Je ne l'ai jamais engagé. C'est la vérité.

— Nora, j'ai la preuve. Tu as retiré de l'argent. Tu l'as payé ! Des milliers de dollars. Il l'a dit à Emily. Il les lui a même offerts. Il délirait !

— C'est toi qui délires ! » hurle-t-elle avant de raccrocher.

Son cœur bat trop vite. Elle s'assied au bord du lit et se balance d'avant en arrière. Il est jaloux, et il veut évincer son rival. Mais il ferait mieux de s'y habituer, parce que ce n'est que le début avec Robin. Adorable Robin, feignant la sollicitude, faisant feu de tout bois pour qu'il soit en adoration devant elle, qu'est-ce qu'elle croyait, à toujours vouloir séduire tout le monde, une vraie maladie, enfin, ce besoin comme une drogue de se placer au centre de l'univers d'autrui. Eh bien, une fois de plus, elle se couchera comme elle aura fait son lit, et c'est bien fait. Qu'ils aillent au diable, tous les deux. De toute façon, elle n'y peut rien. Après ce qui s'est passé, elle se fiche éperdument qu'il le crie sur les toits, et puis qui va le croire ?

Elle s'évertue à déboutonner son chemisier moite, mais le bouton lui résiste. Ses mains tremblent à tel point qu'elle ne parvient plus à serrer les doigts. Elle passe au bouton suivant : même affolement honteux à l'idée de se retrouver coincée dans sa robe de marin rouge parce qu'ils sont tous en bas en train de l'attendre, guettant ses moindres gestes, mais elle ne leur accordera pas ça, la satisfaction de la voir souffrir, de voir ses larmes. Sinon, cela deviendra vrai. Il sera parti, il est parti, la laissant enfermée dans le piège de sa propre peau mouillée si froide qu'elle en grelotte, alors que la terre entière s'en fiche. Car il n'y a personne pour elle, c'est cela le plus dur à accepter ; elle a tellement peur d'être seule, abandonnée, qu'en suppliant sa mère de lui pardonner sa fugue elle s'était sentie obligée de tout lui confesser, le job d'été plaqué, l'argent de son salaire jeté par les fenêtres, la boisson, les étreintes d'Eddie Hawkins, mais avait passé toutefois sous silence l'homme au visage mutilé… Alors, pour compenser ce mensonge par omission, ou bien par égard pour la décence, elle avait avoué presque malgré elle le plus terrible, le plus condamnable des secrets, admettant que le pauvre professeur banni ne l'avait jamais touchée, ne l'avait même pas approchée ni aucune de ses camarades, et quel avait été son soulagement d'entendre le cri outragé de sa mère et de recevoir la gifle, un coup sévère assené avec le dos de la main qui lui avait rouvert sa lèvre à peine cicatrisée et avait diminué sa honte.

« C'est monstrueux, avait dit sa mère. Comment as-tu pu faire ça ? Me faire ça à moi ! »

Et elle l'avait prise par le col si violemment que les boutons avaient giclé par terre.

En sanglotant, elle se change et passe des vêtements secs, puis elle claque la porte de son armoire, une fois, deux fois, puis encore et encore, furieuse contre elle-même, s'en voulant de son manque de force de caractère qui lui fait perdre les pédales alors que ses enfants sont en bas. Chloé et Drew n'y sont pour rien. « Du calme. Reprends-toi », se répète-t-elle en enroulant le linge trempé dans une serviette pour le descendre à la buanderie, mais ensuite elle ne peut plus bouger, elle reste figée sur place, ses dents jouant des castagnettes, tressaillant au milieu de sa belle chambre ivoire si paisible, au plafond orné de moulures et délicatement teinté de gris, la serviette humide pressée contre sa poitrine parce que ce n'est pas sa faute, c'est vrai, mais c'est ce qu'ils veulent. Qu'ils aillent au diable, ceux qui guettaient le moment où la brèche s'ouvrirait dans la façade ; eh bien, préparez-vous, tout le monde, vous allez être contents, la première pierre d'éboulis vient de dévaler la pente ; car il faut bien qu'elle flanche pour leur permettre de l'absoudre, ce pauvre, ce cher Kenny, tout ce qu'il voulait c'était être heureux, en dépit d'elle, la sorcière, la froide et menteuse épouse, la salope, elle ne méritait pas un homme comme lui, pas étonnant qu'il ait couru le jupon.

« Pas étonnant ! hurle-t-elle en lançant le ballot contre le mur. Pas étonnant ! »

La pluie est bienvenue, puisqu'elle rend plus difficile l'identification du chauffeur, surtout avec les essuie-glaces en vitesse rapide. Jusqu'ici, pas une voiture de police n'a ralenti à sa hauteur. Le véhicule qu'ils recherchent stationne à des kilomètres d'ici sur un petit parking, avec sa télé neuve à l'arrière, la clé sur le contact, à disposition du premier petit veinard venu. Maintenant il roule dans une voiture de location. Il a dû se servir de la MasterCard de Gendron, la seule carte de crédit encore valable, pourtant il ne se fait pas d'illusions, une fois la chasse ouverte, ce sera seulement une question de temps. Il repasse devant la maison : aucun signe de vie, pas de voiture. Ni chez Hammond, d'ailleurs. Il sait où habite la mère, une maison peinte en vert clair tout en haut de cette côte. Il n'y a que la Volkswagen de la reine mère dans l'allée. Le monospace de Robin pourrait bien être dans le garage. Il a beau ralentir, s'il veut vérifier, il faut qu'il sorte. Pas question de courir ce risque. En repassant, il lève les yeux vers la fenêtre de la chambre qu'elle lui a une fois désignée. La nuit, disait-elle, elle pouvait voir l'ensemble des maisons éclairées en contrebas. Autrefois, elle se mettait dans la peau d'une princesse contemplant son royaume – pas qu'autrefois, d'ailleurs, c'est bien ça le problème. Maintenant qu'elle n'a plus besoin de lui, elle le regarde aussi de haut. Il se gare dans le bas de la rue, à côté d'une boîte aux lettres bleue, sous un grand arbre dont les branches commencent tout juste à déployer leur tendre frondaison. Le crachin le plonge dans une sorte d'abrutissement. Ses yeux se ferment. Il ouvre la radio et tente de battre le rythme sur le volant pour ne pas s'endormir tout à fait.

Son attente n'est pas longue. La porte d'entrée s'ouvre. Robin et Lyra descendent vivement les marches du perron. Robin a un parapluie rose à franges et la fillette un imper rouge. Elle installe l'enfant sur le siège arrière de la voiture de sa mère, puis se glisse au volant. Parfait. Une proie facile, avec cette carrosserie jaune vif ! Quand elle passe près de lui, il se penche comme s'il ramassait quelque chose par terre. Puis il la suit, en prenant soin de laisser plusieurs voitures entre elle et lui. Une fois en ville, elle bifurque sur le parking de la pharmacie. Il ne peut retenir un large sourire. Plus vite qu'il ne le croyait. Mais, au moment où elle tourne le coin derrière le magasin, il se rend compte que c'est un « drive-in ». Il s'empresse de se garer sur une place de stationnement et se couche à moitié dans la voiture. Elle tend des billets au guichet et se saisit du petit sac de médicaments. Il la prend de nouveau en chasse, puis la perd quand elle tourne un peu rapidement dans une rue.

« Merde », marmonne-t-il en rebroussant chemin. Elle s'est arrêtée dans un centre commercial comprenant un supermarché, un magasin de meubles, un McDonald's et cinq commerces plus petits. Le parking est complet. Il tourne en rond jusqu'à ce qu'il trouve une place en bout de rangée. À quelques voitures devant lui, il la regarde tandis qu'elle soulève Lyra de son siège. Elle ouvre son parapluie et embrasse le sommet du crâne de la fillette, ce qui le met hors de lui. À l'instant où il va sortir, elle interpelle avec un cri et de grands gestes de la main un homme et une femme en imper jaune à la capuche relevée, qui poussent un chariot dans sa direction. Elle connaît la terre entière. Ils s'embrassent, bavardent un moment, puis le couple se dirige vers une voiture, laquelle est trop près de celle de Robin pour lui permettre d'agir. Prenant la main de Lyra, elle se dirige vers le magasin de chaussures pour enfants. En voyant son pas élastique et l'angle de sa tête penchée, il devine qu'elle rigole avec sa sale môme. Elle ne se méfie plus. Elle n'en a rien à fiche de lui, Eddie, le pauvre mec qui ne comprend pas pourquoi il s'est fait larguer. Elle l'a rayé de sa vie. La voilà qui disparaît dans la boutique. Mieux vaut patienter, pas la peine de l'affoler trop tôt. Il commence à se sentir plus calme. À partir de maintenant, ça va être facile. S'il a commis quelque impair, il fera amende honorable. Il faut simplement qu'il trouve un moyen de lui parler seul à seule, c'est tout. Il allume la radio. Elle est toujours dans la boutique. Vingt minutes s'écoulent. Combien de temps il lui faut, merde, pour acheter une paire de chaussures ! Elle connaît sans doute tout le monde là-dedans aussi. Il se redresse pour démarrer la voiture. Coup de chance, la Cadillac Escalade blanche voisine de la Volkswagen jaune s'en va. Une voiture attend derrière, son clignotant mis, mais il se débrouille pour glisser sa voiture dans la place. Le chauffeur klaxonne, furieux. Vas-y, tu peux klaxonner, va, comme si Eddie en avait quelque chose à foutre.

Juste à temps. Elle sort du magasin avec deux sacs. Comme tante Tina, toujours à crier famine, mais ses mioches avaient tout ce qu'ils voulaient, il n'y avait rien pour lui. Jamais. Il entrouvre sa portière, sans les quitter du regard alors qu'elles traversent le parking en sautillant et rient quand la fillette saute dans une flaque d'eau avec ses bottes vert pomme flambant neuves. Aveuglées par l'illusion du bonheur, elles ne le remarquent même pas. La petite sur ses talons, elle ouvre la portière, se penche à l'intérieur, jette les sacs en plastique et son sac à main sur le siège arrière, puis se tourne afin de la soulever et de la déposer sur le siège auto, mais c'est le moment qu'il a choisi pour bondir, il s'empare de la sale môme et la jette à l'arrière de sa voiture à lui.

« Lyra ! Lyra ! » hurle-t-elle en se précipitant sur la portière.

Mais il l'a déjà verrouillée.

« Ferme-la ! Tais-toi donc ! »

Il empoigne Robin par le poignet, qu'il tord pour le presser contre sa poitrine.

« Ne fais pas ça. S'il te plaît. S'il te plaît. Je t'en supplie, halète-t-elle en le regardant d'un air stupide pendant que la sale petite pute tambourine contre la fenêtre en hurlant maman. Qu'est-ce que tu veux ? Dis-moi…

— Monte ! Monte ! »

Il ouvre la portière côté passager.

Elle hésite, puis plonge. Pendant qu'il court autour du véhicule, il la voit frapper à l'aveuglette les boutons de verrouillage, soit pour les enfermer, soit pour sortir Lyra, mais il est trop rapide, comme toujours dans ces cas-là, tellement qu'il a l'impression que ces gestes sont accomplis par un autre que lui, un héros sans peur et sans reproche, qu'il admire.

« Ferme-la ! Tais-toi, tu veux ! » hurle-t-il plus fort alors qu'elle le supplie de laisser Lyra sortir de la voiture. Elle n'a rien fait, elle. Pourquoi traiter ainsi une enfant innocente ? En sanglots, la petite salope reste debout derrière sa mère, accrochée à son cou, ce qui empêche d'ailleurs Robin d'atteindre le contact. Il ne leur veut aucun mal, continue-t-il à vociférer. Tout ce qu'il souhaite, c'est lui parler. « Ferme-la ! Ferme-la, tu veux ! » aboie-t-il sous le nez de Lyra en balayant l'arrière d'un large mouvement du bras, une petite tape de rien du tout, mais elle pousse des cris stridents et c'est là qu'il voit le portable de Robin, il le lui arrache des mains. « Bon sang ! » s'écrie-t-il en sortant en trombe du parking encombré.

En route, il tente de s'expliquer. Il veut savoir ce qui s'est passé. Qu'est-ce qu'il a fait ? Ils étaient si proches l'un de l'autre, et puis tout à coup, d'un jour à l'autre, elle le prie de débarrasser le plancher. Est-ce qu'il a jamais touché à un cheveu de leurs têtes, à elle, aux enfants ? C'est ce qu'il veut savoir.

« J'ai été gentil avec toi ! J'ai toujours été vraiment sympa avec vous ! » dit-il en hurlant pour couvrir le bruit des essuie-glaces et le battement de la pluie sur le toit. Son silence lui met les nerfs à vif. Une bonne claque, ça lui délierait la langue. Du coin de l'œil, il distingue un scintillement. Le cœur de diamant à son cou frêle, un cadeau de Hammond, pense-t-il, furieux au point de ne plus distinguer qu'à peine la route devant lui. « C'est ça, ma faute ? D'avoir été trop gentil ? C'est ça, dis ? C'est ça, dis-le-moi ! Tu préfères qu'on te maltraite, c'est ça ? Tu aimes qu'on te chie dessus ? Tu aimes qu'on te flanque des baffes ? C'est ça, hein ? C'est ce qu'ils font, ton mari et ton petit copain ? » Il balance la main sur le côté, manquant de peu son ravissant visage terrifié. Elle esquive le coup. Derrière, la sale môme pousse un bêlement. Il éclate de rire, c'est plus fort que lui. Malgré les cris et leur terreur, il se sent dans un monde d'une limpidité parfaite, ce qui lui procure un bien-être infini et le remplit d'une force tranquille, mortelle. À présent, elles le respectent. Leur teint livide, leurs nerfs à fleur de peau, leur effroi mutique, tout cela le gorge de satisfaction. Qu'elles lui mangent donc dans la main, ces agnelles dociles et soumises.

« Tu sais, maman aime ça, dit-il à la petite salope dans le rétroviseur. Ça la maintient en forme, hein ? C'est ce que j'aurais dû faire dès le départ. Tu veux ? Tu veux que je te cogne comme les autres ? Alors, dis ? Tu veux ? hurle-t-il sous le nez de Robin, dont les mains serrent les bras de Lyra autour de son cou. Tu veux ?

— Non, laisse-t-elle tomber en reprenant son sang-froid et en respirant calmement, les yeux fixés sur lui. Bien sûr que non. Tout ce que je veux, c'est que tu nous laisses partir. Je suis désolée de te voir aussi bouleversé. J'ai juste traversé des choses pas faciles. J'ai été tellement bousculée ces derniers temps. Si je t'ai fait de la peine, ce n'est pas exprès, je te le jure, crois-moi.

— Pourtant, tu l'as fait ! Tu l'as fait, merde !

— Pardonne-moi. Pardon. Tu as raison, tu as été très gentil avec nous. Et je t'en suis reconnaissante. Tu ne peux pas savoir à quel point. Mais les choses ont mal tourné, voilà tout, je veux dire, quand j'ai compris pourquoi tu étais ici. J'ai eu l'impression que... que tu m'espionnais pour aller tout lui raconter. Tout ce que je te racontais, tu...

— Aller raconter à qui ?

— À Nora. Et quand j'ai découvert ça, j'étais effondrée. Quand j'y pense. Payer quelqu'un, te payer, pour enquêter sur moi. »

Dans un éclat de rire, il tend la main vers elle, soudain débordant de désir, mais elle se recroqueville contre la portière, un geste qui attise sa colère à la pensée de ce qui s'est passé, de cette vipère de Nora Hammond versant du poison dans le puits afin de se débarrasser en même temps de lui et de la maîtresse de son mari. Il n'enquêtait sur rien ni personne, insiste-t-il. Il l'aimait beaucoup, voilà tout. Et plus il la connaissait, plus il tenait à elle. Il tient encore à elle, plus qu'il n'a jamais tenu à quiconque. Son cœur se gonfle à l'énoncé de ce tendre et sidérant aveu tandis qu'il lui adresse un large sourire. Elle a l'air éberluée. Un jour ils en riront. Oui. « Un jour » : ces mots le stupéfient.

« Tu peux nous laisser sortir, alors, s'il te plaît ? » supplie-t-elle au moment où il s'arrête à un feu rouge. À cet instant, une forme rouge se profile à côté d'eux, un camion rouge qui s'arrête aussi. « Au secours ! Au secours ! » hurle-t-elle en cognant contre sa fenêtre, sauf que personne ne peut la voir derrière l'épais rideau de pluie. À l'instant où le feu passe au vert, le camion démarre dans un vrombissement. Cela ne se passe pas comme il le veut. À l'arrière, la sale môme pleurniche. Qu'elle se taise donc ! Il se sent pris au piège, suffoquant à en crever dans le tumulte qu'il n'est en mesure ni de franchir ni d'interrompre. Il est tombé dans un guet-apens. Une fois encore.

Nora se sent un peu mieux après une bonne douche. Le dîner mijote dans le four, cuisses de poulet marinées et carottes. Demain, elle retournera au journal. Non pas qu'elle en ait envie, mais elle ne peut pas continuer à laisser tout aller à vau-l'eau. Il faut qu'elle rassemble les morceaux éclatés de sa vie. Ce n'est pas juste pour les enfants. Elle doit se montrer forte. Elle verse une mesure et demie de bouillon, ajoute une noix de beurre et glisse le fait-tout sur le feu, des gestes dont le rythme l'apaise, les tâches les plus simples l'aidant à se focaliser sur un retour à une vie normale. Elle cherche le paquet de riz sauvage dans le garde-manger quand quelqu'un sonne à la porte de la galerie qui mène au garage. Bizarre, se dit-elle en refermant vivement le placard. En dehors des membres de la famille, personne ne passe jamais par là. En plus Chloé est en haut dans sa chambre, la musique à fond, et Drew dans le séjour, rivé à son jeu vidéo. Ken ! Elle court à la fenêtre et jette un œil entre les rideaux. Une voiture bleu marine inconnue est garée le nez dans son garage. La sonnette retentit une deuxième fois, insistante. Elle ouvre. Robin Gendron. C'est un comble. Quel culot ! Elle est prise d'une folle envie de la gifler.

« Qu'est-ce que tu veux ?

— Nora, s'il te plaît, j'ai besoin de ton aide. Dans le garage. S'il te plaît ! débite Robin en la contemplant, les yeux écarquillés au-dessus de ses deux poings qu'elle tient pressés contre son menton.

— Non ! Si tu veux me parler, fais-le ici. »

Quelque chose dans le regard de Robin l'empêche d'ouvrir la porte toute grande. Elle a l'air paniquée, désespérée.

« Je ne peux pas. Nora, je t'en prie. Je t'en supplie à genoux, chuchote-t-elle, des larmes coulant sur ses joues, la respiration rauque. Viens. J'ai besoin de toi. Tu ne peux pas savoir… »

À cet instant, la portière de la voiture s'ouvre.

« Nora ! »

Eddie pose les pieds sur le sol du garage, mais ne se lève pas. À présent, dans la lumière de l'habitacle, elle voit le petit visage de Lyra écrasé contre la vitre arrière ; bouche ouverte, elle pleure.

« Il semblerait qu'il y ait eu un petit malentendu », ajoute-t-il d'une voix forte qui, mêlée au fracas de la pluie battante, produit une turbulence sonore sinistre. Nora aperçoit alors la montagne de sacs en plastique noirs empilés dans un coin. Voilà la raison de leur présence ici : ils sont venus chercher les vêtements de Ken. Les raquettes de tennis aussi, sans doute. Elles sont accrochées sur le mur du fond, avec les clubs de golf, et ses skis, les skis alpins et les skis de fond, ses casques et ses après-skis. Seul son snowboard vert et orange fluo, ridiculement cher, comme tous les joujoux de Ken, est rangé ailleurs. La seule et unique fois où il s'en était servi, il s'était luxé le genou. Il avait voulu le donner à Clay, qui est un as de la glisse, mais Nora avait trouvé que ce serait vexant pour Drew. Agacé, Ken l'avait à regret offert à Drew, qui, comme il fallait s'y attendre, n'en avait rien fait. Les vélos de Ken sont suspendus aux poutres. Tout ce à quoi il tient le plus est rassemblé ici. Tout pour s'amuser. Sa maîtresse, leur enfant.

« Il tient Lyra, murmure Robin. Il ne veut pas la lâcher. Il nous a forcées à venir. »

Eddie s'écrie de nouveau :

« Nora ! Elle croit que je suis un détective privé ou je ne sais quoi… que je bosse pour toi, que j'essaie de les salir, elle et son petit copain. Ton digne et respectable époux ! »

Il rit.

« Dis-lui, toi. Allez ! »

Nora le regarde longuement avant de se tourner vers Robin.

« Que veux-tu que je fasse ?

— Dis-lui, quoi ! » insiste Eddie.

Nora se rend compte que, tant qu'il tient Lyra, Robin ne partira pas. C'est bien cela que Robin vient de lui dire, non ? Tout s'embrouille dans son esprit. Les mots ont perdu leur sens, rien ne semble plus avoir de lien avec une quelconque réalité. C'est comme si elle avait pris racine, là, dehors, et qu'elle les regardait à l'intérieur.

« Aide-moi. Je t'en prie. Aide-moi. » Les yeux de Robin sont semblables à deux braises brûlantes.

Eddie, lui, continue à crier. Un mélange de menaces, d'avertissements, d'insultes. À mesure, sa voix monte de manière effrayante.

« T'aider ? T'aider à quoi faire ? » demande Nora, qui cherche à gagner du temps pour masquer sa confusion.

Ce qu'elle devrait faire, c'est sauter sur son téléphone. Mais pour appeler qui ? Ken ? Qu'il rapplique vite pour les sauver des griffes l'une de l'autre ? Des griffes d'Eddie Hawkins ?

« Appelle la police », chuchote Robin en bougeant à peine les lèvres, d'un ton qui lui glace le sang. Elle ne peut pas faire ça.

« Quoi ? Tu crois que je vais m'éterniser ici ? » Sur ces paroles, il démarre le moteur et appuie sur l'accélérateur, provoquant un bang qui résonne telle une explosion dans le garage.

« Non ! » hurle Robin, qui se rue vers la portière ouverte de la voiture.

S'il recule, il sera obligé de la renverser.

« Ne pars pas. Ne pars pas. Attends. Attends, supplie-t-elle en lui présentant ses paumes, comme si elle cherchait à le caresser. Je suis en train de parler avec elle, ajoute-t-elle en désignant Nora du doigt. Tu vois ? On parle. Elle me confirme ce que tu m'as dit, tout ce que tu m'as dit, maintenant je comprends. Je… je te demande pardon. Je suis désolée de t'avoir froissé. En plus, quelqu'un comme toi », dit-elle.

Il coupe le contact.

Championne, songe Nora dans le silence qui s'ensuit. Une championne du mensonge. Elle ment comme elle respire. Car mentir lui est indispensable, non ? Elle est si accueillante, on n'y voit que du feu. Prendre soin des autres, voilà en quoi elle excelle. Un fin limier lancé sur la piste.

« Qu'est-ce qu'elle t'a dit ? » demande-t-il, méfiant, en levant les yeux vers Robin. Puis la main. Il caresse ses cheveux, il passe les doigts dedans, les peigne en un geste presque tendre, et Nora ressent toute la répugnance de Robin, elle reconnaît dans la façon experte dont elle penche la tête de côté la cruelle endurance qu'il faut à une femme pour apaiser un mari ivre mort. La voilà même qui essaie de sourire.

« Ce que tu as dit, que tu ne voulais pas me faire de mal… » Robin glisse ses mains dans son dos. Soudain, un déclic, une porte qui se déverrouille. Robin s'est débrouillée pour ouvrir la portière arrière, et dans le même instant, elle hurle à Lyra de sortir, sors, sors, mais le fragment de seconde que Lyra met à réagir suffit à Eddie pour bondir hors de la voiture. Il se jette sur Robin, la plaque contre le capot.

« Salope ! Menteuse de merde ! Putain de salope !

— Arrête ! Arrête ! Arrête ! » crie du pas de la porte Nora, qui n'a pas encore tout à fait saisi le danger.

Il y a cette lutte, et, à côté d'elle, terrorisée, s'accrochant à son long pull comme pour grimper à l'intérieur, cette enfant en bottes vert pomme secouée de sanglots. Nora serre Lyra contre elle, détourne sa tête de la scène. Robin a beau être sportive, elle ne fait pas le poids face au déchaînement brutal d'un dément. À chaque coup, sa tête part en arrière. Elle se débat, mais elle n'arrive pas à se dégager de cette prise qui la cloue contre la voiture. À un moment donné, elle lui envoie son genou dans les parties génitales, mais de côté et pas assez fort, si bien qu'elle ne réussit qu'à faire redoubler la violence sauvage. Penché tout près d'elle à présent, comme s'il s'appliquait, il pousse un grognement chaque fois que son poing frappe son visage, son crâne. Sa bouche et son nez pissent le sang. Elle tente de lui parler. Il émet un rugissement d'enfant furieux, lui hurlant de se taire, tais-toi, tais-toi, pourtant elle s'obstine à essayer d'articuler des mots, même quand il encercle son cou avec ses mains, et que Nora fixe comme fascinée, les doigts qui se tordent pour mieux serrer, expulsant hors de Robin son ardeur, son insouciance, son rire, son charme, elle qui, dans sa soif d'aimer et d'être aimée, a tout détruit. Robin ouvre la bouche et tourne vers Nora un regard interdit, choqué, car comment une telle chose est-elle possible ? En guise de réponse, dirait-on, il la frappe si fort que l'arrière de sa tête percute la carrosserie avec des bruits mouillés écœurants. Les bras de Robin pendent le long de son corps.

« Maman ! Maman ! » hurle Lyra. S'arrachant à Nora, la fillette se précipite vers sa mère. Ses cris semblent attiser une dernière faible flamme chez Robin. Celle-ci soulève la tête et entre deux borborygmes lui dit quelque chose, supplie Lyra de courir. Mais Lyra ordonne à Eddie de lâcher sa mère, elle roue ses chevilles et ses mollets de coups de pied, en vain, tous ses efforts sont futiles. D'un seul mouvement du bras, il envoie la fillette valdinguer dans la brouette. Sans le soutien de ce bras, le corps de Robin glisse le long de la voiture, et sa tête tombe en avant, on la dirait attachée au buste par un fil. Soit blessée, soit trop effrayée pour se relever, la fillette s'éloigne en se traînant sur ses fesses, se glisse entre les sacs de vêtements de Ken, agite ses petits poings et crie :

« Maman ! Maman !

— La ferme ! Puisque je t'ai dit de la fermer, petite salope ! » vocifère Eddie en se dirigeant vers l'enfant, la main levée, lui ordonnant de se taire si elle ne veut pas subir le même traitement que sa mère.

Alors qu'il jette un coup d'œil en arrière à Robin, son ombre couvre Lyra, et soudain Nora sait, pour l'avoir rêvé tant de fois, elle sait exactement ce qui va se passer. L'issue est inévitable.

Mais une enfant sans défense. Non, pas ça ! Si elle ne crie pas ces mots, du moins sent-elle leur brûlure au fond de sa gorge, mais pour le moment elle s'entend rugir en réponse aux gémissements suppliants de l'enfant. S'il te plaît, s'il te plaît, s'il te plaît, et pourtant, de nouveau, elle reste immobile, tel un bloc de glace, parce qu'il n'y a rien à faire, même si le choix de la honte s'impose, un pacte sournois auquel elle seule est en mesure de mettre un terme. La pelle commémorative, la première de l'étincelante rangée, se révèle extraordinairement lourde. Elle s'abat d'abord entre ses omoplates, mais il semble n'avoir rien senti, à peine s'il jette un coup d'œil derrière lui. Elle lève la pelle plus haut et vise l'arrière de sa tête, la pelle percute sa nuque, la lame taillant profondément dans la chair. Des ruisseaux de sang noircissent aussitôt son col blanc. Ses mains se lèvent vers son crâne. Il se retourne. Un visage monstrueux, gluant, haineux tandis qu'il s'approche d'elle. C'est une bête, une bête acculée, désespérée, au-delà de toute raison, et elle frappe de nouveau, un coup qui cette fois lui fend la joue. Avec un vagissement déchirant jailli du plus profond des tripes, il plonge sur la pelle, mais elle la laisse retomber sur lui, et frappe, encore et encore. Il titube puis s'effondre. Le surplombant de toute sa taille, elle pousse un sanglot chaque fois qu'elle lui assène un coup, sa tempe est une plaie ouverte. Ce qu'elle veut, c'est qu'il détourne son regard ou bien ferme les yeux, mais il les garde grands ouverts, leur immobilité vitreuse rivée sur elle. Une flaque de sang s'élargit autour de lui tel un halo sur le sol en béton lisse. Son torse se contorsionne, ses mains et ses pieds se soulèvent sous l'effet de soubresauts spasmodiques, car il résiste à la mort, il refuse d'être réduit au silence.

Elle ne se rappelle pas avoir suspendu la pelle sanglante à son crochet avec les autres, pourtant c'est là qu'ils la retrouveront. Elle ne se rappelle pas Drew la poursuivant dans la rue sous la pluie qui à présent tombe moins dru, enfin une pluie légère annonciatrice de printemps. Elle ne se rappelle pas Drew la suppliant de rentrer à la maison avec lui. Elle ne se souvient pas de Drew en pleurs. Tout ce qu'elle sait, c'est qu'il faut qu'elle s'en aille, loin, très loin. Elle veut rentrer chez elle. C'est son seul désir. Et lui de lui dire, dans ce cas, qu'elle l'accompagne, car c'est là qu'il souhaite l'amener, justement. Et il la ramène en la tenant par la main.

Deux ambulances stationnent dans l'allée délimitée par du ruban jaune. Jimmy Lee est là aussi quelque part, il photographie la maison. Sa charmante demeure est envahie par des gens, certains en uniforme, en majorité des étrangers, tous très affairés, allant de-ci de-là, respectueux, aussi silencieux que possible. Les genoux serrés, les mains croisées, assise à la table de la cuisine, elle tressaille, elle attend, elle sait que c'est là-bas dehors. Là où il a toujours été, assoupi, capable de resurgir à tout moment, le chancre de sa vie. Derrière elle, Ken marche de long en large en téléphonant. Tous les autres parlent à voix basse. Son mariage est fini, mais elle a beaucoup de chance, insistent-ils, ne cessent-ils de lui répéter. Veut-elle boire ou manger quelque chose ? lui demande une policière. Y a-t-il quelque chose que l'on puisse faire pour elle ? Oui, expliquez-moi pourquoi le Mal… C'est cela qui la fait sombrer dans des abîmes de perplexité, Robin, qui transportait fourmis et araignées dehors plutôt que de tuer un être vivant, même une abeille, alors qu'elle souffrait d'une allergie mortelle, elle les attrapait contre les vitres dans des tasses qu'elle faisait glisser sur une feuille de carton afin de pouvoir les libérer à l'extérieur de la maison. Vous avez été très courageuse, la complimente une autre personne en posant sa main sur son épaule, un geste dont elle n'a que vaguement conscience, qu'elle voit mais ne sent pas. Vous avez sans doute aussi sauvé la vie de vos enfants. Et Dieu sait de combien d'autres personnes. Des voix d'hommes. Des voix de femmes. Excitées, révérencieuses. Oui. Qui sait, se demande-t-elle alors qu'ils s'agitent autour d'elle, mesurant, photographiant, relevant les empreintes. Pièces à conviction, éléments d'enquête à collationner. Pour donner un sens au rêve. Les secrets. Les trouveront-ils ? Les devineront-ils ?

« Tenez, madame Hammond », dit Jimmy Lee en sortant du séjour avec le gilet bleu canard que Robin lui avait tricoté, il y a longtemps. Il lui en drape les épaules. Il a capté l'appel sur sa CB.

« Ils les ont déjà emmenés ? » interroge-t-elle, mais il n'a pas l'air d'avoir entendu. Après le départ de la policière, le photographe regarde autour de lui, puis tend à Ken une enveloppe joufflue. Trouvée sous le siège de la voiture, précise-t-il. Ça doit être à Mme Hammond. C'est son papier à lettres, en tout cas.

« Ils les ont emmenés ? » s'obstine-t-elle à demander. Pas de réponse. Ce n'est pas nécessaire. Seuls les points de détail ont une importance, désormais. Oui, bien sûr. Elle comprend, quoique ce ne soit pas commode de se souvenir de tout. Qui a eu en premier la pelle entre les mains ? Comment a-t-elle réussi à la lui arracher ? Est-ce avec cet instrument qu'il l'a frappée ? Il ne l'a pas frappée. Qui l'a fait, alors ? Elle ne saisit pas le sens de leurs paroles. Ils cherchent décidément à l'embrouiller. Le café dans sa tasse encore pleine a refroidi. Un rond marron tache la porcelaine. De l'eau de Javel, c'est ce qu'il faut. Mais pas pour le sang.

Ken est livide. Ses mains tremblent tellement qu'il a du mal à tenir l'écouteur du téléphone contre son oreille. Il essaie d'avoir son avocat au bout du fil. L'enquêteur a accepté d'attendre avant de lui poser d'autres questions. De la pièce voisine parvient un cri perçant, la voix d'Emily Shawcross : « Oh, mon dieu, oh, mon Dieu ! » Elle vient d'arriver et ils sont en train de lui expliquer ce qu'ils savent, le peu qu'ils savent. Personne n'a encore localisé Bob Gendron.

Il ne répond pas à son portable, a dit sa mère à Ken, qui cherche à le joindre depuis une demi-heure. La porte s'ouvre. Un autre policier entre, il vient du garage. Les sourcils froncés, il déchire une feuille de son bloc et se penche sur la table pour noter quelque chose. Nora observe la façon dont il appuie sur la pointe de son stylo bille : il va laisser des rainures dans le bois. Mais qu'est-ce que ça peut faire ? se dit-elle avec soulagement puisqu'elle est à présent un être désincarné qui n'a plus besoin de se préoccuper de quoi que ce soit. Même pas de ses enfants enfermés dans le bureau de Ken en compagnie de Stephen. Le monde tourne fort bien sans elle, non ? Comme c'est intéressant, elle n'en revient pas de se révéler si peu nécessaire. Ils ont tous une tâche à accomplir. Ils sont extrêmement gentils. Donald est en chemin… afin de s'assurer que Nora va bien, a précisé Ken à quelqu'un. Son médecin anesthésiste personnel. Il va endormir sa douleur, espère-t-elle. Pour toujours. Elle n'a qu'à rester assise ici. Elle n'a plus rien à faire. Ils vont se charger de tout, ces étrangers si efficaces. Dehors, quelqu'un fume. Elle sent l'odeur quand la porte s'ouvre. Elle a un horrible goût dans la bouche.

Une femme s'assied à côté d'elle et lui prend la main. Du céleri, pas des oignons, il n'y a pas à tortiller. Mais c'est Kay. Elle a la peau jaunasse. Sa perruque est châtain foncé. Ainsi elle a vraiment perdu ses cheveux, se dit Nora, qui essaie de prendre une expression compatissante mais en réalité se fend d'un grand sourire : elle aperçoit son reflet dans les lunettes de Kay.

« Tiens, ma chérie. »

Kay approche un verre d'eau des lèvres de Nora.

« Bois quelques petites gorgées.

— Où est Robin ? murmure Nora.

— Ils l'ont emmenée.

— Et Lyra ?

— Elle est avec une urgentiste. Mais Emily va s'occuper d'elle. »

Nora se demande où ils ont emmené Robin.

« Robin est morte, dit-elle.

— Non, mais son état est préoccupant.

— C'est ma faute, répond Nora.

— Bien sûr que non. »

Avant de raccrocher, Ken répète :

« Très bien, très bien, c'est ce qu'on va faire. »

Il tire une chaise de dessous la table et se penche vers les deux femmes. Bruce Levant est en route. Il quitte tout de suite Lincoln pour venir ici. Nora ne doit pas prononcer un mot avant qu'il arrive. Patience.

« Elle est bouleversée. Elle croit que c'est sa faute », murmure Kay.

Nora penche la tête de l'autre côté pour éviter de respirer son haleine.

« Pas de panique, lui dit Ken, de ce ton précautionneux que Nora connaît si bien.

— Tout va bien se passer, tu vas voir, la rassure Kay en essayant de l'enlacer.

— Non », fait Nora en s'écartant d'elle.

Ken jette un coup d'œil à Kay. Il ajoute qu'il va emmener Nora dans son bureau. Il y a trop d'allées et venues, ici. Elle se sent comme une bête curieuse, c'est cela qui la gêne. Il demande à Kay si cela ne l'embêterait pas de dire à Chloé et à Drew d'attendre en haut. Leur mère a besoin d'être seule un moment. Oui, bien sûr, s'empresse de répondre Kay, trop contente de se rendre utile. Quel sang-froid, admire Nora. Il se comporte mieux en situation d'urgence qu'elle ne l'aurait cru. Elle l'a toujours sous-estimé. Elle voulait tant être celle qui était responsable, et il avait préféré lui laisser ses illusions.

Stephen ferme la porte du bureau. Il demande où est Robin. Elle a été transportée à l'hôpital, l'informe Ken. Elle est dans le coma. Traumatisme crânien. Elle a été sauvagement battue. C'est atroce, commente Stephen en s'asseyant en face d'eux. Ce fou furieux l'a presque tuée. Il l'aurait sans doute fait si Nora ne l'avait pas arrêté.

« Mais que s'est-il passé, enfin ? lance Stephen. Je ne comprends toujours pas. Je veux dire, pourquoi ici ? Qui est ce type ?

— L'avocat est en route, réplique Ken. Laissons-le trouver les arguments.

— Les arguments pour quoi ? Mon Dieu, Kenny… il y a un homme mort là-dehors. Il vaut mieux mettre tous les atouts dans son jeu… »

Leur discussion ne semble pas la concerner, même si les détails sont importants, est en train d'expliquer Stephen. Il se tourne sans cesse vers elle. « Le contrôle des dégâts » : cette expression traverse l'esprit de Nora alors qu'il lui pose les questions prévisibles qui lui viennent à l'esprit afin de préparer le terrain pour que tout finisse par s'arranger – comme il se doit chez les gens bien. En effet, le scénario compte s'ils veulent continuer à être des gens bien. Le mort, était-ce un cambrioleur ? Était-il en train de pénétrer dans la maison ? Que faisaient là Robin et Lyra ? Pourquoi s'en est-il pris si sauvagement à Robin ? Un lien devait forcément exister entre eux étant donné la passion qui avait animé la main du criminel. Ce type aurait-il été… un ancien petit ami ou quelque chose comme ça ? demande Stephen. Non, répond Ken sans cacher son amertume. C'est elle, Nora, qu'il rend responsable, se dit celle-ci. Il n'a pas tort. Pauvre Robin… En fait ils sont tous à plaindre au sein de cet irréparable malheur. Elle ne peut s'empêcher de revoir le dernier regard, ce regard interloqué de Robin. À présent, Stephen la prie de décrire la scène par le menu.

« Je l'ai frappé. Je l'ai tué. »

Elle a su tout de suite qu'il était mort, alors, oui, les détails sont essentiels. Elle le sait. Elle doit se les remémorer. Tous, mais comme c'est dur avec le goût d'oignons au vinaigre, de cerise, de rhum et de bile qui remplit sa bouche en sang, la puanteur de l'entrejambe moite de l'homme qui lui appuie sur la tête. Elle a l'air soudain hagarde. Son mutisme les inquiète. Ils ont besoin qu'elle leur parle, qu'elle prononce les mots qui leur permettront de mettre au point le synopsis…

« Nora, prononce Stephen en frôlant sa main. Tu es la seule personne, du moins la seule adulte, qui sache ce qui s'est passé. Voilà pourquoi il nous faut établir une version des faits sur-le-champ. L'important, c'est de ne pas risquer que d'autres mettent leurs mots dans ta bouche. S'ils te demandent quoi que ce soit dont tu n'es pas sûre, il te suffira de dire ça. Tu ne te rappelles pas, ça suffira. Et si les choses te reviennent après coup, très bien, nous remplirons les blancs. »

Il *nous* faut établir une version des faits ? *Nous* remplirons les blancs ? Mais comment est-ce possible si elle ne leur raconte pas ce qui s'est passé cette nuit-là, autrefois ?

« J'essaie de me rappeler.

— Bien, approuve Stephen. C'est tout ce qu'on te demande. Et si tu n'y arrives pas, c'est pas grave.

— Ce n'était pas indispensable que je continue à le frapper, déclare-t-elle sans s'adresser à personne en particulier, parce que c'est là la question essentielle, le nœud vital. Il n'y avait pas que lui, il y avait tout le reste que je voulais tuer. J'ai toujours eu peur de commettre un impair. Que les gens apprennent la vérité sur moi. C'est ma faute. C'est vrai. J'ai fait une chose terrible. »

Au regard glacial de Ken, elle comprend qu'il sait déjà. Et qu'il le sait depuis longtemps.

« Nora ! s'exclame Stephen. Tu n'avais pas le choix, mon Dieu, tu te trouvais face à un forcené agressant un enfant et sa mère, et tu as agi comme chacun de nous espère qu'il le ferait dans de telles circonstances. Surtout compte tenu des problèmes qu'il y avait entre vous, ajoute-t-il.

— Qu'est-ce que tu veux dire par "ma faute" ? articule péniblement Ken.

— Je n'ai jamais rien fait pour l'arrêter. J'ai laissé la chose se produire. Je ne voulais pas savoir, n'est-ce pas, Ken ? Mais dans le fond, je le savais. Comment aurait-il pu en être autrement ? C'était la même histoire qui recommençait, voilà pourquoi. Voilà pourquoi il est venu. Parce qu'il y avait quelque chose en moi, quelque chose de faible et de répugnant, comme il le savait déjà alors. J'avais dix-sept ans. Nous étions dans le désert. Il était tard quand nous nous sommes arrêtés, et il y avait cet homme. Je ne connaissais pas son nom. Je ne le connais toujours pas.

— Hawkins, avance Stephen. Eddie, n'est-ce pas ? En tout cas, c'est ce qu'ils ont dit.

— Non, pas lui. L'homme… il y avait ce type, il était soûl et il a… il m'a forcée, ma tête… »

Elle ferme les yeux. Elle ne peut pas les regarder.

« Il pensait que j'étais une prostituée. Il m'a même payée. Vingt dollars.

— Nora, mais de quoi parles-tu ? susurre Ken en se penchant plus près.

— Je raconte ce qui s'est passé, pourquoi il est venu ici. Oh, mon Dieu, je suis tellement fatiguée. Tout s'embrouille dans ma tête.

— Bon sang ! souffle Stephen en se tournant vers Ken.

— Elle est en état de choc, c'est évident », rétorque Ken.

Les deux cousins tiennent un conciliabule, à voix basse. Elle délire. Ils pensent qu'elle a des hallucinations. Pas question dans ces conditions qu'elle subisse un interrogatoire, ne cesse de répéter Stephen. Ken lui dit qu'il a besoin de lui parler seul à seule avant l'arrivée de Bruce. Stephen n'est pas d'accord, à l'entendre la présence d'un tiers est plus que jamais indispensable. Pour prendre des notes, ajoute-t-il en ramassant un crayon sur la table. Ken insiste pour qu'il parte. Après tout, il est encore son mari. *Encore*. Une perche à laquelle elle se raccroche.

« C'est bien ce que je dis ! se défend Stephen. Tu es trop impliqué.

— Là, tu vas trop loin ! Allez, va-t'en ! Immédiatement ! » éclate Ken.

Stephen ne se le fait pas dire deux fois.

La porte se ferme, mais Ken reste là, debout à côté d'elle. Ses mains s'ouvrent et se ferment en un geste d'impuissance. Il prend sur lui pour garder son calme, il cherche les mots qui pourront empêcher le peu qu'il leur reste de vie de se réduire en lambeaux. Tu vois ? brûle-t-elle de lui lancer. Tu comprends finalement ce que tu as fait ?

« Nora, prononce-t-il d'une voix si douce qu'elle fond en larmes. Avant que Bruce n'arrive… nous devons… je dois… il faut que tu me dises la vérité, je sais combien c'est horrible, et combien tu te sens mal, mais… cet argent, fait-il en tapotant sa veste. Tu l'as payé. Pourquoi ? Je ne vois pas. Tu l'as engagé pour quoi faire ? Il faut que tu me le dises, même si c'est moche. Était-ce pour effectuer des recherches pour le divorce ? »

Elle hésite, se frotte la bouche afin d'essuyer ce sourire dédaigneux de son visage. Il s'agit donc toujours d'elle. Robin.

« Non. Je t'ai déjà dit que non. J'avais peur de lui, peur que les gens découvrent ce qui était arrivé, alors je lui ai donné de l'argent. Le plus fou, c'est qu'il ne m'a rien demandé. Je l'ai payé pour qu'il parte, c'est tout ce que je voulais. Mais il n'est pas parti. Il refusait de partir. Il incarnait le Mal, Ken. Et le pire, c'est que je le savais. »

Les yeux baissés sur elle, il hoche la tête. De pitié ? De mépris ? Des deux à la fois.

« Oui, tu l'as payé. Pour te débarrasser de Robin, Nora. Et peu t'importait de quelle manière, n'est-ce pas ?

— Non ! Jamais je… Je ne lui ai jamais demandé autre chose que de partir. C'est la vérité. Je te le jure. »

Mais, en réalité, elle n'en est plus tout à fait convaincue. Au-delà de la colère et du désespoir, est-ce cela qu'elle souhaitait au fond, par son silence, par son inaction ? Avait-elle laissé faire ?

Il enfouit son visage un moment dans ses mains.

« J'ignore si nous savons encore ce qu'est la vérité. L'un ou l'autre. »

Sa colère transperce la torpeur de Nora.

« Tu dois me croire. S'il te plaît, Ken. »

Quelqu'un gratte doucement à la porte. Ken fait la sourde oreille. « Ce sont les faits, Nora, aussi terribles soient-ils. » Une gifle lui aurait fait moins mal que ce murmure sifflant. « Tu l'as payé vingt-cinq mille dollars et tu es restée là à regarder sans lever le petit doigt. Tu l'as laissé battre Robin… à mort, n'est-ce pas ? Ou en tout cas c'est ce que tu pensais. Et après ? Lyra ? Était-elle la suivante ? Une enfant innocente ?

— Oh, mon Dieu, comment peux-tu… ?

— Mais là, tu l'as arrêté. Pourquoi ? Il n'était pas aussi efficace que tu l'avais espéré ? Il ne faisait pas de… l'assez bon boulot ? Il n'était pas assez rapide ? Ou as-tu entendu un bruit ? As-tu eu peur que quelqu'un vienne ? Un des enfants ? Drew, il était en bas, dans la cuisine, il fallait que tu ailles vite, je me trompe ? Il fallait que tu sois sûre qu'il ne dirait jamais rien à personne, c'est ça ?

— Comment peux-tu croire une chose pareille ? Que je pourrais commettre une chose aussi… hideuse ? »

Il pose sur elle un regard de glace et de haine ; elle n'a pas besoin d'autre réponse. Mais il dit :

« Tout ce que je sais, c'est qu'il faut protéger les enfants. Rien d'autre ne compte maintenant. »

Maintenant. Oui, bien sûr. Bien plus que la vérité. Elle comprend.

22

Ils ne la croient toujours pas. Pas vraiment. Personne n'ose venir le lui dire en face, mais, à leurs regards fuyants et à leurs brusques silences quand ils la voient s'approcher, elle le devine. La rumeur de sa complicité se propage, d'une intensité constante, quoique, depuis quelques années, assez bas pour se révéler supportable. Elle parvient, en apparence, à mener une vie normale. Pour tous ceux qui la fuient il y en a autant qui sympathisent et avancent que, vu les circonstances, ils n'auraient peut-être pas hésité à engager un tueur. Ses enfants l'aiment. Ce sont des âmes honnêtes et bonnes, ce qui, en définitive, est la seule chose qui lui importe vraiment. Chloé et Drew étant tous les deux à l'université, la plupart du temps elle vit seule.

Depuis un an, Ken et Robin s'emploient à la rénovation de FairWinds. Après deux attaques cérébrales encore plus débilitantes que la première, Oliver a été transféré dans une clinique spécialisée et il y a peu d'espoir qu'il puisse retrouver un jour la vaste demeure de son enfance. Un ascenseur a été installé, principalement à l'usage de Robin, mais pour une raison tenant soit à leur optimisme indestructible soit au besoin de se donner bonne conscience, ils déclarent à qui veut bien les entendre qu'il est aussi pour Oliver, de façon qu'il bénéficie, à son retour, de la jouissance d'une aile entière de la maison. Ils espèrent emménager entre Thanksgiving et Noël.

Ils se sont mariés il y a un an, devant trois cent cinquante personnes. Typique de Robin, le mariage a été exemplaire, un conte de fées devenu réalité, la fin heureuse à laquelle avait aspiré leur amour de jeunesse, eux que la vie avait longtemps séparés, ils célébraient leurs noces, enfin, l'adorable Lyra répandant des pétales de rose blancs et roses sur les pas bancals de sa mère au bras de Clay. Après la cérémonie, des centaines de ballons blancs et roses, et une volée de colombes ont été lâchés du parvis de l'église. Même Bob était là, son quatorzième mois de sobriété déjà bien entamé. Il s'est installé dans les derniers rangs et a été le premier à sortir pour embrasser les mariés. Nora s'est abstenue d'y aller, bien entendu. Elle a appris ces détails par Chloé. Au départ, ce devait être une fête intime, en petit comité, mais comment limiter la liste des invités alors que tant de gens avaient été si gentils, leur avaient préparé des repas, avaient conduit Robin chez le kinésithérapeute, avaient gardé Lyra chaque fois que Robin souffrait d'une de ses migraines carabinées. La douleur, si terrible que le moindre rayon de soleil la rend intolérable, la cloue au lit, rideaux tirés, pendant des jours d'affilée.

Lors de ces occasions exceptionnelles où ils sont obligés de se réunir tous, telles les remises de diplômes de Chloé et de Drew, Robin se montre toujours charmante avec elle, sa bonté s'écoulant d'elle comme l'eau d'une fontaine. Les femmes admirent son courage et les hommes ont plus que jamais envie de la protéger. Il n'y a pas de réparation possible. Elle fait toujours le même rêve, se réveille toujours avec des sueurs froides, terrifiée d'être découverte, même si au moins un démon est mort, avec sur la conscience le meurtre de trois femmes et d'un enfant, mais, finalement, pas de l'ivrogne du bar dans le désert. L'homme avait été dévalisé, il était blessé, mais il avait survécu. Quant à son agresseur, d'après les archives de la police de Silver Tellmine, c'était un jeune homme de passage qui n'avait jamais été retrouvé. Pas un mot sur une adolescente.

Comme dans le droit qu'elle étudie, la vérité qui s'applique à une affaire importe peu dans une autre. Dans une « vie examinée », les réponses présentent moins d'intérêt que les questions. Celles-ci accomplissent pour elle la même fonction roborative que les flammes pour le phœnix. Pourquoi l'a-t-elle payé ? Qu'essayait-elle de protéger ? Pourquoi est-elle restée passive ? Que souhaitait-elle qu'il arrive en fait ? Le Mal est contagieux. Il prospère là où domine l'aveuglement, le dénigrement, et contaminera tous ceux qui ont peur de s'élever, en paroles ou en actes, contre lui.

Elle ne travaille plus au *Chronicle*, où Ken, d'après Stephen, trouve que l'habit de directeur de publication ne lui convient pas. Étudiante en droit, elle termine sa première année. Elle est bénévole deux fois par semaine à la Sojourn House, dont un soir pendant l'heure du dîner, où elle s'attable avec les familles. Elle prend plaisir à bavarder avec les enfants, et emmène parfois les plus jeunes jouer à l'écart afin de permettre aux mamans de manger en paix, l'espace de quelques minutes. Elle s'attriste de voir que certains sont hors d'atteinte, tant la méfiance leur a été inculquée de bonne heure dans la vie. Comme leurs mères, les petits se révèlent plus prompts à pardonner qu'à accorder leur confiance. Les femmes se montrent toujours gentilles avec elle. Et si elles ont eu vent de son histoire, elles se taisent. Leurs propres secrets pèsent assez lourd.

Composition et mise en pages : FACOMPO, LISIEUX

Achevé d'imprimer en Allemagne
sur les presses de GGP Media GmbH
à Pößneck

POCKET - 12, avenue d'Italie - 75627 Paris cedex 13

Dépôt légal : mai 2012
S21665/01